20世纪学术发展丛书

20世纪的中国文学

张岩泉　王又平　著

WUHAN UNIVERSITY PRESS
武汉大学出版社

图书在版编目(CIP)数据

20 世纪的中国文学/张岩泉,王又平著. —武汉: 武汉大学出版社,2009.6

20 世纪学术发展丛书

ISBN 978-7-307-06975-6

Ⅰ.2…　Ⅱ.①张…　②王…　Ⅲ.文学史—研究—中国—20 世纪　Ⅳ.I209.6

中国版本图书馆 CIP 数据核字(2009)第 051160 号

责任编辑:陈君良　　责任校对:黄添生　　版式设计:马　佳

出版发行: 武汉大学出版社　(430072　武昌　珞珈山)

(电子邮件: cbs22@whu.edu.cn　网址: www.wdp.com.cn)

印刷:湖北恒泰印务有限公司

开本: 720×1000　1/16　印张:21.75　字数:312 千字　插页:2

版次:2009 年 6 月第 1 版　2009 年 6 月第 1 次印刷

ISBN 978-7-307-06975-6/I·360　定价:39.80 元

前　言

站在新世纪的门槛上回望20世纪的中国文学，这同置身于20世纪研读该世纪的文学是大不相同的。尽管跨入新世纪还不到十年光阴，但两个世纪文学之间存在的强烈反差和鲜明比照已经将20世纪中国文学的若干特征凸显得异常醒豁了。以新世纪文学为参照，我们或许可以作这样的简单概括：20世纪中国文学从总体上说是“启蒙—革命”的“现代”文学，这当然是就20世纪中国文学的主潮而言。从晚清的维新派、革命派文学，到五四新文学运动，到20年代后期的革命文学、30年代的左翼文学、40年代的抗战和解放区文学，以及诸多附着或游离于其边缘的文学现象，都以不同的方式奏鸣着“启蒙—革命”的主旋律；50—70年代的新中国及“文革”文学，更是将“革命”张扬到极致，直到新时期文学的第一个十年还回荡着“革命”的遗响；或许进入了所谓“后新时期”①，“革命”才成为余音袅袅的“前朝曲”，即便不乏有关“革命”的款款“重述”和对“激情燃烧的岁月”的温情怀想，但其中大多都应当属于新世纪文学“新翻杨柳枝”的前奏了。同

---

① 1992年北京大学语言文学研究所和《作家报》联合举办了“后新时期：走出80年代的中国文学”的学术研讨会，谢冕、张颐武等人在诸种报刊上提出了“后新时期文学”的概念，以为从80年代后半期或90年代开始，新时期文学开始出现由“前”而“后”的转型。张颐武以为“后新时期”“指的是一个以消费为主导的，由大众传媒支配的，以实用精神为价值取向的，多元话语构成的新的文化时代”，它“结束了启蒙话语的权威性”。（张颐武：《分裂与转移：中国“后新时期”文化转型的现实图景》，载《东方》1994年第2期。）

任何界定都意味着排斥一样，任何概括也势必有所遗漏。很显然，20 世纪中国文学并非仅仅是“启蒙—革命”的文学，其内涵要丰富得多、驳杂得多，即或暂且将王德威先生所说的“被压抑的现代性”① 的那一部分文学现象搁置起来，仅就 20—40 年代的文学而论（即通常所说的“现代文学”），也不是“启蒙—革命”的文学所能网罗殆尽的。那些古典的、颓废的、趣味的、唯美的、鸳蝴派的、现代派的、市民化的、学院派的等等文学创作、文学批评和文学阅读，显然不是“启蒙—革命”的文学一脉所能概括的。然而，如果说 20 世纪中国文学的发展存在着一股支配性的主潮的话，各家各派的文学就不能不因这股主潮的冲击而起落、而聚散、而激荡、而飘零。随着文学史研究的深入和开阔，越来越多的非主潮、非主流现象浮出水面，展现出 20 世纪中国文学的“本来”面貌和复杂内涵，但这一切并不能消解主潮的存在（即便它们可能具有解构的意义），从“近代”启蒙文学的出现，到“现代”新文学运动的兴起，再到“当代”社会主义文学的发生，20 世纪中国文学每次重大的历史转换，无不由“启蒙—革命”所促动、所发动、所推动、所撼动。“启蒙—革命”不能决定文学的高下优劣，但会影响文学的走向、规划文学的场域，“启蒙—革命”的文学正是携 20 世纪社会之风云、时代之潮流而夺话语霸权之头筹，成为他者所不可替代的文学主潮的，这也恰如它自身在新世纪将会或已经为

---

① 美籍华裔学者王德威提出来的概念，“可以指陈三个不同方向：(一) 它代表一个文学传统内生生不息的创造力。这一创造力在迎向 19 世纪以来西方的政经扩张主义及‘现代话语’时曾经显现极具争议性的反应，而且众说纷纭，难以定于一尊。然而‘五四’以来，我们却将其归纳进腐朽不足观的传统之内……（二）‘被压抑的现代性’指的是‘五四’以来的文学及文学史写作的自我检查及压抑现象。在历史进程独一无二的指标下，作家勤于筛选文学经验中的杂质视其为跟不上时代的糟粕……（三）‘被压抑的现代性’亦泛指晚清、‘五四’及 30 年代以来，种种不入（主）流的文艺实验。在追寻政治（及文学）正确的年代里，它们曾被不少作家、读者、批评家、历史学者否决、置换、削弱或者嘲笑。”（王德威：《被压抑的现代性——晚清小说新论》第 10 ~ 11 页，北京大学出版社 2005 年版。）

其他潮流替代一样。

无论作为学术著述还是教材编撰，“20 世纪中国文学”① 都已不再是一个创新的命意，可伸展的空间是命意的创新。“启蒙—革命”的文学是本书对“20 世纪中国文学”的一个命意，毋庸讳言，这也是本书观照和考察“20 世纪中国文学”的着眼点，这个着眼点是参照着自上世纪 90 年代中后期以来逐渐生成的新世纪文学走向而设立的，同时也是在中国社会—文化—文学的现代转型中自然生成的。自近代以来，除开经济方面的因素，中国社会现代转型的最重要的推动就是启蒙和革命，它们不仅构成“20 世纪中国文学”的基本语境，也为我们提供了理解“20 世纪中国文学”的阐释框架。作为基本语境和阐释框架，林林总总的文学现象，自然会被纳入“启蒙—革命”的视野予以厘定和考量；而“启蒙—革命”的文学自然或仅仅只是在这样的语境和框架中获得了被表述的优先权，将其表述为“主潮”就是这一优先权的一个话语表征。这是一个存在片面性却不乏有效性的表述，它可能会忽略 20 世纪中国文学的繁富多样，进而造成新的“被压抑的现代性”；然而另一方面，它却有可能揭橥“主潮”内部的复杂构成和多重变奏，尤其是在“启蒙—革命”的文学逐渐被边缘化进而被简单化的今天，“还原”其丰富与复杂，不啻已然成为把捉 20 世纪中国文学之丰富性和多样性的不可或缺的部分。譬如以“启蒙”而论，20 世纪中国文学就交织着以“救亡”为主题的民族启蒙、以“国民性批判”为主题的大众启蒙、以“翻身”为主题的阶级启蒙和以“个性解放”为主题的个人启蒙等不同声部，这就不是“救亡压倒启

① 在国内学界，“20 世纪中国文学”的命意由黄子平、陈平原、钱理群于 1985 年提出：“所谓‘二十世纪中国文学’，就是由上世纪末本世纪初开始的至今仍在继续的一个文学进程，一个古代中国文学向现代中国文学转变、过渡并最终完成的进程，一个在东西方文化的大撞击、大交流中从文学方面（与政治、道德等诸多方面一道）形成现代民族意识（包括审美意识）的进程，一个通过语言的艺术来折射并表现古老的中华民族及其灵魂在新旧嬗替的大时代中获得新生并崛起的进程。”（黄子平、陈平原、钱理群：《论“二十世纪中国文学”》，载《文学评论》1985 年第 5 期。）

蒙”的论断可以覆盖的①。再譬如以“革命”而论，仅在“当代”范围内，或许就可以说：“十七年文学”加上“十年文革文学”是弘扬“革命”的文学；从“文革”结束后的“伤痕”、“反思”、“改革”文学开始，经过80年代中期的“寻根文学”，是反思“革命”的文学；从80年代中期的“新写实”开始，包括“先锋”、“新生代”、“新女性”等潮流，一个较为共同的旨趣是“疏离革命”，这也可以彰显出一个主导性的文学潮流由浓转淡、由盛而衰的趋势。对于20世纪中国文学不论是进行结构性（共时）考察还是过程性（历时）考察，本书都是从设定的命意出发，聚焦于“启蒙—革命”的文学，在历览其递嬗，抉发其幽明，出入其内外之后，返回我们对20世纪中国文学的总体认知，这也是一个“解释学循环”吧。

当然，以“启蒙—革命”的文学为命意并不等于说它囊括了20世纪中国文学的全部，更不意味着因此而贬低或者忽视其他价值立场和艺术取向的文学。恰恰相反，“启蒙—革命”的文学的意义绝非仅仅由它自我陈说而表露，同时是在与其他文学的竞争、驳诘、互释、映衬中彰显。其他文学本身也是一面镜子，“启蒙—革命”的文学的优长与缺陷、气度与褊狭、光斑与暗影也可在映衬中洞现，甚至可以说后人对“启蒙—革命”的文学的质疑和诟病在与之同时代的其他文学中亦可窥见。其他文学对“启蒙—革命”的文学或亲和、或合谋，或紧张、或对抗，或疏离、或绝缘的关系交织成20世纪中国文学的斑斓画卷，它们之间存在的同质性和差

---

① 李泽厚在《启蒙与救亡的双重变奏》一文中提出的观点，指“救亡的局势、国家的利益、人民的饥饿痛苦，压倒了一切，压倒了知识者或知识群对自由平等民主民权和各种美妙理想的追求和需要，压倒了对个体尊严、个人权利的注视和尊重”；“从建党一开始到抗日战争胜利前夕的延安整风，都不断地在理论上和实践中彻底否定了无政府主义鼓吹的那种种绝对的个人主义，也否定了自由主义所倡导所追求的种种个体自由、个性解放等属于资本主义启蒙思想体系中的许多东西。而这些否定和批判主要都是救亡——革命——战争的现实要求，而并非真正学理上的选择。”（李泽厚：《中国现代思想史论》第33、32页，东方出版社1987年版。）

异性，既表征着它们各自自身，也影响到“启蒙—革命”的文学的结构和走向，这不仅构成20世纪中国文学的复调和声，也造成“启蒙—革命”的文学内部公开的或隐蔽的对话性。凸显主潮，把捉多样；提挈枢机，评骘百家，这便是本书的愿想了。

任何历史都是一种“事后追述”，亦即一种“由果溯因”的探究，文学史也不例外。是什么缘由促使我们在已有众多同类著述的背景下再来编写一部《20世纪的中国文学》呢？意大利历史学家、哲学家克罗齐的名言“一切真历史都是当代史”已为人耳熟能详了，但他的阐说或许更能帮助我们理解何谓“真历史”：“只有现在生活中的兴趣方能使人去研究过去的事实。因此，这种过去的事实只要和现在生活的一种兴趣打成一片，它就不是针对一种过去的兴趣而是针对一种现在的兴趣的。”这也就是说，“真历史”不是对“过去的事实”作出陈述，而是“把历史跟生活的关系看作一种**统一**的关系”，“真历史”只能发生在“当我也思索过它们或者将要思索它们并按照我的精神需要去推敲它们的时候”。① 正是立足于“现在生活的一种兴趣”，克罗齐才提出了“一切真历史都是当代史”的命题。我们重述“20世纪中国文学”的兴趣是被新世纪的“现在生活”，尤其是它的文化和文学所激发的。在一种堪称“后”的文化境遇中，不论是20世纪中国文学的研究还是新世纪的文学创作，一个“重估现代性”的主题正在强有力地生成；在这里，首先被“重估”的就是在上个世纪逐渐取得话语霸权的“启蒙—革命”的文学。对“被压抑的现代性”的揭橥、对五四新文化运动的反省、对鲁迅这位“文化圣人”的质疑、对“红色经典”的再解读，以及文学创作中对“启蒙—革命”的文学的“重写”、“再叙述”、戏仿、消解、颠覆等等，无不同“启蒙—革命”的文学有千丝万缕的瓜葛牵连。“启蒙—革命”的文学无论是作为文化资源的利用还是作为批评对象的审视，“现在生活的一种兴趣”都驱使我们同“启蒙—革命”的文学“这种过去的事实”“打

---

① 引文见贝奈戴托·克罗齐《历史学的理论和实践》第2、3页，商务印书馆1982年版。黑体为原书所加。

成一片”。

当我们站在新世纪的门槛之内感受到诸多学术潮流和创作现象时，不禁想到美国哲学家 M. 怀特在谈论 20 世纪哲学潮流时说的一段话：“几乎二十世纪每一种重要的哲学运动都是以攻击那位思想庞杂而声名赫赫的十九世纪的德国教授的观点开始的，这实际上就是对他加以特别显著的颂扬。我心里指的是黑格尔。”① 是的，当黑格尔以他的客观唯心论和辩证法将世界无所不包地囊括在他的思辨哲学体系之内的时候，任何关于世界的新知都将在这个体系上打开一个缺口，从而令其支离破碎。百年来中国文学的发展与此相似。20 世纪前半期，“启蒙—革命”的文学以其合理性从多元文学格局中凸显为主潮；从 20 世纪中期开始，强劲的思想、组织和艺术一体化改变了文学格局，“启蒙—革命”的文学压倒各种声音，将“真实”、“本质”、“主流”、“规律”等囊括殆尽，以至于连“启蒙”也成为多余唯有“革命”，当“启蒙—革命”的文学在“文革文学”中完成了自己的终极想象，它也就使自己成为一种造物的神话。一个神话的来路追踪其实在“革命”的极盛期就开始了，而在新世纪任何一种有关“真实”或者悬置“真实”的文学探求都包含着对“启蒙—革命”的文学所营构的宏大体系发问。这是“攻击”，也是“特别显著的颂扬”。近年来有学者模仿王德威“没有晚清，何来五四?”的发问，提出了“没有‘十七年文学’与‘文革文学’，何来‘新时期文学’?”的问题，② 这是对历史连续性的强调。尽管后者似乎是对前者的否定（“攻击”），但前者之所以值得否定，正是因为它为后者的出现提供了基础、背景或参照物，哪怕是作为“攻击”的对象，这也无异于“颂扬”了；正如在新世纪，“反启蒙”如何“反”，“后革命”如何“后”，这

① M. 怀特：《分析的时代——二十世纪的哲学家》第 7 页，商务印书馆 1984 年版。

② “没有晚清，何来五四?”系王德威《被压抑的现代性——晚清小说新论》一书“导论”的标题，国内学者的仿问可参见李杨《没有“十七年文学”与“文革文学”，何来“新时期文学”?》一文，《中国当代文学史史学观念笔谈》，载《文学评论》2001 年第 2 期。

是需要有此前的文学来说明的，“启蒙—革命”的文学作为20世纪中国文学最重要的文学和文化遗产，也正是在“攻击”抑或“颂扬”中再度走向学术前台，新世纪的文学变迁也就这样把我们抛掷到一个新的观照点。

从“20世纪中国文学”提出伊始，就含纳着一个学术动机，即消除文学史断代研究造成的隔阂，“打通”近、现、当代文学，把20世纪中国文学“作为一个不可分割的有机整体来把握”①。自此而往，冠之以“20世纪中国文学”的各类著述可谓汗牛充栋，然而无论怎样“打通”，界限依然存在，本书忝列其间，自然也不能免俗。事实上，作为一种延续已久、约定俗成的文学史分期，自然有其事实的和学理的依据，倘能知晓这些依据的合理性和局限性，也就没有更多的必要人为地加以“打通”了，焉知别立尺度又岂能消除所有的局限呢？况且对于行内人而言，近、现、当代的分期已内在于心，即便目录上不作标示，一看内容也便能明了。因此本书虽冠名《20世纪的中国文学》，却不以“打通”为己任；能循着“启蒙—革命”的文学之主脉，参核其要略，徜徉其周边，勾勒其兴衰，张扬吾兴趣，这也就是我们所能做的了。

前言作于成稿之后，是否如其所愿，祈望读者指正。

---

① 参见黄子平、陈平原、钱理群《论“二十世纪中国文学”》一文，载《文学评论》1985年第5期。

目　　录

一、“天崩地坼大时代”：文学踏进20世纪的门槛

[历史大变局：古典文学的危机——持续的突围：近代文学的“革命潮”——域外天火的盗取：思想与文学的译介活动——新文化空间的开创：新文学的胎孕]

正如恩格斯指出的，一切社会和思想领域的新变化，一方面深植于经济与政治的事实中，另一方面又以“先驱者传给它而它便由以出发的特定的思想资源作为前提”①。中国文学踏进20世纪的新发展，经历了近代意义的过渡与转折。

从1840年鸦片战争爆发到1911年建立中华民国，史称“近代”，也有人认为近代延续至1919年五四运动以前。在这多半个世纪中，持续衰落的传统中国与走出中世纪后高速发达起来的西方现代资本主义列强频繁遭遇，激烈碰撞，这一时势为中国“数千年未有之变局”，触发了社会与思想的全面危机，也引致了一系列的革故鼎新。中国，在血雨腥风中迎来了“天崩地坼大时代”。

首先是王权危机和民族危机，“国将不国”。西洋诸强和东洋日本凭借船坚炮利与政经优势，通过战争恐吓和外交讹诈等方式，从中国攫取了大量特殊权益，包括派驻军队、建立租界及长期操纵中国的海关税收等，严重地损害了中国国家主权，威胁到中华民族的生存与发展。而清政府面对列强的步步进逼，不思进取，软弱无能，一再妥协退让，丧权辱国，其所作所为不可避免地削弱了政权

① 《马克思恩格斯选集》第4卷第485页，人民出版社1972年版。

存续的合理性，加重了王权统治的危机。当清朝权贵出卖民族国家利益以自保，王朝日益成为外国诸强的国内代理时，怀抱不同政治目的的地方势力却迅速扩张，并不时与中央政府分庭抗礼，这种“分权”和“割据”的状况几乎伴随了近代始终。它一方面愈发架空了中央权威，同时也使近代历史演进充满变数，客观上为社会变革准备了某些条件。整个近代时期贯穿了不断高涨的改革浪潮和从未止息的抗争风波，洋务派、维新派、革命派前赴后继，民众暴动、农民起义、社会动荡彼伏此起。统治集团在风雨飘摇、朝不保夕的情形下，无暇更无力审时度势、从长计议，只有敷衍应付；变革一方同样未能找到和实践一条平稳转型的路径，危机日益加深。矛盾激化的铁血近代逼出的是激进变革的思路和行动。

其次是传统经济的衰败和新经济的成长以及由此出现的新现象。从长时段历史观来看，经济因素的变动正是一切社会历史变迁的基础性力量甚至决定性力量。帝国主义的侵略“促使中国封建社会解体，促使中国发生了资本主义因素，把一个封建社会变成了一个半封建的社会”①。传统中国是一个以农耕为主要形态、以小农经济为中心成分的自给自足的经济社会，自从东南地区具有资本主义性质的现代工商业出现以后，它便以成长中的新经济的面目楔入传统经济社会结构当中，促使后者解体和转型。但是，面对以沿海城市为策源地的新经济的渗透，以广大内地乡村作依托的传统经济顽强阻击，形成新旧经济长期并存的格局，不仅对近代时期而且对整个 20 世纪文学历史嬗变也有不可忽略的影响。此外，新经济成分养育了新的阶级群体，无论是资产阶级或无产阶级，在此后的政治文化及文学舞台上都是举足轻重、唱大戏的角色。

再次是思想文化危机的表面化、剧烈化和全面化。在中国悠久的历史中，思想迷失与文化危机曾多次出现，然而，这一次的思想文化危机变本加厉地在各个层面暴露出来。经典重释、托古改制的一再上演降低了士人和民众对文化传统的认同感和信任度；传统文化面对变异的世界左支右绌，不能提供适当的意义解释和充足的价

① 《毛泽东选集》第 2 卷第 593 页，人民出版社 1966 年版。

值承诺，而以儒家为表、法家为里的政治意识形态在天朝大厦将倾、王权岌岌可危的历史境遇中，其天道人伦的法理依据迅速丧失。思想危机造成的文化“虚空”状况不仅使此后的文化重建工作困难重重，也部分地导致整个20世纪周期性的文化震荡。

“文变染乎世情，兴废系乎时序”，在社会危机的笼罩下，文学危机也如期而至。中国文学一路嬗递演变到清末，出现严重的僵化现象。在这一时期，社会上仍然存在诸多崇古、学古、拟古的文学流派和创作思潮，比如诗歌领域的宋诗派、同光体、汉魏六朝派，散文领域的桐城派，小说戏曲领域的侠义、狎邪小说及传奇杂剧等等。古典文学向来以传统诗文为正宗，企图复兴宋诗运动和古文创作的同光体与桐城派可谓这一努力的“回光返照”。前者兴起于同治、光绪年间，专事模仿宋代江西诗派，以陈三立、陈衍、郑孝胥、沈曾植等人为代表。由于对文史知识的炫博胜于对生活实感的把捉，模仿多于创造，其作品既不能敏锐坦露情怀，也不能深刻揭示时代，显现的往往是一种文化遗民的落寞心态。与此同时的樊增祥、易顺鼎等诗人则主宗中晚唐诗，然而同样形式大于内容，流于技巧的把玩。模宋范唐的结果是一再坐实过去屡试屡爽的“以复古为开新”的文学变革之道于今却行不通，“传统”在新的文学时势面前提供不了足够的动力，古典从整体结构的意义上确实衰落了；反之，能够充当从传统向现代过渡津梁的倒是那些在持续的文学革命潮流中力图逸出旧轨、转而追求创变的作品。桐城古文的短暂中兴挽救不了古文的沉寂，林纾、章士钊等人的散文写作成就恰恰不是在谨守家法中取得的，而是在疏离和突破“义理、考据、辞章”的约束，借鉴外国文学经验和遵从逻辑阐述方法中争取的。当然，具体到个人，其思想与文学上的表现往往并不一致，表现于作品中的价值立场与文体意识也常常冲突，而正是诸如此类的错综复杂的情状才生动地呈现了古典文学的“挣扎”意味。

近代既是中国古典文学的衰落、终结时期，也是它的突围、革新阶段。郭沫若曾从历史普遍关联的角度阐发过晚清文学改革运动对新文学的先导作用，认为五四“文学革命的滥觞应该追溯到”清末“资产阶级意识觉醒的时候。这个滥觞期的代表，我们当推梁任公"①。诗界革命、文界革命、小说界及戏曲界相继出现的变局，形成了古典文学近代阶段持续的文学革命潮。

"诗界革命"最早的倡导者包括夏曾佑、谭嗣同和梁启超，但其先声可以追溯到1868年黄遵宪提出的"我手写我口，古岂能拘牵？"不过，早期的革命成果多表现为"颇喜挦扯新名词以自表异"，离预置目标尚远，梁启超反省说："若以堆积满纸新名词为革命，是又满洲政府变法维新之类也。能以旧风格含新意境，斯可以举革命之实矣。"② 他进而列举黄遵宪的诗歌实践为示范，提出三项标准："第一要新意境，第二要新语句，而又须以古人之风格入之，然后成其为诗"③。首当其冲的"新意境"即"理想之深邃宏远"，"新语句"指表现西方新思潮的名词术语，"不可不求之于欧洲"，而这一切却须包蕴在古风格之中。梁启超的革命主张与谭嗣同所谓"独辟新界而渊含古声"同调，这恰恰说明他们未能从精神实质与语言体式的整体变革角度认知与实行"诗界革命"，保留旧形式的革命并不彻底，因而其意义与作用不能与尔后的白话新诗运动相提并论，只能视为后者的酝酿与准备。但是，尽管"诗界革命"的理论存在缺陷，创作也未达到预期的理想，但求新求变的精神和开拓新领域的努力却延续下来并影响到新文学运动。对此，朱自清有过明确阐述："这回'革命'虽然失败了，但对民七（1918）的新诗运动，在观念上，不在方法上，却给予很大影响。"④

稍后出现的"文界革命"取得的成就更高，产生的影响更大，但理论上的阐发则不多，主要见诸梁启超等人的创作感言。梁启超在1897年与严复的通信中就以舆论界和文界的"陈涉"自居，表

① 郭沫若：《文学革命之回顾》，《文艺讲座》第1册（1930年4月19日）。

② 梁启超：《饮冰室诗话》第51页，人民文学出版社1959年版。

③ 梁启超：《夏威夷游记》，《饮冰室合集·文集之二十二》，中华书局1936年版。

④ 朱自清：《中国新文学大系（1917—1927）·诗集·导言》，上海良友图书印刷公司1935年版。

露了文界革命的雄心。文界革命的兴起有多方面因素的激发，包括近代报章文体的涌现和日本文学的影响。谭嗣同和梁启超均谈到报业的发展给报章写作带来的文体变化，后者更直陈日本新闻体政论文作家德富苏峰对自己的启示："德富氏为日本三大新闻主笔之一，其文雄放隽快，善以欧西文思入日本文，实为文界别开一生面者，余甚爱之。中国若有文界革命，当亦不可不起点于是也。"①融化"欧西文思"，激活汉语思维，适应报章特性，熔铸"雄放隽快"的文体风格，梁启超在以《新民丛报》为代表的一系列报章写作中可谓后来居上。

梁启超将这一旨在宣扬欧西文思和发挥报章个性的写作实践称为"新文体"。新文体一方面自由宣讲新思潮新学说，一方面还承担着破除桐城古文义法的任务；梁启超希望新文体吸纳古希腊古罗马散文的雄辩修辞、英法近代随笔的亲切感人和汉魏古文的旷达洒脱，加上思想的新颖前沿和语言的平易流畅，确实为散文创作走出了一条新路。他自述道：

> 启超夙不喜桐城派古文，幼年为文，学晚汉魏晋，颇为矜炼，至是自解放，务为平易畅达，时杂以俚语韵语及外国语法，纵笔所至不检束，学者竞效之，号"新文体"，老辈则痛恨，诋为野狐。然其文条理明晰，笔锋常带感情，对于读者，别有一种魔力焉。②

梁启超的新文体"开文章之新体，激民气之暗潮"，其以通俗浅易、半文半白、整散结合、富于鼓动力的语言形式来传播新思想的作法震动了文坛，一时"无不知有新会梁氏者"，大大扩展了新思潮和新文体的社会效应。章士钊、李大钊等人在民国初年发表的大量政论虽与梁氏"新文体"稍异，或以逻辑的严谨见长，或以学理的深邃取胜，但也可视为文界革命的后续成果。

① 梁启超：《清代学术概论》第77页，东方出版社1996年版。
② 梁启超：《清代学术概论》第77页，东方出版社1996年版。

“小说界革命”从一开始就将文体的上移与政治变革、社会改良的宏大目标联系起来，因此，相比之下，它的理论更为自觉，成果也更为丰硕，成为新文学观念延续与创作借鉴的重要资源。早在 1873 年，蠡勺居士就反诘“谁谓小说为小道哉”① 的传统文体观，1897 年严复、夏曾佑在《本馆附印说部缘起》一文中分别从文学时代变迁的进化论与小说改良人性的功能观方面立论，公然将小说地位抬升至经史之上，成为小说行将大兴或正在崛起的辩辞。梁启超写于 1902 年的《论小说与群治之关系》更是从小说与新民、群治、国立的关系高度将小说的社会功能强调到极致，所谓“欲新一国之民，不可不先新一国之小说”，将前者论证为后者的前提与基础。这一论断固然为新小说的问世排除了诸多障碍，但它对小说政治化功能的不恰当强调和对小说艺术审美性的不恰当忽略必然导致理论与创作偏于功利化的趋向。倒是徐念慈 1908 年的《余之小说观》立场较为客观辩证，对梁启超的矫枉过正有所纠偏，显示了对小说审美价值的应有重视。

从创作形态来看，新小说的成果集中体现在政治小说的创制，即使在其他题材的小说作品中也多以宣扬维新革命思想作为思想题旨和情节主体，如梁启超、陈天华是当时重要的作者，不过在小说观念和艺术表现形式方面也显现出某些弃传统而去的新变化。

与此同时，戏剧改良运动勃然而起。但无论是偏重观念提倡的梁启超、陈独秀，还是着力舞台实践的汪笑侬、曾孝谷等人，都不免受到近代以来不断激化的政治改革思潮的感染，较多关心戏剧艺术对民众的思想鼓动作用，注重的是它的群体影响力，因而其改革目标与其他文学革命大体一致。戏剧改革的成果，一是传统的传奇杂剧从主题题材到体制形式均有所变革，增加了政治化题材，强化了新闻性和政论色彩；二是京剧、川剧等地方戏曲逐渐“现代化”；三是诞生了新型的戏剧类型——话剧。

语言的“俗化”及统一（某种程度上也可以理解为地域方言

① 蠡勺居士：《〈昕夕闲谈〉小叙》，《中国文论选·近代卷》（上）第 430 页，江苏文艺出版社 1996 年版。

的普泛化和“文言”的“白话化”）与现代民族国家的形成，二者之间密切的同步与因果关系在欧洲历史中屡屡得到印证。这一史实无疑极大地启发了中国知识分子对语言的认知，也产生了明显的示范效应；不过，在近代时期，人们更多地是从工具与载体的层面来论证和实践语言的功能——普及教育、开启民智的工具和宣传文明、养成新民的载体——从黄遵宪到梁启超莫不如此。

早在1882年，黄遵宪就引述欧洲语言变迁与文明进化的事例来力证语言文字与民众智识状况之间的关联，又从中国文字的历代创变和愈到后来愈趋于简便的史实进一步论证解决言文分裂，创立或实行“适用于今，通行于俗”的语言文字的改革思路。① 黄遵宪的这些主张，由于契合了社会普遍的危机意识与启蒙教化的时代诉求，在当时与以后成为语言变革的重要方向与内容，即联系语言的功用来探讨与推行语言的白话化。

在“救亡中国——文明教化——语文简易”的逻辑关联中来彰显问题与展开阐发，这是当时十分普遍的策略，除了拼音化方案的提出与尝试，另有俚俗化即白话代文言的倡导与实践。梁启超基于对俚语社会功能的发现，力倡语言的白话化和言文合一。他说：“古人文字与语言合，今人文字与语言离，其利弊既缕言之矣。”“今宜专用俚语，广著群书，上之可以借阐圣教，下之可以杂述史事，近之可以渊发国耻，远之可以旁及彝情，乃至宦途丑态，试场恶趣，鸦片顽癖，缠足虐刑，皆可穷极异形，扬厉末俗。其为补益，岂有量耶！”② 裘廷梁、陈荣衮等白话文运动的先驱更是明确提出“白话文为维新之本”、“开民智莫如改革文言”的主张，将晚清白话文运动推向高潮。

其实，白话文运动的理论探讨与社会实践是一体两面，同步进行的，在清末民初这一段时间，民间力量创办的白话报刊有170多

① 参见黄遵宪《日本国志》卷三十二的相关论述，图书集成书局出版，1989年重印。

② 梁启超：《变法通议·论幼学》，《饮冰室合集·文集之一》，中华书局1936年版。

种，白话小说刊物也有十数种之多，大大地扩大了白话文在民众间的影响，也显现了白话写作的实绩。不过，此时的白话文运动主要服务于政治维新和文化启蒙等“实学”领域，追求的是“经世致用”的改良、改革目标，很少注意到白话的文学审美性质和功用。梁启超在由文言向白话转化的变革中倒是从文学进化观的角度论证了这一历史趋势，他说：“文学之进化有一大关键，即由古语之文学变为俗语之文学是也。各国文学史之开展，靡不循此轨道。”但他接着又说：“苟欲思想之普及，则此体非徒小说家当采用而已，凡有文章，莫不有然。”①梁启超虽则看到文学以语言的变革为必然趋向，但对语言的文学性认识却不免犹豫和矛盾，大体来说，他为了向民众宣传维新思想，强调语言的通俗和白话化；而一旦涉及文学的美学意义，则态度不免踌躇和暧昧。梁启超将文章分为应用性的“觉世之文”和创作性的“传世之文”，在语言上分别提出不同要求：“传世之文，或务渊懿古茂，或务沉博绝丽，或务瑰奇奥诡，无之不可。觉世之文，则辞达而已矣。当以条理细密，词笔锐达为上，不必求工也。”② 可见其对俚俗白话的文学功用和美学价值的不自信，这一重白话观念的“魔障”到五四时期才被胡适等人彻底打破。

不同国家民族之间的文化交流史实反复证明：当本土文化还呈现勃勃生机、发展健康的时候，异域文化往往只能顺应本土文化，难以形成强有力的冲击和挑战；而当本土文化的演进陷入困厄，急需外来文化的冲刷以实现复兴创变时，异域文化充当的通常是改造者的角色，会呈现出摧枯拉朽般的力量，甚至可能在一段时期反客为主成为文化递嬗的主导方向和主流形态。

翻译是文化交流的重要形式。其实，通过不同语言的译介方式来学习借鉴外国文化成果，在中国历史上屡见不鲜。近代时期，中西双方基于不尽一致的利益考量，相当一致地生发了西学东渐的文

① 梁启超：《小说丛话》，载《新小说》第 1 卷（1903 年）。

② 梁启超：《湖南时务学堂学约》，《饮冰室合集 · 文集之二》，中华书局 1936 年版。

化交流要求。从中国一方来看，自19世纪中叶被迫卷入以西方为主导的现代世界历史进程后，摆脱任人控制和宰割的命运，建立繁荣强盛的现代民族国家一直是社会变革和发展的主要方向，而要实现这一宏大志愿，学习西方先进的科技文化，借鉴西方成熟的政治体制进而吸收西方新颖的思想理论成为睁眼看世界的有识之士的自觉选择，而且愈到后来愈蔚然成风。唐才常就曾形容20世纪初青年才俊"浡然向新"的风气说："少年子弟之根器稍异、见闻略广者，则不甘心死于时文章句，相与联翩按轸于东西学堂。"① 虽然具体目标的锁定因时而变，但向西天取经的方向则始终如一。近邻日本一度因为学西自强的优异表现也进入过有识之士的视野。从西方诸国来说，则为了争霸世界和变中国等为附庸地区的多重目的，也须传播西方的价值观念和政经体制为其开路搭桥，为改善殖民环境和实施更有效的统治服务。因而，西学东渐得到双方的激励，演变成不可阻挡的时代趋势。不过，缘于交流双方不对等的地位和历史的特殊境遇，这一场旷日持久、强度空前的中西文化交流从一开始就将中国主要定格在接受和输入的一方。

在缺乏频繁自由的人员往来进行直接交流的条件下，西学主要靠书籍文献传播，因而翻译就成为基本的沟通手段和交流方式，京师同文馆、江南制造局、商务印书馆以及严复、林纾、"周氏兄弟"等是不同时期重要的翻译出版机构和译介者。西学东渐大致上经历了环环相扣、层层深入的几个阶段，梁启超认为，第一阶段先从器物层面感觉不足，于是有洋务运动和近代军事工业的创办；第二阶段开始从制度层面感觉落后，随即自上而下变法维新，推行君主立宪；第三阶段更从思想观念方面感觉缺陷，要求文化的改弦更张，与之相应的便是新文化浪潮的兴发。② 胡适归纳了不同阶段译介的西学类型：第一类是宗教的书；第二类为科学和应用科学，当时称为"格致"的书；第三类为历史、政治、法制的书；第四

---

① 唐才常、宋恕：《砭旧危言》第163页，辽宁人民出版社1994年版。

② 参见梁启超《五十年中国进化概论》一文，《饮冰室合集·文集之三十九》，中华书局1936年版。

类为文学和哲学的书。① 鸦片战争前后，林则徐、魏源组织编辑的《四洲志》、《海国图志》等，在“师夷长技以制夷”的策略下，已开主动学习西方的先声，显露了现代国际政治的胸襟；而严复对西方政治理论和社会科学的系统翻译则更是将社会进化论、天赋人权学说、自由民主思想引入中国。这些异质性的思想观念就像从域外盗取的天火，对传统文化形成极大的冲击，也成为尔后社会运动和文化变革不熄的精神火种。

严复将赫胥黎的《进化论与伦理学》译为《天演论》，将原著侧重自然界的“适者生存”学说转换为社会历史进化观。事实上，严复所做的已不是语言翻译工作，而是译述，其中“窜入”大量个人的体悟和思考。由于这些体悟和思考既紧密联系着近代中国时危势困的历史现实，又切入了通过变革以求强盛的时代主题，因此，震撼了当时思想界，使中国文化人开始具备竞争于世界的意识，为谋求社会发展提供了理论论证。严复还在《自由论》、《群己权界论》的译述中开出“鼓民力、开民智、新民德”和“自由为体、民主为用”的救世药方，使民主平权观念和独立自主思想进入中土，影响了当时和以后的文学、思想、社会运动，不愧为“介绍西洋近世思想的第一人”。

对西方和外国文学的集中翻译出现得最晚，以戊戌时期为分水岭。此前从 1840 年至 1896 年，可以查考的小说译作只有 7 部，而从 1899 年至 1911 年，这一数字飙升至 600 多篇（部）；又据徐念慈 1908 年的调查和阿英的估算，进入 20 世纪，近代翻译小说的数量始终在创作小说的两倍左右，是十分惊人的数字。其他文体的作品翻译虽然数量较少，也有译介，比如马君武、苏曼殊等就是“首先介绍西洋诗歌”的人。但介绍西洋近世文学第一人“非林纾莫属”。他在十余年的时间中，以桐城古文翻译了一百数十种外国文学作品，多数是西洋近代小说。林纾翻译西洋小说，原只想“广人见闻、新人观感”，却意外地“开始了翻译世界的文学作品

① 胡适：《五十年来中国之文学》，《胡适学术文集 · 新文学运动》第 106 页，中华书局 1993 年版。

的风气"。胡适就曾总结说："古文不曾做过长篇的小说，林纾居然用古文译了一百多种长篇小说，还使许多学他的人也用古文译了许多长篇小说；古文里很少滑稽的风味，林纾居然用古文译了欧文与迭更司（现译为"狄更斯"，引者注。）的作品；古文不长于写情，林纾居然用古文译了《茶花女》与《伽茵小传》等书。古文的应用，自司马迁以来，从没有这种大的成绩。"① 不过，这里可以提供一个"反例"。当年知识阶层满城争说《黑奴吁天录》的时候，大批阅读古文有困难的小职员和小市民颇有向隅之叹，于是有心人便把它改写成白话本，而当翻译者发现白话译本更易流通传看时，他们便抛弃古文而专用白话了，这一转向也间接地证明了白话文运动的合理性与历史成绩。② 林纾以及所有这一时期的文学翻译，为中国文学带来了"影响与贡献"：其一是打破了中国人"华夷之别"的狭隘观念，使之知道欧美人"与'我们'是同样的'人'"；其二是打破了中国人"唯中国文学优越"的夜郎自大观念，从此"知道欧美亦有所谓文学，亦有所谓可与我国的太史公比肩的作家"；其三是抬升了小说地位，改变了中国人轻视小说的传统观念，引进了诸多小说文体与表现形式，促进了小说艺术的革新。③

近代社会与文化发展由缓转急的历史变革终于使具有超稳定形态的传统中国出现了大面积的结构性松动，为新观念的萌发和新事物的生长铺垫了土壤，准备了条件。

首先是新的文化空间的创辟与新知识群体的产生，这二者既是互为因果的关系，又是混流并进的过程。报纸、期刊、书局这些机构本来就是具有"现代性"的新事物，这些新兴的传媒不仅以前所未有的速率与规模改变了以往的信息传播与思想流布方式，而且还由此创辟出新的社会文化公共空间，甚至连民国时期的"文人

① 胡适：《五十年来中国之文学》，《胡适学术文集·新文学运动》第110页，中华书局1993年版。

② 参见郑振铎《林琴南先生》一文，载《小说月报》第15卷第11期（1924年11月10日）。

③ 参见郑振铎《林琴南先生》一文，载《小说月报》第15卷第11期（1924年11月10日）。

总统”徐世昌对报章的力量也不敢轻觑，屡屡表述过这样的意思：“报纸在社会上之权威，俨有凌驾官吏之趋向。”① 其实期刊和出版机构在促成近代社会的全面变革方面也建功甚伟。前述数家书局对异域思想与文学的编译出版，《东方杂志》、《礼拜六》杂志之于民初特定思想与文学风气的形成都是人们耳熟能详的史实。以报刊为例，19 世纪 60 年代以前数量很少，70 年代至世纪末有近 150 种，辛亥革命后迅速增至 500 种之多，其中为数不少的便是文艺性报刊，像《强学报》、《时务报》、《国闻报》、《申报》等均有全国性影响，而《新民丛报》与《苏报》关于维新与革命的论争更是牵动了国人的神经，影响了几乎一个时代的思想流向和政治选择。

教育体制和教学内容的变更既是近代持续改革的着力处，也是一系列变革获取成果的重要原因。从 1862 年同文馆的兴办到 1895 年天津创设中西学堂，依循新法创办的公立、私立和教会学校便层出不穷，而且包括了从幼稚园到大学的不同层次，尤其现代大学体制的引进和实践对中国教育制度的影响十分深远。1905 年，清政府废除科举，在全国范围内全面改革教育体制，实行新式教育。新式教育的重要方面便是教学体系的创新与变更，师生教与学的主要内容不再是读经述古和作八股文，而是与现代西方学科知识分类相对应的各个科目，外国语文、自然科学、法政社会等成为重要部分。教育体制和教学内容的改革固然断了传统读书人的前程和后路，却又使士人的知识更新和角色转换成为可能，并且造就了大批的新型知识分子，有些先行者更是勇敢地跨出国门，在留学和游历中增长了见闻，提高了认识，成长为改革事业的中坚力量。

各种专业性学会的涌现和民间公开结社的勃兴也是此际值得关注的特殊景观，被称为“学会运动”现象。从 1895 年北京成立强学会开始，三年内成立的学会达六七十种之多，遍及半个中国，而戊戌后辛亥前，民间组社更达 600 多个。这些民间学会团体形态各异，旨趣驳杂，或专意学术，或偏重政治，目标差异很大，但其缘起则是基于众人大体一致的“变革”、“富强”追求，其组织原则

① 《总统对新闻界演说（续昨）》，载 1918 年 12 月 2 日《晨报》。

多是自由、自觉、自愿。这一组织形式及它们的丰富实践，无疑为知识分子交流思想提供了重要的和行之有效的方式，更为这些怀揣改革之志的进步人士坐言起行开启了新的公共空间，在致仕朝廷和隐退江湖之外，可以选择社会公共空间安身立命。这一趋势日后更演变为现代知识分子希望既参与公共事务又保持独立品格的宝贵传统。多种因缘的凑集，多种因素的作用，终于使新型知识群体显形，他们具有改革意识、世界眼光、自由品格和新锐的文化知识，是中国历史上第一批现代意义上的知识分子。

其次是作家主体、文学观念和作品形态的变化。以上种种态势在很大程度上已经改变了文学发生、演变的社会文化生态，为新文学的兴起准备了条件，包括文学创作的主体与表现对象、文学的接受主体与传播过程。具体地说，新知识群体的出现一旦落实到文学知识分子身上，则是作家主体知识修养、价值立场、心理态度和生活形态的全面迁移。衡量作家之间的代际分野，年龄师承不再是必要的背景，学养结构中旧学与新知、中学与西学的比例与性质的异动才是更重要的指标。等到秋瑾、包天笑等一代作家出现，为数不少的已是新学堂或洋学生出身，成为浑身散发着现代气息的知识分子了。此外，由于报刊业的发达和稿酬制度的实行，作家有可能卖文为生，面向市场和社会谋出路，因此出现了职业性和半职业性的“写手”、“写家”。这些新型作家群体既不可能坚守杜甫式“致君尧舜上，再使风俗淳”的忠君爱民的传统立场，也不同于以往士大夫闲适之时消遣自娱的文士风流，他们的文学观念随之发生了改变。综观章太炎的《序革命军》，梁启超的《译印政治小说序》，王国维的《〈红楼梦〉评论》，周树人的《摩罗诗力说》，周作人的《论文章之意义暨其使命因及中国近时论文之失》等重要文论，从主导趋向看，改良或革命成为时代主题；而文学思潮是社会思潮的一部分，自然与这一目标彼此呼应。从黄遵宪到章太炎、梁启超，均着重从文学服务于政治改革和思想宣传的社会文化功用角度来认识文学和规范文学发展；虽然王国维、周树人、周作人或从审美意识与自由意志的关系方面，或从文学的效用与独立人格的培育角度阐发文学的属性与本质，更为切近文学本体，但缘于疏离主流和思考超前，便一直处于边缘的与隐伏的状态。但无论梁启超侧重政治功利的文学救国论，还是王国维关注文学审美的人文内涵，或者章太炎忧思文学变革中的民族文化传承和“周氏兄弟”重视文学中的人格力量，虽然价值观念不一，运思径路各异，具体结论更是相去甚远，然而，他们在将文学的变革与民族国家的复兴视为同一目标的不同层面的思想逻辑上则有融通之处，从根本上区别于传统的家国天下观念和悯农思维下的文学思考。仅此而论，足可证明近代进步文学与古典文学渐行渐远，而与现代形态的新文学渐行渐近。

更多的、富于成效的变化体现在创作实践中。仅以小说一隅为例，在从清末到民初的几十年间，由于域外文学的持续影响，加上近代作家的勤奋学习和自觉探索，包括小说在内的文体形态与表现技法等方面都有极大改观，成为向现代小说的过渡形式。在小说体裁方面，近代小说通过引进消化或独立创制，出现了一些古无今有的小说类型：比如宣扬维新改良、宣讲革命理念的政治小说，描写逻辑推理、叙述神奇破案的侦探小说，发挥科学想象、展示科技成就的科幻小说，鼓吹男女平权、渲染民主思想的言情小说、理想小说，揭露社会黑暗、抨击官场弊病的谴责小说、黑幕小说等等。像梁启超的《新中国未来记》、陆士谔的《新中国》在政治小说的框架内，充分展开对“新中国”的美好想象，寄寓了一个时代的政治激情。李涵秋的《雌蝶梦》、吕侠的《中国女侦探》等侦探小说改造了传统公案小说以官府与民间（江湖）为争斗双方的结构模式，将人物表现重心转移到智勇双全的“神探”的缜密思虑和严格推理上，减少了肢体打斗，增多了智力较量。荒江野叟的《月球殖民地》、徐念慈的《新法螺先生谈》等科幻小说虽然由于作者的科学修养尚不完备，有些想象大胆却不够合理，但对于缺乏科学幻想传统的中国小说来说，即使是幼稚的科学幻想也不失为有益的尝试。西方现实主义悲剧美学观念的引入和渗透也强化和锐化了中国近代作家对人生悲剧的艺术敏感度与艺术表现力，一些谴责小说的上乘之作在立题、取材、表达等方面已经显露出鲜明的批判现实主义小说的特征。同时，源自西方的现代小说结构模式与表现手段也正在大规模的实验之中，渐渐地就改变了中国传统小说的面貌。一是细腻传神的心理描写。中国传统小说一般通过语言、行动或情态来显示人物心理活动，采用的是间接表现法，西方现代小说多以正面的心理刻画为主。刘鹗的《老残游记》在继承传统中吸纳新潮，写到侠士老残决心将翠环救出火坑却又好事多磨时，将翠环的欣喜、忧虑、悲愁、激切之情摹写得曲尽其妙。曾朴的《孽海花》、苏曼殊的小说心理描写分量更重，对人物性格的刻画也更关键。二是倒叙手法的娴熟运用。吴趼人的《九命奇冤》开头即写凌家纵火杀死梁家八口的大命案，而按情节顺序它本应于第十六回出现，作家颠倒叙述，提前制造了强烈的阅读悬念。到鸳鸯蝴蝶派小说，这一逆序叙述的技巧已经掌握得很熟练了。三是限知视角。苏曼殊的《断鸿零雁记》以第一人称展开抒写，其他小说家如徐枕亚的《血鸿泪史》、包天笑的《冥鸿》间用日记体、书信体均自觉限制了叙述视角，更容易造成逼真生动的叙述效果。此外，大量的小说创作日益摆脱了传统章回小说的旧模式，大多数有章节而无对偶式回目，也去除了章回体开头结尾的套话，起讫随宜，结构自由。短篇小说文体发展迅猛，常常充当新技法的艺术先锋。像周瘦鹃的言情小说，从思想倾向上看格局狭小，堪称"凄凉伤感"、"哀感顽艳"的代表；但他通过翻译欧美短篇名作熟悉了西方小说技巧并在创作中有所仿用，成为鸳鸯蝴蝶派小说家里面花样翻新的一位。比如五四时期大谈的"横截面"结构方法他就有成功的尝试，是十分经济的构思方式和组织手段。苏曼殊从民国元年创作中篇小说《断鸿零雁记》，后来陆续写下《天涯红泪记》、《绛纱记》、《焚剑记》、《碎簪记》、《非梦记》。其中《断鸿零雁记》为代表作，抒写一代才俊三郎的凄凉身世和人性苏醒，中间穿插点缀一些革命志士的行迹。苏曼殊的小说同样写凄美的爱情悲剧，但无鸳鸯蝴蝶派小说的脂粉气；同样流露革命情怀，却比梁启超们清新脱俗；同样表现人生不幸，不像谴责小说、黑幕小说辞浮气露，俨然"五四"浪漫抒情小说的先驱。有人评价说："苏曼殊通过他的作风和艺术，不仅'体现了旧时代的中国文学传统和西方的新鲜的鼓舞人心的浪漫主义的巧妙融合'，而且体现了他那个过渡时代，整个情绪的无精打采，动荡不安和张皇失措。”①

到了近代尾声阶段，整个社会风气与文学面貌都遭遇了历史巨变，虽然旧的文学形态与思想尚未完全绝迹，但新的文学风气和作品迅速成为主流，文学的各个方面都呈现向新的文学时期转换的迹象，文学已然踏入 20 世纪的新门槛，新文学的胚芽业已胎孕着床了。

① 李欧梵语，转引自杨义《中国现代小说史》第一卷第 6 页，人民文学出版社 1998 年版。

二、“迎中国的文艺复兴”：五四新文化运动

［“请来德先生与赛先生”：新文化运动的发生——“不得不反对旧文学”：五四文学革命——在争议中前行：新旧思潮的论争——共识的渐失：统一战线的分化］

蔡元培、胡适、李长之等人在不尽相同的时间、场合不约而同地将20世纪初期中国的新文化和新文学运动与15世纪至16世纪欧洲的文艺复兴相提并论。① 这一类比的中国前提当然不大可能是通过对经典的重释或新解来促成古典文化和古典文学的复兴②，而是中西在对文化价值的重估中实现了由传统向现代的转换，开启了文化与文艺的新生之门。从这一意义上说，二者才真正具备了比拟的基准与价值。

20世纪中国文学肇始于文学革命，而文学革命又起源于新文

---

① 参见蔡元培《中国的新文学运动·中国新文学大系·总序》，《中国新文学大系导论集》，上海良友图书印刷公司1940年版；胡适：《中国的文学复兴》（1933年），《中国文艺复兴运动》（1958年）；均见《胡适学术文集·新文学运动》，中华书局1993年版；李长之20世纪40年代的著作名即为《迎中国的文艺复兴》。此外，《新潮》杂志以“The Renaissance”（文艺复兴）为英文译名。

② 因为欧洲的文艺复兴确实借助对希腊文化的正面诠释来肯定人文主义，从而走出中世纪的神学禁锢；中国的新文化、新文学运动对民族文化传统的估价基本上是负面的和否定的，即所谓“中国传统负面整体化”倾向，其历史走向不可能是古典的“复兴”，而只能是面向异域与未来的“开新”。

化运动。诸多因缘的辐辏不仅构成了新文化运动兴发的背景，而且在很大程度上决定了它的内涵、性质与方向。

当时从国内外形势来看，世纪初的欧洲陷入社会危机，先是战争的阴云密布，后来便是大战的爆发。西方世界政局动荡使它无暇东顾，暂时放松了对包括中国在内的殖民地半殖民地国家的控制与掠夺，中国资本主义工商业得到了发展的机会，资产阶级和无产阶级这些新型的社会阶级和社会阶层也随之壮大，并为了自身的前途与利益，提出了反帝、反封建的要求，为新文化运动的发动和演进奠定了社会阶级基础。

现代传媒机构的出现，在传统社会创辟出新型社会文化空间，也为新型知识分子的聚集和发挥作用提供了必要的物质条件，甚至还得到了法律形式的保障。这一切使报刊传播的影响力从清末到“五四”有增无减。在新文化运动前夕，现代教育体制的推行已取得了明显成效，不仅一代先驱借讲堂宣传了新思潮，大量的青年也由此获得启迪而“沛然向新”，事实上为新文化运动从兴起到壮大预备了人才队伍。经过半个多世纪对传统的质疑、批判和对新文明的译介、誉扬，整个社会已逐渐凝聚起“求新求变”的共识，在新知识分子群体中，“变法”、“变教”，以思想文化的变革为社会转折的突破口越来越成为核心性认识。变化既是时代鲜明的特征，更是士民一致的祈求。

值得留意和通盘考虑的还有辛亥革命后的政治格局与思想状况。政治局势的混乱腐败为新文化运动间接创造了乘隙而起的良机，思想潮流的逆时而动则使国人对“政治解决”极度失望，转而探索文化解决的新思路，而且还提供了现实的靶的。清帝逊位、军阀争权、袁世凯暴毙，中央权力一时陷入真空状态，各路军阀互不相让，轮番上台，根本建立不起有效的统治与约束，社会有一种生逢乱世的“解放感”，这是新文化孕育生长的良好空间。辛亥革命带来的新气象没有维持多久，随之而起的却是尊孔读经的复辟潮流：遗老遗少们纷纷成立孔教会大张复古之帜，而一些曾经的弄潮儿如康有为、严复则推波助澜，一时尊孔诵经的声浪甚嚣尘上。这引起了坚持以新思潮改造中国的人士的极大失望与不满，鲁迅就曾回忆过民元之时“觉得中国将来很有希望”，但不久事情“即渐渐坏下去”的创痛巨变。① 可见，在帝制崩解的时期一些守旧的人近于本能地要从传统中寻求支持，而这一切思想和行为的不得人心、不合时宜和最终归于失败，一方面激发了时人的愤懑，另一方面也牵累着此后传统文化的命运，最直接的影响就是新文化运动将批判火力集中倾泻到孔子和儒教身上。

其他人在回顾总结这一思想历史进程时也有同感，梁启超就说，辛亥后，国人“所希望的件件落空，渐渐有点废然思返，觉得社会文化是整套的，要拿旧心理运用新制度，决计不可能，渐渐要求全人格的觉悟”②。傅斯年先是形象地描述由希望到失望的转折：“民国元二年间像昙花一般的‘怒发’，和民国三四年间像冰雹一般的摧残。”③ 然后认定：“放开思想去改革政治，自然是以暴易暴，没有丝毫长进。若是以思想的力量改造社会，再以社会的力量改造政治，便好得多了——这是根本改变。”④ 至此，以思想启蒙为改革枢纽，进而追求全盘解决的新文化运动已是蓄势待发。

1915 年 9 月 15 日，陈独秀主编的《新青年》⑤ 杂志创刊，在一系列文化实践中，它一方面迅速聚集起新知识群体，同时以崭新的思想资源与话语方式展开了对现代青年的宣传和对老旧中国的批判，其新鲜活泼的气象与浮躁凌厉的锐气使它既成为新文化运动发端的重要标志，又在数年间引领了这一潮流。

这一文化变革运动从一开始就有十分明确的目标定位：破坏与

---

① 鲁迅致许广平信（1925 年 3 月 31 日），《鲁迅全集》第 11 卷第 31 页，人民文学出版社 2005 年版。

② 梁启超：《五十年中国进化概论》，《饮冰室合集·文集之三十九》，中华书局 1936 年版。

③ 傅斯年：《白话文学与心理的改革》，载《新潮》第 1 卷第 5 号（1919 年 5 月）。

④ 傅斯年：《青年的两件事业》，载 1920 年 7 月 5 日《晨报》。

⑤ 《新青年》创刊时原名《青年杂志》，以 6 期为 1 卷，从第 2 卷第 1 期起改名《新青年》。1920 年 9 月后实际上成为中国共产党上海小组的机关刊物。

建设并行，而且是狂飙突进式的大破大立。陈独秀在具有发刊辞性质的《敬告青年》中，一方面疾言厉色，指斥传统社会的黑暗和专制制度的罪恶；另一方面则语重心长，向青年提出“六点希望”：“自主的而非奴隶的”，“进步的而非保守的”，“进取的而非隐退的”，“世界的而非锁国的”，“实利的而非虚文的”，“科学的而非想象的”。虽然语言表述还不够严谨周密，但正反褒贬的价值立场选择则清醒自觉。新文化希图引入民主人权和科学精神批判封建专制主义和蒙昧主义，洗刷人心与文化，事实上已经张扬起运动的宣言和旗帜。

民初社会的倒行逆施固然激起了普遍的愤慨，但更引起了文化人的检讨与深思。李大钊有感于民主共和的有名无实，指出：“所谓民政者，少数豪暴狡狯者之专政，非吾民自主之政也；民权者，少数豪暴狡狯者之窃权，非吾民自得之权也；幸福者，少数豪暴狡狯者掠夺之福，非吾民安享之幸福也。”① 陈独秀则大声疾呼“吾人最后觉悟之最后觉悟”的“伦理革命”。这里“伦理革命”的内涵实质指包括从个人到全民在思想观念、精神人格、文化心理方面的革故鼎新。正因为缺乏彻底的对旧文化的扫荡，新文化难以深入人心，才导致了尊孔读经、崇儒复古等开倒车的诸多行径和社会乱象；也正因为孔子思想和儒教传统成为中国文化的代表以及其与专制主义的内在联系，所以，新文化运动猛烈抨击孔孟之道和儒家学说，进而走向对整体的中国政治历史与文化传统的严峻批判。《新青年》创刊不久，易白沙就撰文《孔子平议》，呼应“伦理革命”的主张，将矛头对准了孔子。陈独秀更是在《驳康有为致总统总理书》、《宪法与孔教》、《再论孔教问题》、《孔子之道与现代生活》等文中，多方论证，全面出击，不仅揭露了袁世凯、康有为尊孔复辟的政治目的，而且揭示了孔孟思想与封建制度的深刻联系，以及它与现代生活和自由人权观念的不适应。李大钊发表《孔子与宪法》、《自然的伦理观与孔子》，结合历史与现实、包容

① 李钊（李大钊）：《大哀篇》，载《言治》月刊第 1 年第 1 期（1913 年 4 月 1 日）。

政治与学术批判孔孟，否定礼教，抨击自古至今的"专制政治之灵魂"。被誉为"只手打倒孔家店的老英雄"吴虞此时也是接连刊发数篇重头批孔文章：《儒家主张阶级制度之害》、《家族制度为专制主义之根据论》、《吃人与礼教》等，既有激情呼吁，也有理性探讨，助长了"打倒孔家店"的声势。鲁迅写于此时的"随感录"和小说作品也是难得的檄文，尤其《狂人日记》兼具写实与象征，形象地表现了封建旧礼教和家族制度的吃人本质，揭露了几千年的封建社会以仁义道德为表以吃人为里的罪恶历史。

新文化运动同时在传播民主、科学和社会主义思想方面开辟了一个平台。陈独秀在《新青年》创刊号上的文章《法兰西人与近世文明》中指出："近代文明之特征，最足以变古之道，而使人心社会划然一新者，厥有三事：一曰人权说，一曰生物进化论，一曰社会主义是也。"所谓"人权说"在当时被看作民主精神，"进化论"被视为科学态度，"社会主义"则主要指合乎人道主义的社会理想。随后创办的《新潮》与《湘江评论》就像"学生版"和"地方版"的《新青年》，前者高举"批判的精神"与"科学的主义"大旗，后者指斥中国社会迷信盛行、专制不堕，其根源就在于民众"科学思想不发达的结果……不晓得民主究竟是什么的结果"。反对旧道德提倡新道德，批判旧文化宣传新思潮，是新文化运动思想启蒙不可分割的两个方面，一代文化先驱在荡涤封建主义的污泥浊水之时，大力引进和宣扬了近代西方的各种思想学说。比如：卢梭的民约论，穆勒（弥尔）的自由论，叔本华的悲观主义和自我意志理论，尼采的超人学说，易卜生的个人主义，托尔斯泰的人道主义，杜威的实验主义等等。新文化运动的反面抨击与正面译介，无不援引"德先生"与"赛先生"的名头，以民主、科学相号召。

社会主义思潮的宣传也是新文化运动的重要方面，而且在1917年俄国十月革命胜利后，逐渐从对民主、科学的一般性介绍中独立出来，成为不少人谈论的话题，更成为许多青年探索中国社会改造道路的中心。不过，初期人们只是"隔着纱窗看晓雾，社会主义流派、社会主义意义都是纷乱，不十分清晰的"①。一时形色各异的外国社会主义思潮流派都破门而入，寻找中国代言人和生长的土壤，像工团社会主义、国家社会主义、基尔特社会主义、无政府社会主义等等都有人提倡。② 从 1918 年到 1920 年，周作人热情推介日本武者小路实笃等人发起的"新村运动"，毛泽东、邓中夏早年对"新村"式的工团社会主义也非常热衷，还短时间尝试过，"新民学会"的章程、会规也保留了"新村精神"劳动互助的一些遗迹。马克思主义的传播主要发生在五四运动以后，其特质与面目更是在同其他社会主义思潮的论辩中才渐渐清晰起来的。

在反击守旧派人士对《新青年》的指斥时，陈独秀曾义正辞严地"答辩"道："要拥护那德先生，便不得不反对孔教、礼法、贞节、旧伦理、旧政治。要拥护那赛先生，便不得不反对旧艺术、旧宗教。要拥护德先生，又要拥护赛先生，便不得不反对国粹和旧文学。"③ 既然旧文化旧思想可以借助文艺的躯壳以传播，那么，新文化新思想又为什么不可以仰仗新文艺的形式来扩大影响呢？新文化运动在越过了纯口号和理论的倡导后，下一步的深化发展自然就提出了文学革命的命题。

文学革命的正式发动是 1917 年初，但此前一两年一些锐意进取的人士与报刊已有所鼓吹与酝酿。《新青年》创办不久，陈独秀就在答读者信中针对当时文坛"浮华颓败之恶风"，提出"吾国文艺，犹在古典主义、理想主义时代，今后当趋向写实主义"④ 的改革思路，且撰文《现代欧洲文艺史谭》，介绍西方近现代文艺思潮演进的轨迹，为中国文学革命提供经验。《新青年》还就统一语

① 瞿秋白：《饿乡纪程·四》，《瞿秋白诗文选》第 35 页，人民文学出版社 1982 年版。

② 参见丁守和《中国现代史论》第 179 页，中国社会科学出版社 1980 年版。

③ 陈独秀：《本志罪案之答辩书》，载《新青年》第 6 卷第 1 号（1919 年 1 月 15 日）。

④ 陈独秀：《答张永言信》，载《新青年》第 1 卷第 4 号（1915 年 12 月 15 日）。

言、采用国语等问题进行过讨论，可视为白话文学的先声。此外，著名报人黄远生在给章士钊的通信中也明确主张中国社会改革“当从提倡新文学入手”①。从1915年到1916年，李大钊在《国民之薪胆》、《厌世心与自觉心》、《〈晨钟〉之使命》等文中，认为“由来新文明，必有新文学为之先声”，阐明了文明昌盛与文学勃兴之间的关系。据此，他反对“柔靡艳丽”的封建文艺，呼吁一代觉醒青年奋力创建“优美之文学，高尚之思潮，助我国民精神界之发展”。尚在美国留学的胡适也同学友辩论着白话文言的优劣与死活问题，并于1916年10月致书陈独秀，除了表示赞同《新青年》的一些议论外，还向陈独秀具体“汇报”了“年来思虑观察所得”，并在信中提出了“文学革命”的概念和文学改良“八事”主张。② 这些意见和讨论表明，发动一场新的深广的文学领域的革命，既是同人的共识，时机也已成熟。

在陈独秀的催促和鼓励下，胡适于1917年1月在《新青年》上发表了《文学改良刍议》一文，重申信中的意见，但为了稳健和审慎，行文与概念表述平和了许多，文学革命的号召也变为文学改良的“刍议”。胡适在文中具体提出了文学革命需从“八事”入手，即：须言之有物，不摹仿古人，须讲求文法，不作无病之呻吟，务去滥调套语，不用典，不讲对仗，不避俗语俗字。同时，胡适从历史进化的立场提出“一时代有一时代之文学”，因此，文学要因时而变；他检讨旧文学言文分离的弊病，主张文学语言与口语的接近与统一，白话文学应为“中国文学之正宗”。胡适的具体探讨揭露了旧文学形式主义、拟古主义的种种弊病，触及了文学应该真实地、创造性地表现现实人生的重大问题，尤其主张以白话取代文言作为新文学的工具，较之梁启超的“新文体”主张，实在要彻底和深刻得多。相比胡适的温和，陈独秀在随后刊发的《文学革命论》中，以社会革命家的激进姿态，将胡适的“文学改良”正式易名为“文学革命”。他更多地从文学革命与社会思想变动的

① 见《甲寅》第1卷第10号。

② 参见《新青年》第1卷第4号。

关系角度立论，阐述了文学革命的必然性与合理性，明确提出文学革命的“三大主义”，即：推倒雕琢的阿谀的贵族文学，建设平易的抒情的国民文学；推倒陈腐的铺张的古典文学，建设新鲜的立诚的写实文学；推倒迂晦的艰涩的山林文学，建设明了的通俗的社会文学。陈独秀对中国古典文学传统态度严峻，将“明之前后七子及八家文派之归方刘姚”斥之为“十八妖魔”，叫板宣战，而主张以欧洲近现代文艺为楷模，“赤裸裸地抒情写世”。陈独秀语气斩决，将文学革命的政治目标、思想目标、文学目标进一步明确、深化和扩大了。

比较而言，胡适率先“发难”和陈独秀的猛烈“推进”有同有异。彼此的思想基础是相同的、相通的，都认为旧文学的形与质妨碍了历史变革、社会进步，需要改造；其理论基础均为历史进化论在文学领域的投射；一致认为今后文学当以白话为正宗。但他们的差异也客观存在，虽说二人的文学改造观兼顾了形式与内容，如胡适“八事”主张中“一、二、四”专指“精神革命”，但《文学改良刍议》的侧重点还是放在语言形式上；《文学革命论》虽然是一篇响应性的“急就章”，但体现的是陈独秀一贯的政治立场和思想主张，侧重于“内容性质”也是显而易见的。胡适语气持重，论证严谨，是学者对具体问题的理论探讨，表露出商榷色彩，也保留了退让与妥协的余地；陈独秀是以革命家的姿态来发出打倒旧文学、建设新文学的号召，因而充满了论辩口吻和战斗气息，但阐发失之笼统，不够缜密。似乎可以说，如果没有胡适的“刍议”，文学革命一时尚找不准入口；倘若没有陈独秀的“革命”，这一变革不可能迅速壮大，蔚为大潮。

文学革命提倡白话文反对文言文、提倡新文学反对旧文学的旗号打出后，很快在新文化同人和青年中引起共鸣。钱玄同最早表示“绝对赞同”，他在通信和文章中一再抨击旧文学，甚至将拟古派骈文家和古文家概称为“选学妖魔”、“桐城谬种”，与陈独秀的“十八妖魔”说法前后呼应。他和刘半农都精于语言文字及音韵研究，从语言文字古今演化的史实为“言文一致”的观点和白话文学的萌生提供了学理依据。刘半农在《我之文学改良观》、《诗与小说精神上之革新》等文中，提出了改革韵文、散文及使用新式标点符号等具体意见，对破坏掉旧文学之后如何建设新文学“预先”提供了许多切实有益的建议。傅斯年、罗家伦等人也积极响应，接连发表文章，从语言变革和文学递嬗的角度，说明新文学代替旧文学势所必然。钱玄同在1917年8月提建议说《新青年》应该“渐渐改为白话”，以和杂志提倡白话文学名实相符。

1918年以后新文学运动进一步发展壮大，并且出现了某些新颖的思想因素，也拥有了一批能较好地体现新文化和新文学追求的创作成果。“周氏兄弟”一向注重思想革命，鲁迅就认为，“灌输正当的学术文艺，改良思想，是第一事”①。周作人旗帜鲜明地提倡“人的文学”和“平民文学”，为新文学注入深厚的人文内涵。胡适将其文学改良主张简括为“国语的文学，文学的国语”，更加密切了白话与文学互相支持的关系。由于社会形势的变化和个人思想的转换，此时陈独秀、李大钊的文学主张一方面强化了彻底反帝反封建的色彩，另一方面具备了初步的科学社会主义的新质。李大钊唯一的新文学论文《什么是新文学》②，不仅一如既往地批判旧文学的僵化顽固，还辩证地指出新兴的资产阶级文学的流毒，以为光是用白话作的文章，算不得新文学。光是介绍点新学说、新事实，叙述点新人物，罗列点新名词，也算不得新文学；新文学要成为为社会写实的而非为个人造名的文学，必须生长在“深厚的土壤”里，即“宏深的思想、学理，坚信的主义，优美的文艺，博爱的精神”，必须以新文化新思想作为社会写实的深刻而又坚实的内容。这里已经表露出无产阶级革命文学的一些萌芽性观念。从刊物与队伍的角度来看，《新青年》从1918年5月即第4卷第5号起全部改用白话文，拥护新文化、新文学的期刊如《新社会》、《国民》、《新潮》，以及《少年中国》相继创办，《京报副刊》、《晨报副刊》、《时事新报副刊》、《民国日报副刊》等“四大副刊”均以

---

① 鲁迅：《渡河与引路》，载《新青年》第5卷第5号（1918年11月）。

② 载1919年12月8日成都《星期日》“社会问题号”。

白话刊载新文学作品，老牌名刊《东方杂志》、《小说月报》也顺应时势改为白话。据统计，仅 1919 年出现的白话报刊就达 400 余种，新文学的作者与读者队伍以及影响力都发生了很大的变化。

新文学的创作稍晚于理论倡导出现。1917 年 2 月《新青年》第一次发表胡适的白话诗词，又于 1918 年 1 月集中推出胡适、刘半农、沈尹默的新诗，接着陈独秀、李大钊、鲁迅等人也参与白话新诗写作，既是声援友人，也是新文学向旧文学的示威。1918 年 5 月鲁迅在《新青年》改文言为白话的那一期上发表了“表现深切”、“格式特别”的白话短篇小说《狂人日记》，对封建专制制度和礼教传统发起挑战；接着又发表《孔乙己》、《药》、《阿 Q 正传》等名篇，“显示了‘文学革命’的实绩”。稍后，郭沫若接连刊发后来收入《女神》集中的诗篇。前者以深切的理性沉思，后者以激昂的感性抒唱恰切地表现了艰难变革、狂飙突进的五四时代，从而标志着中国文学从内容到形式的变革都进入一个崭新的时期。

新文学的成长始终在争议中前行。不过在文学革命口号提出后的一年多时间里，由于在创作方面尚未产生实际效应，因而响应者固然寥落，反对之声也颇为冷清。知名人士（除林纾外）鲜有反应，《新青年》同人甚至“颇以不能见反抗的言论为憾”。诚如鲁迅回忆：“他们正办《新青年》，然而那时仿佛不特没有人来赞同，并且也还没有人来反对，我想，他们许是感到寂寞了。”① 于是，1918 年 3 月，《新青年》第 4 卷第 3 号在“文学革命之反响”的标题下同时发表了钱玄同、刘半农的文章。钱玄同先化名“王敬轩”，以来信形式汇集守旧文人已然的与可能的反对新文化、新文学的言论观点，再由刘半农以《新青年》记者身份一一批驳。这一出自编自演的“双簧戏”将新派与旧派的分歧与争执公开化了，此举果然既彰显了新文学的面目，也真正地激怒了旧式文人，新旧之间的论争随即全面展开。

---

① 鲁迅：《呐喊·自序》，《鲁迅全集》第 1 卷第 441 页，人民文学出版社 2005 年版。

1919年初，保守一方对文学革命和新文化运动开始了反攻。北大教授刘师培、黄侃出刊《国粹》，以“保存国粹”的旗号与《新青年》、《新潮》对垒，但未能形成阵势。早在胡适发表《文学改良刍议》不数天，林纾就刊出《论古文之不当废》，反对白话文主张。随着新的思潮分歧的公开与激化，林纾更是按捺不住，率先充当了“拼我残年，极力卫道”的极端保守派角色。他先是写文言小说《荆生》、《妖梦》，诋毁新文化运动和白话文学，对蔡元培、陈独秀、胡适、钱玄同等新文化骨干以影射的手法进行人身攻击，并怂恿当政者出面武力勘乱。接着又在《论古文白话之相消长》、《致蔡鹤卿太史书》中，问罪蔡元培，抨击白话文。林纾的观点集中于两点：一是思想层面的，认为新文化运动“覆孔孟、铲伦常”是“侈为不经之谈”；二是语言层面的，认为白话为“引车卖浆之徒所操之语”，鄙俚浅陋，不登大雅之堂，即或要写好白话，亦须先学好古文。显露出从语言到思想的全面复古守成的心态和立场。

对此，新文化和新文学阵营严加批驳。蔡元培公开复信林纾，反击其无端攻讦，提出了“循‘思想自由’原则，取兼容并包主义”① 的大学理念，实际上给予新派人物以道义上的支持和学校行政上的保护。鉴于《荆生》可能造成的严重后果，李大钊发表《新旧思潮之激战》② 及时揭露“用道理以外的势力，来铲除这刚一萌动的新机”的用心险恶，并正告一切顽固派：“真正觉醒的青年，断不怕你们那伟丈夫的摧残!”《每周评论》为此专门逐字评点，并摘要编发国内报刊批驳林纾的多种言论。鲁迅在杂感《现在的屠杀者》③ 一文中抨击国粹家，指出“四万万中国人嘴里发出来的声音，竟至总共‘不值一哂’真是可怜煞人”，严斥守旧派活在现代却要“勒派朽腐的名数，僵死的语言”，实在是“现在的屠杀者”。面对众多指斥，林纾一面承认自己詈骂过甚之失，一面

① 蔡元培：《答林君琴南函》，载1919年3月21日《北京大学日刊》。
② 载《每周评论》第12号（1919年3月9日）。
③ 载《新青年》第6卷第5号（1919年5月）。

老调重弹，并无奈哀叹：“吾辈已老，不能为正其非；悠悠百年，自有能辩之者。”① 不久，五四运动爆发，政治和文化形势发生有利于新思潮的变化；1920 年，政府迫于压力也感受到白话文运动的生气，颁令在国民学校教授白话文，至此，白话文不仅在文学创作领域也在教育应用方面取代了文言文的地位。

20 年代初，随着林纾一班老牌守旧文人败下阵来，文化、文学论辩出现了一些新的变化，一批留洋出国之士，挟“精通西学”之名，作“仗义执言”之态，以中正平和之声大倡复古守成之调，与新思潮发生论争，先后出场的有《学衡》派和《甲寅》派。

《学衡》杂志 1922 年 1 月创办于南京，主要编撰人有梅光迪、胡先骕、吴宓等，有的在留学时期曾与胡适激烈争论过文学革命问题。他们归国后没有进入锐意革新的北京大学，而是选择了风气相对守旧的南京东南大学，隐然有“道不同不相为谋”进而分庭抗礼之势。他们“寝馈西洋文学”多年，却满脑子国粹思想，是所谓“穿西装的复古派”，颇有新奇性与迷惑性。《学衡》创刊以“论究学术，阐求真理；昌明国粹，融化新知”，“以中正之眼光，行批评之职事”为宗旨，发表的重要文章有梅光迪的《评提倡新文化者》，胡先骕的《中国文学改良论》、《评〈尝试集〉》，吴宓的《论新文化运动》等，其理论资源主要来自美国白璧德的新人文主义思想，持论立场则是“中学为体，西学为用”的老调。上述诸文，既有对新文化介绍社会主义新思潮的讥嘲，更多的还是对新文学的呵责，如指斥文学革命“标袭喧嚷，侥幸尝试”，“提倡方始，衰象毕露”。归纳他们在文学与语言方面的正面主张，主要体现在：反对白话取代文言，反对言文合一，认为在文学表达的简洁、典雅、优美方面文言优于白话，主张要守成历史，尊崇先贤前哲，肯定文学创作中模仿（或拟古）的重要性，不赞同历史迁移中的激烈改革与突变选择；强调理性的调适与节制作用，反对文学创作中的激情表现。《学衡》派的文化、文学观单纯从学理逻辑上看不无合理之处，某些具体意见也有纠偏救正的建言之功，如批评

① 林纾：《论古文白话之相消长》，载《文艺丛刊》1919 年 4 月号。

新文化对传统文化的激烈态度，对白话诗词非诗化倾向的指正等。但他们无视白话已为现代国人语言交流之"公器"的事实，死抱文言第一的语言观念就不合时宜了，而且颇有"贵族精英主义"的色彩。守成不变的观念阻碍文学在面对新的世界时不能"与时俱进"地突破；过分强调理性的控驭也很容易忽略文学的感性抒写、自由抒写的特征，导致新的"文以载道"的复辟。明明自己食洋不化却鲁莽指责别人生吞活剥外来理论，明明自己不懂创作缺乏创作体会却一再批评新文学作品，明明对文学的时代症结昧于认知却屡屡乞灵于拟古的文学传统，这些"悖论"式的多重现象构成了《学衡》派理论致命的内伤。

郑振铎、茅盾、沈泽民等人都对《学衡》派的批评进行了反击，同时也正面阐明了新文学的主张。鲁迅作为这一场论辩中新文化、新文学一方的主将，在《估"学衡"》① 一文中抓住对方语言逻辑中的漏洞，揭破其"学贯中西"的假象："'衡'了一顿，仅仅'衡'出了自己的铢两来，于新文化无伤，于国粹也差得远。"鲁迅已不屑于与他们在理论上缠斗不休，而是针对其"自相矛盾"之处施以杂文化的打击，幽默口吻蕴含的讽刺锋芒足以证明新文学一方已拥有了精神上的自信和心理上的优势了。

1925 年 7 月，章士钊将 1914 年创办于日本的《甲寅》恢复出版，接连刊发旧文新稿《评新文化运动》、《评新文学运动》，虽然观点并无新意，新文学阵营却几乎是全力应战，掀起了一场"打'老虎'运动"。如果说林纾是传统意义上的复古派，《学衡》诸人是现代意义上的文化守成主义者，他们无职无权的文人、学者身份对新文学难以构成现实的威胁；那么章士钊就不一样了，他不仅有留学英伦、精通逻辑、善于论说的盛名，曾经还是一位抨击帝制、倡导共和的"义士"，被誉为"智识阶级领袖"；而且，此时他身兼北洋政府教育、司法总长之职，是一个复古当权派。他一方面咒骂"新文化者，亡文化也"，另一方面推行尊孔读经，禁止学生写白话文。所以这是思想提倡与行为推广相结合的一次复古潮流，引

① 载 1922 年 2 月 9 日《晨报副刊》。

起了新文学阵营更高的警惕、更大的愤慨和更全面猛烈的还击。高一涵、成仿吾、唐钺、魏建功、胡适、郁达夫、徐志摩等都积极撰文，除了批驳《甲寅》派的言行，还进一步阐明了新文学代替旧文学、白话文取代文言文的时势和依据。鲁迅更是接连发表论文和杂文，既揭露章士钊作为当权人物的政治目的，又嘲讽其作为文人学者的文理不通，最后在《答 KS 君》① 中总结说："所以，即使真如你所说，将有文言白话之争，我以为也该是争的终结，而非争的开始。"这可视为新旧论辩的一个总结，自此，新文学高歌猛进，再也没有遭遇与有分量的复古守成派的论争。

新文学阵营在批判形形色色的复古主义和守成主义论调时，还对鸳鸯蝴蝶派、黑幕派文学进行批判。主要是抨击其"游戏的消遣的金钱主义的文学观念"及缺乏社会责任感的写作倾向。这一场批判运动的主力是《新青年》成员和文学研究会作家，也几乎是一边倒的抨击，对方并无有力的答辩与回应。

联合以共识为前提。新文化和新文学运动在短短十余年时间之内从破土而出的幼苗长成了郁郁葱葱的乔木，先驱者的首倡之功固不可没，但其更大的缘由应是一大批锐意改革的知识分子的共同努力，他们同声相应，通力合作，推动这一历史伟业步步走向成功。然而，为着这一目标聚合形成的新文化、新文学统一战线却因为共识的渐渐丧失，不断地分化瓦解以至于消失。

新文化、新文学统一战线由主张维新改革的知识分子组成，但在态度和倾向上可大致区分为激进的革命型知识分子和温和的改良派知识分子。前者以陈独秀、李大钊、鲁迅等人为代表，十月革命和五四运动后，李、陈相继接受了马克思主义的社会主义理论和列宁主义的阶级斗争学说，成长为早期的共产主义知识分子；后者以胡适为精神领袖，服膺英美式民主政治，欣赏渐进改良的社会发展模式。他们在初期反对旧思想的斗争中求同存异，互相支持，甚至可以说在对待旧道德、旧文学时，二者的态度都是激进的，但当涉及新思潮的宣传和社会改革道路的探讨时，分歧就出现了。1918

① 载《莽原》第 19 期（1925 年 8 月 28 日）。

年以后，李大钊的思想开始转向马克思主义，接连撰文《法俄革命之比较观》、《庶民的胜利》、《我的马克思主义观》等，在《新青年》推出“马克思主义研究专号”，比较系统地介绍马克思主义学说和宣传十月革命胜利的性质与意义。1918 年底，陈独秀、李大钊又创办《每周评论》，评论时政，以宣扬主义的方式介入现实社会运动。一者是为了区别于当时无论新旧阵营大谈主义的混乱，二者是不满于《新青年》、《每周评论》及同人们“左倾”的转向，三者也是出于对实验主义哲学的信仰，胡适于 1919 年 6 月接替陈、李主持《每周评论》时，一方面减少了杂志的政治评论，同时刊出《多研究些问题，少谈些主义》，对乱谈主义有所批评。李大钊随即发表文章《再论问题与主义》，之后双方你来我往经历了多个回合的商讨论辩，涉及怎样认识问题与主义的性质、如何处理主义与问题的关系以及在根本解决与局部改良之间的选择策略等等。这一场论争诚然暴露了彼此思想的分歧，但总的来看，还是共识大于歧见，商榷多于对抗，应该说，这是发生在新派阵营内部的一次友好的争辩或讨论，双方都体现了君子之风。但是，时势催迫着人们思想的转变，到 1920 年初，陈独秀也接受了马克思主义，兴趣移向政治革命。1920 年 9 月《新青年》迁回上海，到次年初，胡适与陈独秀在编辑方针上不断争论，无法统一。不久，胡适退出编辑部，于 1922 年另行创办《努力周报》（后来又附出《读书杂志》），聚集了一批自由主义知识分子，发起“整理国故”运动，标志着新文化、新文学统一战线从思想分歧走到了组织解体的地步。

从 1923 年到 1925 年，价值立场各异、文化观念相左的知识分子围绕胡适提出和发动的“整理国故”运动展开了更为激烈的论争或论战，表明激进知识分子和自由知识分子渐行渐远。“整理国故”从积极方面说可以看作是“重估历史价值，重造中国文明”的一个具体延伸，这也是胡适一贯的文化态度，甚至就是他实施科学方法尝试问题研究的进一步落实，不无进步意义与合理价值。胡适本人也在此精神指导下对中国古典小说勤加整理，引申新说。但是，当新思潮尚未完全扎住阵脚、旧势力伺机反扑的非常时期，部分青年一方面接受新思潮的洗礼，另一方面又受到旧文化的诱惑，正茫然无主的阶段，胡适提倡“整理国故”，大开国学书目，极有可能削弱新文化、新文学的影响而助长复古气焰，使部分青年返身故纸堆而呼吸不到现代文明的气息。这一思想导向的消极性及失误引起了广泛关注和持久争议。一些共产党人知识分子侧重于从思想立场、政治后果方面来指证其危险，如邓中夏的《〈努力〉周报的功罪》、李求实的《评胡适的“新花样”》、恽代英的《青年与偶像》、沈雁冰的《进一步退两步》等。思想激进的文化人则较多具体讨论与批评，以此表明自己的评价和揭示其消极作用，如成仿吾的《国学运动之我见》、郭沫若的《整理国故的评价》。鲁迅当时已是“整理国故”的有成之士，与胡适就古小说研究还有通信研讨，但他从保护新文化、新文学成果来之不易的角度立论，劝诫中国青年要多接触外来文明，“要少——或者竟不——看中国书，多看外国书”，反其意而为之的用心十分明确。

从分歧到决裂，从论辩到对抗，从观念差异到政治冲突，这是《语丝》与《现代评论》之间一系列论战的写照，是鲁迅等人与胡适派文人进一步分化的证明。1924 年底，胡适支持陈西滢、徐志摩、王世杰创办《现代评论》周刊，是资产阶级文人的第一次有组织有刊物的集结。《现代评论》作为新文化、新文学阵营的刊物，推出过丁西林、沈从文等文学新面孔，但在五卅运动、女师大风潮和“三一八”惨案等事件中为列强与政府开脱，侮蔑爱国运动，讥笑青年学生，指责“群众领袖”，确实起到一些不好的作用。鲁迅等人发表大量杂文和时评，针对陈西滢的言论予以批驳，尤其对其以公允之名行偏袒之实的行径进行揭露。这类论争文字大多收集在《华盖集》、《华盖集续编》中。

新文化、新文学统一战线的分化主要发生在日益激进的知识分子群体和以胡适为首的资产阶级自由知识分子之间，统一战线的维系到 20 年代中后期已完全不可能。但是，应该看到，这是区别于旧营垒的新阵营的自身裂变，所以，即使是在分化之中，当面对守旧或复古思潮时，他们通常还是协力作战，比如批林纾、驳《学衡》、攻《甲寅》，步调基本是一致的。

三、“醒过来的人的真声音”：文学思潮和社团流派

［“人的发现”与“文的自觉”：五四文学的人文内涵与现代形态——“有点浪费的团体活动”：蜂起的文学社团与流派——新文学的初啼：各体文学创作——“大狗叫，小狗也叫”：潮流与趋向］

“五四”是价值重估、怀疑一切的时代，文学在大破大立中开辟狂飙突进的道路；“五四”又是中外文化交汇、自由探索的时代，勇敢的作家大胆拿来，进行着从文体引进到理论借鉴等多方面的有益尝试；“五四”更是人的发现与个性解放的时代，文学肯定一切生命的咏唱，鼓励所有独立的创造。因此，五四时期涌现出数量最多的思潮、社团、流派和极其丰富的个人化的创作风格。五四文学正是“醒过来的人的真声音”的天籁与初啼。

通常意义上指称的五四运动其实包含了 1915 年启动的新文化浪潮和 1919 年 5 月 4 日发生的学生爱国政治运动，由此合二为一的五四运动是界分传统中国与现代中国的里程碑。五四时期所表现出来的重估一切历史价值的大无畏气概和充分吸纳西方现代文明的开放心态，对培养中国人的改革精神和世界意识，对改变中国的文化政治格局，实在是居功至伟；毫不夸张地说，“五四”是现代中国的“轴心时代”。回忆“五四”的峥嵘岁月，鲁迅肯定那是“辟人荒”的伟大时期；确立五四文学的建设方向，周作人标举“人的文学”的猎猎旌旗；说到五四运动的巨大成功，郁达夫断言“第一要算‘个人’的发现”……如今，越来越多的研究者和学人

认为“五四”是现代中国“人的发现”与“文的自觉”的奠基阶段。

如果说五四文学的主潮是“人的文学”，那么支撑这一主潮文学的思想信念应该就是西方近代以来发展迅猛的人本主义哲学文化。这些文化哲学源流众多，内容丰富，层次复杂，仅仅以其在五四文学中的体现就可以梳理出彼此区别又互相关联的三个层面：以个人自由为主要诉求的个性主义，以社会正义为主要诉求的平等思想，以共同人性和美好世界为主要诉求的理想人性。诚然，当时许多人还无法将三者分辨清楚，或者在他们看来，根本无须区别对待，它们原来就是同一历史命题的不同侧面。比如《湘江评论》创刊号将中国个人意识的缺乏与民主科学精神的不发达视为国家落后、国民愚昧的共同原因，其对个性主义的提倡是包含在对民主科学的呼吁之中的。其中易卜生的创作和思想即“易卜生主义”成为影响深广的个性主义思潮。胡适将它表述为“健全的个人主义”、“真实纯粹的为我主义”，周作人称之为“个人本位主义”。鲁迅一方面批判“爱国的自大”、“合群的自大”，也就是缺乏个体觉醒的盲从、愚昧的自负自傲，一方面提倡“个人的自大”，并借易卜生剧作人物之口说：“我告诉你们……世界上最强有力的人，就是那孤独的人。”“我是我自己的，他们谁也没有干涉我的权利”。这是子君“醒过来的人的真声音”，也是一代进步青年个性独立、个性解放的宣言。“五四”时的个性主义认为“人”既是独立的个体，又是与社会联系的成员，个人发展个性正是为了更好地奉献社会，社会的和谐发展要以个人的个性发展作为前提。胡适为了避免误会，在《易卜生主义》一文中特意强调，发展个性需要满足两个条件：“须使个人有自由意志”，“须使个人担干系，负责任”。可见它与利己主义是有本质区别的，也非与他人和社会孤立绝缘的原子式个人主义，这就与人道主义思潮的其他层次沟通了。除此之外，尼采、克尔凯郭尔等具有存在主义性质和宗教神秘色彩的个性观与人性论在鲁迅、冰心、狂飙社作家的思想言论和文学创作中也得到了多方面的表现。

周作人是五四时期最有影响力的理论家之一，胡适以为周的

《人的文学》将“那个时代所要提倡的种种文学内容”都包括在了这一“中心观念”里。① 在这篇“关于改革文学内容的一篇最重要的宣言”中，周作人以“人的文学”和“非人的文学”作为辨析和评判新旧文学实质的基本标准，提出新文学要以人道主义为本，以严肃认真的态度去观察、反映“人生诸问题”，包括底层民众的“非人的生活”和人们向往的“理想的生活”。周作人所谓的“人道主义”，内涵颇为庞杂丰富，它以个人主义的“人间本位主义”为核心，同时又要“从个人做起，要讲人道，爱人类”。联系《平民文学》的具体阐释，可以看出周作人的人的文学强调的是文学为人生的倾向，注重的是平民的社会价值与文学意义，隐含着要为“世间普通男女”乃至于妇女儿童这些弱势人群争取社会正义和平等地欣赏文学及作为文学表现主体的权利。周作人文学思想中的个人立场、人性观念和人类趋向，其实已经内在地体现了人道主义思潮的互相联通。共同人性、理想人性的追寻也是五四文学人道主义思潮不容忽略的一个方面，不仅冰心、叶绍钧、王统照的创作充斥着“爱”与“美”的追求，连一向被看作鼓吹“恨的文学”的代表鲁迅其实也相信“能爱才能憎，能憎能爱才能文”。据许寿裳回忆，从青年时代起，“怎样才是理想的人性”的问题就一直困扰和折磨着鲁迅，他的改造国民性的创作也正是寻求理想人性和揭示民族病根双向思考的文学结晶。

“人的发现”为五四文学确立了基本主题和发展方向，也影响到文学从内容到形式挣脱封建主义旧文学的束缚，进行自觉的探求与创造。五四文学革命促进了现代意义的文学观念的初步确立和广泛传播，其基本内容可以从以下方面予以认识与归纳。

审美品格与社会价值相结合的文学本体观。新文学是以旧文学的对立面出现的，因此，从反叛传统的角度说，它批判“文以载道”的政治化文学观、消遣性和娱乐性的金钱化文学观，反对将文学当作灌输封建道德的载体和服务个人私利的工具。从正面立论

① 胡适：《新文学的建设理论》，《中国新文学大系导论集》第50页，上海良友图书印刷公司1940年版。

的角度看，新文学一方面注重文学的语言形式、情感作用和艺术属性，维护文学审美的独立品格，如胡适就强调，并非所有语言文字都是文学，只有“达意达得妙，表情表得好”① 的才是文学；另一方面，因为文学革命本来就源出新文化，所以“参与历史变革，促成社会进步”的品质近乎遗传地烙印在新文学身上，还在倡导之初，陈独秀、胡适就是将思想革命与文学革命、精神革命与形式革命的职责与任务作通盘考虑的，鲁迅、周作人参与进来也主要基于思想革命的感召。新文学的文学观是建立在以现代民主科学的人学内涵取代封建主义伦理道德的基础上，既尊重文学独立的审美属性又注重文学的社会功利价值，要求文学与人生重建密切关系。

进化主义的文学历史观。进化主义的文学历史观，以进化为方向，以断裂为前提，以创新为手段。文学革命的先驱几乎都曾经是进化论的信徒，他们一是相信文学的变化，认为一时代有一时代的文学，它是不断演化的，而且会在许多方面比如文体领域显现出来。比如，唐代是诗的繁荣，宋代是词的兴盛，元代是杂剧与散曲的崛起，明清则是小说蔚为大观，那么现代就应是白话新文学的流行了。二是相信文学的进步，以此来挑战传统文学观中的“循环论”和“静止论”，建立文学与时代共同进化的观念。而为了进化的目标，新文学必须将传统文学（起码是其主体部分）判定为否定对象，割断与文学传统的联系，堵塞传统文学习以为常的“以复古为开新”的路径，使一切文学的复古、模仿失去合理性和合法性；同时在后来居上的进化压力下寻求无止境的进步。进化主义的文学历史观提供了文学革命的动力与信念，也带来了不少具体的创新突破，但由此导致的历史虚无主义情绪和急功近利的教训也值得记取。

以白话为正宗的文学语言观。文白之争是新旧思潮激战的一个领域，将白话解释为“中国文学之正宗”也是五四文学革命的一大功绩。胡适最早提出“今世今日之文学当以白话文学为正宗”

---

① 胡适：《建设的文学革命论》，载《新青年》第 4 卷第 4 号（1918 年 4 月 15 日）。

并予以反复申说，引起拥护者的热烈赞同和反对者的强烈非议，可见这不纯是文学形式问题，而是文学革命牵一发而动全身的关键。对此，激进者如陈独秀以为"绝对之是"，不容他人匡正；钱玄同更是认为新思想只能采用白话，旧文言只能表达"野蛮款式"；温和者如刘半农提出了改良白话的一些具体意见。胡适、鲁迅等人一方面坚持白话正宗的立场，同时主张必要时可用文言和外国语言文法作有益的补充。在白话文学的实践中，白话新诗的尝试引起最大的注意，白话文学也是由此取得突破并站稳脚跟的。

中外文学交融的文学发展观。文学革命的发生，一方面是对传统文学的失望，另一方面也是外国文学的启迪。文学革命从批判旧文学开始，但终期目标却是创建具有现代民族品格的新文学，外国文学的新思想、新体式、新风格是重要的参考与借鉴。不仅因为新文学发生发展的外部条件变了，不再拥有独立演变的历史空间，而且这是新文学非常自觉的选择。朝外，探索汇入世界大潮；向内，要求保持固有个性；往前，寻求文学与历史的同一、与民族命运的交融、与人民的苦乐悲喜紧密结合。所以，新文学十分重视对外国进步文学的翻译、介绍、研讨和借鉴，当时的杂志几乎都有专门的外国文学的译介栏目，欧美文学、俄苏文学、东欧及弱小民族国家的文学相继被介绍到国内，西方从文艺复兴以来数百年间的文学思潮同时涌入，不同的作家诗人和差异很大的创作风格都在中国找到了信奉者、接受者，并在某种意义上被作为示范，这一切极大地刺激和影响了新文学的理论倡导和文学创作，使"五四"成为中国文学历史上最自由开放的时期，也让中国文学从此走上了在中外文学交汇处成长的发展道路。

五四文学的发展常常表现为这样的模式：作家以社团形式集结，创作以流派形态推进。但这一特色在1921年前并不明显，之后才凸显出来。在新文学的倡导阶段，全国并无一个纯文学社团，也无一份纯文学刊物，《新青年》、《新潮》、《少年中国》、《湘江评论》无论作为组织或杂志都不专以文学为业，它们主要的功能特征是集聚新知识群体和宣传新思潮。以《新青年》为例，文学只是它的一个栏目，因此，除鲁迅外它没有贡献第二个作家，其他人要么学有专长，要么后来也志不在文学。虽然还有“四大副刊”支撑着新文学，但是它们篇幅有限，地位不高，坚持的时间不长，因而影响也难以扩大。大量新的文学社团、文艺刊物、创作流派和专业作家是 1921 年后才如雨后春笋般地涌现出来的。据不完全统计，1921 年至 1923 年间，全国出现的文学社团有 40 多个，创办或主持的文学刊物有 52 种，而到 1925 年，这两项数字都超过了 100。① 文学革命的星星之火，此时已成燎原之势，除了北京作为新文学第一个十年的中心和上海作为现代出版重镇，其他大中城市也是遍布新文学的种子，全国诸多大中学校都出现了新文学的组织和创作。由于有些文学社团和文学刊物倏兴倏灭，似流星闪过夜空，既没有产生重大的影响，也没有留下确切的材料，阿英后来编辑《中国新文学大系·史料索引集》时无法将它们统计在内。但这足以说明新文学的深入发展已到了广泛普及的崭新阶段，而且为后续发展提供了充裕的动力资源。茅盾说：“这几年的杂乱而且好像有点浪费的团体活动和小型刊物的出版，就好比是尼罗河的大泛滥，跟着来的是大群的有希望的青年作家，他们在那狂猛的文学大活动的洪水中已经练得一副好身手，他们的出现使得新文学史上第一个‘十年’的后半期顿然有声有色。”② 其中，有些成立早、人数多、存续时间久、影响大的文学社团，例如文学研究会、创造社等，它们在文学组织、文学观念和创作倾向等方面，对新文学的早期创作面貌和后来的发展取向都有很重要的影响。

文学研究会是新文学史上第一个文学性社团，1921 年 1 月成立于北京，发起人有周作人、郑振铎、王统照、沈雁冰、叶绍钧、郭绍虞、孙伏园、许地山等 12 人，鲁迅由于政府公务员的身份不能列名，但其文学观念与社会态度与之十分接近。文学研究会一直坚持到 1931 年，主持和创办的文学刊物有：《小说月报》（1921 年

① 茅盾：《中国新文学大系·小说一集·导言》，上海良友图书印刷公司 1935 年版。

② 茅盾：《中国新文学大系·小说一集·导言》，上海良友图书印刷公司 1935 年版。

1月第12卷第1号由沈雁冰接编，长期以来被作为会刊）、《文学旬刊》、《文学周报》、《诗》，还有由其成员参与编辑的《戏剧》等，出版“文学研究会丛书”200余种；先后加入的作家接近200人，像朱自清、冰心、庐隐、王鲁彦等作家都在稍后入会，著名的中共领袖瞿秋白、张闻天、陈毅早年也是其会员；随着会员的递增，还在北京、上海之外的广州、宁波、郑州设立分会，这些分会在当地也有自己的作品发表或出版园地。

“研究介绍世界文学，整理中国旧文学，创造新文学”，这是文学研究会成立时为自己确定的三大职责。文学研究会十分强调思想与艺术并重的原则，重视对翻译作品的选择。沈雁冰在《新文学研究者的责任与努力》中说：“介绍西洋文学的目的，一半果是欲介绍他们的文学艺术来，一半也为的是欲介绍世界的现代思想。”因此他们侧重介绍法俄和东北欧批判现实主义名著，在《小说月报》上出过《俄国文学研究》、《法国文学研究》特辑和《被损害民族的文学》专号。

文学研究会是五四时期“为人生而文学”的代表，文学主张倾向现实主义，对现实主义文学的真实性品格与批判性精神也有很多的阐释与发挥。它从一开始，就将消遣游戏的金钱文学观作为主要的批判对象，与鸳鸯蝴蝶派的论辩就是文学研究会主动挑起的，并代表新思潮一方全力以赴。周作人起草的成立宣言能够体现成员们对文学与人生关系的认识，他们始终关怀文学的社会功用，成为新文学现实主义潮流的重要源头。

文学研究会不仅在意愿上重视创作，而且脚踏实地，为文坛贡献了大量优秀作家和作品，像郑振铎、沈雁冰的理论批评，叶绍钧、冰心、王鲁彦的小说，周作人、朱自清的散文，刘延陵、冰心的新诗，欧阳予倩的话剧都是当时创作优异的代表；问题小说、乡土小说这样现实感强、艺术成就高的文学流派也出自文学研究会。

时隔半年以后，创造社在日本东京成立。初期发起人和成员均为中国留日学生，有郭沫若、郁达夫、田汉、成仿吾、郑伯奇、穆木天、张凤举、徐祖天、陶晶孙、何畏等，20年代中期以后一批更激进的青年知识分子如彭康、李初梨、冯乃超、朱镜我、戴平万、潘汉年、叶灵凤等的加入，加速了它的“左倾”转向。与文学研究会以北京为根据地、以商务印书馆为后盾不同，创造社回国后的活动以上海为中心，以泰东书局为依托，先后创办了《创造》季刊、《创造周报》、《创造日》、《洪水》、《创造月刊》、《文化批判》等10余种刊物，但大多短命。而且，创造社在进入新文学的第二个十年后很快分化瓦解了。

创造社是以“异军突起”的姿态现身国内文坛的，此时文学研究会的地位已经奠定，影响已经造成，这越发强化了创造社成员们的竞争心态和对峙立场。比如他们与文学研究会发生翻译问题的论争，他们贬低文学研究会的翻译，自己的翻译也偏于西欧浪漫主义作家作品。因为实力的相近和特点的相异，文学研究会和创造社又被认为是新文学史上“组织较广，历史较久，影响最大而对立也最强烈的文学社团”①。

创造社的艺术观念十分庞杂，时时自相矛盾。郑伯奇曾从三个方面分析了创造社走向艺术至上的唯美主义和自我抒发的浪漫主义的原因，包括其成员们岛国留学的屈辱与创伤，故国之思的悲哀与愤激，西方世纪末思潮的浸染与刺激，或许还应加上他们个人的家庭身世及敏感激烈的个性心理。他们宣扬“为艺术而艺术”，主张文学要忠实于内心，要求作大胆的自我表现，甚至认为一切文学都是自叙传，追求艺术的“全与美”，重视直觉灵感，推崇天才想象，反对功利主义，批评文学研究会为人生而艺术的现实主义文学观。但是，他们一方面提倡文学的无目的论，另一方面却又呼吁反抗、革新，不能彻底忘怀文学的“对于时代的使命”②，成仿吾、郭沫若的文论呈现出寻求自由创造与社会责任之间的平衡而无法“自圆其说”的理论“破绽”，而这恰是他们随后转变的前提。

创造社的文学思想和文学创作表明其成员受到的影响是多方面的、驳杂不纯的，既有欧洲19世纪浪漫主义的成分，也不乏现代

---

① 郑伯奇：《中国新文学大系·小说三集·导言》，上海良友图书印刷公司1935年版。

② 成仿吾：《新文学之使命》，载《创造周报》第2号（1923年5月）。

主义的因素，但从总体色彩和主导倾向来看，它是新文学史上第一个独立、成熟的浪漫主义文学社团和流派，并且取得极高的成就：郭沫若的《女神》一举确立了自由体诗歌的主流地位，郁达夫的自我抒情小说自开一脉，田汉的浪漫传奇剧别开生面。20 年代中期之后，创造社成为倡导革命文学的有生力量。

新月派的活动始于 1923 年的社交聚会，后来逐渐发展为文学社团，主要成员是留学英美的文人学者，如胡适、徐志摩、陈源（西滢）、闻一多、梁实秋、余上沅等。1926 年 10 月徐志摩接编《晨报副刊》，在《诗镌》上公开文学主张，从此人们一般就将其视为自由主义的文学团体；之后他们还相继创办新月书店，出版《新月》月刊和《诗刊》季刊，形成了一个特色鲜明的新月诗派，主要诗人有徐志摩、闻一多、朱湘、饶孟侃、孙大雨、陈梦家、林徽因、方玮德等。在艺术上他们受到唯美主义、浪漫主义和新古典主义的影响，致力于新诗格律化的理论研讨与创作探索，是促使早期新诗艺术走向成熟的标志之一。新月派的活动延续到 1932 年，一般以 1928 年为界区分为前后两期。

鲁迅大力支持并发挥重要作用的文学社团还有语丝社、莽原社、未名社。语丝社因《语丝》周刊而得名，成立于 1924 年 11 月，以杂感时评为创作特色，着重社会批评和文明批评，在女师大风潮和"三一八"惨案中都有出色表现，风格幽默诙谐、泼辣机智，是对《新青年》"随感录"的发扬光大，被称为"语丝体"。主要成员有鲁迅、周作人、林语堂、钱玄同、刘半农、孙伏园、章川岛、冯文炳、俞平伯等。在鲁迅的扶持下，莽原社、未名社涌现出一批青年作者，如高长虹、台静农、李霁野、韦素园等。

其他的文学社团往往趋近文学研究会或者创造社和新月派，受到这些实力强劲、成立在先的文学社团的很大影响。浅草—沉钟社从 1922 年成立，几经曲折坚持到 1934 年，赢得鲁迅"中国的最坚韧、最诚实、挣扎得最久的团体"的赞誉。他们特别欣赏德国浪漫派文学，擅长抒写青春苦闷，表达感伤情绪，艺术观念和风格上接近创造社。主要成员有诗人冯至，小说家林如稷、陈炜谟、陈翔鹤，理论家杨晦。弥洒社的胡山源以"艺术之神"自居，将创造社的“为艺术而艺术”推到极致。高长虹等人后组的狂飙社则将创造社的天才论和叛逆性发挥到一个不恰当的地步。

受鲁迅影响的语丝社、莽原社、未名社在价值立场、创作倾向上与文学研究会同出一辙，成立于上海的民众戏剧社其灵魂人物如欧阳予倩、沈雁冰、郑振铎本就是文学研究会成员，它与文学研究会南北同声相应也就不奇怪了。1924 年成立的现代评论社则与新月社的基本成员重叠，政治与艺术态度的相同自是必然。

此外，上海有田汉主持的南国社，杭州有潘漠华、应修人、冯雪峰、汪静之组织的湖畔诗社，长沙有李青崖组织的湖光文学社，武汉有刘大杰组织的艺林社，天津有赵景深、焦菊隐组织的绿波社等，真似“忽如一夜春风来，千树万树梨花开”的景象，新文学至此已是春色满园了。

形成这一现象的原因分析起来：一是“梦醒了而无路可走”（鲁迅语）的宣泄要求。五四运动促使一代青年迅速觉悟，但社会变革的高潮尚未到来，觉醒的青年深感失望悲凉，急切间选择了文学作为释放苦闷的渠道。二是新文学从破坏走向建设的道路转折。文学革命进一步的发展，需要更广泛的群众基础和更强的专业性的支持，大批文学社团和文学刊物的出现正好适应了这一历史趋势。三是外国文艺思潮的影响。任何外来的文学思潮落地生根，均需经历一个本土化的过程，这既影响着中国新文学的差异面貌，也决定了外国文艺思潮的不同命运。新古典主义、浪漫主义、现实主义、现代主义等同时进入中国，引发了不同的艺术实践，形成了不同的文学流派和风格。相比之下，现实主义的文学思潮和创作方法最为契合中国文学的历史要求与发展逻辑，因而在第一个十年就取得了比较明显的优势，其他文学思潮和创作方法也有一定的发展与影响，使五四文学在风格流派方面多彩多姿，自由丰富。若按文学思潮或创作方法来区分，则有现实主义、浪漫主义、现代主义和新古典主义（如《学衡》派）等文学流派。更常见的方式是从文学题材和体裁的角度来分类，小说方面有问题小说、乡土小说、自我抒情小说；诗歌方面有自由诗派、格律诗派、象征诗派；散文方面有新青年杂感体、语丝体；戏剧也有写实与浪漫的不同。

新文学的创作成绩在理论倡导之后不久渐渐显露出来，虽然除了鲁迅、郭沫若等少数作家达到了较高的水准，大部分都留下了不成熟的痕迹，作家与作家之间、文体与文体之间也很不平衡；但是，作为新文学的初啼，这些作品在思想意义、艺术创新等方面很好地体现了五四文学革命精神，成为区别于传统文学的具有20世纪特征的文学创作。

20世纪20年代前后，当时的思潮热催生了问题小说。罗家伦的《是爱情还是苦痛》、杨振声的《渔家》、汪敬熙的《一个勤学的学生》、俞平伯的《花匠》等均为早期的作品；冰心的《去国》、《超人》，庐隐的《灵魂可以卖么》、《海滨故人》将问题小说推向高潮。这些作品秉承人道主义和民主主义思想立场，集中表现了民众疾苦、妇女地位、青年爱情等社会现象，执著探求着人生的目的与世界的意义。不过，随着叶绍钧的《校长》、《潘先生在难中》，王统照的《湖畔儿语》、《沉船》，许地山的《命命鸟》、《商人妇》等作品的出现，更为尖锐的现实问题吸引了作家的关注，偏于虚构人生问题的创作倾向就向侧重社会写实转移了。问题小说通过提炼问题来表达社会关怀，冰心的"爱的哲学"，庐隐的"恨的人生"，叶绍钧、王统照"爱"与"美"的寄托及许地山的宗教式解脱在艺术表现上既显现出哲理化色彩也导致了观念化弊病，是特定时期文学风气的反映。

突破问题小说的题材狭小和表现抽象的不足，将为人生的现实主义小说推进一步的是乡土小说。这些"地之子"们怀着"改造国民性"的启蒙理念和寓居京城的难解乡愁，以鲁迅同类作品为示范，将"乡间的死生，泥土的气息，移在纸上"①。王鲁彦的《菊英的出嫁》写冥婚习俗，奇特的故事中隐含着悲哀；许杰的《惨雾》描写乡村械斗，是对血性之勇的沉痛反省；许钦文的《鼻涕阿二》借鉴《阿Q正传》，揭示宗法制社会农村妇女的悲剧；蹇先艾的《水葬》写乡间风俗的野蛮和母爱的朴素；台静农的《天

① 鲁迅：《中国新文学大系·小说二集·导言》，上海良友图书印刷公司1935年版。

二哥》等风格沉郁，充满了悲剧色彩；彭家煌的《怂恿》颇有喜剧才华；废名的《竹林的故事》追求田园牧歌情调。乡土小说第一次大规模地表现乡土社会和农民命运，显示了浓重的地方色彩，拓宽了小说的取材范围，形成了鲜明的个人风格，表征着小说艺术的切实进步，并且直接影响了此后的乡村题材小说创作。

与现实主义小说潮流同时兴起又对峙发展的是以创造社为代表的小说创作。他们主张忠于"内心的要求"，不重外部的描叙而重自我情绪的抒发，在表现风格上倾向浪漫和抒情，在题材内容上以留日感受和归国生活为主，具有"自叙传"色彩。郁达夫从《沉沦》开始，包括《茑萝行》、《茫茫夜》、《春风沉醉的晚上》和其30年代的《迟桂花》，反复表现人物性的苦闷、生的艰难的"零余者"心态。郁达夫式的大胆的自我暴露、感伤的抒情倾向和率性而写的语言风格，在张资平的《她怅望着祖国的天野》、倪贻德的《玄武湖之秋》等小说中也有程度不等的体现。郁达夫的《青烟》、陶晶孙的《木犀》、郭沫若的《残春》等还受到表现主义、心理分析和意识流等现代主义艺术手法的影响。此外，一些艺术追求趋近创造社和郁达夫的非创造社作者的作品也表现出抒情主义的倾向，如文学研究会的王以仁、滕固，浅草—沉钟社的陈翔鹤，弥洒社的胡山源，女作家淦女士等，说明五四时期小说潮流和风格的丰富多彩，彼此并不画地为牢，而是各取所需互相学习，共同推动小说艺术的发展。

诗歌是传统文学的骄傲，从而成为新文学急需跨越的重要障碍。五四文学革命以诗歌为突破口，探求打破古典诗歌的语言形式规范，创立以现代白话为语言载体，能自如表达现代人思想情感的新诗。

1917年2月胡适率先在《新青年》上发表《朋友》等8首白话诗，1920年3月，他出版了第一部白话诗集《尝试集》。在胡适和《新青年》的带动下，刘半农、刘大白、沈尹默相继发表新诗作品，但尚未摆脱旧词曲影响，或者带有歌谣化色彩。俞平伯、康白情、鲁迅、周作人和朱自清等一批文学研究会诗人的加入促成了白话新诗的第一波潮流。朱自清的《毁灭》人生态度坚实，周作人的《小河》巧用象征手法提升了诗作的思想境界与艺术韵味，是当时较有影响的作品。但早期白话新诗偏爱说理，注重实感，未能充分发挥诗歌抒情与想象的艺术特长，诗意浮露，诗味淡寡，在破掉旧诗的语言形式束缚后往往流于散漫无序。郭沫若的《女神》集中的作品对上述缺陷有较大克服，一举奠定了自由体白话新诗在整个20世纪的主导地位；此后，冰心、宗白华的小诗创作，汪静之、冯雪峰的爱情咏唱，蒋光慈等人的早期革命诗歌无不深受这一诗潮的影响。冯至的诗集《昨日之歌》在当时别开生面，上卷抒情诗表现青春与爱情，能将抒情与哲理很好地融合；下卷叙事诗如《蚕马》、《吹箫人》等以新诗体式抒写古代民间悲剧故事，风格幽婉清丽。

新诗发展到20年代中后期，出现了新月派的新格律诗运动和象征主义诗潮。新月派企图以理智来约束新诗抒情的“放荡不羁”，以格律来规范新诗语言体式的散文化流弊。其格律化的主张与实践，既非固守旧诗体例，也不赞同自由诗的毫无拘束，希望从新诗的变化中寻找到内在的结构规律，为成熟中的新诗建立有效的形式规则。新月派的格律化努力虽然至今尚未完全成功，但它昭示了自由与格律将是中国新诗矛盾运动中重要的张力结构。李金发、穆木天、冯乃超、王独清等人的象征主义诗作，抒写了部分青年敏感的心灵伤痛，构成现代主义诗歌的发轫。

相比之下，散文在作现代转换时遭遇的阻力比其他文体较小，但并不能因此贬低它的成就，或者抹杀它的创新。鲁迅曾说：“五四……散文小品的成功，几乎在小说戏曲和诗歌之上。”① 这是一个并不夸张的评价。

最早出现的散文作品，是以议论为主的杂文。1918年4月《新青年》增辟“随感录”专栏，促成了写作热潮，鲁迅、李大钊、陈独秀、胡适、钱玄同、刘半农、周作人、林语堂都是一时勤奋的杂文作者，后来的《语丝》杂志更将它发展为成熟而独立的

① 鲁迅：《小品文的危机》，《南腔北调集》第132页，人民文学出版社1958年版。

散文文体。陈西滢的“闲话”从风格特征上来说也属于杂文之列。

艺术性更强的抒情性和记叙性散文在五四时期被称为“美文”或“小品”。美文的倡导者周作人的《乌篷船》、《故乡的野菜》和叶绍钧的《藕与莼菜》等抒情叙事小品，写得舒徐自如、平淡自然，有英国随笔或传统小品文的风致。以随笔散文见长的还有丰子恺的《缘缘堂随笔》，幽默而深情；梁遇春的《春醪集》则渊雅而机智。最能显示优美典雅风格的散文家是冰心和朱自清。冰心的《寄小读者》、《往事》，笔触细腻，具有絮谈式的亲切；朱自清名篇甚多，风格随表现题材而变化。此时还出现了散文诗的写作，鲁迅、刘半农是先行者，许地山的《空山灵雨》、焦菊隐的《夜哭》显现了重理或重情的个性。

报告文学是随现代新闻事业的兴盛而出现的新型散文文体。此时，关于五四运动、五卅运动、三一八惨案等历史事件的报道和描述，已经具备了报告文学的特性。瞿秋白的《饿乡纪程》、《赤都心史》中的文艺通讯，重纪实描写而文采斐然，是中国报告文学发端期的重要成就。这一文体后来得到左联的特别重视，在三四十年代有更大的发展。

中国话剧肇始于 1907 年留日学生组织的“春柳社”在东京演出《茶花女》、《黑奴吁天录》获得成功，次年回国演出也大受欢迎，这是源出西方的话剧艺术进入中国的发端。辛亥革命后，随着欧阳予倩、陆镜若等人回国，会合国内戏剧改良运动，创立了文明新戏的演出形式；但随着文明新戏的日趋商业化，话剧界又兴起了“爱美剧”（Amateur，英文业余的意思）运动。在五四时期，南开学校等大中学校话剧活动开展得有声有色，民众戏剧社、上海戏剧协社、人艺戏剧专门学校、北京艺专戏剧系、南国社、辛酉剧社成为话剧运动和话剧教育的重要园地。

这一时期话剧创作的内容与风格丰富多样。欧阳予倩是中国话剧的奠基人之一，坚实地实践了“文学为人生”的创作思想。《泼妇》、《回家》表现家庭生活，前者批判纳妾的腐朽道德，后者揭露留学生随意休妻的荒唐行为；两剧冲突紧凑，主题挖掘深刻。1928 年的五幕剧《潘金莲》将潘金莲改塑为妇女解放的先驱，因翻案的急切而不免失之偏颇。洪深是中国早期话剧重要的理论家和组织者，贡献是多方面的。他帮助建立了正规的话剧导演、排演制度，译介了大量的外国剧作，对话剧艺术进行了卓有成效的理论探讨。他1922年创作的《赵阎王》，心理描写深入，刻画了赵大的复杂性格，是自觉借鉴表现主义戏剧的结晶。田汉的传奇剧和郭沫若的历史剧体现出浪漫主义色彩。田汉的《咖啡店之一夜》、《苏州夜话》、《获虎之夜》，将传奇故事、感伤情调、唯美风格结合起来，在话剧创作中体现创造社的浪漫抒情的特色。“五卅”后，田汉的剧作思想上趋于激进，艺术上转向写实。丁西林和熊佛西擅长喜剧创作。丁西林的《一只马蜂》、《压迫》不以社会意义见长，但善于在短小的篇幅中设计戏剧冲突，对话精炼形象鲜明，风格幽默机智。熊佛西的《洋状元》、《蟋蟀》情节离奇，显示了趣味至上的创作倾向，多幕剧《一片爱国心》有较强的写实色彩。

五四时期，历史演进的巨大变革，中外文化的剧烈交汇，新旧思潮的快捷转换，催生出以新为主的社会现象和文学景观，既基本完成了新文学取代旧文学的历史任务，也形成了特征明显的创作潮流与趋向：

——文学体式的现代革新。文学革命以语言与文体的解放作为蜕旧变新的着力点，其实，语言的变革只是一个突破口，它带来的改变是全方位的，直接影响到文体的解放。首先，传统的文学体式开始转换为现代的文学体式，出现了现代形态的小说、诗歌、散文与戏剧。其次是引进创生了一些新的文学体裁。比如在戏剧改良的成果上，将源自西洋的话剧文学移植入中国，并很快建立了严格的编剧与导演制度；散文诗、报告文学等也是从无到有的文体类型。再次，文体分类概念更为科学。将文学与一般应用文（文章）相区别，建立文学的科学概念，采用四分法来界定文体类型以求更符合文体特征，这些也都是文体的解放与革新带来的成果。

——理性精神的高扬。在创作中追求理性精神是新文学的具体体现，当然，作家中的大多数人没有能力也没有必要在作品中建构系统的哲学理念或阐发完整的文化思想。但是，将文学革命置于思想启蒙的总体目标之内却是作家的普遍认识，理性精神的显现成为跨越文体类别的创作现象。一种情形是以新的文化思想为根基，揭露旧社会的弊端，抨击旧道德的荼毒，表现出自觉的批判精神。像鲁迅的大部分小说以病态社会的痛苦人生为表现对象，体现致力于民族灵魂重铸的深刻用心；再如创作题材热点的出现与转移也都紧密联系着社会人生问题的起落，小说、诗歌创作中都出现过注重探讨哲理的风气。另一种情形是喜欢在作品中直接说理，造成直白浅露的毛病。像“五四”早期流行的“问题小说”，几乎每位作者都有自己的一套人生哲学和对社会历史的基本看法，胡适、俞平伯的白话新诗也往往是迫不及待说理，来不及充分地艺术化，结果造成“非诗化”的流弊，属于高扬理性精神的教训。

——感伤美学的流行。五四文学的感伤症候是长期的和明显的。天风海涛般催人奋发的“五四”高潮并没有延续多久，大多数时间要么是万马齐喑的变革前夜，要么是狂欢过后的深长寂寞，是“梦醒了而无路可走”的凄凉，忧郁成为时代的流行病，感伤成为由社会特征烙印在文学上的胎记。可以说，像《天狗》那样激昂的抒写，像湖畔诗人那样欢快的歌唱，像冰心那样温暖的爱的呼唤只是少数，甚至像鲁迅在《一件小事》中的峻切沉痛的自责也不多见，因为作者充满了改过自新的自信。五四作家在批判社会时痛感旧势力的强大，在鼓吹反抗时深悉未来的渺茫，在表现悲剧时充斥着对于人生的苦闷与漂泊、社会的罪恶与黑暗的感叹。虽然新月派对新文学创作的浪漫主义不以为然，希图以具有新人文主义和新古典主义色彩的理性来约束感伤的泛滥，但他们自己的作品照样有绝望、愤懑、忧郁、幻灭等情绪的流露。郁达夫的小说与散文创作几乎就是没有终结的“感伤的行旅”，其创造的一种不无残缺美和病态美的感伤美学在当时影响十分巨大，仿效者不在少数。值得澄清的是，这种新文学青春期苦闷不是夕阳西下的衰颓与沉沦，而是新鲜稚嫩来日方长的历史发生期的特殊标记。

四、从“呐喊”到“彷徨”：新文学巨子与他们的时代

［铁屋中的呐喊：鲁迅横站的姿态——“时代的肖子”：郭沫若的“创造十年”——建在“十字街头”的“塔”：文学与历史动向——五四的落幕：五卅运动的文学象征意义］

五四时期经历了中国历史上的伟大变革，使中国从传统跨入现代，就像恩格斯称赞文艺复兴将欧洲带出中世纪一样，这是“一个需要巨人而且产生了巨人——在思维能力、热情和性格方面，在多才多艺和学识渊博方面的巨人的时代”①。鲁迅、郭沫若便是这样的五四巨子，他们“旨归在动作，立意在反抗”的文学创造，代表着五四文学的精神实质与艺术成就；从“呐喊”到“彷徨”的心路历程，也典型地体现了社会情境与思想氛围的历史流变。作为历史之子，他们既是风云际会的时代产物，同时又以巨人的姿态引领着时代发展的方向。

五四新思潮从某种意义上说是一场以青年为主体的洋溢着青春气息的文化运动，但鲁迅于1918年加盟时已是37岁的“中年”，在此之前他经历了辛酸的家庭变故，壮烈的人生求索，惨痛的思想挫折和扎实的学术积累，尤其是1912—1917年的北京“蛰伏”期更为这次“出击”作了多方面的准备。因此，鲁迅一出手即发宏声，其创作与思考一方面汇入时代大潮，另一方面表现出“精神界之战士”独立不羁、卓尔不凡的品格与风采。

---

① 《马克思恩格斯选集》第3卷第445页，人民出版社1972年版。

鲁迅首先以“一发而不可收”的小说创作来显示文学革命的实绩。其实，他早在 1903 年已译述过小说《斯巴达之魂》，假托古希腊壮士反抗波斯人入侵的传说来激励忠勇爱国的情怀；1912 年创作的文言短篇小说《怀旧》，描述辛亥革命在小镇“芜市”造成一场虚惊，以乡村学童第一人称展开叙事的限制视角，寓沉痛于平淡、借喜剧写悲剧的讽刺艺术为后来的小说创作所继承和发扬，也是用文学形式反思辛亥革命的起始。鲁迅 20 年代现实题材的小说结集为《呐喊》、《彷徨》，前者收 1918—1922 年的 14 篇作品，后者收 1924—1926 年的 11 篇作品，从体裁上说都是短篇，但代表了五四小说思想与艺术的成就。

反封建是时代主题，也是鲁迅一生的事业，在他的小说作品中有充分体现，并且拓展为不同的主题类型。有的作品直接表现封建制度的残暴与杀戮。《狂人日记》是鲁迅第一篇白话小说，以隐喻象征的方式刻画狂人的精神扭曲和心理变态，满怀被吃的恐惧和吃人的愧疚，衬托出专制迫害的无所不在；小说用“吃人”二字对封建制度和封建礼教的本质作了高度的概括和深入的揭露。“礼教吃人”这一意象及反封建内涵在鲁迅此后的其他作品中反复出现，可见这是作家对封建主义的中国历史与文化传统的基本思想立场与价值评判。《药》里面的夏瑜因反抗清朝的专制统治而获罪入狱，连死后也只能以瘐死者的身份埋葬在乱坟岗，这些无不反映了封建制度的罪恶。也有的作品描写礼教观念、封建思想对人的戕害与虐杀，包括两种类别：一类像《孔乙己》、《白光》写封建科举制的思想禁锢；一类如《祝福》、《离婚》写礼法传统对人心灵的毒害。在这里，封建主义思想毒素先将人们灵魂慢慢腐蚀，然后送上不归路。还有的作品以真实的历史事件作背景，揭示封建统治者、卫道士与民主革命的对抗关系以及他们的狡诈凶残。他们或在辛亥革命的余震中惴惴不安（如《阿 Q 正传》中的赵太爷），或因张勋复辟而大喜过望（如《风波》中的赵七爷），充分暴露了逆历史潮流而动的落后性和反动性。

鲁迅大量创作的农民题材小说，不仅改变了五四小说争写青年婚恋的狭小格局，而且体现了深沉的思考。他说：“我的取材，多采自病态社会的不幸的人们中，意思是在揭出病苦，引起疗救的注意。”① 可以认为，表现生活的苦痛只是小说内容的次要方面，揭示农民和一般民众精神病灶，挖掘社会历史根源才是主要的创作目的。因此，鲁迅在饱含同情地展示华老栓、单四嫂子、闰土等人的生活辛酸时，始终结合着对他们精神的解剖，这些作品固然反映出民众在政治经济方面受到的压制与盘剥，但更侧重于发掘“沉默的国民的灵魂”，呈现民族文化心理的痼疾与沉疴，表达改造国民性的思想主题。“五四”前后的中国，改革运动前赴后继，新思潮的倡导也风起云涌，却未能深刻触动基层社会和影响一般民众，人们从时间上虽然跨进了20世纪，思想意识则依然是“老中国的儿女”②。例如，闰土嗫嚅许久，终于称呼少年伙伴为“老爷”，告别时不忘带走香炉和烛台；《风波》中七斤一家和乡民们关心的仅仅是一根辫子的有无，过后生活恢复了死水一潭的平静。透过这些人物与情节描写，可见封建主义的等级观念、鬼神迷信、帝王思想根深蒂固的影响，它们牢牢束缚着人们的精神世界。将对国民劣根性的揭发与批判发挥到淋漓尽致的是杰作《阿Q正传》。阿Q用“精神胜利法”逃避一生的失败，暴露出来的恰是不能正视现实、无力把握命运的病态心理与畸形人格，“主奴根性”主导着人物的思想行为直至“革命想象”。在众多的作品中，鲁迅除了批判特定人物的愚昧落后，还常常从整体的意义上揭示民众对革命事业的懵懂无知，对自身困境的浑然无觉，对他人不幸的冷漠无情。鲁迅一方面视民众为自外于社会历史进程的“戏剧的看客”，另一方面又认定这些“国民”仍然是现代民族国家的主体与主人，他们崇高的历史使命与严重的精神缺陷的巨大落差使鲁迅忧心如焚，落笔沉痛，大致只有“哀其不幸，怒其不争”的写作立场才可能恰切地表征他的焦灼心理与复杂情感。

① 鲁迅：《我怎么做起小说来》，《鲁迅全集》第4卷第526页，人民文学出版社2005年版。

② 茅盾：《鲁迅论》，载《小说月报》第18卷第11期（1927年11月）。

知识分子问题在五四时期具有特殊性与重大性，表现他们生活命运的作品在两个小说集中比重也最大。鲁迅塑造了从晚清到“五四”几代知识分子的形象，既有狂人、夏瑜这样的反封建斗士，也有孔乙己、陈士成这类科举制度的殉葬品，还有四铭、高老夫子等新旧思潮交替时期沉滓泛起的假道学与卫道士。但最能代表鲁迅关于知识分子问题独特思考的形象则多为“梦醒了而无路可走”的类型，他们往往身处社会变革时期，伴随新思潮的推进觉醒，在反抗遭遇挫折后苦闷彷徨。这类作品包括三个方面。一是从知识分子与底层民众的关系角度来拷问知识分子的品德与作用。《一件小事》反省了知识分子的清高与自私。这篇作品在鲁迅 20 年代的小说中显得十分特别，一方面体现了严于自剖的精神，同时也留下了受到民粹主义思潮影响的印迹。此时其他作品中的知识分子形象，比如《祝福》、《故乡》中自外地返乡的知识分子“我”，在和闭塞的环境、落后的人群的对比中，仍不失先知先觉者的正面意义，符合鲁迅基于启蒙理念对于知识分子作用的估价。二是从知识分子与历史传统的关系角度来展现知识分子的悲剧命运与人格缺陷。狂人是“始于反抗终于归顺”的第一个典型，《在酒楼上》中的吕纬甫、《孤独者》中的魏连殳重复了“出走——归来”的悲剧。吕纬甫、魏连殳青年时期接受民主思想的洗礼，大胆地挑战传统，攻击社会，在孤独的抗争遭致挫败后，前者锐气顿失，以无可无不可的生活态度，敷衍苟活；后者自断傲骨，以恶抗恶，在绝望中死去。他们体现出“独战多数”的知识分子先驱在黑暗时期必然遭遇的精神悲剧，也佐证了保守思想、反动势力组成的历史传统与社会现实对于社会发展巨大的阻滞力。三是从知识分子的个人奋斗与社会改革的关系角度探索新一代知识分子的出路。《伤逝》的背景已是五四时期，子君以“我是我自己的，他们谁也没有干涉我的权利”的勇敢自信，冲出宗法家庭，争取到与涓生自由恋爱的权利，可是社会却还没有准备好“救出自己”的所有条件。小说抨击了阻碍青年追求幸福的旧制度和旧文化，也对片面强调个性解放有所批评。但是鲁迅的深刻和辩证在于，他形象地说明了个人奋斗是社会解放的必要前提，社会革命是个性解放的合理归宿。小说让子君悲惨死去，宣告封建性社会的罪恶，又让涓生顽强活下去，超越个性解放去寻求新的人生。鲁迅的知识分子题材小说，既充分肯定他们的历史进步作用，又冷峻揭示其精神痛苦与思想危机；而且，不是孤立地表现他们的生活与性格，而是将其命运与民主革命进程内在地联系在一起。

鲁迅痛感传统文学瞒与骗的危害，主张“真诚地、深入地、大胆地看取人生并且写出他的血和肉来”①。他的小说坚持如实描写，毫无粉饰，灌注了强有力的批判精神，奠定了新文学现实主义的基石。他的农民题材小说，写出了一个民族在停滞不前的时代辛酸不幸的社会生活史；他的知识分子题材小说，写出了一个民族在历史变革时期挣扎沉浮的精神史和心理史。因为所见者大，体现了落笔平凡而“忧愤深广”的独特艺术追求。鲁迅博采众长，对中外艺术实行“拿来主义”，其小说艺术以现实主义为基干，主动融合其他创作方法的优长，呈现开放、发展的形态。例如《狂人日记》以写实为核心，象征和意识流手法兼而有之；《肥皂》、《高老夫子》、《白光》中对潜意识的精细描摹，具有心理分析的成分；《伤逝》、《故乡》表露出浪漫抒情的写作倾向。鲁迅小说从不拒绝而是主动汲取其他文学流派的滋养，不仅丰富了自身的艺术风格，而且从一开始就为现实主义文学在竞争中确立优势创造了有利条件，提供了有力支撑。

鲁迅小说既以“表现的深切”而无负于伟大的时代，也以“格式的特别”引导着文学创新的潮流。茅盾1923年就赞叹：“在中国新文坛上，鲁迅君常常是创造‘新形式’的先锋，《呐喊》里的十多篇小说几乎一篇有一篇的新形式，而这些新形式又莫不给青年作者以极大的影响，欣然有多数人跟上去试验。”②鲁迅的小说打破了传统小说以情节为中心的叙事结构，确立了现代性格小说的中

---

① 鲁迅：《论睁了眼看》，《鲁迅全集》第1卷第255页，人民文学出版社2005年版。

② 沈雁冰（茅盾）：《读〈呐喊〉》，载1923年10月10日《时事新报》。

心地位。《呐喊》、《彷徨》中有 12 篇采用第一人称叙述，一些第三人称作品也采用了限制叙述的形式，如此大规模地限制叙述人的权威功能改变了传统小说全知叙述的一统天下。鲁迅总是根据主题表达和形象塑造的需要来设置与提炼情节，用极俭省的白描手法“画出一个人的特点”，在写人时显示灵魂的深，使普通人物一跃成为艺术典型。

鲁迅小说艺术的影响是多方面的。例如：《阿 Q 正传》、《孔乙己》等作品中体现的现代小说悲剧风范——“几乎无事”的取材与悲喜交融的风格——就为同时代的王鲁彦、彭家煌接受，又被稍后的老舍、师陀继承；既注重地方民情风俗的描写又坚持启蒙文学批判立场的乡土小说，是在鲁迅乡村题材作品的直接影响下出现的。鲁迅在文体互渗上也屡有创新，他的小说常常糅合其他文体的特点，使得谈及现代诗化小说、散文化小说、抒情小说的源头时必须追溯至鲁迅。

1936 年出版的《故事新编》收集了作者 1922—1935 年创作的 8 篇历史小说，鲁迅自称为“神话，传说及史实的演义”①。“故事”而需“新编”包含了两方面意味，既是作家站在时代高度对传统思想与历史人物的长期思考，也是艺术“变法”，在取材和写法上与前两部小说集大不相同。写于 20 年代的《补天》礼赞女娲的创造精神，《奔月》感慨英雄末路，《铸剑》讴歌反抗复仇，在神话传说和民间故事的演义中倾注了鲁迅痛切的人生感受。30 年代创作的《非攻》、《理水》更以唯物史观的观点塑造了墨子、大禹的正面形象，他们是为了国家和民众利益不恤生死的古代英雄，印证着鲁迅的判断：“我们从古以来，就有埋头苦干的人，有拼命硬干的人，有为民请命的人，有舍身求法的人……这就是中国的脊梁。”② 重塑历史英雄是为了彰显“脊梁品格”。鲁迅早就痛感传

① 鲁迅：《〈自选集〉自序》，《鲁迅全集》第 4 卷第 469 页，人民文学出版社 2005 年版。

② 鲁迅：《中国人失掉自信力了吗》，《鲁迅全集》第 6 卷第 122 页，人民文学出版社 2005 年版。

统的昏妄举动和糊涂思想荼毒后人，渴望有机会“把那些坏种的祖坟刨一下”。儒道互补构成中国文化发展的基本线索与内容，鲁迅抓住其落后面与消极性集中批判。《采薇》渲染伯夷、叔齐的万般无奈与无济于事，击碎了儒家“穷则独善其身”的人格理想；《出关》、《起死》则在喜剧性的诙谑中嘲讽了老子的无为哲学和庄子的虚无主义。鲁迅希望从根源上对中国文化思想作一番清理。

鲁迅认为历史小说的写法，或“博考文献，言必有据”；或“只取一点因由，随意点染，铺成一篇”。①《故事新编》从总体上看显然属于后者。在《补天》、《奔月》、《铸剑》这三篇小说里，瑰奇想象与细节描写交相辉映，显现着浪漫主义与现实主义的融合特色。频繁出现的具有明确讽刺指向、与规定的历史情境不相协调的现代生活现象，固然体现了作者强烈的用世精神，但也形成“油滑的开端”，这在他其他小说中是不多见的。

鲁迅的散文诗、散文和杂文创作同样成就卓著。他早在1919年就发表了总题为《自言自语》的散文诗7篇，是中国现代散文诗的拓荒者之一。《野草》收其写于1924—1926年的散文诗23篇，创作时间与心境都接近于小说集《彷徨》和杂文集《华盖集》、《华盖集续编》。它以晦涩凝炼的诗语形式曲折表达繁复深邃的思绪。鲁迅曾表示，他的人生哲学就在《野草》里面。

《野草》的部分作品类似杂文式的“文明批评与社会批评”，对黑暗现实和落后事物予以讽刺和抨击，只是写法较多曲笔象征。《狗的驳诘》批判人甚于狗的势利，《立论》揭露巧滑骑墙的市侩哲学，《淡淡的血痕中》、《失掉的好地狱》指斥当局暴行，《我的失恋》、《一觉》、《复仇·一》也都有具体所指，表明鲁迅在风沙扑面、虎狼横行的时代不能忘怀“顺笔一刺”的现实关切。事实上，鲁迅在《野草》里为自己雕塑了一个孤独彷徨、坚忍抗争的战士形象。《秋夜》写落尽花果、遍体伤痕的枣树“默默地铁似的直刺着奇怪而高的天空”；《这样的战士》写战士陷入“无物之阵”

① 鲁迅：《故事新编·序言》，《鲁迅全集》第2卷第354页，人民文学出版社2005年版。

的围困，但他毅然“举起了投枪”；有代表性的是《过客》。“过客”无惧老翁世故的告诫，婉谢女孩天真的挽留，独自前行，几乎就是鲁迅当时困顿境遇和倔强精神的生动写照。还有《复仇·二》、《雪》、《聪明人和傻子和奴才》，均为战士品格的反复流露。当然，《野草》抒写得最精微充分的是“在黑暗里彷徨于无地”的苦闷、矛盾情绪，鲁迅本意是要通过对灵魂的严峻拷问，将悲观绝望、虚无主义等“鬼气”、“毒气”驱逐出去。《希望》的痛苦，《死后》的绝决，《墓碣文》的悲愤，从不同侧面表现了作者的精神煎熬，其他篇什也大多如此。《影的告别》借一位昏睡者的阴影向主人的诀别场景，呈现出历史变革时期先觉者与群众、长者与幼者、战士与对手、叛逆的猛士与“爱我者”之间的种种冲突，揭示生存与死亡、希望与绝望、理想与现实、光明与黑暗的重重矛盾，体现了鲁迅强烈的“历史中间物”意识和彷徨挣扎的悲凉感受。

《野草》在鲁迅的所有创作中，艺术形式最为独异。它频繁地假托梦境（9 篇）来抒写心理隐秘，大量地采用象征隐喻等手法，将人生感受巧妙地寄寓在物象人事或生活场景的描述中，将微妙难言的感觉、幻象、潜意识活动准确形象地表现出来，体现出散文与诗的双重特点。《野草》借鉴外国散文诗的艺术经验，吸收古典散文蕴藉深厚的特色，作个人“心灵的探险”，使发端期的现代散文诗创作站在一个较高的起点上。

与《野草》总体基调的黯淡阴冷不同，散文集《朝花夕拾》较为明丽温婉。它们写于 1926 年，发表时题为《旧事重提》。这 10 篇散文以深情舒缓的笔触，展开了对个人从童年到青年的成长过程的追忆，勾勒了家人、亲朋、师友的各色形象。作家的思想发展和人生经历，中外社会的历史面影，变革时代的人物命运，作家对社会现实的深入思考，娓娓叙来，栩栩如生。像《阿长与〈山海经〉》、《从百草园到三味书屋》、《藤野先生》已成为经久不衰的名篇。

杂文（又称杂感）是五四文学革命的产物，且长期伴随着中国现代政治、文化、文学发展的脚步，鲁迅则是这一文体的主要奠基者和最杰出的作家。瞿秋白分析过它产生、兴盛的原因，认为剧烈的社会变动和险恶的写作环境妨碍了作家的从容构思和正常表达，只好将幽默讽刺的才能与社会人生的思考熔铸到杂文的创作中。① 杂文占鲁迅全部文学创作的近 80%（180 万字中占 135 万字），他在 1927 年前的创作还是各体并重，之后全力以赴写作杂文。这一文体重心的转换更多地是由于作者根据外部形势变化的自觉调整，因为杂文形制短小，感应灵敏，对社会事象便于“立刻给以反响或抗争”②。

鲁迅杂文以“文章合为时而著，歌诗合为事而作”的精神，成为从五四时期到抗战前夕中国社会生活、文化思想和世态人心的全记录；他对这一时期诸多政治事件、思想纷争、社会病相有感而发，纵横议论，“立此存照”。可以说，鲁迅以杂文的形式完成了巴尔扎克《人间喜剧》的宏伟任务；从反映现实的广阔性和深刻性而言，鲁迅杂文也具有百科全书般的文献价值。其前期杂文结集为《热风》、《坟》、《华盖集》、《华盖集续编》，内容多为对新思潮的鼓吹和对旧思想的批判以及对某些时弊的针砭。例如《我之节烈观》、《我们现在怎样做父亲》宣传妇女平权和幼者本位价值观；《说胡须》、《看镜有感》抨击抱残守缺的国粹主义；《春末闲谈》、《灯下漫笔》揭露封建社会的吃人本质；《记念刘和珍君》痛斥军阀的凶暴，批驳流言的卑劣。后期杂文结集为《而已集》、《二心集》、《伪自由书》、《且介亭杂文》等，发挥了杂文作为“感应的神经，攻守的手足”的战斗功能。例如《一点比喻》、《论“费厄泼赖”应该缓行》对资产阶级知识分子的形象描摹，《二丑艺术》、《帮闲法发隐》对二丑式文人帮忙、帮凶的“发隐”，《为了忘却的记念》、《写在深夜里》对国民党文化围剿的控诉，《拿来主义》对文化继承问题的精辟阐发等，内容丰富，思想尖锐，强化了介入现实的政治

① 瞿秋白：《〈鲁迅杂感选集〉序言》，《中国文论选·现代卷》（中）第 279 页，江苏文艺出版社 1996 年版。

② 鲁迅：《且介亭杂文·序言》，《鲁迅全集》第 6 卷第 3 页，人民文学出版社 2005 年版。

意向和文学品格,更具有时事的针对性。鲁迅后期杂文的社会批评、文明批评是与其政治批判、思想斗争紧密结合在一起的。

鲁迅杂文论辩精严，形象感强，是诗与政论的融合。他“论时事不留面子”，擅长以小见大，洞幽烛微，掘发深刻；又“砭痼疾常取类型”，善于穿插具体的故事片断，运用比喻象征手法，创造类型化形象，尤其一些反面形象刻画生动，令人过目不忘。鲁迅杂文几乎穷尽了所有文章体例和表现形式，他总是根据题材形象的特性和思想感情的特点而变化，体式丰富，风格多样。鲁迅杂文不仅标志着个人创作的丰硕成就，而且还大大提升了这一向来被轻视的文体的文学地位，瞿秋白就称赞说：“杂感这种文体，将要因为鲁迅而成为文艺性的论文的代名词”①。鲁迅杂文在当时和整个 20 世纪都产生了巨大而深远的影响。

鲁迅对于 20 世纪的中国具有超出文学的多方面意义与价值。鲁迅是现代文学之父，他创造了现代小说、杂文、散文诗等新型文学样式并亲手引导它们臻于成熟；他身体力行的现实主义文学发展成为文学主潮和可珍视的文学传统；他个人的文学成就与风格至今仍是有待逾越的艺术高峰。鲁迅的思想探索与人格精神是宝贵的历史遗产，他置身急剧变动的时代，坚持立足中国大地紧贴民族命运的脉搏独立思考；在传统与现代、中国与世界、个人与阶级、文学与革命、审美与政治之间，他将自己当作沟通两极的桥梁。鲁迅逝世时，沈钧儒手书“民族魂”条幅覆盖于灵柩上，郁达夫纪念鲁迅说：“没有伟大人物出现的民族，是世界上最可怜的生物之群；有了伟大的人物，而不知拥护，爱戴，崇仰的国家，是没有希望的奴隶之邦。”② 毛泽东称赞鲁迅是“空前的民族英雄”，是伟大的文学家、思想家、革命家，“鲁迅的方向，就是中华民族新文化的方向”。从 20 世纪 20 年代至今，围绕鲁迅的论争不息，也表明鲁

---

① 瞿秋白：《〈鲁迅杂感选集〉序言》，《中国文论选·现代卷》（中）第 279 页，江苏文艺出版社 1996 年版。

② 郁达夫：《怀鲁迅》，载《文学》第 7 卷第 5 号（1936 年 11 月 1 日）。

迅是“横站”在历史与未来之间的巨人。

不同于鲁迅在文学创作中呈现出来的冷静、理智、深沉的现实主义姿态，郭沫若是以狂飙突进、激情飞扬的浪漫主义诗人形象“闯人”五四文坛的。

《女神》是郭沫若的首部诗集，也是他一生的诗歌代表作。它出版于1921年8月，收入作者写于1918—1921年的作品，写作时间和出版时间均晚于胡适的《尝试集》，但鲜明的时代精神、强烈的主观抒情及独创的自由体形式，将草创期的新诗艺术推进到新的境界，成为真正意义上的新诗奠基作。闻一多曾盛赞《女神》开一代诗风，说：“若讲新诗，郭沫若的诗才配称新诗呢，不独艺术上他的作品与旧诗词相去最远，最要紧的是他的精神完全是时代的精神——二十世纪底时代的精神。有人讲文艺作品是时代底产儿，《女神》不愧为时代底一个肖子。”①

五四运动爆发时，郭沫若虽然还在海外，但充分感受到这一狂潮急流，“个人的郁积，民族的郁积，在这时找出了喷火口，也找出了喷火的方式”②，即用“雄浑的豪放的宏朗的调子”③来表达“浮躁凌厉”的时代情绪。因为，“五四”使个人生命觉醒与民族命运转折的曙光同时显露，诗人在拥抱伟大的时代之时，表达了炽热的爱国主义情怀。他深切回忆当年：“‘五四’以后的中国，在我的心目中就象一位很葱俊的有进取气象的姑娘，她简直就和我的爱人一样。我的那篇《凤凰涅槃》便是象征着中国的再生。‘眷念祖国的情绪’的《炉中煤》便是我对于她的恋歌。《晨安》和《匪徒颂》都是对于她的颂词。”④《炉中煤》借情诗外形寄寓深厚

---

① 闻一多：《〈女神〉之时代精神》，载《创造周报》第4号（1923年6月3日）。

② 郭沫若：《序我的诗》，《郭沫若全集》（文学编）第19卷第408页，人民文学出版社1992年版。

③ 郭沫若：《我的作诗的经过》，《郭沫若全集》（文学编）第16卷第216页，人民文学出版社1992年版。

④ 郭沫若：《创造十年》，《郭沫若全集》（文学编）第12卷第73页，人民文学出版社1992年版。

的爱国感情，诗人将相思日久的祖国比拟为“我心爱的人儿”，以燃烧的煤块自况，表现了以身报国的志愿和对祖国前途的热切关注。《晨安》抑制不住对十月革命、五四运动给世界和故国带来的“千载一时的晨光”的狂喜，向着年轻的祖国、新生的同胞及一切美好的事物，像排击炮一样一连道出了 27 个“晨安”。《凤凰涅槃》和《女神之再生》堪称这类诗作的代表。《凤凰涅槃》是 460 行的抒情长诗，一天之内一气呵成。它糅合中外传说，以凤凰“集香木自焚，复从死灰中更生，鲜美异常，不再死”的情节转折，象征古老民族与诗人旧我的毁灭与新生。在作了足够的铺垫与映衬之后，长诗以 15 节的篇幅渲染出大和谐、大欢乐的喜庆景象。诗剧《女神之再生》影射南北军阀混战，将“女神”塑造为“美的中国”的创造者。“女神”一方面诅咒故国故园的血腥黑暗，另一方面表达了再造中华的热望：她们已不屑于修补那“破了的天体”，“待我们新造的太阳出来，要照彻天内的世界，天外的世界”和“身内的青春，身外的青春”，奏出了爱国主义的最强音。

反抗与破坏、创造与新生是“五四”的“主旋律”。《女神》的主体部分即第一、二辑中的作品集中创作于 1919 年上半年到 1920 年上半年，正是五四运动的高潮时期。这些作品热情赞美破坏与创造的人物、事件和精神，与大破大立的时代潮流高度契合，具有共同的“振动数”与“燃烧点”，读者反响也十分热烈。在《我是个偶像崇拜者》中，郭沫若一方面袒露心迹，“我崇拜创造底精神”；同时公开宣告，“我又是个偶像破坏者哟”，“一切的偶像在我面前毁破!”《金字塔》高喊“人们创造力的权威可与神祇比伍”。《匪徒颂》起因于抗议日本新闻污蔑中国学生为“学匪”，却成为对中外古今一切以革命成就伟业的“匪徒”的颂扬与表彰。所谓“匪徒”，其实是陈规陋习的破坏者与新思想、新世界的创建者。诗人坚信自然、社会永远处在变动不居的过程之中，唯有不断的毁弃与创造才是万物生生不息的本质。正像鲁迅肯定的内心怀抱理想之光的建设的破坏者，“五四”的破坏是为了建设的批判，“五四”的创造是在反叛的前提下的新生。郭沫若的《女神》礼赞破旧立新的时代精神，激励有作为的青年推倒一切偶像的权威，向着解放的大道迅跑。有时诗人将破坏与创造的伟力赋予大自然，惊叹于"无限的太平洋提起他全身的力量要把地球推倒"，歌颂太阳为创造光明、生命和灵感的源泉，同样体现了破立并举的时代氛围。

表现自我，张扬个性，这是五四文学的突出特点，《女神》对此有十分具体的抒写，其抒情主人公形象正是一位大写的直立的个人。诗人本着"我自己对于诗的直感，总觉得以'自然流露'的为上乘"①，"个性最彻底的文艺便是最有普遍性的文艺"② 的诗歌信念，既大胆表现自我肯定、自我尊崇和自我扩张，又自觉展示自我剖析、自我怀疑和自我否定。"我是一条天狗啊！/我把月来吞了，/我把日来吞了，/我把一切星球来吞了，/我把全宇宙来吞了。/我便是我了。"这一气吞寰宇、雄强豪放的天狗形象既是五四时代勇敢冲决一切网罗的反抗者与新生者的象征，也是诗人主体意志无限扩张之后的形象体现。《浴海》中那个要决太平洋之水来"把那陈腐了的旧皮囊全盘洗掉"的自我形象，同样是实现自我个性解放的激情宣泄。诗人有时借助泛神论哲学观，将自我个性扩充到整个宇宙，《湘累》中屈原大声表白"我效法造化底精神"，自由地创造万物，"我萃之虽仅限于我一身/放之则可泛滥乎宇宙"。《梅花树下醉歌》直抒胸臆："梅花呀/梅花呀/我赞美你/我赞美我自己/我赞美这自我表现的全宇宙的本体。"《女神》第三辑的作品更为复杂，表露了大时代中的矛盾灵魂。《死的诱惑》流露出颓废孤寂的世纪末情绪，《日暮的婚筵》、《霁月》表现青春期的感伤烦忧，格调哀婉低抑。

《女神》的"近代精神"（闻一多语）还体现在对社会主义的向往与对现代科学技术成果的赞扬方面。当社会主义和无产阶级革命还被视为洪水猛兽的"过激主义"之时，郭沫若以充沛的激情颂赞十月革命和革命导师，《序诗》更是公开宣布"我是个无产阶级者"，"我愿意成个共产主义者"。《三个泛神论者》、《地球，我

① 郭沫若：《论诗三札》，《郭沫若谈创作》第10页，黑龙江人民出版社1982年版。

② 郭沫若：《论诗三札》，《郭沫若谈创作》第3页，黑龙江人民出版社1982年版。

的母亲》、《西湖纪游》等诗，将农工大众比拟为“全人类的保姆”和“全人类的普罗米修斯”，一再表达对劳动和劳动者的景仰与称赞，表现出“劳工神圣”思潮的影响和阶级意识的初步觉醒。诗人将科学技术看作促进社会发展的强大动力，对其成果——工业文明和物质成就——大加称颂。比如哥白尼、达尔文被视为学术革命的“匪徒”而赢得“三呼万岁”；“摩托车前的明灯”被比喻为“二十世纪底亚坡罗”，有力地表现了五四时代蓬勃高涨的科学意识与科学精神，真正将“科学”落实到了作品中。当然，毋庸讳言，五四时期社会主义刚刚引入，科学主义的提倡也是方兴未艾，郭沫若一时尚没有能力辨析科学社会主义与民粹主义的异同，也无法预见科技发展的双刃剑效应，因而将喷吐浓烟的大烟囱赞美为盛开的 20 世纪的黑牡丹花。

郭沫若的《女神》“在内容上，表现自我，张扬个性，完成所谓‘人的自觉’，在形式上，摆脱旧诗格律的镣铐而趋向自由诗，这就是当时所要求于新诗的。这就是‘五四’精神在文学上的爆发。在诗的魄力和独创性上，他简直是卓然独步的”①。大变革时代，其精神实质既需要理性的深入揭示，也需要感性的强力咏唱，鲁迅、郭沫若分别代表了五四文学的两个方面。《女神》不以冷静观察生活、客观描述现实见长，而是以气势如虹的激情来抒写豪放不羁的理想主义追求，诗中所抒之情粗犷雄浑，格调奔放激越，将浪漫主义的个人主体性凸显得淋漓尽致，也充满了阳刚之气。如果说郭沫若出现之前的新诗创作大多拘泥于现实，想象力比较贫弱，那么《女神》则想象丰富，夸张奇特。《女神》中有大量作品取材于上古创世神话和英雄传说，如不死鸟凤凰、重造天地的女神；选择的意象常常是壮美的大自然，如日月星辰，山川大地；即使现实题材，也运用泛神论思想的消融转化，人、神、物浑然一体，创造出“无间无我”具有崇高之美的想象世界。诗人信奉泛神论，一方面有助于传达蔑视权威、夸张自我的时代气息，另一方面方便赋

① 周扬：《郭沫若和他的〈女神〉》，载 1941 年 11 月 16 日《解放日报》。

予自然万物以灵性和神性，让想象自由飞腾，使《女神》具备了楚辞般瑰奇华美的风格。郭沫若在新诗形式方面主张“绝端的自由，绝端的自主”① 与情绪的“自然流露”。《女神》全无固定的格律与形体，篇、节、行之间长短不拘；《凤凰涅槃》的内在情绪与外在韵律有微妙的呼应，很有些信笔所至、自由起止的意味。《天狗》则有些像口不择言的宣泄，真正摆脱了旧诗词的拘囿，实现了“诗体大解放”。闻一多说：“《女神》当然在一般人眼光里要算新诗进化期中已臻成熟的作品了”②。这一判断如果不是认为《女神》真的为新诗创作建立了榜样，而是认为它替自由体新诗发展开辟了众多可能的方向，那么就是符合历史实际的。

《女神》之后，郭沫若在 20 年代还出版了《星空》、《瓶》、《前茅》、《恢复》4 部诗集，其诗歌创作经历了从潜入内心浅吟低唱到“恢复”革命激情，成为大众歌者的过程。《星空》收录写于 1921 年秋至 1922 年底的作品，时间上紧承《女神》，也有少部分作品仍保有《女神》高昂的浪漫主义诗风及个性伸张的主题，出现了《天上的街市》这样清新可喜的佳作，但主要是接续了《女神》时期偶尔一露的“幻灭的悲哀”。开首的《献诗》中，诗人就自比“一只带了箭的雁鹅”、“受了伤的勇士”，流露出“低回的情趣”与“沉深的苦闷”。当时正值“五四”开始退潮，诗人数度归国目睹故国面貌并未因五四运动而焕然一新，失望落寞之情油然而生。诗人自述：“象《女神》时代的那种火山爆发式内发情感是没有了”，剩余的只是“退潮后的一些微波，或甚至是死寂”。③两相比较，《星空》中《女神》式的疾风骤雨的诗情减弱了，热烈奔放的理想追求冲淡了，而艺术技巧却趋向圆熟，语言结构也更为妥帖，显现了淡雅清新的另一路诗风。《瓶》写于 1925 年初春，它

① 郭沫若：《论诗三札》，《郭沫若谈创作》第 12 页，黑龙江人民出版社 1982 年版。

② 闻一多：《〈女神〉之地方色彩》，载《创造周报》第 5 号（1923 年 6 月 10 日）。

③ 郭沫若：《序我的诗》，《郭沫若全集》（文学编）第 19 卷第 408 页，人民文学出版社 1992 年版。

是诗人一次刻骨铭心的情感遭遇的艺术记录。诗集由 42 首短诗连缀而成，完整地表现了中年主人公对花季少女不期而至的单恋与冥思。组诗部分也恢复了《女神》狂放直白的抒情风格，将如火的激情、瑰奇的想象和苦恋的伤痛表现得大胆而幻美，其缠绵悱恻的情调受到了歌德小说《少年维特之烦恼》的影响，也是主情的浪漫主义文学的自然延伸。

出版于 1928 年的《前茅》、《恢复》是两部革命诗集。《前茅》创作时间介于《星空》与《瓶》之间，多为 1923 年所作，反映了郭沫若思想情绪的变化。诗人敏感于一个全新的革命时代即将到来，决心远离“虚无的幻美”，以粗犷的音调歌唱革命，如《太阳没了》沉痛悼念列宁逝世，《黄河与扬子江对话》欢呼中国革命“另外在人类历史上吐放一片新光”。但诗人对酝酿中的革命情绪缺乏深切独特的生活体验及必要的艺术转化，部分诗作流于概念化，空洞浮浅，艺术上“并不高妙，只有点历史的意义”。这一弊病也被带到《恢复》里面。《恢复》中的作品都写于大革命失败后的白色恐怖时期。诗人直面革命挫折后的血雨腥风，注目苦难的民众生活，在《我想起了陈涉吴广》、《黄河与扬子江对话（第二）》等诗中，公开张扬不畏强暴的造反精神，表示要为迎接新一轮无产阶级革命风暴的到来而怒吼，体现了高昂的战斗激情和坚定的革命信念。诗人在思想转变时期，将浪漫主义创作方法视同个人主义予以否弃，转向现实主义风格，但《前茅》、《恢复》思想与艺术的严重失衡证明诗人强行转变艺术个性并不可取，《恢复》与《前茅》一样，也常常坠入以政治取代艺术、用呼喊代替抒情的标语口号化倾向当中。

郭沫若的历史剧创作在抗战时期和当代都大放异彩，其铺垫早在五四时期。《女神》集包括了《女神之再生》、《湘累》、《棠棣之花》3 部诗剧，1926 年出版的《三个叛逆的女性》收集了《卓文君》、《王昭君》、《聂嫈》3 部剧作。在《卓文君》一剧中，作家对人物性格重新发掘，竭力表彰卓文君追求婚姻自主、“不从父”的反抗精神；《王昭君》则突出主人公反抗王权、维护人格尊严的倔强性格，二者均与“五四”主张妇女解放、个性独立的时代潮流十分合拍。《聂嫈》脱胎于诗剧《棠棣之花》，40年代又扩写为五幕剧《棠棣之花》，其描写重心从行刺身亡的弟弟聂政转移到不恤生死宣讲聂政英勇事迹和反抗暴政的姐姐聂嫈身上。此剧写于五卅运动高潮阶段，其主题指向十分明显。郭沫若的历史剧题旨多为爱国抗暴，善于设置尖锐激烈的戏剧冲突，具有浓郁的抒情倾向和浪漫色彩，但有时为了讥评时政，经常穿插某些现代生活现象，妨碍了剧情结构的和谐与协调。这一“我要借古人的骸骨，另行吹嘘些生命进去”① 的创造特色后来被作家总结为历史剧创作中的“失事求似”原则。

郭沫若此时还有少量的小说创作。《牧羊哀话》发表于1919年11月，借朝鲜青年的爱情悲剧，在哀婉的叙述语调中较早地表达了反帝爱国主题。他此时的小说除了数篇发思古之幽情的历史小说外，可区分为两个类型。一类是集中摹写微妙的心理感觉，发掘人物性格的复杂因素乃至变态表现。《喀尔美萝姑娘》对女主人公形象朦胧美的营造，《残春》对潜意识梦境的解析，《叶罗提之墓》对少年青春期情感体验的精细捕捉，也是最早一批具有现代主义特色的小说作品。另一类包括《漂流》三部曲、《行路难》。小说以作家归国前后的生活遭际为题材，侧重表现主人公爱牟的“袋中无钱，心头多恨”，一种源于生存挤逼而滋生的烦忧与不平，具有强烈的自叙传色彩，与同为创造社成员的郁达夫小说在倾向与风格上十分接近。

郭沫若在大革命失败后，受到国民党政府的公开通缉，远走日本10年，成为一位成就卓著的马克思主义历史学者。1937年抗战爆发，郭沫若抛妇别雏，冒险犯难回到国内，被推举为鲁迅之后进步文化界和文学界的旗手，此后，他一直活跃于20世纪中国革命的文化界和文学界。

人们对“五四”的丰富性、复杂性已多有论说，1915年兴起的思想启蒙，1919年5月4日发生的学生爱国运动及它们的后续

① 郭沫若：《孤竹君之二子·幕前序话》，《郭沫若剧作全集》第78页，中国戏剧出版社1982年版。

发展一概被归于“五四”名下，1917 年发难的文学革命更是新文化运动的直接产物并伴随始终。这一特点使新文学的历史动向也纷纭错杂起来，早早地就分化出了不同的形态与线索。还在新文学需要进一步稳定阵脚与确立方向的 20 年代初期，新文学是走到时代与社会的“十字街头”还是退守到个人趣味与艺术审美的“象牙塔”？出现了大相径庭的回答与选择。刘半农、钱玄同曾经以“双簧戏”力推文学革命，此时却一个远赴巴黎大学攻读博士学位，一个退守书斋作纯学术研究。吴虞则回复到“红袖添香夜读书”的士大夫情趣当中。周作人的转向更耐人寻味：几年前，他提倡“人的文学”、“平民文学”，主张“思想革命”，为新文学奠定了重要的思想理论基础；这时他一方面仍然发表宣扬新思潮的杂感论文，另一方面大大收敛了早年“浮躁凌厉”的虎虎生气，小品散文已显现闲适冲淡的隐逸气息，在思想观念上转而提出“复兴千年前的旧文明”的口号，提倡“以表现个人情思为主”的文学，追求所谓“生活的艺术”，其思想与行为相比从前是一种倒退式的转向，也是周作人本人一再表示过的灵魂深处的“土匪气”的消退与“绅士气”的涨溢。这种由方向感模糊分散导致的孤独感与无力感作为时代氛围一直延续到 20 年代中期。鲁迅也经历了这样的阶段，即“寂寞新文苑，平安旧战场。两间除一卒，荷戟独彷徨”①，且叹惋：“我又经验了一回同一战阵中的伙伴还是会这么变化……新的战友在那里呢？”② 但他更积极地将此低潮阶段的队伍变化视为行进中的正常现象，正所谓：“在行进时，也时时有人退伍，有人落荒，有人颓唐，有人叛变。”③ 然而，鲁迅和诸多作家并不因此停止前行。

“每一时代有一时代的主潮，小的波澜总得跟着主潮的方向推

---

① 鲁迅：《题〈彷徨〉》，《鲁迅全集》第 7 卷第 156 页，人民文学出版社 2005 年版。

② 鲁迅：《自选集 · 自序》，《鲁迅全集》第 4 卷第 469 页，人民文学出版社 2005 年版。

③ 鲁迅：《非革命的急进革命论者》，《鲁迅全集》第 4 卷第 231 页，人民文学出版社 2005 年版。

进，跟不上的只好留在港汊里干死完事。”① 其实，大约1920年以后，主张“干！干！干！”的“行动主义”成为社会思潮的主导一面，不仅《新青年》编辑方针调整，革命气息日浓；“少年中国”、“新民学会”这些原本包容性较强、注重思想探讨的社团也分化重组，成为主张立即实行社会改革的组织；旅欧中共刊物干脆在1924年“改理论的《少年》为实际的《赤光》”②，甚至胡适等人也一时趋于激进，倾向于实际行动。加上政治形势向有利于革命的方向变化，在这一背景下，部分从事宣传工作与青年运动的共产党干部与党员作家如邓中夏、恽代英、萧楚女、沈泽民、蒋光赤（慈），通过《新青年》季刊、《中国青年》周刊、《民国日报》副刊《觉悟》，倡导革命文学，引导作家深入实际斗争，号召文学为民主革命服务，这是对革命文学的早期倡导，并出现了像“春雷社”、“悟悟社”这样的革命文学组织和一批创作。到大革命时期，大批作家如鲁迅等南下进入革命中心，更有部分作家如郭沫若、茅盾等投笔从戎。这一文学与革命紧密融合的动向预示着文学的未来演变。

“五四”的目标是社会改革，但它表现出来的却是以知识分子为主体力量、以思想启蒙为主要方式的文化运动。然而，现代社会全面深刻的历史变革必然仰赖于最普通也最广泛的民众参与。从这个角度来看，五卅运动颇具有文学史转折的象征意义。1925年5月30日发生在上海南京路的英国巡捕抢杀中国工人事件，几乎在一夜间扭转了文学风气，社会革命的外在说教变成作家的自觉认识与主动选择。一些“五四”代表作家的选择和转向尤有代表性。如茅盾当天亲历惨案现场，晚上写下《五月三十日的下午》，第二天又到南京路，写下《“暴风雨”——五月三十一日》；郑振铎在惨案发生一个半小时内来到现场，当晚再来，写下《街血洗去

① 闻一多：《新诗的前途》，《闻一多论新诗》第116页，武汉大学出版社1985年版。

② 周恩来：《赤光的宣言》（1924年1月），《周恩来早期文集》下卷第436页，南开大学出版社1993年版。

后》；叶圣陶 5 月 30 日冒雨亲临，写下《五月卅日急雨中》。这些速写性散文，一反清新细腻的风格，笔触突然粗犷起来，语句短促急骤。叶圣陶的《五月卅日急雨中》具有代表性，微妙而清晰地表明了知识分子群体精英意识与启蒙心态的失落、清除以及新的希望与信念的确立。文章最后写道："有淌在路上的血，有严肃的郁怒的脸，有露胸朋友那样的意思，'咱们一伙儿'，有救，一定有救——岂但有救而已。"作者欣慰于群众挺身、国家有救之时，隐隐觉察自身的无能为力，正当"旨归在动作，立意在反抗"的行动年代，知识者却缺乏行动起来的意志与力量，渺小感、无力感油然而生。"五卅"从象征的意义上让"五四"落幕，以此为界，文学主题中思想启蒙急速转向社会革命，正面形象塑造中知识分子让位于工农群众。至于此后文学创作中反帝题材和工农人物的显著增多，叶圣陶的《倪焕之》、茅盾的《虹》都以人物参加五卅运动作为思想变化的情节依据，这些还是次要的。以此为契机，注重个性解放的五四文学迅速向注重群体行动的 30 年代文学过渡。

五、“为着新兴的阶级”：从革命文学到左翼文学

［“权威”的出场：无产阶级的文学诉求——革命文学的组织：中国左翼作家联盟——在压迫中成长：左翼文学创作——分歧的公开化：“左、中、右”的论争］

1927年以后在大革命的余波中，新文学在取得对旧文学的胜利后，自身又经历着一次蜕变，无产阶级革命的新权威取代了民主、科学的“旧”偶像，人的文学转换为“为着新兴的阶级”的革命文学和左翼文学，并在抗战全面爆发前的十年间，成为承接五四文学革命成果的主导性的文学运动和文学思潮，革命文学和左翼文学的崛起与兴盛标志着新兴的阶级力量（工农大众）大步踏上政治舞台和文学舞台，也以此界分出新文学的第二个十年。

左翼文学以革命文学为前导，或者说，革命文学的倡导、论争以及创作为近十年的左翼文学铺就了基石。

从1928年初到1929年中，新文学内部发生了革命文学的论争。其原因，一是文化政治形势的新变化与新要求。政治上，国共两党联合战线破裂，无产阶级要独立承担领导新民主主义革命的职责，工农大众成为主动变革历史的物质力量；文化上，新文学统一战线分化，独立领导中国革命的无产阶级提出了创建无产阶级革命文学的要求。二是文学的发展与作家的转换。大革命激发了作家们的政治热情，有不少作家直接投身社会运动，即使坚守文学岗位的作家也不同程度地受到政治化和革命化的影响。三是国际左翼文学运动的激励与影响。当时，苏俄、日本、西欧的无产阶级文学运动

持续高涨，成为世界性文学现象，被称为“红色 30 年代”，给予中国革命作家极大的鼓励与鼓舞。

革命文学论争旷日持久，卷入者众，主要有转向后的创造社成员，1927 年秋成立专事倡导革命文学的太阳社成员，五四老作家鲁迅、茅盾等。论争各方发表了大量论文，多刊载于《创造月刊》、《文化批判》、《太阳月刊》、《语丝》和《小说月报》上，如创造社成员郭沫若的《英雄树》、《桌子的跳舞》、《文艺战线上的封建余孽》，冯乃超的《艺术与社会生活》，成仿吾的《从文学革命到革命文学》，李初梨的《怎样地建设革命文学》，克兴的《小资产阶级文艺理论之谬误》；太阳社成员蒋光慈的《关于革命文学》，钱杏邨的《死去了的阿 Q 时代》；鲁迅的《“醉眼”中的朦胧》、《文艺与革命》、《文学的阶级性》，茅盾的《从牯岭到东京》、《读〈倪焕之〉》等。此外，冯雪峰在《无轨列车》上发表《革命与智识阶级》，声援鲁迅和茅盾；“第三种人”韩侍桁在《语丝》上发表《评〈从文学革命到革命文学〉》，讥讽创造社“转变了方向”和成仿吾文中的观点。

上述论文阐说了关于无产阶级革命文学的一些重要的和基本的见解，其中既有合理正确的诉求与解释，也包含了超越历史条件、违背艺术规律的谬误与不足。倡导者根据马克思主义关于上层建筑和意识形态的论述，以为既然无产阶级已经成为中国“革命的指导者”，那么无产阶级文学便是“历史的内在的发展”的产物，①试图说明革命文学兴起的历史依据和社会政治基础。他们又依照在阶级社会一切文学都具有阶级性的观念，指出革命文学作为“阶级的武器”，当然为无产阶级服务，在文艺功能上也强调宣传作用。倡导者们还从如何创造无产阶级革命文学的角度涉及作家主体的问题，认为其重要前提是世界观的改造与理论立场的转换，通过批判与斗争，努力获得阶级意识与辩证唯物论的立场。成仿吾就说：“必有批判的努力，旧的才能奥伏赫变（扬弃）至于新的——

① 李初梨：《怎样地建设革命文学》，载《文化批判》第 2 号（1928 年 2 月 15 日）。

才有革命"①，即使是革命作家也要不断地自我批判，继续进步。这些论析大致切合早期革命作家以小资产阶级知识分子为主体的现实状况，也成为日后"革命作家思想改造"的先声。有的作家还提出要使语言接近工农大众，通过熟悉大众生活，获取大众感受，从而创作出广受大众欢迎的革命文学作品，这就触及到了文学大众化的问题，而这恰恰是无产阶级文学区别于五四文学的重要指标之一。此外，革命文学阵营为了维护自身的正当性，批驳了一些对革命文学恶意的攻击，澄清了一些善良的误会。

鲁迅针对革命文学倡导者们的一些偏激的见解发表了意见，并反驳了他们对自己的攻击。鲁迅对创造社、太阳社批判五四文学、打击小资产阶级作家、排斥同路人的观点和作风很不赞成，指出团结、联合作家的大多数的重要性与必要性；鲁迅批评他们一方面夸大文艺的扭转乾坤的力量，另一方面又轻视艺术技巧，一味追求文学的宣传鼓动效果，忠告革命文学"当先求内容的充实与技巧的上达"②；鲁迅指出先有革命人方有革命文学，提醒作家思想改造的切实态度和艰巨性。自然，鲁迅的革命文学观也并非无懈可击。比如，他对革命文学倡导的正面意义估价不足，关于无产阶级文学产生条件的阐述也过于绝对。茅盾在创作自述与小说评论中回应了创造社对他作品中所谓小资产阶级情绪表现的批评。

革命文学的倡导与论争也存在失误，夹杂着一些不正确的文学观念。他们不切实际地夸大文艺的社会功能和政治作用，轻视艺术表现，讥笑鲁迅是落伍的技巧专家。他们缺乏对小资产阶级知识分子向无产阶级作家转变过程的长期性与艰苦性的充分认识，十分轻视斗争实践。他们一方面以革命者自居，排斥同路人作家；另一方面却又流露出浓重的小团体意识，在革命文学论争中表现出某种程度的党同伐异、意气用事。他们混淆了革命的不同阶段与不同性

① 成仿吾：《从文学革命到革命文学》，载《创造月刊》第1卷第9期（1928年2月）。

② 鲁迅：《文艺与革命》，载《语丝》第4卷第6期（1928年4月16日）。

质，把五四新文学视同资产阶级文学予以否定，大张旗鼓地发动了对鲁迅、茅盾、叶绍钧、郁达夫等的批判，甚至由于后者的巨大威望与影响，被认为是革命文学更危险的敌人。之所以出现这些失误，就像鲁迅所说："他们对于中国社会，未曾加以细密的分析，便将在苏维埃政权下才能运用的方法，来机械的运用了。"① 虽然失误具有主客观方面的复杂原因，但论争中暴露出来的教条主义倾向、粗暴作风和宗派习气此后一直成为左翼文学内部的顽症。

毛泽东说："在'五四'以来的文化战线上，文学和艺术是一个重要的有成绩的部门。革命的文学艺术运动，在十年内战时期有了大的发展。"② 这一"发展"与左联的存续是分不开的，以至于30 年代的文学尤其是左翼文学往往被概称为左联时期。

左联的全称是"中国左翼作家联盟"，它是革命文学论争的产物，其成立的前提也是论争的止息。在多方努力下，1929 年上半年革命文学内部论争基本停止。1930 年 2 月 16 日，创造社、太阳社、鲁迅及同路人作家的部分重要成员以"清算过去"、"确定目前文艺运动底任务"为题集会，组成了左联筹委会。1930 年 3 月 2 日，中国左翼作家联盟在上海中华艺术大学的一间教室里宣布成立，出席者 40 余人，代表着 50 多位作家。会议通过了理论纲领和行动纲领，确立以"站在无产阶级的解放斗争的战线上"，"援助而且从事无产阶级艺术的产生"③ 作为奋斗目标。会议还推举鲁迅、沈端先、冯乃超、钱杏邨、田汉、郑伯奇、洪灵菲 7 人为常委。左联成立后，迅速开展了多方面的卓有成效的活动，成为左翼文学有力的组织者与领导者。

配合革命形势，开展反文化围剿的政治斗争。左联与文学研究会、创造社不一样，它不是单纯的同人性的文学社团，而是具有鲜

① 鲁迅：《上海文艺之一瞥》，载《文艺新闻》第 20、21 期（1931 年 7、8 月）。

② 毛泽东：《在延安文艺座谈会上的讲话》，《毛泽东选集》（合订本）第 804～805 页，人民出版社 1967 年版。

③ 载《萌芽月刊》第 1 卷第 4 期。

明的政治立场、党派色彩和严格的组织纪律性的革命文学团体，一经成立即在内部建立了中共的组织机构（茅盾、丁玲、冯雪峰、周扬先后负过领导责任），并自觉接受上海地下党文化工作委员会的思想指导和组织领导。正是在文委的统一指挥下，左联会同其它左翼文化组织，取得了在国统区反文化围剿的胜利。

国民党政权建立后，深感自己在意识形态领域的脆弱乏力，曾推出一系列举措，企图掌控文化思想的领导权。在30年代，仅仅针对左联的手段就有：制订法律规章，查禁进步书刊，严防革命思想的传播；指使流氓特务，捣毁和破坏文化机关，使左翼文学丧失立足之地；组织文学社团，发起文学运动，自办书店，推销作品以对抗和抵消左翼文学的影响；通缉、拘捕、刑讯甚至暗杀左翼作家，企图以恐怖手段扼杀左翼文学的蓬勃生长。左翼文学一方面针锋相对，付出了血的代价；另一方面调整策略，机巧周旋。左联或大量创办刊物，迅速转移阵地；或及时揭露暴行，增加道义压力；或团结进步作家，扩大社会影响，不仅保护了有生力量，而且愈挫愈勇，阵营不断壮大。在组织机构方面，左联在北平另组"北方左翼作家联盟"和东京分盟，在大城市广州、天津、武汉、南京建立小组，广泛吸收会员，像郁达夫在鲁迅的举荐下也一度加入，较好地发挥了联合作用。左联创办的刊物不在少数，计有：《拓荒者》、《萌芽月刊》、《巴尔底山》、《十字街头》、《北斗》、《文学月报》等；秘密发行过《文学导报》、《文学》等杂志，接编、改组过《大众文艺》、《现代小说》、《文艺新闻》等期刊，分支机构也大多有自己的刊物，至于其成员主持、编辑过的刊物或接受其影响的刊物就更多了。

大力译介、传播和实践马克思主义文艺理论。左联时期是马克思主义文艺理论"西学东渐"的最重要阶段。虽然早在五四文学革命初始，李大钊就开始运用马克思主义基本原理解释文艺改革问题，20年代中期有过对马列文论的片断译介，但左联直接实施的宣传马克思主义文艺理论的工作具有一些新的特点。一是强化译介的组织性、系统性。在革命文学论争期间，陈望道主持译介的《文艺理论小丛书》和冯雪峰、鲁迅主持译介的《科学的艺术论丛书》相继出版，到1936年和1937年，左联东京分盟的郭沫若等人又主持译介了《文艺理论丛书》。这些论著的译介出版，充分地显示出主持者的选择眼光和周密计划，包括了大量的苏俄与日本马克思主义者阐述马克思主义文艺理论的论著，顺便也将国际无产阶级革命文学经验译介进来，对中国左翼文学起到借鉴和示范作用。二是重视译介经典原著。从时间的角度看，大体上是由主要译介苏俄、日本理论家的阐释性论文过渡到直接译介马克思主义经典作家的文艺论著，由对外国无产阶级革命文学当下经验的译介追溯到早期马克思主义文艺理论家的探讨，如普列汉诺夫、拉法格、梅林、卢那察尔斯基等人也得到足够的关注；对一些重要的论著，舍弃节译而采用全译形式。这些新特点使这一时期译介和传播的水平与效果大为改观，全面性、权威性、学理性都增加了。尤其瞿秋白从俄文翻译了马克思、恩格斯关于现实主义文学理论、列宁关于托尔斯泰小说评论的论著，并撰文进行诠释与阐发，对深入理解和有效传播马克思主义文艺理论起了很大作用。三是努力建构中国化的马克思主义文学理论批评。革命作家在译介、学习马克思主义文艺理论的过程中，尝试运用所掌握的精神和方法，参与文学论争，考察文学历史，探讨文学现象，致力于将马克思主义文艺理论的基本原理与革命文学的具体实践相结合，建设中国自己的无产阶级革命文学理论体系。由于鲁迅、瞿秋白、茅盾、冯雪峰、周扬、胡风、钱杏邨等人的艰苦努力，初步奠定了马克思主义文学理论的中国基础。瞿秋白的一组编译论文和《〈鲁迅杂感选集〉序言》，鲁迅的《新文学大系·小说二集·导言》和作品序跋，茅盾和胡风的作家作品评论，周扬、冯雪峰、胡风关于现实主义理论的争辩和论述，阿英的现代小品文研究，都是用马克思主义理论与方法探讨中国新文学实践的宝贵成果。值得一提的是，阳翰笙在1932年重版早期革命文学的代表作《地泉》三部曲时，约请瞿秋白、茅盾、郑伯奇、钱杏邨作序，这些序言严肃地清理了革命文学在观念和创作上的失误，显示了左翼文学内部严于自剖的批评品格。

保持与世界进步文学的广泛交流，尤其注意加强与国际无产阶级文学运动的组织联系。左联时期，翻译出版了大量的俄苏文学和其他国家民族的文学作品，如鲁迅、茅盾、郁达夫、黄源先后主编过《奔流》、《译文》杂志，承继对外国文学择优引进的工作。鲁迅等人还通过斯诺、史沫特莱等外国友人，将新文学包括革命文学创作介绍到国外，扩大了在国际上的影响。1930 年 11 月，左联在莫斯科建立了国际无产阶级革命作家联盟中国支部，并派出诗人萧三为代表，及时沟通中国左联与国外革命文学的信息。1936 年春，左联自行解散。

然而，由于 30 年代艰难险恶的生存环境，国际无产阶级文学运动经验的不成熟，以及左翼文学界的种种自身原因，左翼文学在收获累累硕果的同时，也留下了一些缺憾。政治上，无论是左联的决议或日常行为，经常表现出"左倾"幼稚病。比如在当时那个阶段不恰当地强调反资产阶级和小资产阶级；不尊重作家的生活习性，强制推行政党式的组织领导，搞"飞行集会"；提出"武装保卫苏联"的口号，等等。思想上，生搬硬套马列教条，盲目信从国际经验。比如左联从组织形式到观念表达都紧跟苏联的"拉普"和日本的"纳普"。组织上，由于宗派主义的作祟和执行过于严格的政治标准与纪律原则，未能充分发挥团结一切进步作家的纽带作用，一些作家想加入而遭婉拒，另一些作家加入后又退出。创作上，不少作品还残留着相当严重的非无产阶级意识与习气，公式化概念化的情形也相当普遍。总的来说，左联和左翼文学重视政治斗争甚于文学运动，重视文学论争甚于文学创作，重视思想倾向甚于艺术审美，对作家的创作热情和艺术探索有时还安上"作品主义"的帽子进行批评。

一切有影响的文学思潮和文学运动最终要靠作品来证明自己，左翼文学也不例外。左翼文学一方面要反抗政府当局的摧残和排挤，另一方面又要应对自由主义文学的挑战与竞争；但是，它不仅在压迫中生长、发展为极其重要的文学运动，而且在创作上也取得了不可忽视的成绩，产生出诸多在 20 世纪中国文坛上占据重要地位的代表作家。

茅盾在成为左翼文学巨擘之前有过长期的多方面的准备与历练。在整个 20 年代，他是勤奋的外国文学译介者和研究者，撰写过大量论著；他也是雄才大略的文学组织家，他参与发起的文学研究会和主持改革的《小说月报》成为《新青年》之后新文学重要的文学社团和发表园地；他又是思虑周密的文学理论家和批评家，他对自然主义、写实主义的探讨，丰富了为人生的文学理论，对作品及时而敏锐的评论，促进了新文学创作的健康发展。他还是中共第一批党员，在从事革命工作受挫后才走上文学创作道路。这些经历在某种程度上一一体现为他小说的特点。

作为 30 年代特征鲜明的小说家，茅盾长篇小说创作成就尤其巨大。完成于 1927 年到 1928 年之间的《蚀》（包括《幻灭》、《动摇》、《追求》三个中篇），是作家“经验了动乱中国的最复杂的人生的一幕”，意图“写现代青年在革命壮潮中所经历的三个时期”① 的作品，在思想内容上开“幻灭”主题先河，并进一步拓展了“三部曲”的小说形式。写于 1929 年的《虹》刻画梅行素从追求个性解放到投身社会运动的性格变化，再现从“五四”到“五卅”的历史面貌和进步青年的人生道路，也展示了茅盾善于驾驭长篇小说的艺术才能。与“写意之作”（朱自清语）《蚀》不一样，以《子夜》为起点，茅盾开始实施“大规模地描写中国社会现象的企图”②，也将其小说艺术特点发挥得淋漓尽致。小说以民族资本家吴荪甫的事业悲剧为中心，结构了纷繁的情节冲突，广泛地表现了 20 世纪 30 年代初期中国的军政状况、城乡面貌和社会各界的人情世态。由于对主人公吴荪甫的强势与铁腕渲染充分，因而他从实业到公债的投资转移和由奋斗到溃败的命运悲剧不仅在艺术上被表现得深切真实，而且有力地呼应了当时中国社会性质问题大讨论，形象地论证了在事事受制于外人而内政一片混乱的情况下，中国缺乏独立发展民族资本主义的基本条件，只能更深地陷入半封建半殖民地困境。《子夜》以对复杂的政经状况和重大社会事件的

① 茅盾：《从牯岭到东京》，载《小说月报》第 19 卷第 10 号（1928 年 10 月 10 日）。

② 茅盾：《子夜・后记》，《茅盾全集》第 3 卷第 553 页，人民文学出版社 1984 年版。

准确把握与清晰再现，体现了作家注重理性剖析、善于散点透视、追求史诗风格的叙事能力。《子夜》于1933年一经出版就引起轰动，左翼阵营也极为振奋，瞿秋白认为"这是中国第一部写实主义的成功的长篇小说"，"一九三三年在将来的文学史上，没有疑问的要记录《子夜》的出版"。① 利用创作《子夜》的间隙写作的短篇小说《林家铺子》、《春蚕》（与《秋收》、《残冬》合称"农村三部曲"）从城镇商业和农村经济破产的题材角度支持了《子夜》的主题概括，表现出茅盾全方位把握社会变动的思想能力和在小说领域多方面的艺术才华。

茅盾努力将强烈的使命感与自觉的艺术追求融为一体，追求巨大的思想深度和广阔的社会内容的统一，及时地、立体地表现社会生活变迁和运用科学理论透析历史本质是他在题材选择和主题开掘方面的突出特征。把他的小说按年代背景排列下来几乎就是从20世纪初叶到中期一幅波澜壮阔的历史长卷。茅盾像前一时期的鲁迅、叶绍钧、郁达夫一样注重人物形象系列的塑造，他笔下的民族工业资本家和时代女性系列在艺术刻画上达到了一时无双的成就，极大地丰富了现代小说人物画廊。此外，他小说中深刻、细腻而富于变化的心理描写，多条线索交叉并进的复调式结构模式，对现代都市政经风云、人情世态的精准叙述，大大提升了30年代小说特别是长篇小说的艺术水准。

蒋光慈是革命文学形成期的重要作家，他的代表意义体现在三个方面。其一，他是老资格的革命文学家，20年代中期就有革命诗集和革命小说问世。其二，他是"革命+恋爱"小说模式的始作俑者，《野祭》、《菊芬》、《冲出云围的月亮》等作品在浓郁的罗曼蒂克的氛围中，通过展示革命与恋爱的冲突关系，表达了向往革命的小资产阶级知识分子在革命陷入低潮时的迷惘与愤激。其三，长篇小说《田野的风》（又名《咆哮了的土地》）是作家最后和最坚实的一部作品，小说的主题题材，对农村革命者和知识分子

① 瞿秋白：《〈子夜〉与国货年》，《瞿秋白全集》文学编第2卷第71页，人民文学出版社1986年版。

心理的刻画成为以后此类左翼小说的先导，并影响了后来者的创作。

洪灵菲、胡也频、华汉等人的小说虽然在描写的规模、结构的细密和形象刻画的饱满方面有所突破，但也不约而同掉入“光赤式陷阱”。在这其中，左联五烈士之一柔石的艺术才华曾给左翼带来惊喜与期盼，其小说创作较少流露革命文学的模式化弊病。中篇小说《二月》属于从五四文学向革命文学过渡的作品，人物心态、时代氛围被包裹在江南早春二月阴晴不定、乍暖还寒的气候与风致中，艺术表现忧郁而抒情；短篇小说《为奴隶的母亲》在控诉典妻的悲剧时，又为两位当事人“同病相怜”的隐形结构提供了解说空间。作者于 1931 年初与其他四位左翼青年惨遭杀害，献出了无产阶级文学的一份沉甸甸的血祭。

丁玲是风格转换快捷的作家。《沙菲女士的日记》大胆袒露新女性性心理，无情贬抑男权文化，惊世骇俗不同凡响。《韦护》、《一九三〇年春上海》属于表现“革命＋恋爱”的作品，体现丁玲从女性视角向革命视角的趋近。1931 年秋发表的中篇小说《水》不仅标志着作家个人的成功转型，而且被左翼批评界誉为“新的小说的诞生”①。小说以当年南方大水灾为背景，反映湖南农民由天灾而人祸的厄运。作品选取重大的现实性题材，贯彻阶级分析的思想立场，注重人物群像刻画，体现了“人的文学”向“阶级的文学”的迁移。稍后的《消息》、《奔》、《田家冲》大体与此同调。

叶紫、艾芜的题材具有某种“传奇性”。叶紫以他“抵得太平天下的顺民的一世纪的经历”②，将南方惨烈、悲壮的农民运动呈现给文坛。短篇小说《丰收》、《火》、《电网外》、《山村一夜》和中篇小说《星》显示了深刻的思想力量、遒劲的写实手法和饱满

---

① 何丹仁（冯雪峰）：《关于新的小说的诞生》，载《北斗》第 2 卷第 1 期（1932 年 1 月）。

② 鲁迅：《叶紫作〈丰收〉序》，《鲁迅全集》第 6 卷第 228 页，人民文学出版社 2005 年版。

的形象描写的有机融合，作品不仅精于老年农民和乡村苦难的刻画，对年青一代和革命前景的揭示也坚实有力。艾芜青年时代怀抱寻求新生活的理想在西南边疆漂泊流浪，他的《南行记》大量地描述底层民众的生存状态，发掘其被贫苦甚或"罪恶"遮蔽的良知，笔触忧郁抒情又充盈着野性乐观，使这批作品在展示"异域风情"的时候表现出深致动人的艺术魅力。张天翼、沙汀属于题材广泛、手法丰富的多面手作家，对日常生活中的庸鄙可笑异常敏感，并将这种发现一一转化为讽喻性的艺术珍品。张天翼侧重摹写小市民和部分知识分子的攀附心理与灵魂空虚，行文诙谐俏皮，讽刺明快夸张，《从空虚到充实》、《包氏父子》均是名篇。沙汀先是热衷于虚构南方土地革命的故事，后来眼光转向故乡四川，收录于《土饼》、《苦难》集中的作品，在展现乡村苦难和黑暗时建立起自己的风格，尤以抨击乡村权力人物的凶残与愚顽独树一帜，其讽刺风格是不动声色的阴郁与狠辣。东北作家群也是特色鲜明、成就突出的创作群体，有萧军、萧红、舒群、端木蕻良等。他们从关外流亡关内，以"自由"之身着力表现家乡沦亡的苦痛。萧军的《八月的乡村》、萧红的《生死场》、罗烽的《没有祖国的孩子》、端木蕻良的《憎恨》等作品展露了广大民众由于外敌入侵而流离失所、家破人亡的惨痛生活，更描画了东北儿女在白山黑水、林海雪原英勇抗击的生动身影。正是同情于东北人民的深重灾难，感动于东北流亡作家的不屈反抗和"越轨笔致"，鲁迅亲自为尚为无名文学青年的二萧作品作序，向全国文坛推介。

从殷夫到中国诗歌会，构成左翼诗歌的一条线索。殷夫也曾给左翼文学带来惊喜与希望，他的红色鼓动诗不是对郭沫若、蒋光慈之后革命诗歌的简单承接，而是克服不足之后的优化发展。他诗歌中的抒情主人公既有"大"也有"我"，是包含了自我真情实感的时代意志，展现了个人走向革命的独特道路，因而亲切可信；加上节奏明快豪迈，感情激昂与新鲜，注意结构安排和细节描写，很有鼓动性和感染力。像《别了，哥哥》一诗先抑后扬，将手足情谊与阶级立场表现得有血有肉，《一九二九年的五月一日》将参加群众游行的体会写得清新可喜。

1932 年 9 月成立的中国诗歌会是左联领导下的群众性诗歌团体，团结了大批诗人，建立了多个分会，主要成员有蒲风、穆木天、杨骚、任钧、王亚平等。它的贡献一是将革命现实主义诗歌发展为自觉的运动与流派。以多产诗人蒲风为例，他的诗作紧扣现实主题，表现乡村农民从苦难中觉醒的革命变革，反映全国上下抗日救亡的爱国情绪，诗风刚健质朴，有《茫茫夜》、《六月流火》、《钢铁的歌唱》等诗集或作品。穆木天的《流亡者之歌》与东北流亡作家的创作倾向一致，杨骚的《乡曲》、王亚平的《十二月的风》分别取材于 30 年代中国乡村的破产骚动和“一二·九”学生爱国运动。二是推进诗歌大众化。诗人们尝试过山歌、民谣体式，提倡重建诗歌的音乐性，开展诗歌朗诵活动，产生了一定影响。但中国诗歌会过分强调诗歌形式的大众立场和片面理解文艺为革命服务，也带来了创作“过滥”①及艺术琢磨不够的毛病。

左翼作家为了借助戏剧形式来反映民众的生存状态，传递革命思想，从而发起了左翼戏剧运动。这一运动既有组织的建立，先后成立了“上海艺术剧社”和“左翼戏剧家联盟”；又有理论批评的活跃，如田汉激烈的自我批判，洪深平实的理论探讨。创作上也有声有色，田汉、洪深不仅是左翼戏剧运动重要的组织者和活动家，也是佳作迭出的剧作家。1929 年演出的《一个名优之死》是田汉摆脱感伤唯美情绪，由浪漫主义转向现实主义的起始，延续至此后的《顾正红之死》、《乱钟》、《暴风雨中的七个女性》等，以近乎拘泥的写实手法来表现尖锐的政治主题。但这些作品轻易抛弃了自己的独特个性，艺术上并不成功。1935 年创作的《回春之曲》，以男女情感来衬托抗日救亡的爱国主题，剧情起伏跌宕，插曲情致深厚，重新将传奇性与抒情性缝合在一起，大获成功。洪深思想上的激进姿态和艺术上的厚重坚实都体现在“农村三部曲”的创作中，相比之下，《五奎桥》简洁平实，后两部《香稻米》、《青龙潭》

① 抗战爆发时，蒲风与王亚平相约 5 年内写成 10 册诗集，而他两年后就创作了 11 册诗集，过分追求高产难免粗制滥造。蒲风还发起过“诗歌的斯达哈诺夫运动”（斯达哈诺夫为当时苏联工人劳动模范）。

则受到"主题先行"的"机械现实主义"的影响，削弱了艺术感染力。除老作家外，章泯、楼适夷、陈白尘开始显示实力，夏衍、宋之的也初试锋芒，不过，他们更重要的艺术成就是在40年代取得的。

左翼文学的散文创作成就主要体现在杂文和报告文学两个领域。在生命的最后十年，鲁迅几乎将所有的创作精力都用于杂文写作，量丰质高，不仅个人登上了杂文创作的峰巅，而且将杂文文体带入一个成熟的境界。瞿秋白的《乱弹及其他》显现了敏锐的政治洞察力和卓越的文学修养的高度结合。唐弢、聂绀弩、徐懋庸等青年杂文家崭露头角。左联一向重视报告文学这一新兴文体，采取倡导、译介、编创等手段来促进其繁荣与成熟。1930年柔石发表《一个伟大的印象》，1932年阿英编选《上海事变与报告文学》，1936年茅盾编辑《中国一日》，使报告文学渐为人知。1936年夏衍的《包身工》、宋之的的《一九三六年春在太原》两篇作品，构思精妙，写实精细，议论精到，表现精彩，是报告文学走向成熟的标志。

新文学第二个十年的文学论争不仅十分频繁，而且更加复杂。这一阶段的文学论争，既有左翼文学与政府立场的对抗，也有左翼文学内部的纷争，但是此起彼伏愈来愈突出的是左翼文学与自由主义文学之间的分歧与冲突，构成了30年代文学论争的主要线索。

先看左翼文学与"右翼文学"的交锋。早在革命文学倡导时期，国民党当局就有心建立自己的党化文学，但收效甚微。1930年6月，国民党上海市党部再次集中了军政文化各界的文艺人才，正式提出"民族主义文艺运动"。他们以"禁毁"革命文学作品为口实，以封闭书店相威胁，逼迫书商出版发行宣扬民族主义文艺的刊物《前锋周报》、《前锋月刊》、《现代文学评论》。在发刊词《民族主义文艺运动宣言》中一开始就故作姿态地惊呼，当前文艺已陷入"畸形"与"变态"，而要摆脱由左翼文学勃兴而引发的文艺危机，唯一的出路"是在努力于新文艺演进进程中底中心意识底形成"。再从法国艺术理论家泰纳的文艺三要素学说中借用"人种"的观点，断言"文艺的最高意义，就是民族主义"。他们在作品中，将一国之内“国军”对百姓的疯狂杀掠拟为“法国‘客军’在非洲沙漠里与阿剌伯人争斗流血的生活”，以成吉思汗征战欧洲的故事刺激对当时苏联的仇恨，由此可见“民族主义文艺”的某些实质内涵：对内，以民族话语模糊阶级意识，反对阶级斗争，压迫左翼文学；对外，以“非我族类，其心必异”为借口，排斥外来思潮如马列主义，煽动反苏情绪并向日本示好。“民族主义文艺运动”借谈文艺为名售卖政治意识为实的目的十分明显，体现出封建主义的陈腐与法西斯主义的残暴，理所当然遭到左翼文学界的痛击。

茅盾以渊博的中外文艺修养追根溯源，逐一指出《宣言》的牵强附会，驳斥“民族是一种人种的集团”和“文艺的最高意义，就是民族主义”的学理不通。鲁迅、瞿秋白分别在《“民族主义文学”的任务和运命》、《屠夫文学》等文中，将尖锐的政治批判与具体的作品分析相结合，以黄震遐的小说《陇海线上》和诗剧《黄人之血》、万国安的小说《国门之战》等为例，一针见血地揭露其反苏、反共、取媚当局的面目。虽然有政府撑腰，但“民族主义文艺运动”理论薄弱，被鲁迅称之为“胡乱凑成的杂碎”，创作上更乏善可陈，所以在左翼作家批驳之下无法招架。最后鲁迅以轻蔑的态度为他们画了一幅讽刺像，说这些人“原是上海滩上久已沉沉浮浮的流尸……漂流一处，形成一个堆积，又因为各个本身的腐烂，就发出较浓厚的恶臭来了”①。

再看左翼文学与自由主义文学的论辩。随着左翼文学的迅速崛起，自由主义文学也渐渐呈现出与左翼文学对峙分流、分庭抗礼的态势，彼此之间的摩擦愈加频繁，几乎延续了整个 30 年代。

1928 年后，新月派的活动进入后期，人员与方向也都有所改变，闻一多退出，朱湘自沉，胡适、罗隆基侧身于政治活动，文学方面的主要代表是徐志摩、梁实秋等。后期新月派同人并不避讳重新聚集就是为了公开对垒“无产阶级的运动”。1928 年 3 月，正当

① 鲁迅：《中国文坛上的鬼魅》，载英文《现代中国》第 1 卷第 5 期，后收于《且介亭杂文》。

革命文学的倡导刚刚发动，徐志摩执笔的发刊词《〈新月〉的态度》影射革命文学造成了文艺的"荒歉"与"混乱"，正面提出"不妨碍健康"和"不折辱尊严"的两大原则，介入对革命文学从"主义"到"功利"的批判。此后代表双方出场的主将分别是梁实秋与鲁迅。梁实秋连续发表《文学与革命》、《文学是有阶级性的吗?》、《论鲁迅先生的"硬译"》等10余篇文章，鲁迅也撰写《新月社批评家的任务》、《文学与出汗》、《"硬译"与"文学的阶级性"》等文以作回应。这是左翼文学与自由主义文学就文学问题的第一次争执，虽然分歧明显，语气激烈，却是一场双方意见表述充分的学理性论辩。

新月派的观点主要在两个方面展开，一是主张文学表现普遍人性，反对文学的阶级性；二是主张文学归属少数天才，反对文学的大众化。梁实秋认为文学的基础是人性，而人性是永恒普遍的，无关阶级分别，他举例论证说："一个资本家和一个劳动者……他们的人性并没有两样，他们都感到生老病死的无常，他们都有爱的要求，他们都有怜悯的情绪，他们都有伦常的观念，他们都企求身心的愉快。文学就是表现这最基本的人性的艺术。"① 双方争论的焦点，不在于是否承认上述"人性"的存在，而是梁实秋以普遍人性来抹杀人的其他社会属性及其历史具体性，从而将文学与人性的联系抽象化也狭隘化了。鲁迅也以丰富的例证来说明由于生活处境的悬殊，不同的阶级群体即使面对同一对象也很难共享同一美感，从而揭示人类进入阶级社会后，阶级性就成为人性社会化的重要一面。但鲁迅也批评了将文学的阶级功利性绝对化为文学唯一的或全部特征的倾向，指出是"都带"而非"只有"，显示了颇为辩证的立场。由于普遍人性论是自由主义文学观的核心，此后纷争依然存在，因此，鲁迅的阐释也就成为左翼文学界的理论基石。

关于"天才论"，梁实秋以为"一切的文明，都是极少数的天

① 梁实秋：《文学是有阶级性的吗?》，载《新月》第2卷第6、7期合刊（1929年9月10日）。

才的创造"①。类似的观点，周作人在五四时期也表达过，但那主要着眼的是文艺创造的高妙神秘，并无多少反民众的意味。梁实秋则是露骨地为资本主义辩护，他一方面径直将文明与资产制度挂钩，另一方面又利用英语中无产阶级一词的多义现象，把无产阶级类比为"猪猡"，并以"优胜劣败的定律"宣称无产阶级文学必将失败。梁实秋的侮辱性口吻引起左翼作家的愤慨，鲁迅指出梁实秋的言论"以资产为文明的祖宗，指穷人为劣败的渣滓，只要一瞥，就知道是资产家的斗争的'武器'，——不，'文章'了"②。梁实秋的文学天才论流露出浓重的精英主义意识，远离了新文学寻求与民众利益结合、介入社会变革的历史品格，自然与左翼文学大众化路线势同水火。

随后几年，左翼文学还和胡秋原代表的"自由人"、苏汶代表的"第三种人"及林语堂代表的《论语》派发生了论辩。前者主要围绕文艺与政治的关系和创作自由问题展开；后者则主要表现为左翼作家惋惜林语堂从一个浮躁凌厉的"五四"闯将"堕落"为一个"大隐隐于市"的幽默大师，不满于闲适情调小品散文的风行。这些论辩虽然起因、过程、内涵和左翼与新月派之间的论辩有所不同，但从趋向与性质上来说，放在 30 年代左翼文学与自由主义文学并驾齐驱又一较短长的背景上也是恰当的。

左翼文学内部的讨论或论战除了革命文学论争外，左联成立后，在决议中多次将文艺大众化列为重要事项，从 1930 年到 1934 年，开展了三次讨论，涉及创作通俗化、文学形式改造和大众语等问题。从 1935 年底到 1936 年秋，又爆发了"国防文学"与"民族革命战争的大众文学"两个口号的论争，双方的本意都是为了更好地适应抗日救亡新形势的要求，但夹杂着是非之辩与意气之争的论战差点导致了左翼文学界的分裂。1936 年 10 月，在爱国主义

① 梁实秋：《文学与革命》，载《新月》第 1 卷第 4 期（1928 年 6 月 10 日）。

② 鲁迅：《"硬译"与"文学的阶级性"》，载《萌芽月刊》第 1 卷第 3 期（1930 年 3 月）。

的共识下，无论文学态度上的新旧或政治立场上的左右的文人在《文艺界同人为团结御侮与言论自由宣言》上联合签字，标志着文艺界抗日救国民族统一战线的组成，预示文艺的发展又进入一个新时代了，而见证并亲历了30年代诸多文学风雨的左联也于1936年初停止了活动。

六、后五四文学：30 年代文学的多样化与丰收

［相偕相成：后五四文学概况——“天上的星星数不清”：巴金、老舍、曹禺和李劼人——“京派”与“海派”：新文学的乡土书写、都市想象及张力结构——“不再的黄金时代”：30 年代文学的丰收］

20 年代中期以来政治、思想和社会方面的一系列变动带来新文化运动的衰微和文学革命的转向，以阶级解放为诉求的革命文学引领新文学进入新的发展阶段。但在 30 年代，统一的意识形态权威和严密的思想控制尚未建立和巩固，个人在思想文化方面存在较大的自由选择空间。当左翼文学思潮迅猛兴起之时，仍有不少作家坚守艺术与人道的立场，接续着五四文学传统，并将它从新文学第一代作家传递到新生代作家手中。

这种在“五四”落幕以后，非左翼的作家秉承五四精神与作风所进行的文学创作与文学活动可称之为“后五四文学”。具体地说，在精神立场上，他们坚持五四文学倡导的民主与科学精神，以民主主义、人道主义、自由主义作为思想追求；在艺术审美上，他们继承五四文学兼容并包、有容乃大的传统，内外采撷，中西交融，在理论与创作两方面进行尝试和探索。

20 年代的大革命驱动了五四文学“政治化”的进程，部分作家投身政治斗争，更多的作家从人生态度到艺术观念也都程度不一地向政治趋近。当文学从批判的武器变化为武器的批判，政治立场成为描述文坛态势、区分作家群体的重要标尺，不同于五四文学的

新旧对垒，此际的文学格局可以方便地从政治角度划分为左、中、右三种。“左”是与当局取对抗和挑战姿态的左翼文学和革命文学；“右”指国民党有心发起而收效甚微的御用文学，如“民族主义文艺”运动；大量的作家属于“中间状态”，尽管也有偏左偏右的差异。“后五四文学”的主体即由此“中间状态”的作家和文学现象构成，当然，“中”与“左”并不以是否参加“左联”等革命文艺团体为唯一的判划标志，彼此之间往往犬牙交错、广泛沟通，而且，这仅仅是政治态度的区别。在这一时期，决定着文学发展演变基本面貌的是左翼文学运动和民主主义、自由主义作家的文学运动。左翼文学承受了国民党当局政治和文化的沉重压力，客观上为进步的和中间状态的文学争取了远比自己宽阔的自由发挥的空间，使一些“非政治化”、“去政治化”的作家可以少受政治的干扰，潜心创作，自由探求。因此，后五四文学的存在和取得良好成绩是与左翼文学的萌发、成长与壮大分不开的。

从组织形态上看，后五四文学作家们不像五四作家一样热衷于组织文艺社团，也没有像同时的“左联”一样发起统一的文学运动；他们更多地是通过编辑刊物、发表作品、出版丛书或单纯地由于师生友人之谊，表现出一些群体性和流派性的特色，属于趣味相投的松散联络的关系，主要是因人生态度接近、文学见解相差不远而共同开展文学活动，杂志、丛书、私谊成为联系的纽带。如著名的文学杂志报刊有：郑振铎、叶圣陶、徐调孚主编的《小说月报》，郑振铎、傅东华、王统照主编的《文学》，郑振铎、靳以主编的《文学季刊》，巴金、靳以主编的《文学月刊》和《文丛》，林语堂等主编的《论语》、《人间世》、《宇宙风》，周作人、冯至等编辑的《骆驼草》，朱光潜主编的《文学杂志》，卞之琳等主编的《水星》，施蛰存、杜衡主编的《现代》，徐志摩、闻一多、叶公超等主编的《新月》及沈从文、萧乾等主编的《大公报·文艺副刊》等。此外，一些进步的或热心文学的书店也成为后五四文学活动的重要园地。它们出面编辑出版的文学丛书，像“良友文学丛书”、“开明文学新刊”，生活书店的“创作文库”和文化生活出版社的“文学丛刊”等，收集了大量优秀作品，对整个 30 年代文学包括后五四文学的发展产生了良好而广泛的影响。

后五四文学构成复杂，主体成分包括民主主义文学与自由主义文学两大板块以及部分独立作家的文学创作，他们的政治立场与艺术倾向并不相同，且不断分化转变，有的部分认同和支持左翼文学运动，也接受来自左翼的帮助，隶属进步文学潮流；有的则与左翼保持距离，埋头自我探索，甚或与当局存在一定的联系，对左翼持一种对立的态度，真是斑驳多样、参差错落。

30年代的文坛，大师巨匠、名家新秀辈出，就像“天上的星星数不清”，共同促成各体文学创作走向繁荣。这里仅以“后五四文学”为范围，从民主主义作家中选取巴金、老舍、曹禺、李劼人四位作为代表。

巴金也是带着“学剑”不成转“学诗”的遗憾“退守”文学领域的。他出生于封建大家庭，青年时代受到无政府主义思潮的吸引，这些因素深刻地影响了其小说创作，反抗强暴呼吁正义的社会关切和同情弱小追求平等的人道情怀一直是主导他小说创作的思想倾向。巴金的第一部作品，1928年为宣泄内心苦闷而创作的中篇小说《灭亡》，表现无政府主义革命党人杜大心向黑暗社会冒险复仇不恤身死的悲壮故事；此后一系列中篇作品如《死去的太阳》、《新生》和《雾》、《雨》、《电》等，也都是描写在军阀统治下，一群杜大心式的“青年的性格，活动与死亡”；《砂丁》、《萌芽》反映矿工的苦难及其抗争。这些作品虽然在艺术上留下了若干缺陷，如情节大多来自臆想而生活实感不足、主观情愫过于炽热常常打乱叙述节奏等，但洋溢在小说中的强烈的正义感、圣洁的牺牲精神和饱满的激情却在广大读者中引起热烈反响，在客观写实中注重主观抒情的风格特征也得到广泛认可。

巴金的小说以描述青年生活为主，主要表现青年与社会改革、青年与幸福追求的矛盾冲突，读者也多为青年。1931年完成的长篇小说《家》是“激流三部曲”的第一部，也是巴金所有作品中最受欢迎和影响最大的一部，在题材选择、形象塑造和主题倾向方面堪称体现“青春歌手”创作本色的代表作。《家》以五四运动高潮阶段四川成都社会为背景，通过表现高姓大家族的没落与分化，展示封建宗法制度的崩溃和时代潮流的激荡。作家视高公馆为"黑暗王国"的象征，其中既有罪恶的黑手与不幸的牺牲品，也有挣扎而出的一线光明。小说具体刻画了高老太爷的专制家长形象，以此表达对家族和礼教文化的否定；着重描写了觉新的苦闷与矛盾，对他的悲剧命运满怀理解与同情，但对其误人害己的"作揖哲学"、"无抵抗主义"予以批判。小说把理想与希望寄托在冲决专制罗网、投身民主运动的"新人"觉慧身上，在后续的《春》、《秋》中更让他担当引导高公馆青年一辈走出家庭、走向新生的带路人角色。《家》在 30 年代文学竞相表现阶级解放、社会革命的背景上，坚持发掘五四文学反封建的深广内涵，在表现青春、爱情悲剧时注入深厚的人道主义热情，使作品具有了感人的思想与艺术魅力。

鲁迅 1936 年曾称赞"巴金是一个有热情的有进步思想的作家，在屈指可数的好作家之列的作家"①。巴金以不衰的热情和不断的进步反复印证了鲁迅的判断。

老舍出生于北京贫苦的旗人家庭，在大杂院的环境中长大，这为他平民化的小说取材准备了条件。他旅居英国期间开始写作，有《老张的哲学》、《赵子曰》、《二马》等长篇；1930 年到 1936 年创作了长篇《猫城记》、《离婚》、《牛天赐传》、《骆驼祥子》，中篇《月牙儿》、《我这一辈子》，短篇《上任》、《柳家大院》、《断魂枪》、《微神》等；40 年代的重要小说是《四世同堂》。这些作品多以北京为背景，表现市民阶层的日常生活和文化心理，提供了包括不同时代、职业、年龄、性别及政治立场、性情趣味等方面相差甚远的完备的市民群像。其中四类形象彼此对应，性格鲜明。一是老派市民形象。作家视其为"老中国的儿女"，揭示人物"出窝儿老"的精神病态，《离婚》中的老好人张大哥便是浸渍于这种庸人哲学的人生标本。二是新派市民形象。这是一些仅仅学到西方文明皮毛而自然继承了市井粗鄙传统的浅薄青年，是中国社会殖民地化

① 鲁迅：《答徐懋庸并关于抗日统一战线问题》，载《作家》第 1 卷第 5 号（1936 年 8 月 15 日）。

和都市洋场化历史过程中的畸形产物，表现了老舍对外来文明的某种戒惧心理。三是理想市民形象。大多是实干加侠义的类型，一方面表达了实干兴邦的务实理念，但将社会问题的解决一味寄托于个人侠义精神，也显示了老舍政治上的天真和思想上的平庸。四是城市贫民形象，《骆驼祥子》便是深刻表现城市贫民悲剧命运的代表作品。

《骆驼祥子》通过农村青年祥子进入城市成为一个人力车夫之后，在买车的个人奋斗中失败堕落和在婚姻关系中挣扎沉沦的悲剧故事，突出表现了对城市贫民身心交困的真挚同情和对城乡文化冲突主题的深刻理解，成为与《子夜》、《家》齐名的 30 年代优秀的长篇力作。小说调动一切艺术手段，多角度地发掘祥子形象的悲剧意义。一是祥子的个人努力与混乱的社会环境的全面对立。兵匪祸乱直接导致祥子希望成为一个自食其力的个体劳动者理想的破灭，祥子与老马的遭遇是对黑暗世道的悲愤揭露。二是祥子的乡土人性与病态的城市文明的全面背离。小说详尽地描述了祥子从“像一棵树，坚壮、沉默，而又有生气”的青年农民、优秀车夫到“个人主义的末路鬼”的蜕变过程，展示了他纯朴、自爱、勤勉的美好人性一点点泯灭，最终以行尸走肉的形象融入城市的丑恶之中。《骆驼祥子》将老舍关于文化反思和文明批判的主题推向高峰。

在抗战前的小说创作中，老舍始终与文学主潮若即若离，体现出某种独立性。他致力于市民生活和市民人格的艺术摹写，揭露民族文化传统的痼疾与新变，从市民文化的独特角度接续了“五四”批判国民性的文学传统，成为 20 世纪中国最杰出的市民世界的文学表现者与批判者。与茅盾的政治理性、史诗气度和巴金的青春气质、激情表达不一样，老舍小说以对北京社会风俗世态的描绘，对市民阶层文化心理的刻画见长，其清醒的文化意识、浓郁的地方色彩及温厚委婉的讽刺幽默开创了“京味”小说一脉，并一直影响到新时期诸多作家的小说创作。

在各体文学中，话剧艺术尝试早（1907 年）却成熟迟（30 年代中期），在这一曲折过程中，曹禺剧作的出现具有标志性意义。曹禺从小随家人频繁出入戏院，求学南开中学时积极参加校园戏剧活动，进入大学更是眼界大开，遍读西方名剧。熟悉中西方戏剧传统，拥有舞台实践经验，这一切为他戏剧天才的迸发奠定了扎实的基础。曹禺在三四十年代作品数量不多，但出手不凡，每部都有意识地进行某方面的探索，题材选择、语言结构、戏剧风格不断变化，不仅牢固确立了优秀剧作家的地位，更重要的是与其他新老剧作家一道，带领中国话剧臻于成熟境地。如果说话剧是大器晚成，那么曹禺却是英华早发。

《雷雨》（1934年）是曹禺第一部公开发表的剧作，它借鉴中国戏曲传奇性的特点和西方佳构剧艺术，在充满巧合的剧情中，展示了周、鲁两个家庭的贫富对立与错综的亲缘纠葛；又采用“回溯”方式，把“过去的戏剧”与“现在的戏剧”有机编织，在长达30年的背景上，表现人生命运的变化无常。剧作以周朴园作为人物关系和戏剧冲突的枢纽，表达复杂多元的主题。一方面，通过描述周朴园对侍萍的背叛、对繁漪的压制、对鲁大海的敌视以及他发家的血腥史，揭示他专横冷酷的面目，“毁谤着中国的家庭和社会”①，暴露了旧家庭的黑暗与罪恶；另一方面，又借助侍萍、四凤母女两代的苦难轮回，繁漪追求个性解放的屈辱以及周冲理想憧憬破灭的悲剧，流露出对生命之痛的悲悯。剧作侧重从家庭生活和两性关系入手，深入揭发了周朴园身上浓重的封建家长色彩和心灵深处的冷漠自私。这一性格刻画与那个时期众多人物形象相比是具有独特性的。

随后创作的《日出》、《原野》强化了现实感。写《日出》时，曹禺不满《雷雨》“太像戏”的技巧主义，决心“试探一次新路”，要用“片断的方法”和“人生的零碎”来“阐明一个观念”。② 这种以基本观念为统领，将接近于生活常态的剧情片断组织起来的结构手段在以后的《北京人》中更发展为平淡中见神奇的戏剧艺术。《日出》采取多点透视的方式，选择高级旅馆和三等妓院两个对比鲜明的典型场所，并列地呈现上流社会腐化堕落和下

① 曹禺：《雷雨·序》，文化生活出版社1936年版。

② 曹禺：《日出·跋》，文化生活出版社1937年版。

层社会悲苦无告的社会世态，表达对“人之道损不足以奉有余”的社会批判主题。作家善于设置特殊的戏剧情境来“拷问”人物灵魂，正是初恋男友方达生的来访与表白让陈白露窥见了自己的前世今生，有了与黑暗同归于尽之前一系列出人意料又合乎情理的举动。与《雷雨》一样，打夯工人的歌声与“日出”意象也具有整体象征功能，强化了诗化抒情的意味。《原野》写农民仇虎向地主阶级的复仇，但他在复仇之后却陷入自责、恐惧的心狱而不能自拔，在焦母的追杀下逃入黑森林出现了精神错乱。《原野》将人的原始欲望的表现推到极致，在艺术上直接借鉴了美国现代剧作家尤金·奥尼尔的表现主义手法。

在早期剧作中，曹禺不断流露出对因烂熟而腐朽的传统文化的失望与批判，对健康的原始的人性状态的向往与礼赞，这一思想倾向在 1940 年创作的《北京人》中得到了清晰的表达。《北京人》依然在家庭日常生活的剧情中展开善良与丑恶、新生与腐朽、光明与黑暗的交锋与交错。在艺术表现方面，此剧更多地体现了曹禺向契诃夫戏剧艺术的借鉴和吸收，散文化结构、诗意化抒情和注重心理发掘等手段的综合运用，将现实主义戏剧引领到新的艺术水准。在该剧中，曾文清是旧文化的缩影，愫方和瑞贞是新生活的代表，“北京人”是历史、现实和未来的多元象征，曹禺借助“返回原始”的方式来憧憬新人类的诞生。1942 年曹禺根据巴金同名小说改编的《家》是一次真正的艺术再创作，其中瑞珏的形象得到极大加强，通过她与觉新的心灵沟通，突出她身上温婉明净、纯真深情的美好品格，也表现了作家擅写女性形象的才华。曹禺深谙话剧艺术的综合性，他富于想象力和独创性的作品也为中国话剧拓辟了前行的空间。

李劼人是白话小说写作的先行者，“五四”前已有《游园会》、《儿时影》、《盗志》等单篇或系列作品发表。其 20 年代的《编辑部的风波》表达对文化专制主义的抗议，被茅盾收入《中国新文学大系·小说一集》。1935 年 5 月，李劼人辞职回家，用两年时间潜心创作三部连续性的长篇小说：《死水微澜》、《暴风雨前》、《大波》，以了十年前的夙愿。

小说从甲午战争写到辛亥革命前后，时间跨度将近 20 年，空间上则以成都市区与天回镇为中心，涉及全川并辐射全国。作品通过特定的时空窗口，反映中国近代重大的历史事件，描绘广阔的社会图景，表现各派力量的消长起伏和思想人心的曲折走向，努力把握时代转折和家庭聚散，展示社会思潮和城乡人物，堪称以艺术书写历史的“大河小说”①。郭沫若曾激情赞叹作者宏大的规模和精妙的技巧，说作品“以正确的事实为骨干，凭借着各种多样的典型人物，把过去了的时代，鲜活地形象化了出来”；还说“古人称颂杜甫的诗为‘诗史’，我是想称颂劼人的小说为‘小说的近代史’，至少是‘小说的近代《华阳国志》’”。②

《死水微澜》呈现的是从 1894 年甲午海战到 1901 年签订辛丑条约间的四川社会生活。小说以成都市郊天回镇为主要场景，以蔡大嫂、罗歪嘴、顾天成之间的恩怨情仇、悲欢离合为基本线索，表现袍哥与教民两种势力在中国内地相激相荡，描绘出山高地远“安定得有如死水般的古城”在时代风潮下也荡起浮面的微澜。《暴风雨前》表现的时代为 1901 年至 1909 年。诸如红灯教起义及失败，立宪党人与同盟会员的活动，市井平民的酸涩生存，新学旧学的矛盾，学界政界的冲突等等，勾画出迎风见长的社会潮流对盆地意识的冲击，渲染了山雨欲来风满楼的时代态势，恰好构成了从“微澜”到“大波”的转折与过渡。“大波”之兴起源于清政府 1911 年 5 月无偿收回六年前四川民间争得的川汉铁路修筑权却又转给外国人。《大波》书写了四川保路风潮和起义革命，各派政治势力在风潮中的矛盾冲突和分化重组，官府和朝廷方面大员的垂死挣扎与勾心斗角，都得到清晰再现和充分展示。

小说很好地体现了“大河小说”的特色，三部曲气魄宏伟，结构严谨。每部小说以一两个场所作为结构枢纽，《死水微澜》是

① 所谓“大河小说”，特指这样一种小说形式——作家从编年的角度以多卷体长篇小说来表现社会历史重大的变迁。

② 郭沫若：《中国左拉之待望》，载《中国文艺》第 1 卷第 2 期（1937 年）。

蔡记杂货铺，《暴风雨前》是郝家公馆，《大波》则是黄润生公馆。这些场景与家庭互相纠结，依次推移，结成严密的网状整体结构。三部作品分开来是有独立思想艺术价值的长篇，合起来是波翻浪涌气象万千的大河小说，一幅四川近代社会的“清明上河图”。性格刻画也颇见功力，从官府大员到流娼妓女，从革命党人到市井细民，从士绅名流到地痞流氓等，无不栩栩如生，历历在目，尤其会党分子和底层妇女形象塑造得生动饱满。《死水微澜》里的袍哥管事罗歪嘴就不是一个简单的形象，流氓痞子气与民族正义集于一身，他与顾天成的矛盾冲突，不仅反映为袍哥与教民的较量，客观上在他身上体现了中华民族尤其底层民众抵抗西方势力侵夺渗透的努力与愿望。蔡大嫂和武大嫂这类人物性格是李劼人对新文学妇女形象的崭新发现和独特创造。她们既不同于茅盾、丁玲笔下的时代女性，也不同于二三十年代乡土作家书写的宗法社会中的女子。她们的非分之想和越轨之举包含着不守礼法、蔑视规矩的野性泼辣。在蔡大嫂为虚荣浮华所驱动的不断追求中，其实很隐晦地寄托了作家对底层妇女身上洋溢的蓬勃而健旺的生命活力的赞许。三部曲将川西平原的民情风俗和近代风云杂糅描写，具有浓郁的地方志和风俗画的性质，举凡地理沿革、民情变迁，应有尽有；对各种繁缛礼节的介绍，对方言土语的征用、注释，不厌其烦，从中既可窥见地域特色，还可见出时代演进。如《死水微澜》对罗歪嘴、蔡大嫂逛成都灯会的叙述。这样的风俗表现，除了情节意义和历史价值之外，还具备了丰富的社会文化意义和艺术审美价值，就连同是成都作家的巴金也说：“只有他才是成都的历史家，过去的成都活在他的笔下。”①

与左翼文学运动和马克思文学理论的日趋壮大同步，自由主义文学运动及其理论也逐渐拥有了独立、完整的形态，并且在不断的自我阐发及与左翼文学的论争中明晰起来；在创作方面也愈益显示出实力和实绩，成为 30 年代唯一能与左翼文学平分秋色的创作群体。

① 巴金：《〈大波〉第 2 卷书后》，人民文学出版社 1982 年版。

京派小说与新感觉派小说代表了自由主义文学的不同侧面，同时集中体现了30年代文学的乡土书写和都市想象。京派小说是新文学在第二个十年时期中心南移上海后留居北京及北方城市的作家松散组合的文学派别。“京派”既是地域标识，更是某种文化气度和文学倾向的概括，主要成员包括原来的语丝社、新月社成员和部分平津大学师生，小说方面的代表有沈从文、废名、凌淑华、林徽因、萧乾、师陀等。

从一个乡村顽童到大学教授，从一个不会使用标点符号的文学青年到文体家，从一个高小毕业生到著作等身，创造这一奇迹的就是一生自称“乡下人”的沈从文。沈从文政治上无党无派，一生信仰的是生命与人性，一种“优美，健康，自然，而又不悖乎人性的人生形式”①。他说：“我只想造希腊小庙”，“这神庙供奉的是人性”。② 他将“神庙”安置在山高水长皇帝远的边地湘西，把理想人性寄托在充盈着人情与血性的湘西儿女身上。沈从文在小说中具体展示了生命形式的几种类型、几种境界。其一是表现古朴蛮性的雄强，《阿黑小史》、《龙朱》、《虎雏》假托野蛮性的先人传说和激于血性的杀人事件，欲为“阉寺性”的现代民族注入强健的生命基因，具有原始强力崇拜的色彩。其二是表现犷悍与驯顺、粗朴与愚昧并存的生命形式与人性状态。《柏子》、《萧萧》、《贵生》、《丈夫》都是其中的名篇。

真正将人性推到神性的境地，并将对人性的颂赞与哀婉也推到极致的是1934年出版的中篇小说《边城》。作者解释其创作起因是“为人类‘爱’字作一度恰如其分的说明”，其实也出自反向的刺激：“20年来的内战，使一些首当其冲的农民，性格和灵魂被外力所压，失去了原来的质朴、勤俭、和平、正直的范型。”③ 小说

① 沈从文：《习作选代序》，《沈从文选集》第5卷第231页，四川人民出版社1983年版。

② 沈从文：《习作选代序》，《沈从文选集》第5卷第228页，四川人民出版社1983年版。

③ 沈从文：《边城·题记》，《沈从文文集》第6卷第72页，花城出版社、香港三联书店1983年版。

主要刻画渡口老船工和孙女翠翠的淳朴生活与美好性格，描写船总顺顺的两个儿子同时爱上翠翠的美好故事和悲剧结局。作家将边城的水光山色、人事风俗、情爱命运交错在一起，写得如诗如画、如梦如幻，既玲珑剔透又烟雨迷濛，寄寓了作者重建东方传统和乡土人性的美好理想，也隐含着理想幻灭的哀愁与悲痛。批评家说："作者的人物虽说全部善良，本身却含有悲剧的成分。唯其善良，我们才更易于感到悲哀的分量。"① 这在女主人公翠翠身上体现得十分明显。翠翠秀外慧中，性格天然自成，对一切事物都怀着善良的愿望和美好的向往。作品将她性情的天真纯洁及情窦初开的朦胧羞怯表现得细致含蓄、楚楚动人，但是最后相依为命的爷爷死了，私心相许的傩被送走了，翠翠只能守在渡口，等待一个未知的将来。《边城》和其它湘西系列小说，都是作者背对都市，以乡下人的情怀回溯记忆中的故乡的作品。从题材的特点来看，接壤于 20 年代的乡土小说，但消除了精英主义启蒙立场；与表现国民性主题的文学传统也有承续，但绝少作批判性的引申而多有正面性的描述，从而显示了独特的价值。沈从文小说的文体形式和叙述风格更为接近诗化的抒情小说，他在 30 年代后来居上，超过废名等人成为整个京派小说创作的集大成者。

废名是第一代京派小说家，风骨独特，其平淡隐逸的文学观念，佛理禅趣的小说意境，缩略跳跃的结构方式，既古雅又戏谑的语言风格让人侧目而视，也证明他在小说艺术方面的探索是多向的。他的早期作品《竹林的故事》的乡土描绘，曾得到鲁迅的称许，但后来越来越走向奇奥一路。《桥》是一部绝句体的长篇，充满了结构上的空白与断裂，也充盈着乌托邦式的纯美象征，开田园牧歌小说先河。到了《莫须有先生传》、《莫须有先生坐飞机以后》里，作家已经像得道高僧，在法无定法的鼓励下几乎是肆无忌惮地宣讲哲理、玄想。如果说废名小说中的小林、细竹等少儿是人情美与风土美的象征，那么在萧乾笔下出现的则是一个个孤苦无告、寄人篱下的弃儿形象，因而抒发的也往往就是怨怼和悲凉了，如

① 李健吾：《边城》，《咀华集》第 45 页，人民文学出版社 2001 年版。

《篱下》、《矮檐》等短篇。他的《皈依》、《昙》揭露基督教会的伪善和冷酷，呼应了30年代的反基督教运动。萧乾和师陀（即芦焚）是社会批判意识较为强烈的京派小说家。师陀以简练的笔法描绘人生百态，尤其擅长在冷静超脱的姿态下刻画乡村、城镇生活的停滞、平庸、昏昧与没落。这也从鲁迅到叶绍钧、王鲁彦形成了一个传统，但师陀在讽刺中掺入了抒情。他30年代的《里门拾记》、40年代的《果园城记》简直可以当作中国一切灰色小城中灰色人生的标本来看待。凌淑华与林徽因是京派小说的两位才女小说家，前者善于描写高门巨族的精灵，但在30年代已显落伍；后者长于感受知识者的微妙心态，更富于现代感，如《九十九度中》。

京派小说将20年代鲁迅、郁达夫等人开创的抒情小说发扬光大。京派小说作家顺承传统文学的写意优长，将梦与象征打成一片，广泛尝试小说、散文、诗歌等不同文体之间的互渗融合，使浪漫风的抒情小说进入更为成熟的阶段。他们加大文化风俗和自然景致的分量，导致小说内容与结构的变化，像废名就将小说当绝句来写，常将风景物象作为独立审美对象，对沈从文和其他小说家很有影响。京派小说在艺术风格和语言形态上也多向传统靠拢，在归依中又有顺应时势的新的创造。其美学境界追求平淡静穆纯正典雅，不以尖新现代为目标，语言或古朴渊雅，或明净简约，不以欧化时尚为鹄的。

从20年代末到30年代中期以刘呐鸥、穆时英、施蛰存等人为代表的新感觉派小说，从谱系上来说，属于张资平、叶灵风之后的海派文学第二代。这一流派的出现，标志着中国现代小说第一次对都市景观作集中描绘。不过，与茅盾等人的革命立场、社会剖析大相异趣的是，新感觉派小说所感兴味的是，表现上海这座在近代殖民历史中迅速发达起来的无根的“浮城”和漂泊于此的浪子的生态与心态。取材上的都市化趋向，人物刻画的心理学深度，语言表现的陌生化效应大概可以代表他们创作的流派特征。

新感觉派的作品大多从现代都市生活中取材，表现独特的都市景观，揭示都市人错综复杂的生存境遇和人生感受，尤其对畸形与病变方面的描摹富于特色。不同于左翼作家笔下的都市生活，新感觉派的小说更多地把都市作为商贸金融和消费娱乐重镇来写，充分展示它灯红酒绿纸醉金迷的特征，描写陷身其中的人们的欲望躁动与精神迷茫。新感觉派小说再现了人际之间由于彼此缺乏信任和沟通，油然而生的沉重的孤寂感、隔绝感，如刘呐鸥的《热情之骨》，徐霞村的 *MODERN GIRL* 等；穆时英的《夜》和黑婴的《五月的支那》等作品也流露出浓重的人生的漂泊感、厌倦感和无奈的叹息。作家通过小说人物悲剧性的都市生活感受表达了相当一部分人群对于都市生存的焦虑体验。

着力开掘人物的深层心理和潜意识，集中揭示人物精神状态的复杂性，刻画双重性格，是新感觉派小说的又一特点。新感觉派作家善于捕捉人物微妙的心理波动，从无意识的角度去剖析人物，并借助弗洛伊德的精神分析理论从性欲本能的角度为人物的行为寻求深层心理学解释。穆时英在《白金的女体塑像》中以性欲本能的压抑与释放的心理事件来描述谢医生从性冷淡到恢复恋爱热情的行为变化。施蛰存的《春阳》更从一件偶然事件中透视婵阿姨心理的纷乱与记忆的失误，剖示其置身金钱与情欲不能两全困境中的苦闷。施蛰存的《将军的头》小说集充分而细腻地展示人物情欲本能与理性规范之间的纠葛，其中《石秀》一篇解构英雄故事，层层剥笋般地写出石秀在兄弟信义与情欲冲动之间的挣扎、沉沦，其行为从自虐到施虐，其心理由爱恋转为嫉恨。这些小说对人性的探究不无新意且颇有深度。

新感觉派小说在表现形式技巧方面也有不少新奇巧妙之处。其一是心理—感觉化的叙事方式。刘呐鸥的《两个时间的不感症者》具有突出的感觉化的特点，而施蛰存的《梅雨之夕》以人物心绪的无意识流动来结构小说，体现将现实心理化的叙事特色。其二是开放式的叙事结构。新感觉派小说常采用散点透视的方式来结构小说，使其组织构造更多地呈现为横向组合而非纵向连缀的形式。如穆时英是此中高手，他的《夜总会里的五个人》表现五个失意之人狂乱的行为心理，从情节上看彼此互不相干，但五个命运相似的人生片断叠加却强有力地透露了共同的主题倾向。其三是新奇的语言形式。新感觉派小说强调语言对感觉印象世界的再造功能，要以出人意料的组合方式和技巧来表达对生活独特的感受，造成新颖不俗的艺术效应。

京派与海派的对峙冲突是 30 年代中国社会文化的重要现象和突出主题。历史的加速变动激化了本已存在的不同文明、文化之间的矛盾对抗，导致知识分子文化选择的困惑和差异，这一分化趋势表现在文学和文化上自然形成相互区别又彼此依存的不同派别。京派文人以不失乡土风味的故都北京为据点，又多服务于大学机构，濡染了学院空间的自由散漫。他们以民族文化传承和表现为己任，文化态度稳重但并非保守，既反对文学的政治化，也抨击文学的商业化。海派作家依托上海，是 20 世纪初以上海为中心的东南沿海都市商贸繁荣和文化兴盛的产物，具有面向市场、追新求变的特点。海派文学经过张资平、叶灵凤的初浅开拓，到 30 年代的新感觉派小说已趋成型，文化观念和文学作风一如既往地追求尖新，但去除了某些轻佻和浅薄，俨然成为当时与左翼、京派相向而立的重要文学派别。

究其实，京派、海派的出现是具有资本主义和消费主义双重性质的现代都市文明在传统中国引发的不同反应。因此，从文化的意义来说，它们颉颃的一个主导层面便是：乡土文化与都市文化、传统文化与现代文化、农业文化与工商业文化、注重人伦教化的文化与崇尚物质消费的文化之间的对立与互渗。这种对抗又交流的状况还具体地体现在文学题材的分野当中。面对资本主义社会体制和消费主义文明模式的步步进逼，京派文人以怀想宗法农村的生活形态作抵抗，一方面以向前看的姿态对前者持批判态度，同时又以向后看的立场惋惜中国历史之“常”不敌时代之“变”，表现出一种很复杂很优雅的美感。海派作家则大致圈定以表现现代都市人错综复杂的生态与心态范围为主，也流露出既迷醉又幻灭的情绪，呈现既时尚又先锋的风格。就像京派小说不愿沿袭 20 年代乡土小说的旧路，海派小说也有异于左翼文学视都市为政治人生搏斗的战场的写作，他们的乡土记忆和都市书写只能是独属于自身的文学想象。

从某种意义上说，包括京海各派的后五四文学是五四文学的深化发展，当然也有变化。后五四文学对某些文学命题进一步展开或落实，五四文学时期超越群体与派别的本土与异域、传统与现代的矛盾关系在后五四文学中化身为一场京派与海派的争辩而既深且广地体现出来。这场论争发生在 30 年代，主要是自由主义作家间的争执，却也引起过如鲁迅这样的左翼文人的关注，它并非不同地域文人间的意气用事，与同时代的其他论战比，它恰恰具有典型的后五四文学特征，是非政治化的文化性与文学性的辩论和探讨。由地域文风习性的差异广泛地扩展到一系列现代中国文化和文学的基本命题，“南与北、海与陆、乡与城、中与西、现代与传统”① 等等，京派、海派之辩不过是浮载这些命题的表象。京派文学坚守内陆文化立场，以从容镇定的态度企图同化外来文明的正变追求，海派文学借重“他山之石”，以无所顾忌急于建功的心理期待对厚实而惰性的民族文化传统形成冲击的奇变选择，正是现代中国文学在突围创新中采取的基本策略。

京海文学的对立冲突与互渗对流成为此时此后文学变革重要的动力模式，使京派文学及其蕴含的传统与海派文学及其蕴含的传统都不大可能单独一统文学江山。只要现代中国社会结构没有发生根本变化，京海文学冲突交融的现象一定会以种种变形化装的形态一再顽强地显露出来。

30 年代文学在整个新文学史上具有承上启下的意义。如果说“五四”是拓荒期，40 年代是转折期；那么，30 年代就是建设时期和丰收时期。30 年代文学的发展既无旧文学的对抗也少战争的威逼，在相对宽松和充裕的条件下，借鉴已经积聚十年的经验教训，各取所需勤奋创造，不仅超越 20 年代的相对单纯走向多样化，而且各体文学齐头并进，均衡发展，一举奠定了新文学创作的一些重要范式，被誉为“不再的黄金时代”②。

在小说领域，不同风格流派的作家各擅胜场。老作家更上层

① 吴福辉：《都市漩流中的海派小说》第 302 ~ 303 页，湖南教育出版社 1995 年版。

② 路易士（纪弦）：《三十自述》、《三十前集》，诗领土出版社 1945 年版。

楼，新进作家出手不凡，形成了丰富多彩的小说创作景观。郁达夫的《迟桂花》是技巧圆熟之作，《出奔》主题更为积极。许地山的《春桃》表现底层劳动妇女“生的坚强”可谓力透纸背，郑振铎的历史小说有感而发，这些作品都突破原来的境界与格局，预示着新的发展可能。叶圣陶的《倪焕之》是此时出现较早的长篇，对于以个人经历写社会变迁的文坛风气有促进作用。王统照的《山雨》写北方乡村自然经济解体，恰与茅盾的《子夜》表现都市资本家的破产城乡呼应。王鲁彦贡献了优秀的短篇集《屋顶下》和长篇《野火》，其他一些新手也在文坛崭露头角，如当时两位女小说家沉樱与罗淑。沉樱作品甚多，《喜筵之后》、《女性》都是她的短篇集，她善于描写女性情感的压抑与寂寞，有凌淑华的风致。罗淑的《生人妻》所写的典妻题材，之前已有许杰的《赌徒吉顺》、柔石的《为奴隶的母亲》写过，但她刻画得更为细腻和充实，将四川农妇的柔顺与坚强、对丈夫的怨愤与关怀富于层次地表现出来，是同类题材中后来居上的作品。

诗歌方面的情形大体如此：新月派的后起之秀陈梦家诗句柔丽清新，诗情从感伤走向恬适，《梦家诗集》等作品表现出悠游闲静之美。臧克家早期诗风接近闻一多和新月派，体式严谨，炼字炼句；后来则向中国诗歌会的方向靠拢，注重表现民众苦难和生活现实，意境由“深刻到浅显”，其《烙印》、《罪恶的黑手》是当时的优秀诗集。现代派诗歌上承后期新月派与李金发象征主义诗歌的流风遗韵，向外汲取西方世纪末文学思潮的余绪，在中国古典诗歌温庭筠、李商隐一脉与波德莱尔等外国现代派诗人中搭起桥梁，成为比李金发更具有民族特色的现代主义诗歌流派。戴望舒、何其芳、卞之琳等人的作品表达的是部分知识青年在追求中失落的迷惘、彷徨和烦闷的情绪，由于缺少明确的意识和坚强的意志，往往细碎化为感伤、寂寞的浅吟低唱。但他们追求抒情的朦胧幽深，发掘散文美的语言表达和寻求意象的新奇组合等等，丰富了诗歌创作的艺术经验，提高了诗歌的艺术品质。

这一时期，散文文体的特性与功能发挥得淋漓尽致，杂文、报告文学与狭义的散文小品也是体式多样，题材丰富，各有圣手。叙事抒情类有李广田、丽尼、陆蠡、吴伯箫，随笔杂感类有丰子恺、梁遇春、夏丏尊，通讯纪游类有郁达夫、沈从文，国际题材类有朱自清、李健吾等等。鲁迅、林语堂之间关于“小品文的危机与生机”的理论辩诘和创作竞赛，催生了众多的小品文创作和小品文刊物，致使 1933 年、1934 年分别被称为“小品文年”和（小品文）“杂志年”，将风格和立意各异的小品文创作推向了一个高潮。30 年代散文创作更值得关注的进步还在于克服了五四时期视散文为边缘文体，以业余心态从事之的创作态度。何其芳对散文文体有明确的认识：“我愿意以微薄的努力来证明每篇散文应该是一种独立的创作，不是一段未完篇的小说，也不是一首短诗的散文”，要“为抒情的散文发现一个新的园地”。①他以《画梦录》的成就证明，散文既是一切文体之母，而且本身也是独立的文学体裁。

长篇小说和多幕戏剧，由于结构的复杂、规模的宏大和内容的厚重，历来被看作衡量一个时代文学成就的重要标志。然而，一个民族在创建新文学的时候很难一开始就在这类“鸿篇巨制”方面获得成功。新文学一度在长篇小说创作上面表现得十分幼稚，数量稀少不说，构思松散，描述乏力，缺乏严谨的组织结构和内在情节动力，人物形象的刻画和主题的揭示也不够丰满深刻，像张资平的《冲积期的化石》、王统照的《一叶》等都有上述不足。巴金、老舍的出现和王统照等老作家的再次发力，彻底改变了五四文学长篇小说创作的贫弱状态，标志着长篇小说创作新时代的来临。他们或以家族空间折射时代变迁，或以个人遭遇概写阶级命运，或直接从时代动荡中汲取诗情，对历史事件和人物心理展开全方位的浓墨重彩的描摹，具有浮雕般的艺术效果。作家们有意识地尝试和探索长篇小说繁复多变的结构手段和表现形式，从整体上提升了长篇的思想艺术水准，这时期的优秀长篇甚至成为一种艺术准绳，影响一直延续到当代文学的“史诗性”追求等方面。话剧艺术也是如此。五四时期虽留下了对其艰苦探索的足迹，但在读者或观众中并没有

---

① 何其芳：《〈还乡杂记〉代序》，《何其芳文集》第 2 卷第 125 页，人民文学出版社 1982 年版。

产生深刻的印象和强烈的效果，作品也以独幕剧为主。一改话剧创作的幼稚印象，使之能与现代新诗、散文平起平坐的时代也是 30 年代，而且主要是以一批优秀的多幕剧的相继问世和成功演出为标志。曹禺的剧作、李健吾的《这不过是春天》等，以多样化的旨意、取材和风格，将观众拉回剧院，焕发了戏剧艺术的光彩，终于使话剧这一外来的艺术类型可以自如地表现现代中国人的生活与心理了。

30 年代文学创作还形成了自己的时代性特征。一些题材和主题得到了空前的拓展和发掘。例如适应从文学革命到革命文学的转换，表现个人走向社会、走向群体、走向革命的作品成为 30 年代文学最初阶段的风尚；而稍后，揭示城乡社会在加速资本主义化过程中的动荡不安也成为作家们的关注焦点。随着文体由短制而长篇，文学表现形式和角度也发生了显著变化，即外倾性的叙事成分的强化。像《论语》派小品欣赏“苍蝇之微”的把玩和现代派诗歌专注“青春情感”的抒写，虽然在特定人群中还有市场，但确实在萎缩之中。群体心态凝聚的时代氛围，阶级革命造成的历史趋势，民众生活形成的社会情境越来越频繁地进入各体文学创作，并影响到具体的创作方法、表现艺术和个人风格追求。更为外向和注重客观的现实主义取得了优胜，压过了突出自我和抒写悲情的浪漫主义和现代主义，心理描写与社会剖析相结合成为这一时期性格刻画的重要特色；对力量之美的求索甚至不排斥粗糙与粗暴，几乎每个作家都渴盼在创作中能实现个人风格、民族韵味、历史内涵和时代审美特征的统一。

七、“防空洞里的抒情诗”：战时文学格局

［“战争改变了一切”：作家生态与社会心理——战地黄花：战时文学形态——分裂的文学地图：文学中心的散落与重组——文学发展的区域分化：国统区文学、沦陷区文学、孤岛文学］

战争，构成了现代文学第三个时期的关键背景，文学的诸多层面皆深受影响。战争的推进造成不同性质的政权并立，导致文学中心的散落、重组和区域分化，并在消长起伏中决定着未来文学的演变。40 年代文学的战争底色使它成为名副其实的“防空洞里的抒情诗”①。

以 1937 年 7 月 7 日“卢沟桥事变”为标志，抗日战争全面爆发，现代中国文学遂进入战时战后文学阶段。由于抗战结束后不久，中国又爆发了持续三年的内战，因此从 1937 年抗战爆发至 1949 年中华人民共和国成立这 12 年间的文学演变始终伴随着连绵烽火。战争作为政治的极端形式和最高形态，制约和影响着这一阶段文学的变动和面貌，也使这一阶段的文学生成、衍化出现了不同于 20 世纪二三十年代的一系列战时特点。

八年全民抗战和三年全国内战异于中国历史上的所有战争，两场性质迥异的战争不仅在时间上前后相随、持续不绝，更重要的是它在空间意义上的波及面与裹挟性。当时，地不分南北东西，人不

① 穆旦 1939 年有一首诗题名就为《防空洞里的抒情诗》。

论贫富贤愚，几乎所有人群或主动或被迫卷入战争的狂涛巨浪之中，这一切对作家的生活和创作造成广泛的影响。战争，不再是部分人遭遇的偶发性灾难事件，也不只是特定文学现象发生的背景材料与作品的题材来源，而成为广大作家亲见亲历的日常经验，成为他们生活现实的基本内容。作家在炮火下生存，在动乱中写作，所写便大多是战时状态中的社会人生，文学成为战争直接的投影或间接的回音。战争与文学在战时作家身上实在是不可分离的一体两面。

战争引发的深重危机促成了作家们空前的团结。全民抗战激发了民众民族意识的觉醒，作家们感于民族存毁的危难，捐弃前嫌，在抗日救亡的旗帜下集合，表现出同仇敌忾的民族精神；内战毁灭了和平的希望，作家面临国家两种前途、两种命运的决战，又一次团结在反对专制独裁、争取民主建国的目标下面。“中华全国文艺界抗敌协会”和之后的“中华全国文艺家协会”便是作家团结的有力保证。

战争破坏了和平，也打乱了正常的生活秩序。随着战火的蔓延和残酷程度的升级，作家与普通民众一样，不仅心灵饱受煎熬，连生存也时刻受到严重的威胁，大批作家加入了战时逃亡难民的队伍，生存环境、创作条件急剧恶化。抗战时期发生过戏剧家洪深因对生活绝望举家自杀（未遂）的悲剧，艾芜、闻一多深受贫困的折磨而靠典当、兼职艰难度日，萧红、鲁彦死于战乱迁徙和贫病交加，“文协”曾发起救助贫病作家的全国募捐活动。颠沛流离、贫病交迫而信念不灭、意志不屈是这些作家身心两面的真实写照。而战时生活也影响了文学的题材选择和心态流露，此时的文学作品视域开阔。

作家地理空间的频繁迁移带来了新异的人文体验，使创作无形之中丰富起来。罗荪在1940年曾谈及作家在战争背景下与社会现实重新建立起的新型“空间”关系：“抗战的烽火，迫使着作家在这一新的形势底下，接近了现实：突进了崭新的战斗生活，望见了比过去一切更为广阔的、真切的远景。作家不再拘束于自己的狭小的天地里，不再从窗子里窥望蓝天和白云，而是从他们的书房，亭子间，沙龙，咖啡店中解放出来，走向了战斗的原野，走向了人民所在的场所；而是从他们生活习惯的都市，走向了农村城镇；而是从租界，走向了内地……"① 生活空间的置换与生活水准的下降同时发生，使作家第一次真正贴近了以工农为主体的广大底层民众的生活现实，也为作家真切地表现民众生活创造了客观条件。

战争对文学状态的影响突出地体现在三个方面：阶段性、区域性与转折性。由于战争形势的变化促成相应的社会心理与审美趣味，而这些人心所向的历史倾向与阅读期待在很大程度上决定着文学潮流与创作风气的递嬗变更，因此，此时期文学发展的三个阶段十分明晰，并且与战事的发展高度一致。与以往不同的是，在这两次战争中各派政治势力相继建立和形成了不同的政权形式，包括国统区、解放区、沦陷区和上海"孤岛"四大区域。并立的数个政权对各自区域实行分治，而文学也在这种分割的局势下发展、演变，其中大势所趋的共性是主要的，但是不同区域文学的生存环境和发展空间还是很不相同的。这时期还是中国现代文学与中国当代文学重要的转折点，一方面它延续了五四新文学多元探索的传统，在小说、诗歌领域甚至有所深化；但是，从自由走向规范，从多元走向统一的趋势也十分强劲，在"交融叠合"中渐渐生成着某种主导性的文学形态，而这一文学主潮已开始显露尔后共和国文学的一些雏形元素。

长期的战争环境净化着社会也净化着人心，从而养成了一种具有浓郁战时色彩的社会心态：政治上的超常敏感和认识、处理问题的"简单化"方式。由这种战争环境和战时社会心态所形成的紧张氛围一旦投射到文学上面，便可能造成某些特定后果，即文学的政治功能被无限夸大，文学在想象中成为各阶级集团竞相争夺的对象和决胜的战场，由超常的政治敏感所刺激催化的强烈的"敌情观念"则极为轻易地将一切文学的分歧一律视为民族斗争、阶级斗争的表现。以文学论辩为例，与 30 年代革命文学与自由主义文

① 罗荪：《抗战文艺运动鸟瞰》，载《文学月报》第 1 卷第 1 期（1940 年 1 月）。

学的长期对垒不同，此时这一对峙虽依然存在，但已不在核心位置，更多的是同一政治阵营或政治立场并不根本对立的文学派别之间的论辩。伴随政治交锋、军事决胜形势的跌宕起伏，此时的文学论辩频繁、短暂却尖锐异常，政治与艺术常常紧相缠绕，即使比较纯粹的艺术问题也往往被政治化，而且批评用语的极端和粗暴则打上了战争时期"暴力崇拜"的烙印。由于政治上的"左"倾思想、人事上的宗派恩怨和认识上的教条主义，使得论争愈加驳杂不纯，常常是政治判断代替了文学探讨。战争将复杂丰富的文学现象变得简单明快了。

争取民族解放战争的胜利成为战时包括作家在内的人民群众的最高目标，战争时期的文化规范对文学的各个方面都有强大的影响力。战争为文学规定了明确的目的性，首先看中的是文学的宣传功能、教谕功能，而审美功能、娱乐功能等则受到排斥与贬低。郭沫若曾说："抗战所必需的是大众的动员，在动员大众上用不着有好高深的理论，用不着有卓越的艺术……理论愈高深，艺术愈卓越，反而减弱了抗战的动力。"① 整个战争期间，要求文学发展多样化的呼声始终受到打压，那些功利目的不强的探索性的文学创作也一直饱受冷落，这是过于追求文学的宣传效果、强调艺术的功利目的所致。战争改变了人们的生活处境，也重铸着人们的文化观念和思维模式，在战争状态下，人们更多地只看到事物之间的对立，而有意无意地忽略甚至抹杀了它们之间本来存在沟通交流、互渗共融的关系。这种简单的二元对立的思想方法往往人为地制造对立，动辄发生冲突，使这时文学创作的情节大起大落、人物泾渭分明，语言系统也完全对立，而划分的界线主要就是政治立场。《大众文艺丛刊》对自由主义文学的批判正是此种战争文化心态的体现，首先从两极思维出发，然后从政治上上纲上线，不是采取理论问题理性分析、文学问题艺术阐释的方法，其中还夹杂着宗派主义的情绪与非理性的意气用事。

---

① 郭沫若：《抗战与文化问题》，载《自由中国》第3期（1938年6月）。

战时文学在作品创作的主题与题材、文体风格和写作形式，以及文学运动的地域发展等方面都出现了一些迥异于以往的特征。在战争中争取国家新生独立和人民解放的共同目标使文学创作的主题题材相对集中。揭露日寇烧杀掳掠灭绝人性的罪恶行径，颂扬中国人民团结御侮同仇敌忾的反抗精神是当时大多数作品的题材内容，丘东平的战事报道、戏剧界赶写赶排的《保卫卢沟桥》无不回响着爱国主义的高亢旋律，连此前浅吟低唱的“雨巷诗人”戴望舒也在狱中用残损的手掌祝福祖国与人民：“新的年岁带给我们新的力量/祝福！我们的人民/艰苦的人民，英勇的人民/苦难会带来自由解放。”（《元旦祝福》）

基于“一面是庄严的工作，一面是荒淫与无耻”的战时现实，作家们对战争中暴露出来的社会痼疾与时代病变予以集中的揭示和批判，深化和拓展了战时爱国主义文学的主题内容。这类作品多取材国统区，张天翼的《华威先生》首开风气，逐渐形成讽刺的潮流。茅盾的《腐蚀》揭发国民党借抗战之机加强特务统治的真相，宋之的的《雾重庆》、巴金的《寒夜》抨击的矛头直指陪都黑暗现实，沙汀、张恨水等人广泛地描画出国民党统治的弊端，而马凡陀、臧克家的讽刺诗则嬉笑怒骂，发挥了匕首投枪的效用。

在战争背景下思考民族命运、忧虑国家前途，这是又一重要主题，可以概括归纳为三个题材方向。一是为了增强民众的自信心和凝聚力，作家努力从历史传统中挖掘民族美德，塑造民族脊梁式的人物，总结民族兴衰存亡的历史教训。以郭沫若、阳翰笙为代表，国统区、沦陷区出现战国史剧与南明史剧的热潮，其他历史题材的创作也以砥砺民族气节、激发爱国情操为题旨。二是从现实生活的描写中审视民族文化传统，剔发民族文化心理中的消极因素，激浊扬清，以有利于中华民族在战火中“凤凰涅槃”。东北作家一系列的家族题材小说在回忆往事中揭露黑暗，鞭挞民族劣根性。曹禺的《北京人》、师陀的《果园城记》等渗透了民族传统文化如何经受现实考验的深沉反思。三是着力表现烈火真金锻造的民族新人。丘东平及七月派小说写了中国军人血性的恢复，姚雪垠的《差半车麦秸》和吴组缃的《山洪》勾勒了农民民族意识的苏醒，老舍的

《四世同堂》刻画了普通市民在战争中的挣扎与觉悟，解放区文学更是不遗余力地表现新型民族品格的孕育与诞生，广大人民群众一旦摆脱压迫与束缚，便焕发出充沛的主动精神、英雄气概和创造历史的能力。

承受现实灾难而对未来满怀憧憬，作家纷纷聚焦知识分子题材，知识分子的自我拷问构成战争后期文学创作的重要内容。在民族搏战的严峻情形下，夏衍的剧作《心防》表现了有良知的中国文化人自觉守卫民族的精神防线；于伶的剧作《长夜行》提醒知识分子要心明眼亮，在漫漫长夜的黑暗现实中，一步也失足不得。作家纷纷联系知识分子的苦难历史和战争处境，或热情赞颂一代知识青年追求进步，追求革命的人生选择，如小说《引力》、《遥远的爱》；或总结知识分子走过的坎坷足迹，展现知识分子的心灵曲折，如剧作《法西斯细菌》、《戏剧春秋》，小说《财主底儿女们》；再或者雕塑知识分子的正面形象，如剧作《岁寒图》、《万世师表》等。

战争对文学提出了特殊要求，这时期的文学体式也出现了一些新的变化。战时作家生活动荡不安，缺乏条件与环境酝酿构思鸿篇巨制，因此，短小轻便型的文体应运而生。在国统区和解放区相继发起过朗诵诗与街头诗创作运动，枪杆诗、打油诗、传单诗等也成为诗坛主角。活报剧和短剧创作在一段时间内十分盛行，著名的有“好一计鞭子”（此为抗战时流行的三部短剧的合称，包括《三江好》、《最后一计》、《放下你的鞭子》）。其中《放下你的鞭子》经多次改编，影响最大。这种局面抗战中期以后才逐渐改观，此时作家生活相对安定，心态也较为沉稳，而社会心理也发生了很大改变。体现在文体方面便是中长篇小说、多幕剧与长篇叙事诗（及抒情诗）的创作繁荣。40 年代后期则是讽刺性作品兴起。

集体创作形式也在此时出现，并且由国统区迅速延伸到解放区。三幕剧《保卫卢沟桥》首开其端。此剧由宋之的、夏衍、于伶等 20 余位剧作家组成创作班子，由洪深、唐槐秋等 10 余人组成导演组，并在卢沟桥事变的“月祭”日即 1937 年 8 月 7 日动员演艺人员近百人献演，阵容强大，盛况空前，对抗战戏剧创作影响不小。集体创作能在短时间内完成较大规模的作品，但往往由于是急就章艺术上比较粗糙。后来解放区的秧歌剧《兄妹开荒》、京剧《逼上梁山》、歌剧《白毛女》都采用了集体创作的形式，至“文革”时期更蜕变为“三结合”创作。

战争期间，大批作家纷纷从沿海地区和重要城市撤出，导致文学中心的散失、转移和重组，造成这一时期文学发展流变的地域性特色。一是文学向西（西南、西北）发展并形成新的中心。现代文学在 32 年的成长历程中，中心多次转移：五四文学革命时期以北京为大本营；第二个十年文学中心便南迁上海；到第三个十年开始，文学出现了从东向西扩展的趋向，此时文学的两个区域中心重庆和延安均在西部。战时一位作家描述过这一转变：“一位外国的学者曾说过：‘中国是一列火车，她的机头永远在东方。’但抗战把她扭转到西边去了，最后的几年中，在地理上，东南甚至被截断，被孤立了起来。”① 大西部不仅是抗战的大后方，也是救亡的策源地，还成为战时作家们生活与创作的地方，在这里重新汇聚成文学中心。二是文学中心的阶段性与区域性。战时像北京与上海那样稳定的具有全国性影响的文学中心不复存在，随国民党政府首都的两次搬迁，武汉和重庆相继担负过文学中心的职能。不同政权形式的并存使数个区域性文学中心的同时存在成为可能，而作家们或出于逃难或因为尽责而在地区间聚散离合，也很可能改变一地落后的文学面貌，形成短暂的地区性的文学中心。如茅盾所说：“像抗战以前的上海那样的文艺中心，今天事实上已经不存在。事实上，今天的中国文坛已形成了好几个重心点，重庆是一个，而桂林、延安、昆明、金华，乃至上海，也都是其中之一。”② 除此之外，广州、北京、香港、晋察冀等也是不容忽略的区域性文学中心。

从 1937 年到 1949 年的 12 年间，在文学发展区域分化的格局

① 周梦江：《战时东南文艺——一笔流水帐》，载《文联》第 1 卷第 6 期（1946 年 6 月）。

② 茅盾：《抗战期间中国文艺运动的发展》，载《中苏文化》1941 年第 3、4 期合刊。

中，由于国统区文学的范围、成就与影响，使其成为战争时期中国文学的主要代表，并随战局形势的跌宕起伏，呈现出错综复杂的生存面貌与清晰的发展阶段。

从“七七”事变到1938年10月武汉陷落，构成国统区文学发展的第一阶段。战争刚打响，大批文艺工作者汇聚上海，紧急创办《呐喊》、《七月》等报刊，并迅速成立救亡演剧队分赴各地演出，标志着文艺工作者有计划、有组织地为抗战服务，国统区文学也由此形成。上海失陷后，他们又在武汉会合。在将近一年的时间里，武汉成为国统区乃至全国的抗日文学运动中心，特别是“文协”与郭沫若主持的军委会第三厅的成立使抗战文学有了组织与领导核心。1938年3月27日，在各方努力和周恩来的亲自关怀下，“中华全国文艺界抗敌协会”在武汉成立，政治立场、人生态度、艺术观念、审美趣味诸方面各不相同的众多作家，在拥护抗日爱国的共同目标下，实现了空前的大团结。大会选出没有明显的党派政治色彩而一贯追求进步的优秀作家老舍为总务部主任，主持“文协”日常工作。在整个抗战时期，“文协”一直是全国抗战文学运动的领导中心，对抗战文艺工作的推动作用是多方面的。“文协”在全国各地建立了数十个分会与通讯处，并与国际反法西斯文学建立了联系；它提出的“文章下乡，文章入伍”的口号感召了大批文艺工作者深入生活，写出了不少反映现实斗争的作品；“文协”还组织战地访问团、慰问团，将作家分布到全国各地，密切了文学与抗战、文学与群众的关系，也促进了文学在全国范围的均衡发展。“文协”及分会会员创办、主持的报刊成为国统区文学的主要阵地，刊发了许多优秀的作品。《抗战文艺》作为“文协”会刊，是唯一的贯穿整个抗战时期连续出版的文艺刊物。它以团结一切爱国作家，服务民族抗战为宗旨，担负着指导抗战文艺的职责，其刊发的作品（如姚雪垠的《牛全德与红萝卜》、艾芜的《秋收》），组织的文艺论争（如对“抗战无关论”的批评），阐发的理论观点等均对抗战文艺产生积极效应。此外，1938年4月创刊于广州，断断续续坚持到1944年3月的《文艺阵地》也是抗战时期的重要刊物，由茅盾、楼适夷先后主持编务。它发表了张天翼的

《华威先生》，首开国统区讽刺与暴露的创作潮流，此后它又大量刊发解放区的文学作品，为促成解放区文学和国统区文学的交流功不可没。

这一阶段文学创作“无暇求精”，作家们迫切需要宣泄愤激、昂扬的情绪，作品大多形制短小、形式通俗。戏剧创作率先对抗战作出反应，取材卢沟桥事变和上海保卫战的剧作在第一时间创作演出，广泛地展示了社会各界人士在抗战中的情态性格。抗战初期的戏剧创作以短剧为主，独幕剧的创作数量十分可观，茶馆剧、游行剧流行一时。战前由中国诗歌会首倡的诗歌朗诵运动从武汉迅速蔓延到全国，高兰、穆木天、冯乃超、锡金、光未然等以自己的创作参与推动诗歌朗诵运动走向深入，高兰出版有《朗诵诗集》，可谓“用活的语言作民族解放的歌唱”①。

通俗文学得到恢复并大量制作。这时不仅创办了专登通俗作品的刊物《抗到底》、《人人看》，成立了组织和从事通俗文学创作的机构如“通俗文艺工作委员会”；而且，新文学作家与民间艺人创作了大量的形式通俗的抗战作品，如老舍的套曲、穆木天的大鼓词、老向的《抗日三字经》、何容的新编故事，还有冯玉祥、陶行知的通俗诗歌，广受群众欢迎。

小说创作有待时日，但在第一阶段还是取得一定成绩。由于报告文学的跨文体渗透，使《华威先生》、《刘粹刚之死》这样优秀的小说不免带有速写性质和报告色彩。丘东平其实就是以小说家的笔触来创作报告文学的，集体商讨由他执笔的中篇小说《给予者》仍然保留了报告体小说的特色与长处。姚雪垠、舒群、吴组缃、老舍、李辉英等人的小说，大多描绘人民觉醒，讴歌抗战英豪，但也已经显出暴露黑暗、讽刺丑恶的创作迹象。

从1938年10月武汉沦陷到1944年西南湘桂战役失利，抗战进入相持阶段。随着日军攻势的放慢和针对中国不同政治势力分别对待政策的确立，国统区的政治环境与文化气氛发生着变化，抗战文艺活动受到很多限制，作家们被分散在西南几个偏远的城市，一

① 冯乃超：《时调·创刊宣言》，1937年11月。

些作家的创作流露出烦闷彷徨的情绪，"既没有了战争初期的那一种兴奋，但也不同于战前的忧伤的低诉，而是将要成焰的浓烟，蒙着灰皮的火炭。"① 1941 年前后，对国统区文化思想控制权的争夺更趋激烈，蒋介石抛出《中国之命运》，文化官僚张道藩代表政府当局再次发起"三民主义文艺"运动，在《我们所需要的文艺政策》一文中提出"六不"政策和"五要"主张，其中就有"不专写社会的黑暗"、"不挑拨阶级的仇恨"的政策规定，明显地就是对暴露抗战痼疾、讽刺国统区弊端创作风气的指责。不过，作家们在日益沉重的政治低气压下，倒是以更宏大的篇幅、更冷峻的态度创作了大量作品，或追寻历史而反叩现实，或直面人生而发掘深广，直接推动了揭露国统区社会黑暗的进步文学潮流。伴随战争进程的持续拉锯和艰苦卓绝，政治气候、社会心理起伏跌宕，但作家在彷徨中思索，文学在沉潜中行进，国统区文学第二阶段"沉郁顿挫"的总体风格始终没有改变。

短小精悍的创作向大制作过渡是本阶段文学创作的又一趋向，成为自 30 年代以来中长篇小说和多幕剧创作的第二次鼎盛时期，这与战争呈胶着状态以及在此态势下出现的沉静、沉着的社会心理和相对安定的作家生活密切相关。围绕探讨民族命运的现实思想背景，众多的作品分别从相关主题、题材角度来展开艺术描写与文化思考。首先是关于历史剧的踊跃创作，剧作家总结历史经验教训，讽喻现实危机。其次是回顾家族生活题材的作品成批出现，尤其流亡关内的东北作家更有心于此，通过追忆往事，勾勒一个个古中国儿女的命运，对民族文化传统作出睿智的辨析判断。再次是对知识分子传统与现实行为的自省与反思，期盼经过战火淬炼的中国知识分子，获得新生。这些长篇巨制主题重大，刻画细腻，笔力雄健，显示此时文学对深沉、博大和厚实、凝重艺术境界的独特追求，而这是与此前此后都不相同的。

国民党政府的腐朽无能在 1944 年湘桂大溃败中暴露无遗，激

① 胡风：《关于创作发展的二三感想》，《胡风评论集》中册第 292 页，人民出版社 1984 年版。

起了全国民众的不满和愤怒，先是在大后方爆发了学潮，随后演变为席卷整个国统区的民主爱国运动；在严酷打压下一度沉寂的进步文学思潮重新抬头，并迅速与群众性运动合流，而这又反过来影响到这一阶段国统区文学的创作风貌。同时，毛泽东的《在延安文艺座谈会上的讲话》及大量的解放区作品传入国统区，何其芳、刘白羽等人由延安来到重庆向国统区介绍毛泽东的讲话精神。郭沫若等人读了赵树理等作家的一些作品后也击节赞叹，感到耳目一新。这些都对克服国统区文学一段时间的消极压抑的情绪，促其向积极健康方向发展不无效果，重庆文艺界曾提出“人民文艺”以作响应。从 40 年代后期始，国统区逐渐明确了目标，协调了步骤，讽刺诗、讽刺小说、讽刺喜剧极其兴盛，巴金、沙汀、陈白尘、吴祖光、穆旦等均写出了富有特色的作品，左翼电影也取得了不俗的成绩，奉献了《一江春水向东流》、《万家灯火》等优秀影片。

国统区文学的构成远比解放区文学复杂多样，其中既有坚持 30 年代左翼文学方向的创作，如茅盾、沙汀、艾芜、张天翼的小说，马凡陀、臧克家的诗歌和夏衍、宋之的等的戏剧作品均站在进步文学立场，致力于揭露国统区的各种弊端，是左翼文学传统在新的历史条件下的保持与发扬。另一批作家则远接五四文学传统，在更宽泛的为人生而艺术的目标下写作，或直面现实黑暗抒发愤懑，如巴金、师陀等人的小说；或将战争作为背景，究诘人性的种种变异，如沈从文、废名、徐訏等的创作；或执著于生命本位、个人本位，对思想、艺术作某种高远的探索，如穆旦等人的诗。自由主义文学在理论上虽仍有梁实秋等人主张，但创作实践则大多不离抗日救亡和民主爱国的主调；为国民党张目或帮忙的文学不成气候。倒是在“五四”时为新文学家深批痛揭的通俗文学产生分化，张恨水写出了《八十一梦》，走上了进步文学轨道，而进步文学也纷纷借用通俗形式写作通俗作品，通俗文学在分化转换之中又迎来了一轮繁荣。

相对于生活在解放区和国统区的人们，沦陷区文学和孤岛文学的处境危机四伏，它的面貌也因此更为错综复杂，进步文学只能寄望于在“长夜行”中守住“心防”，用曲折隐晦的方式来表情达意。

随着战事的进展和沦陷区域的不断扩大，沦陷区文学可以区分为几大板块：东北沦陷区文学、华北沦陷区文学、华东沦陷区文学、华南沦陷区文学、华中沦陷区文学。总体来看，沦陷区文学的外部环境基本相同，但由于其他一些因素的存在，诸如地方文学传统、日伪当局政策实施的差异等，使各沦陷区文学的形貌、成就及内在依据不尽相同。1941 年是所有沦陷区文学运动重要的分水岭，但东北、华北文坛是由于日伪出台了一系列文化政策，强化对文学的控制所致，而华东沦陷区文学则是因为太平洋战争爆发后上海孤岛地位丧失，使华东全境落入敌手，影响到文学面貌。沦陷区前期华北文坛创作成就较高，以小说为代表，以北京为中心；1941 年后，上海成为沦陷区文学中心，各体文学齐头并进，小说、诗歌尤其突出。

作家的人生立场与艺术态度决定着沦陷区文学的基本形态，当时就有人论及：“我总是有这样的一个感觉，以为今日的从事文艺工作者，不是在做官样的文章，就是以文学为求生的工具……今日活跃于文坛上的人物，恐怕只是很少的一部。另外的一些却是在沉默中工作的，也不为我们所知，他们既不以文学为生，更不是以文学做职业。这才是一个文学者的应有态度，真正的龙虎或许产生于这里也未可知。”① 这三种人生抉择大体上体现了沦陷区作家的心态，也对应着不同类型的创作。

沦陷区文学的构成鱼龙混杂，从数量上看，爱国文学与汉奸文学是两头小，都不占优势。在沦陷区，鼓吹抗日爱国只能采取曲线的途径和运用隐蔽的方式，这类作品虽然不多，但由于表达了沦陷区人民的苦难心声和热切愿望，因而成为沦陷区文学不屈精神的象征，与国统区、解放区文学遥相呼应。如上海沦陷时期《万象》杂志就团结了一批左翼作家，还有一些作家巧妙利用灰色刊物的掩护，流露抗争的情绪。

山丁与王秋莹是东北沦陷区时期的重要作家，也是东北乡土文

① 林榕 1944 年的一封信，转引自徐迺翔、黄万华《中国抗战时期沦陷区文学史》第 27～28 页，福建教育出版社 1995 年版。

学的倡导者与实践者。乡土文学思潮本来就有对抗文学殖民化的意识，山丁的《山风》、王秋莹的《去故集》等作品自觉从地方风俗中挖掘民族气节，在强悍人性的呼吁中包含了对力量之美的追求。华北沦陷区的女作家群引人注目，梅娘堪称代表，她能结合开阔的社会视野与细腻的女性感受，再通过抒情化的语言把这一切表现出来。

周作人的散文写作情形十分复杂。他从"隐居"、"清玩"而终于变节下水，成为华北汉奸作家的招牌人物，这是一面；他此时出版的 8 部散文集，其中不在少数的篇什却体现了文学与人格的叠合与分离。他的回忆散文、知识小品文化枯淡为丰腴，读书札记一类也将死材料与活思想交错得十分融洽，既显现一己的情趣，又流露个人的见识，不乏艺术价值。《上坟灯》出入民俗文化，其文笔情致直追 20 年代的《乌篷船》等名篇。周作人的散文创作既隐约了曲折的心路历程，也对同时的华北散文创作产生微妙的影响。

中间大的是在夹缝中生存并壮大的一些属于"中间状态"的作家作品，北边是武侠小说的崛起，南方是言情小说的兴盛。武侠小说写作固然有逃避现实政治的策略考虑，但它深植于民族文化土壤，想象奇幻，情节惊险，同时还不时注入一些现代人道主义思想，像还珠楼主的《蜀山剑侠传》、白羽的《十二金钱镖》、郑证因的《鹰爪王》已经成为武侠小说史上的精品名作，王度庐的《卧虎藏龙》还多次被改编为电影。言情小说集中于上海，又可分为通俗言情与市民小说两类。前者以《小说月报》、《紫罗兰》为依托，主要作家有包天笑、徐卓呆、谭正壁、胡山源等，潘予且的"都市百记"系列与秦瘦鸥的《秋海棠》尤其受到读者欢迎。后者如苏青、张爱玲，这两位女作家的创作不涉时事，用心描绘家庭琐事，抒写个人感触，注重对"安稳"的日常生活的刻画，但淡远的战争背景仍然反映出现实生存的部分真实。张爱玲出入雅俗之间，涉足鲜为人知的题材领域，在艺术表现上作了有益的追求与创新。

在沦陷区还出现了汉奸文学的逆流，日本当局在各沦陷区相继设立文化机构，多由日本人直接控制，阴谋策划汉奸文学运动，汉奸文学的主要旗号是“和平文学”和“大东亚文学”。1939 年上海的一些报刊鼓吹“和平文学”，接着，日本扶植的《中国文艺》美化日本侵略，周作人积极撰稿拉开了沦陷区汉奸文学运动的帷幕，并在华北扩大影响。1944 年 11 月，沦陷区部分变节文人在南京参加“第三届大东亚文学者大会”，却标志着汉奸文学临近破产。除了周作人等少数作家甘心附逆，汉奸文学始终缺乏有影响的作家与作品，其创作成绩多靠重金悬赏征文而得，作者也大多是一些单纯天真的青年学生。因此，汉奸文学虽然对沦陷区文学的团结同心起到不良作用，但也从来没有成为沦陷区文学的主导成分。

从 1937 年 11 月 12 日上海陷落，到 1941 年 12 月 8 日太平洋战争爆发的四年零一个月时间，大批滞留上海的文化人和作家相继进入租界，利用英、美、法与日本之间的利益冲突和租界的中立地位，发挥上海大都市的优势，坚持抗日爱国文学活动并取得很大成绩，直至 1941 年底日军进占租界。由于租界在广大沦陷区的包围中犹如孤岛，这一时期租界内的文学运动史称“孤岛文学”。

孤岛文学自觉呼应外地的文学运动，同时也努力创作，贡献了一批佳作，有的还成为整个抗战文学的优秀代表。“孤岛”的客观环境总的趋势是不断恶化，孤岛文学的存在一定程度上是依靠了作家的勇气、毅力、智慧与牺牲，它既有与国统区大后方文学同步的一面，也有自己的特殊表现。作家们在爱国的旗帜下集结，有的作家直接表现抗战，爱憎分明；也有的作家则将爱国情感寄托于古今丛谈、山水描摹之中，使文学创作显现出它本该具有的丰富性，突破了抗战初期文学存在的题材狭隘、主题单纯、不够注重艺术提炼的缺陷。难以畅快表达的文学环境反而促使孤岛作家更加尊重艺术规律，寻求适宜的表现形式，因此，孤岛文学在思想性与艺术性方面是结合得较好的。国统区文学长期以讽刺与暴露为主调，而孤岛文学仍有部分作品保持着高昂热烈的浪漫作风；此外，也有为数不少的作家作品适应孤岛民众的欣赏口味，创作了一批思想意义不强的娱乐性作品，显示了上海顽强的商业化文学势力。孤岛文学的成绩还表现在编辑出版方面，进步作家采用灵活的形式，他们或自己创办，但更多的是接编改造，使当时的文艺报刊和出版机构成为进行抗日爱国宣传的阵地。孤岛作家和出版界利用租界的特殊条件，编辑出版了《鲁迅全集》、《西行漫记》、马列著作、俄苏文学作品等书籍，秘密出版了方志敏、瞿秋白的文学遗著，承继了革命文艺播下的火种。孤岛文学界还进行过抗战文艺的理论研讨、“鲁迅风”杂文的论争等，虽然一时不能统一认识，但对于推动抗战时期文学理论的建设、加深对鲁迅创作的认识均有一定的促进作用。

孤岛时期的小说作品数量巨大，题材广泛。这些作品中反映孤岛社会和抗战现实的固然占了多数，日常生活、人情风俗、历史故事等题材也得到表现，几代作家以不同的风格样式保持了孤岛小说较高的思想艺术水准。王统照、胡山源、郑振铎和巴金、师陀、罗洪分别是新文学第一代、第二代作家，他们的作品增强了孤岛小说的实力，也对其他作家产生良好影响。程造之、张爱玲、徐訏是孤岛文学新人，代表的却是不同的作风。孤岛诗歌较其他文体创作较为冷寂，影响较大的诗歌团体有“行列社”，锡金、朱维基及老作家王统照是成绩突出的诗人。

“孤岛”延续了上海抗战初期演剧运动的兴盛，这就刺激了戏剧的创作，现实剧、历史剧、改编剧鼎足而三的格局也延伸到了沦陷时期。现实剧包括两种类型，一类直接从“孤岛”取材，多侧面表现广大民众日常生活和精神风貌以及抗日工作的复杂情形；另一类则反映上海之外的中国社会现实。前类作品更见特色。于伶是孤岛戏剧运动的活跃分子，他的《夜上海》被称为“上海变成‘孤岛’后最现实的一个剧本”①。于伶还有《女子公寓》、《花溅泪》和《女儿国》等创作剧本。石灵、吴天、杨扬也是“孤岛”现实剧重要的作家，他们的创作构成了孤岛戏剧颇为丰富多彩的繁荣局面。

“孤岛”的第一部历史剧是阿英 1939 年以“魏如晦”笔名发表的《碧血花》（又名《明末遗恨》、《葛嫩娘》），之后也形成一波历史剧创作的小高潮。于伶的《大明英烈传》、唐纳的《陈圆圆》、杨荫深的《文天祥》、舒湮的《精忠报国》等，从取材到立

① 于由（毛羽）：《评〈夜上海〉》，载 1939 年 8 月 12 日《大美晚报》。

意都是积极配合抗战现实的，与国统区的历史剧创作潮流基本一致。

杂文是孤岛文学散文创作中率先突围而出的品种，一是报刊大量刊载，《鲁迅风》便是杂文专刊；二是新老作家大量创作，包括小说家、理论家和学者。在这之中又以时称“鲁迅风”的杂文创作最为突出。王任叔、周木斋代表“思辨性的杂文”风格，唐弢、柯灵体现“抒感性的杂文”特色，周黎庵、金性尧具备知识小品文的形神风貌。

这时的叙事、抒情散文创作大多受到战争气氛的感染和杂文、报告文学的影响，强化了说理议论的成分，注重容纳或营造报告文学式的现场感，体现了文体之间的渗透。较著名的作家有王统照、李健吾、胡山源、许广平，陆蠡的《囚绿记》是能保持散文叙事从容、抒情深致的优秀作品集。

八、现代·民族·国家：时代聚焦与文学表述

［“中年”风格与新锐气象：新老作家的小说——诗坛并蒂莲：艾青与田间——“崇高的山”与“深沉的河”：七月诗派与九叶诗人——“演了最活跃的角色”：报告文学与历史剧］

40年代战事频仍，但灾难中希望也不时闪现。这是现代民族国家重建的关键时期，也是文学发展演变的重要阶段，不同的作家群体或个人面对大体相似的历史情境，表现出不尽一致的聚焦点和着力处：有的继续追求现代文明，有的集中抒写民族情感，有的热切祈望一个崭新的国家前途，文学的表述各行其是，异彩纷呈，丰富而又复杂。

这一时期的小说创作包括讽刺暴露与体验追忆两大潮流，形成了家庭记忆和知识分子反思两大题材领域，政治立场、文学观念互不相同的三代作家同台竞技，中年风格与新锐气象交相辉映，充分表现出现代小说家旺盛的艺术创造力。

二三十年代已经成名的作家此时相继步入中年，人生阅历更为丰富，心态情绪更加平和，思想艺术的积累达到新的境界，诸多因素作用于他们的小说创作使作品呈现出不同于以往的一些特色：他们普遍摒弃了曲折跌宕的情节模式和尖锐对立的人物关系，专注于描写平淡的日常生活，展现大时代中人物的命运沉浮，对人生的病痛和人性的缺损表现出更富同情心的理解与包容；一改悲歌慷慨、激切倾诉的语调，笔触深沉凝重，风格沉静从容，流露出悲天悯人

的复杂意味，够得上朱自清评新诗时的“中年”① 标准。这些作品多为长篇巨制，有的甚至成为作家个人创作史上最重要和最成熟的代表作。

茅盾抗战以后的作品数量不少，长篇《第一阶段的故事》、《锻炼》，中篇《走上岗位》均为应时之作，艺术上比较毛糙；《腐蚀》用日记体形式揭露国民党的特务统治，在刻画女特务赵惠明的心路历程时，对新女性的思想弱点有超出从前的严峻批判。《霜叶红似二月花》的描述重心从现实返回历史，从政治回到日常人生。小说展现“五四”前夕江南社会新旧交替的历史特征，揭示中国由老大帝国向现代文明转换的一波三折。作品细致入微地描写了各色人物的家庭生活和心理状态，并且主要借助伦理关系的视角来反映时代的变迁。继《腐蚀》对新女性的虚荣享乐的批评，本篇对民族资本家的利己软弱也有所批判，显示作家对其小说中两大主要人物形象系列态度的变化。作为这种变化的另外一个方面，传统女性的温婉坚忍在作品中有了较多的正面的表现，比如张婉卿面对丈夫的性无能时悲抑而温情的性格心理就被表现得美丽动人。

“江流平野阔”,《家》中的“激流”在作于抗战时期的《春》、《秋》里变得平缓宽阔多了，这一特点在巴金 1944 年后的作品中体现得更为明显，短篇集题名《小人小事》可以概括他此时多数创作题材与人物方面的倾向。《憩园》写到旧主人杨梦痴的堕落潦倒和杨氏父子情深时，作家已不尽是嫌恶与憎恨，而是深深的悲悯与无奈的宽宥。《第四病室》、《寒夜》描写了社会腐败、环境黑暗怎样一点点绞杀了爱的努力和人性光辉。尤其是后者，作家与生活的对峙情绪得到极大缓解，在不无琐屑的生活流的铺叙中，详尽地展现了贫困对三个互爱的人的折磨，这里没有绝对的是非对错，战争造成的苦难与人性本身的缺陷使当事人一步步走向痛苦与毁灭。《寒夜》的叙述风格十分沉着克制，有“洗尽铅华见真淳”的艺术效果。

《四世同堂》是交织着老舍对故土北平和中国文化全部热爱与

① 朱自清：《诗与哲理》,《新诗杂话》第 27 页，三联书店 1984 年版。

所有憎恨的作品。小说以北平日据四年为背景，以小羊圈胡同居民为代表，拷问北平市民的民族情操和文化品格。这里固然有大赤包、蓝东阳之流寡廉鲜耻、卖国求荣的败类，更不乏钱仲石、祁瑞全等奋起反抗、舍生取义的志士。老舍一方面为民族传统文化中的沉渣泛起和恶性发作感到悲痛与愤慨，鄙视冠晓荷只“是北平文化里的一个虫”；另一方面通过钱诗人从隐士到侠士的转变，赞叹他的舍身成仁“是替一部文化史作正面的证据”。但是，作品描写得最深入、刻画得最饱满的是正直、忠厚、善良、忍耐、有爱心而又偷生苟安的祁家老少，他们的艰难蜕变使老舍有理由保持对国民品格和民族文化的自信与期望。小说完全克服了作者早期作品肤浅油滑的不足，显得朴素、深沉、博大、厚重。

流亡关内的东北作家，此际竞相回望黑土地，创作了多部故乡和家族记忆题材的长篇小说，如萧红的《呼兰河传》、萧军的《第三代》、骆宾基的《幼年》(《姜步畏家史》第一部)、端木蕻良的《科尔沁旗草原》(第二部)。这些作品体现了多方面的转型意义：题材选择，从时代政治回落到乡土生活；叙述视角，从理性的成年人视角“下降”到充满了童心童趣的儿童视角；主题倾向，从流行思潮转换为个人面对故乡与童年各自不同的体验与回忆；表现方式，大多缺乏主要情节的大段叙述，以生活片断的呈现、连缀为特色，在童心的追忆中表现伤感的情怀，具有较鲜明的散文化抒情小说的风格。《呼兰河传》在继承剔发国民劣根性的五四文学传统，体现东北人民“生的坚强”与“死的挣扎”的流亡文学精神及文体创新方面都具有代表性，茅盾评论“它是一篇叙事诗，一幅多彩的风土画，一串凄婉的歌谣”①。

这股（中长篇）小说竞写潮甚至波及到了原本不以小说名世的其他作家。诗人冯至创作的中篇小说《伍子胥》通过心理体验将古代复仇故事现代化了，充满了人生抉择的存在主义哲学张力。诗人卞之琳借住冯至的林场茅屋也创作了长篇小说《山山水水》，散文家李广田的《引力》、戏剧家夏衍的《春寒》都留下抗战时期

① 茅盾：《呼兰河传·序》，桂林上海杂志图书公司 1941 年版。

青年知识分子精神和心灵从苦闷走向新生的庄严印记。

此时引人瞩目的还有青年小说家群体性的涌现，其中有锐气逼人的路翎，学者化的钱钟书，少年老成的张爱玲，以现代派手法写通俗传奇的徐訏、无名氏，在小说的民族化、大众化方面别开生面的黄谷柳，以及一大批小说新人，他们的创作不仅给文坛带来新鲜气息，而且昭示着40年代小说艺术发展的多元化取向。

在七月派小说家中，路翎探索“心灵史诗”的写作实验成为注重体验、排斥客观主义和机械公式的胡风现实主义理论的集中体现。他的中短篇小说多以流浪汉为对象，发掘“人民底原始的强力”。但不同于沈从文基于人性永恒的礼赞或人心不古的哀婉，路翎恰是在“动荡时世”的背景下展示人物不能遏止的对“新生活”的强烈渴求，在肯定这些“狠角色”不甘雌伏、勇于反抗的犷悍性格时，也对其流浪无产者习性有所批评。1945年，路翎以极大的毅力重写了因战乱丢失原稿的《财主底儿女们》，篇幅从20万字激增至80多万字，胡风预言：“时间将会证明：《财主底儿女们》底出版是中国新文学上一个重大的事件。”① 小说糅合家族生活变迁和知识分子命运思考两大题材，描写苏州封建大家族蒋氏子弟的思想分化与人生结局。这些人都是“生活在别处”的无根的家族逆子和文化浪子，长子蒋蔚祖因家族秩序的分崩离析而精神疯癫，次子蒋少祖从五四时期反传统的文化英雄走上了复古守旧的不归路。小儿子蒋纯祖是小说全力塑造的人物，他冲出家庭约束置身壮烈的民族抗战，但孤高自傲的个人英雄主义妨碍他真正走入时代、走进革命、走向人民，最后在迷惘痛苦中惨死，演了一出青春的悲剧。路翎小说长于表现人物的漂泊气质、心灵煎熬和思想矛盾，拙于对情节和场景作具体精细的现实主义刻画，显现出一种“在淆乱粗糙之中，自有一种元气淋漓之象”的艺术风格。

钱钟书忙里偷闲的小说作品有短篇集《人·兽·鬼》和长篇《围城》。《围城》1946年在《文艺复兴》上连载时就因才情闪耀、

① 胡风：《青春的诗——路翎著长篇小说〈财主底儿女们〉序》，载《文艺杂志》新1卷第3期（1945年9月15日）。

描绘深切和行文奇诡成为阅读热点，更有人从“机锋所向，尤在士林”的讽刺主题入手，把它比拟为新时代的《儒林外史》。小说主要摹写抗战初期上层知识分子争名逐利、浮夸混世的精神风貌，其中对于方鸿渐、赵辛楣等留学人员“多余者”人格与“边缘人”心态的深入揭发和生动描写，丰富和发展了现代小说史上的留学生形象，体现了作家将现实讽喻、文化批判、哲理思考交织一体的艺术匠心。小说针对不同的人和事，分别选用从纯正的幽默到辛辣的抨击的讽刺艺术，参差错落，层次丰富，增加了文化知识的含量，提升了讽刺的机智品位。小说语言也独出机杼，渊源有自，博雅清通，证明用知识分子口语和书面语来表现知识分子的“小众”生活，也可以生动贴切并充满了艺术魅力。

张爱玲在沦陷后的上海如流星划过，成就了一段文坛“传奇”。与常人迥异的家族身世、成长经历和独立的艺术追求，使她的小说远离流行时尚，处处显露出另类与独特。她十分熟悉华洋杂处的沪港社会，洋场生活构成了作品的布景与底色；她深切体验着世家子弟的没落沉沦和时髦男女的孤僻变态，主要表现他们被时代“抛弃了的”命运，其中朱门大院系列大大深化了凌淑华当年对“高门巨族的精魂”的描写；她以悲观苍凉的眼光透视历史与人性，一方面冷静地剥离男权社会的层层装饰，另一方面也毫不留情地解构女性的各种神话，包括女儿性、妻性和母性。张爱玲的笔下展示的是与时代潮流脱节的不正常社会，在这样的环境中活动的人们，性格扭曲，心理病态，生活畸形，充斥着自虐和施虐的阴郁故事。《沉香屑 第一炉香》中的梁姑妈利用外甥女的美艳勾引男子，《沉香屑 第二炉香》中的母亲为了独占女儿的爱，不惜断送晚辈的幸福。《金锁记》完全颠覆了传统的母爱，将金钱对人性的改塑写得细致入微又惊心动魄，曹七巧不仅自身牺牲了情爱，而且亲手毁灭儿女的生活，这一极其阴毒的母亲形象成为富于心理深度的人物典型。《封锁》、《倾城之恋》表现突发性的灾难使人们暂时卸去了伪装，或释放出人性欲望的真实，或迸发出生死相依的爱情，其实是对现代文明转化为人类疾病的讽喻。张爱玲的高明之处是她极善于透过日常生活洞察人性的永恒变幻，在传奇故事的外表下包孕深刻的人生感受。她“在技巧方面下着极深的功夫”①，俗套的叙述方式、繁复的意象象征、外来文学技巧和新兴艺术（如电影）元素经过她的揉捏，再以浑然天成的面貌出现。她可能始料未及的是，这种无依无傍的小说风格在八九十年代会找到传人并大行其时。

如果说张爱玲是通俗其表现代其里的话，那么徐訏、无名氏被称为“后浪漫派”的一批作品则大多是现代其外通俗其内。徐訏的《鬼恋》、《精神病患者的悲歌》、《风萧萧》，无名氏的《北极风情画》、《塔里的女人》、《野兽，野兽，野兽》等作品，以浪漫传奇的爱情故事、轻灵缥缈的幻想色彩、人生哲理的出尘思考和华丽流畅的语言风格，一下子风靡了都市民众的欣赏口味，有时还穿插抗战背景、间谍秘闻和异域情调，使其作品更具有奇异色彩和惊险刺激。他们的创作在对郁达夫式的抒情表达、鸳鸯蝴蝶派的言情模式、30 年代现代派小说的感觉描写和心理刻画多方面继承的基础上也有所创新。

姚雪垠的《春暖花开的时节》带来了全面抗战的信息，勾勒了游击健儿英勇杀敌的身影；《长夜》取材少年时代被土匪绑为肉票的经历，对土匪形象的传神塑造也为日后写作《李自成》中的“杆子”预先练笔。王西彦的《古屋》与《村野恋人》在抗战的背景下关注着乡土与人性，前者揭露“孙家大屋”的罪恶与新生，后者表现一对“乡下人”的爱情悲剧与人性光辉。写知识分子的战时生活也是题材重点，但与第一、二代老作家不一样，新小说家笔下的主人公基本上是与自己同龄的知识青年，更多亲历亲诉的性质而少观察体验的色彩，主要表现知识青年克服思想缺点，走向战争，走向民众的历程与体验。较有代表性的作品有田涛的《潮》，严文井的《一个人的烦恼》，碧野的《风砂之恋》，女作家郁茹的《遥远的爱》等。40 年代末深受华南读者喜爱的作品是黄谷柳的《虾球传》，此前同为华南作家的于逢、易巩合作的《伙伴们》已

① 迅雨（傅雷）：《论张爱玲的小说》，载《万象》第 11 期（1944 年 5 月）。

经展示了珠江流域“捞家”们从为害一方到奋起抗日的传奇故事，富于地方特色和民间色彩。《虾球传》集中描写绰号“虾球”的流浪儿在粤港两地的流浪经历，表现他从大捞家“鳄鱼头”下属到游击战士的成长经历。故事情节惊险曲折，人物形象鲜明生动，语言简洁流畅，在章回小说的形体中借鉴西方流浪汉小说以人物为中心的结构方式，被茅盾誉为“打破了五四传统形式的限制而力求向民族化的形式与大众化的方向发展”①。汪曾祺在西南联大就读时开始小说写作，1949 年出版短篇集《邂逅集》，显示出多种风格。一类是汇入 40 年代艺术探索潮流的作品，如《复仇》用意识流手法表现人性苏醒战胜复仇欲望的生命主题；《老鲁》、《鸡鸭名家》、《异秉》受到沈从文影响，发掘民间社会的奇人异行，致力于打破小说、散文和诗的界限，是京派小说的遗响。除此之外的新人新作还有穗青的《脱缰的马》，程造之的《地下》、《沃野》，谷斯范的《新水浒》，齐同的《新生代》等。

艾青与田间是在 30 年代成名、抗战后有更大发展的优秀诗人，当时的评论家如胡风与闻一多常将两人相提并论。美学家吕荧曾从创作方法、意识范畴和诗的体式等方面详细比较彼此的异同，认为这“两位具有不同风格的诗人，他们的诗代表着两种传统，两个方向，他们的诗的风格的发展，正与中国新诗的发展密切地联系着”②。

艾青出身地主家庭，但直至 5 岁一直寄养在农妇家中，因此从小“感染了农人的忧郁”，这一特殊的经历与感受以后成为诗人创作重要的题材来源与情感背景。

艾青的牢狱之作是激愤的诗人“给予这不公道的世界的咒语”。《大堰河——我的保姆》具有自叙性质，是养子唱给乳母的挽歌，也是一个地主阶级的逆子写给广大贫苦农妇的悼词。艾青抗

---

① 茅盾：《在反动派压迫下斗争和发展的革命文艺》，《中华全国文学艺术工作者代表大会纪念文集》第 51 页，新华书店 1950 年版。

② 吕荧：《人的花朵——艾青田间合论》，载《七月》第 6 集第 3 期（1941 年 4 月）。

战前的其他作品多收在诗集《旷野》的《马槽集》中，它们续写着乡村的苦难，瞻望全民抗战的来临，诗人反复写到太阳、黎明、春天，呼吁“请给我以火，给我以火”。

艾青说：“我们写诗，是作为一个悲苦的种族争取解放，摆脱枷锁的歌手而写诗。”是“以自己的命运给万人担戴痛苦”。①《北方》、《向太阳》、《他死在第二次》、《黎明的通知》、《火把》、《献给乡村的诗》等诗集均写于战时，他以宏富而卓越的创作将抗战诗歌的思想艺术境界推进到了一个新的高度。《北方》集是诗人流徙国内的生活见证，《雪落在中国的土地上》、《北方》、《乞丐》、《手推车》、《补衣妇》、《我爱这土地》这些优秀诗篇，大范围地表现了战乱中人民流离失所、家破人亡的痛苦，以及古老民族在血与火的考验中坚韧不拔的顽强意志。诗人在真切地展现苦难现实的同时，又深切动人地抒写了对祖国、大地、人民的无限眷恋与热切期盼。敏感的诗人已经触摸到时代的脉动，愈益明确了创作的基本主题与主导风格：对光明与温暖以及它们所象征的美好世界的不懈追求，对中国农村和农民所代表的民族命运的深切关注。在长诗领域，艾青也硕果累累，不同于《北方》组诗的苦难主题，长诗更集中地体现了诗人对光明世界的向往、追求，展示了根据地军民不惜牺牲去争取胜利的斗争生活。《向太阳》写于1938年冬，长诗以感情的起伏跌宕串连丰富的物象和热闹的场景，层次明晰地写出了作者心绪的变化，经年沉积的孤寂、哀怨与茫然在阳光普照的地上冰消雪融。1940年的《火把》堪称40年代的“青春之歌”，作品表面上写一次盛大的火炬游行，其实是借此宏阔的背景，表现初入根据地的青年知识分子从集体行动和民众激情中感受到的触动与启发，从而发生了由衷的转变。

艾青的作品具有强烈的时代气息、尖锐的现实性、厚重的历史感和独特的个人意味，在他那里，“真正代表人民的呼声”与自我抒情总是水乳交融，时代主题与个人情绪和谐统一，而深切的忧郁

---

① 艾青：《诗与宣传》、《诗人论》，《艾青专集》第164、141页，江苏人民出版社1982年版。

是贯注几乎所有作品的“诗魂”。艾青的诗意境开阔，格调高远，气度博大深沉，以“土地、太阳”为代表的两个意象系列丰满生动，常将诗的情思引领到总体象征的境地；他擅长以散文式的诗句自由抒写，善于从生活中发现新鲜不俗的比喻，提炼朴素生动富于表现力的口语，诗体外形奔放不羁却追求变化中的整饬，注重营造内在的节奏和韵律美感。

田间抗战前已出版了 3 部诗集。短语建行的体制、急促跃动的旋律正与诗人激昂雄健的情绪及粗犷深切的抒情相应合，已显现田间艺术个性的雏形。田间抗战时期的作品，大多收在重要诗集《给战斗者》中，它们体现了诗人投身战争生活后的切实感受以及诗艺的进展。同名诗篇《给战斗者》写于 1937 年底，诗人当时刚从日本返国，是目击烽火的激越之作，也是最早涌现的优秀长篇政治抒情诗。全诗加序诗共 8 节，交错描述历史与现实、和平与战争的瞬间转换，表现美好宁静的劳动生活被烧杀掳掠的野蛮行径无情打破，诗中洋溢着充沛的爱国热情，饱含着对侵略者的民族愤怒，表达了中国人民“在斗争中胜利或者死”的不屈斗志。

田间还是延安街头诗运动积极的组织者和参与者，他曾在一周之内创作街头诗 60 首。街头诗具有短小通俗的形式，富于宣传鼓动的内容和大众化的艺术取向，它以精短的形制来揭示普遍的道理，追求“质朴、干脆、真诚”，“简短的坚实的句子，就是一声声鼓点，响亮而沉重，打入你耳中，打在你心上。”① 强烈的对比、迅捷的转折以及画龙点睛式的破题是它惯常的表现手段。由于它运用诗歌艺术的技巧来说理宣传，一时蔚成风气，影响广泛。田间也贡献了一批佳作，如《假使我们不去打仗》将民族存亡放到每个人的面前，以严峻的境遇逼人作出生死抉择。诗人在延安时期完成了从“农民底孩子，田野底孩子”到“战斗的小伙伴”、“擂鼓的诗人”的创作转变，成为胡风称许的“抛弃了知识分子底灵魂的

---

① 闻一多：《时代的鼓手》，《闻一多全集》第 2 卷第 201 页，湖北人民出版社 1993 年版。

战争诗人和民众诗人”①。田间的小叙事诗也很有特色，如《名将录》组诗的描述，八路军高级将领的个性风采跃然纸上，其中尤以《山中——题贺龙将军》传神入化；再如《义勇军》省略了所有行军作战的过程描述，取得了以虚写实、以少胜多的艺术效果。

田间的叙事长诗《她也要杀人》、《戎冠秀》、《赶车传》等，较多体现了向民歌学习和借鉴通俗艺术的特色，或许是因为游离了已经独立成型的诗体与风格，这些作品也留下了艺术琢磨不足的缺憾。

此时，冯至经过10年沉默，写下精致的《十四行集》，从山川风物、日常生活和历史人物中掘发深沉的哲理，表现出“沉思的诗”的气度；卞之琳在《慰劳信集》里运用奥登式的机智技巧，以幽默的风格来表现战时的现实题材。他们作为师长辈诗人，对后来的九叶诗人有直接的影响。力扬的《射虎者及其家族》和玉杲的《大渡河支流》虽然创作于抗战时期，但却集中反映农村的阶级压迫和封建家庭的罪恶，是优秀的长篇叙事诗。

从30年代后期到整个40年代，文学伴随着战乱在苦难中成长，七月诗派、九叶诗人作为新生代，共同促成了这一时期国统区新诗的繁盛景观和实验潮流。这样两个特色鲜明的诗人群落，或自觉继承中国诗歌会的现实主义传统，或顽强接续中国现代主义诗歌的薪火，其诗作成为战争岁月“崇高的山”与“深沉的河”的风格浇铸，成为现代中国知识分子“堂吉诃德气”与“哈姆雷特气”的生命共演。②

七月诗派以艾青、田间为先驱诗人，是在胡风的理论引导下形成的青年诗人群体，因《七月》杂志而得名，《希望》、《诗垦地》、《诗创作》、《泥土》、《呼吸》也是他们的发表园地。骨干成员有阿垅、绿原、鲁藜、冀汸、芦甸、曾卓、牛汉、邹荻帆、彭燕

---

① 胡风：《关于诗和田间底诗》，《胡风评论集》中册第101页，人民文学出版社1984年版。

② 参见唐湜《诗的新生代》一文，载《诗创造》第8辑（1948年2月）。

郊、天蓝、方然、杜谷等人，诗作大多收入胡风主编的《七月诗丛》、《七月新丛》、《七月文丛》中。绿原曾将诗派的艺术立场与创作方法概括为：“努力把诗和人联系起来，把诗所体现的美学上的斗争和人的社会职责和战斗任务联系起来。”① 胡风也说：“现实主义者底第一义的任务是参加战斗，用他的文艺活动，也用他底行动全部。”② 七月诗派追求人诗合一，要求诗人应以斗士的姿态突进生活，以饱满的热情拥抱现实，坚持在主客观相生相克的搏战中发挥战斗精神，揭示人民“精神奴役的创伤”，抒写激越悲壮的生活真实。这一人生态度与美学原则直接体现在他们诗作的主题蕴含与艺术风格之中。

以抗战为背景，描述民族的历史灾难，进而表现广大人民顽强不屈的意志成为七月诗派重要的创作内容，亦门（阿垅）的《纤夫》从虚实相生的角度，提炼中国人民的深重灾难与抗争精神，纤夫那“艰辛的”、“坚定的”、“沉默的”前行脚步恰成中国人民逆境奋起的象征。天蓝的《队长骑马去了》写一位屡建奇功的游击队长死于敌人的诱杀，沉痛地表现了战争的残酷、将士的英勇和牺牲的壮烈。

绿原 40 年代致力于政治抒情诗的创作，其特点在于对光明前景的执著追求与对国统区黑暗势力的尖锐揭露紧密结合。《为了自由》、《伽利略在真理面前》、《给天真的乐观主义者》均是一时名篇；《终点，又是一个起点》冷静地提醒善良的人们：胜利来之不易，必须以战斗来保卫。诗人政治敏感度高，高瞻远瞩，其作品抵达了较深的思想层次，而又有较强的艺术感染力。朱健的《沉默》以辩证思想预示“于无声处听惊雷”的历史转折，杜谷、鲁煤等则隐晦表达了对光明的向往。

七月诗派中的部分诗人先后去了延安或短期进入过根据地和解放区，新的天地、新的生活触发了新鲜感受。胡征在《五月的城》

---

① 绿原：《白色花·序》，人民文学出版社 1981 年版。

② 胡风：《论战争期的一个战斗的文艺形式》，《胡风评论集》中册第 23 页，人民文学出版社 1984 年版。

中礼赞延安是“喷香的城/发光的城/红色的城”；艾漠（贺敬之）的《跃进》抒写奔赴延安的新奇与兴奋，可以代表先进青年的共同感触。郑思的组诗《挺进者》描绘了桂北敌后根据地军民的斗争生活。鲁藜的《延安散歌》撷取延安生活的日常片段，颂扬这里自由欢快朝气蓬勃的生活，并从平凡的人事中掘发深沉的哲理，如《泥土》等。

七月诗派在诗体形式上是自由体坚定而成功的实践者，他们钟情于自由诗的无拘无束；在语言运用上，他们偏爱口语的鲜活质朴和明朗丰富，追求诗歌语言的散文美；在美学风格上，他们崇尚“力之美”，一展阳刚之气，成为40年代诗坛最富英雄气概、理想精神、浪漫色彩和力量之美的现实主义流派。

九叶诗人是中国现代主义诗歌在40年代的传人，严峻的时势并未能彻底阻碍诗人们探求诗歌发展道路的多种可能，他们以《诗创造》和《中国新诗》为主要阵地，核心成员包括从西南联大返回北方的穆旦、杜运燮、郑敏、袁可嘉，还有辗转聚集到上海的辛笛、陈敬容、杭约赫（曹辛之）、唐祈、唐湜。大体来说，在思想导向上，他们坚持与现实主义文学精神共振合拍，主张保持诗与人生现实的平衡，但不满足于浮光掠影的表象描写，追求深入现实各方面的综合表现；在诗艺探索上，他们倾向接受西方诗歌尤其是以艾略特、里尔克、奥登等为代表的欧美现代诗成功的艺术经验，努力建构新的适应时代的抒情模式和语象系统，为诗坛带来生气和新变。

穆旦是代表性诗人，有诗集《探险队》、《旗》、《穆旦诗集（1939—1945）》。他的出现不仅昭示了中国现代主义诗歌的转向和更大发展，而且标志着中外现代主义文学精神遇合所能达到的程度。穆旦以独立不倚的立场通过充分个人化的主题方式来表达民族意志与时代情绪，但诗人写得最深邃动人的还是个人在破碎的世界中自我分裂的心灵创痛：在泥淖中匍匐挣扎的生命意识，绝不轻信又无所着落的精神困顿，日常生活习俗对人的无形改造和磨损的悲剧体验，等等，这些主题构成对传统诗意的反叛和悖逆。诗人的异质性还体现在艺术形式方面：冷抒情的表达方式偏重于主体“淡出”和“不介入”的客观呈现，只要将艾青的《雪落在中国的土地上》同他的《在寒冷的腊月的夜里》加以对比，后者冷抒情的特点便十分明显。

辛笛是九叶诗人中的长者，其个人风格在30年代已趋于成熟。诗人对瞬间变幻的声色光影的敏锐捕捉和精妙表现，颇得印象派艺术精神，而他化用传统语词意象、格调、境界的作品，较好地体现了古典诗词的隽永韵味与现代人错综情思的交融，如《航》、《冬夜》、《秋天的下午》。他40年代的诗歌现实感大大强化，风格也有进一步的发展，诗人痛切地感受民族苦难，表示要像布谷鸟一样以生命叫出“人民的控诉”。杜运燮引奥登为知己，诗风明朗机智，《滇缅公路》气势雄浑，朱自清曾在课堂上予以讲授分析。《追物价的人》将心理分析技巧引入讽刺诗的写作，丰富了政治讽刺诗的手法，提高了机智的品位。陈敬容和郑敏是两位女诗人，陈敬容善于以外景触发内感，题材广泛，抒情柔韧不折，风格明澈蕴藉并常有丈夫气概，如《力的前奏》。郑敏受冯至影响，对里尔克深有会心，其抒情哲理诗咏物写人涵蕴丰富，如《金黄的稻束》。杭约赫和唐祈均经历了从现实主义向现代主义的转变，他们写于40年代末的《复活的土地》和《时间与旗》是此时政治抒情长诗的宝贵收获。袁可嘉与唐湜的成就更多体现在理论批评领域，袁可嘉的新诗现代化探讨业已建立起初步的理论体系，富含理论的前瞻性。唐湜的评论文采斐然，对阐发九叶诗友的创作特点、加深读者对现代诗的认识也有很大助益。

某种文体突然兴盛和流行，往往是文体的艺术特征契合了特定时期的现实需要。抗战前期的报告文学和抗战后期的历史剧创作都在相应的时候极一时之盛，“演了最活跃的角色”。

报告文学兼新闻与文学之长，很符合战争环境对文学的特殊要求，一方面可满足大众渴望及时了解战争势态和社会真相的阅读心理，同时也与战时作家热情高涨的心态和颠沛流离的生活相适应。抗战爆发后，大批作家和文化人的介入使报告文学成为战时文坛宠儿。这一时期报告文学的成就主要体现在写人记事两个方面，分属两大题材：反映前线战事进展与描述后方社会情状。

率先将上海战况报告给后方读者的是七月派小说家丘东平。前线从军的经历使他的报告文学多以军人为对象，以战争为题材。他在一系列作品里对国民党基层官兵参加对日作战的事迹作了正面描述，并成功塑造了爱国者形象。《第七连》、《我们在那里打了败仗》使读者“可以触摸他们旺盛如火的抗战热情”。《一个连长的战斗遭遇》是引起争议的名篇，作品写国民党军队某部在连长林青史带领下甘冒违犯军令的惩罚主动出击挽救战局。结局十分残酷，友军将他们缴械，连长被执行枪决。丘东平的作品既对林青史式的官兵在险恶情况下坚持战斗不恤生死的精神与行为予以誉扬，称赞“中国的新军人果然在旧的队伍中产生了”，同时也冷峻揭示了由于当局消极抗战所导致的溃败与损失。作品沉郁苍凉，笼罩着战争失利的悲剧阴影。此后，丘东平进入根据地的创作明显增加了乐观自信的亮色，展示了抗日军民的斗争生活和精神风貌。丘东平的报告文学注重揭示人物在战争状态的思想感情与独特个性，克服了抗战初期报告文学创作流于事件记录和激情宣泄而人物性格刻画不足的缺陷。

骆宾基先后参加过上海民众防护团和别动队的工作，并以此为契机和素材创作了《大上海的一日》中的七篇报告文学，茅盾称赞它们是“用血用怒火写出的作品”①。骆宾基的著名中篇报告文学《东战场别动队》写一支由工人、市民与学生自愿组成的别动队匆促开赴前线锻炼成长，作品有层次地写出了人在特殊环境下的性情及其合理转变。骆宾基在作品中交错运用小说、戏剧和电影的艺术手段，对话生动，场景典型，表现形式丰富多样。碧野为读者带来了北方原野的气息，他的报告文学集有《北方的原野》、《太行山边》、《在北线》，展示北方游击战场上的风起云涌，刻画以农民为主体的游击战士的抗击英姿。作家的写景状物极富特色，常常将人物置入雄浑的大自然之中予以描画，笔力遒劲，气势浩荡。以平淡沉着的态度暴露国统区弊病腐败的是曹白的《呼吸》。上集《呼吸之什》主要写作者参加战时难民收容安置工作的见闻与感

① 茅盾：《大上海的一日》，载《文艺阵地》第1卷第9期。

受，下集《转战之什》则集中表现作者转战游击区的经历与体会。不同于丘东平等人的前线报道，曹白除了控诉日寇的滔天罪恶之外，将后方阴暗的帷幕揭开了一角，如《这里，生命也在呼吸》、《“活灵魂”的夺取》、《纪念王嘉音君》等。

此时还有一些记者足迹遍及东西南北直至海外，采写了大量的通讯报告。萧乾远走欧美和东南亚，沟通了中国人民抗日事业与国际反法西斯战争的联系，他的一些国际特写颇有特色，如《矛盾交响曲》、《血红的九月》、《银风筝下的伦敦》等。范长江的作品则收集在《塞上行》和《西线风云》中。一般来说，记者型作家的报告文学自有特点，视野开阔，涉及宽广，有较多的分析议论和较强的理论概括。

报告文学这一轻便快捷的文体，在抗战初期有过数年的兴旺发达，1941 年后，由于政治气候的复杂变化，在国统区已不能尽如实报告的职责；又因为文学风气的迁移，报告文学日渐衰微，但在根据地和日后的解放区却得到了进一步的发展。

1941 年 1 月“皖南事变”爆发，抗日救亡的蓬勃气象为之一挫，文坛风气也趋于沉郁，这反倒促进了历史剧的创作热潮。郭沫若如此解释“历史剧占据很重要的地位”的缘由：“在上海是因为那时候正在敌伪的统治下，最好反映黑暗的现实的是历史剧。大后方呢？也为了要避免检查等等的原因，所以多历史剧。”① 这一时期的历史剧多为悲剧。悲剧创作取材历史而立足点却是现实，揭示历史惨痛以作现实殷鉴，发掘民族正气以砥砺民众节操。现实政治运动提出的“坚持抗战，反对投降；坚持团结，反对分裂；坚持进步，反对倒退”成为剧作家共同遵循的创作原则并凝聚为作品主题，当时《戏剧春秋》、《戏剧月报》还专门研讨历史剧创作，刊出过专辑。此时的历史剧有三类题材最为突出：一是以郭沫若为代表的表现连横抗秦的战国史剧，二是以阿英为代表的表现反满抗清的南明史剧，三是以阳翰笙为代表的表现太平天国内讧分裂的史剧。

---

① 郭沫若：《郭沫若讲历史剧》，载 1946 年 6 月 26 日《文汇报》。

郭沫若从1941年到1943年，一连写下《棠棣之花》、《屈原》、《虎符》、《高渐离》、《孔雀胆》、《南冠草》6部史剧，无不“用历史题材来兼带着表达批判当前的任务”①，虽然角度和时代各异，但贯穿这些史剧的是与一切黑暗、反动、落后势力抗争到底的气概和维护祖国统一、民族利益的决心。《屈原》一剧用一天来概括诗人政治家屈原的一生，让他在极短的时间内经历家国之变，完成精神品格的升华。剧作以诗、辞来烘托、以南袖等人物来反衬诗人光明的人格，表达的是“望合厌分”的时代情怀。郭沫若40年代的史剧在艺术上也颇具特色，他从“失事求似”的编剧理论出发，只择取一点史实的因由，大胆发挥自由想象，从而以个人怨恨来发抒民族义愤，洋溢着历史诗情和浪漫幻想。

阳翰笙历史剧创作的现实意图更为醒豁和急切。《李秀成之死》、《草莽英雄》分别取材于太平天国将领和辛亥革命时川南保路会忠勇殉国的事迹。《天国春秋》是他的代表作，表现“杨韦事变”导致太平天国的分裂和衰败。作品对杨秀清、韦昌辉、洪宣娇、傅善祥的个性与命运的刻画生动鲜明，激情难抑，但也因此有些肤浅。阿英在孤岛时期创作的《碧血花》、《海国英雄》、《杨娥传》均以明清易代为背景，赞颂侠女、英雄、义士不畏强暴，忠贞爱国的民族气节。阿英的史剧将山河破碎的惨痛与舍身报国的悲壮很好地融合到一起，在“孤岛”产生过很大影响。欧阳予倩、于伶、陈白尘、孔另境及解放区的夏征农等都是当时活跃的历史剧作者。

① 郭沫若：《关于历史剧》，《郭沫若论创作》第511页，上海文艺出版社1983年版。

九、“走到大众中间”:《讲话》与解放区文学

[历史溯源：从苏区文学到解放区文学——建设一支“文化的军队”：文艺整风与《讲话》的发表——从“化大众”到“大众化”：工农兵方向下的文学创作——正统的与异端的：解放区文学的多样性]

参与历史变革，促成社会进步，这是新文学在文学革命阶段就确立的基本品格和奋斗目标，其先决条件之一便是努力寻求文学与历史变革的物质力量——最广大的人民群众——的紧密结合。之前的文学衍变均留下了这一方面的足迹，但真正实现这一历史目标，让文学“走到大众中间”的是解放区文学，特别是1942年《在延安文艺座谈会上的讲话》发表以后。

文学史习惯于将1937年后中国共产党控制并建立起革命政权的区域称为解放区，它其实包括抗日民主根据地和解放区两个时期。解放区文学便是这一特定时空的文学现象，与同时的国统区文学、沦陷区文学相比，它发展出许多新的特质，引导新文学进入“新的人民的文学”的时代。如果从历史溯源，30年代的苏区文学和左翼文学是它的先导，特别是苏区文学构成了它的直接源头。

苏区是1927—1937年间，中国共产党建立的苏维埃红色政权区域的简称，除以瑞金为红色首都的中央苏区外，在全国其他地方广有分布。苏区文学是在十分艰苦的条件下从无到有发展起来的，早在井冈山时期，红军就编演过文艺节目；1929年秋，毛泽东起草的古田会议决议明确指出要重视文艺形式的运用。“左联”成立

后，党组织也陆续安排一批党员文艺家进入苏区，如李伯钊、沙可夫、成仿吾、朱光等，他们迅速成为苏区文学重要的组织者和创作者。1934年初，瞿秋白离开上海来到中央苏区，担任苏区中央政府人民教育委员，建章立制，使苏区文学更加趋于群众化、组织化、经常化。红军长征到达陕北后，苏区文学活动的重心也随之迁移，这时来到陕北的文艺家日渐增多。1936年11月，成立了以丁玲为主任的“中国文艺协会”，苏区文学的人才队伍和创作实力都得到很大提升，也为政治形势和文学运动的转折作好了准备。苏区文学在发生、发展的过程中形成了自己的一些特点：一是苏区文学基本上属于“自产自销”型，较少对全国性的文学潮流产生实质性影响。苏区之外的其他作家因为不了解苏区状况，不熟悉苏区生活，无法作具体生动的表现，像蒋光慈、叶紫取材农民运动的小说在当时凤毛麟角，茅盾、沙汀只能侧面着笔、间接描写，如柔石那样进入苏区，参加了苏维埃会议之后凭记忆写作《一个伟大的印象》几乎绝无仅有了。反过来，苏区的文学创作也长久不被外界知晓。二是苏区的政权性质和生存环境决定了苏区文学的组织体制、性质面貌、题材倾向、文体风格和发展方向。苏区文学诞生于革命根据地血与火的斗争中，为革命战争的胜利服务是它的神圣使命，战斗性、政治性是它自觉的追求，对宣传革命、鼓舞士气发挥过很大的作用。三是苏区一般都是生活条件艰苦、经济文化发展落后的山区农村，新文学在这些地方没有基础，苏区文学大多借鉴民间、乡土的文艺资源，因此具有鲜明的通俗化色彩，这倒使它与大众之间不存在隔膜。苏区的文学活动先从红军开始，再逐渐蔓延到地方，由于专门人才、文艺资源等条件的限制，以短小的歌谣创作和戏剧演出较为活跃。《红色中华》、《青年实话》、《红星》和八一剧团、工农剧社及各级俱乐部是苏区文学重要的发表园地和组织机构。

“七七”事变后，以延安为中心的民主根据地成为领导全民抗战的重要力量，并且在与国统区的对比中，越来越多的文化人将延安视为革命圣地，不仅丁玲、艾青、周立波、何其芳等一批成名的诗人、作家相继抵达，更多的文学青年也纷至沓来；同时，解放区也迅速成长起一批本土作家，构成解放区文学创作的基本队伍，从而形成了不同于苏区文学的繁荣景观。

解放区文学可以 1942 年延安文艺整风为界划分为前后两个阶段。之前，各边区已经汇聚了一些作家、诗人，创办了如《文艺战线》、《文艺突击》、《草叶》、《谷雨》、《文艺月报》等文艺刊物，组织了如西北战地服务团、抗敌剧社等文艺团体，开展了专业创作和群众文艺活动，太行山区的戏剧演出、晋察冀的街头诗运动和延安诗人柯仲平的诗歌创作与朗诵、何其芳的《夜歌》取得了较突出的成就，也产生了一定影响。但相对发展迅捷的战争形势和群众日趋高涨的文化文学要求，解放区文学显示出落后于形势的一面，还有作家队伍来源的多样化也带来了不同的思想与艺术倾向，这与解放区在战时环境下强调思想统一、步调一致不尽适应。毛泽东正是为了解决这些问题于 1942 年 5 月发表了重要的《在延安文艺座谈会上的讲话》（以下简称《讲话》），他在党的总体目标与文艺工作关系的框架内，围绕文艺的服务对象与如何服务这一中心问题多方面地阐发了中国共产党的战时文艺方针、政策。《讲话》将大家的认识统一到文学为工农兵服务上来，并很快形成了声势浩大、成就卓著的工农兵文艺运动。先是不久后的 1942 年春节群众性的秧歌联欢，随后专业创作也结出了硕果。

解放区文学是新兴的文学现象，在许多方面都表现出新的特色。

新的题材与主题。战争决胜、土地改革、互助生产是解放区文学尤其中长篇小说创作的三大主题，即使描述工农兵日常生活，一定也要突出民主政权下的特殊背景。如《小二黑结婚》取材爱情生活，作品写到代表落后思想的老一辈农民二诸葛、三仙姑受到教育，而代表反动残余分子的恶霸金旺兄弟则得到惩处。短篇《我的两家房东》、长诗《漳河水》等着力表现解放区新型的人际关系和妇女解放，歌剧《白毛女》中的“旧社会将人变成鬼，新社会把鬼变成人”一句话可以概括解放区文学的基本主题。

新的形象与性格。解放区文学第一次塑造出农民作为历史主人的正面形象。如果说在鲁迅笔下，农民还是有待唤醒的沉默的多数，在30年代左翼文学中，农民尚在艰难地觉醒、不屈地抗争；那么，解放区作家则捕捉生活的变化，顺理成章地描写了农民的翻身解放，刻画了他们与历史地位相符的新型性格。如赵树理小说《小经理》、《传家宝》写新一代的聪明才智，欧阳山的《高干大》、周立波的《暴风骤雨》、丁玲的《我在霞村的时候》都敏锐地发现了农民性格的可喜变化，生长出一些新型的因素，《吕梁英雄传》、《洋铁桶的故事》简直就是农民家族的“新儿女传奇”。

新的文体形式与语言风格。解放区文学努力实践文学的工农兵方向，走专业创作与群众文艺运动相结合的路子，自觉探索文学的民族化、大众化，尽量采用群众喜闻乐见的文体形式进行创作。如赵树理等借鉴传统评书和章回小说艺术创立现代评书体小说，李季、田间等继承民间歌谣形式写作民歌体叙事诗，贺敬之等吸收秧歌剧艺术创作新歌剧，另有一些作家则改编传统戏剧和地方戏曲；即使像周立波、丁玲、艾青等坚持用新文学形式写作，也在语言风格和表现手法方面受到传统、民间和通俗文艺的影响。

解放区文学不仅以其崭新的面貌和独特的风格与国统区文学、沦陷区文学比肩而立，而且放到同时的国际反法西斯文学及进步文学格局中也独树一帜。不过，解放区文学也存在一些偏差并被带入到新中国文学中。

毛泽东的《讲话》是延安文艺整风的产物，整风和《讲话》直接指导着解放区文学的发展，既促进了创作的繁荣，也遗留下某些后遗症。

《讲话》发表前，国内外政治、军事形势均十分严峻。国际上，德、意、日结为法西斯同盟，取得军事上的暂时优势；国内，日军对解放区反复进攻强化治安，国民党发动皖南事变并实行封锁政策，解放区不断收缩，经济困难，同时由于长期动荡不安的军事生活，还面临着政治组织与思想路线方面的混乱。中共中央一方面发起生产自救运动，另一方面在党内外大规模地实行整风。从1941年5月起，毛泽东相继发表《改造我们的学习》、《整顿党的作风》、《反对党八股》等重头文章来指导整风工作。整风的主要内容是，反对主观主义以整顿学风，反对宗派主义以整顿党风，反对党八股以整顿文风。其实质是要牢固确立无产阶级革命思想在政治立场、组织路线、学术理论、文学艺术乃至日常生活中的统治地位，而它的对立面则被认定为资产阶级和小资产阶级的立场、思想与行为。

这种不够协调统一的情况也存在于当时的文艺界。解放区的文艺队伍除了苏区时期的老作家，主要来源是抗战前后从国统区投奔而来的成名的诗人作家和追求进步热心创作的文学青年。这些作家的思想成分和精神气质十分复杂，既有基于五四文学传统对个性解放、思想启蒙的信仰，也有左翼文学激发的对于民众苦难的同情和对于阶级革命的向往，又有知识分子凡事爱质疑、好批判的人格品质，当然还有尚未得到改造的小资产阶级的一些思想习性和生活习惯。他们来到解放区后，一方面觉得新鲜，受到鼓舞，另一方面又感到陌生和不适，当这种不适应由私下的谈论而发为文章或创作时，分歧就公开了，矛盾就引发了。他们的言论既包括了对解放区工作与生活中客观存在的落后面的正确评说，对维护知识分子某些特殊的精神、思想、个性的正当的诉求，也流露出不了解历史情境和现实条件而好发议论的缺陷与不足。比如王实味的文艺观和政治观就不无政治上的鲁莽幼稚和思想方法上的片面偏激。不过所有的批评与指责其实都是满怀善意的，指出失误是为了以求改进和更好地服务于革命事业；但是，并非所有善意的批评都被善意地解读，对王实味文艺思想的批判是共产党领导的区域内第一次大规模的文艺论辩，很快就上升为思想批判和政治裁决，开了一个不良的先例。

延安文艺座谈会在整风高潮时刻召开，在此之前和两次讲话中间，毛泽东通过约谈、调研等多种途径听取了情况反映，掌握了不少的第一手材料，在 5 月 2 日和 23 日分两次向与会的文艺家们发表了讲话。《讲话》不是学究气地展开文学基本原理的普适性讨论，它的着力之处是如何正确处理整体革命工作中文艺战线与总体目标之间的关系，如何让文艺工作为实现党的现实目标和最高理想有所贡献。也就是说，《讲话》所论是党领导下的革命的文艺工作问题，因此，它的重点较多地放在文学的外部关系而不是文学的本质属性和内部构成方面。

毛泽东指出:“什么是我们的问题的中心呢?我以为,我们的问题基本上是一个为群众的问题和一个如何为群众的问题。”《讲话》接过列宁的文艺“为千千万万劳动人民服务”的口号,具体阐述最广大的人民群众就是占人口绝大多数的工人、农民、士兵和小资产阶级。既然人民群众成长为历史主体,中国共产党又以代表人民群众根本利益作为其政党合法性的伦理基础,那么势必提倡文艺为工农兵服务,鼓励文艺为党的奋斗目标服务。这一新确立的文艺方向大大强化了文艺的阶级性质和人民立场,不仅与新月派贵族化的文学观判然两分,与五四文学泛泛的“为人生而文学”和左翼文学时期文学大众化的笼统倡导也拉开了距离,成为无产阶级革命文学的最重要标识。

然而,解放区的大多数文艺家,对工农兵生活缺少感性体验和实践认识,创作工农兵文学有点“力不从心”;况且还如《讲话》所说,他们的灵魂深处还有一个尚未得到改造的“小资产阶级王国”,让他们来承担发展工农兵文学的重任也实在有些“勉为其难”。毛泽东在《讲话》中立足于解放区文艺的现实情况,结合文艺的规律特点,多管齐下,重点从作家的思想改造和生活实践两方面阐发了如何为群众服务的问题,提出作家“深入工农群众,深入实际斗争”作为解决上述难题的根本途径。这里包含了两个方面的改变:一是深入现实生活以获取创作源泉,二是实行与人民大众的结合来改造思想。此外,《讲话》还论析了“如何为”的问题,包括:普及第一,普及与提高相结合的工作方针;批判地继承中外文化遗产以丰富革命文艺的思想原则;以革命化为内核,民族化、大众化的风格追求,等等。

《讲话》还着重表明了党对文艺与政治关系的看法。中国现代革命文艺,在历史上曾作为有力的一翼,有效地配合了革命的政治斗争和军事斗争,但在文艺与政治的关系问题上出现过两种错误倾向:一是艺术政治相互脱离的二元论,二是忽视艺术特征、以政治代替艺术的观点,它们对二三十年代的革命文艺或进步文艺均产生不利影响,毛泽东对此提出了批评。《讲话》所主张的是文艺与政治相统一的观点,要求正确的思想内容和尽可能完美的艺术形式的统一，这被视为革命的文艺工作者应当努力追求的理想目标。但是从现实出发，毛泽东认为文艺是从属于政治的，是为政治服务的，忽略了文艺相对的独立性和自身的特点与规律，因而在批评标准的阐述中就有了“政治标准第一，艺术标准第二”的提法，虽然从战争处境和政治逻辑来说不无道理，但在具体实施中却容易成为政治批判的借口。

总之，《讲话》创造性地运用马克思主义文艺理论原理，具体阐发中国革命文艺实践中的关键问题，着重围绕创建工农兵文学进行了一系列既富于理论价值更具有现实针对性的探讨，它对于历史经验教训的总结，对于 40 年代革命文艺发展方向的确定，都显现出重大意义，成为自有无产阶级文学运动以来最重要的中国化的马克思主义文艺理论经典著作。当然，它的历史局限性也对后来的中国革命文艺产生了深远影响。

文艺整风和《讲话》发表后，解放区文学面貌焕然一新。《讲话》精神得到大力宣传，有关文艺机构和人员检讨了以往关门提高、脱离群众的错误，广大文艺工作者纷纷走出小“鲁艺”，走进社会大课堂，文艺与生活、文艺工作者与工农群众有了空前的结合，一个迥异于五四文学革命，也区别于左翼文学思潮的工农兵文学运动轰轰烈烈地出现了。先是群众业余文艺活动的兴起，紧接着专业文艺工作者也创作了大批实践工农兵方向的文艺作品，推动了解放区文学高潮的到来。革命文学一再呼唤在思想感情、生活体验、艺术趣味等方面与工农大众融洽无间的新型作家的出现，解放区文学完成了从“化大众”到“大众化”的重大转折。

解放区小说创作的繁荣与国统区一样，从短篇开始再延伸到中长篇，从农村题材扩展到其他领域。赵树理首先脱颖而出。他 1943 年后的小说作品受到广泛好评，在某种意义上代表了解放区文学的方向、成就与特色。赵树理小说的题材选择和主题提炼来自他的工作经历和人生信念，体现了鲜明的政治倾向和朴素的现实主义精神。他说：“我的作品，我自己常常叫它是‘问题小说’。”①

① 赵树理：《当前创作中的几个问题》，载《火花》1959 年第 6 期。

《小二黑结婚》所依据的现实事件是悲剧，为了“工作的开展”，改写为喜剧；《李有才板话》的斗争情节也来自作者对新解放区减租减息运动的观察思考；其他长短小说如《李家庄的变迁》、《邪不压正》、《小经理》、《传家宝》，或忧患于旧意识的遗留，或欣喜于新性格的生成，立足于从新旧天地的对比描写中表现乡村社会的巨大变革。赵树理的小说多从日常生活和实际工作中取材，体现出农民式的质朴本色；同时往往借助政策权威和政权力量来解决问题，其创作思路对其他作家不无启发，包括复杂矛盾简单化解的某些不足也被沿袭下来，扩散开去。赵树理笔下的乡村人物，声口毕肖，形神生动，包括了老年、青年两代农民和先进、落后不同类型，其突出的贡献是对翻身农民形象的成功塑造。在以往的小说描述中，农民群众要么是被同情、哀怜的对象，要么是觉醒、抗争的主体，历史还未能提供广大农民翻身解放、当家做主的生活图景。赵树理着力摹写了小二黑、三喜等农村新人茁壮成长的面貌，塑造了李有才有勇有谋的农民老英雄的形象，展示了福贵、金桂婆精神人格的可喜变化。赵树理的形象描写类型，不全是讴歌性的。就作家与人物关系而言，区别于20年代启蒙文学对普通民众的俯视，相对于30年代初露端倪、而后愈演愈烈的对人民群众的仰视，赵树理对于作品中的各色农民，大体上保持了平视的姿态和目光。

解放区文学向传统寻求民族化，从民间追求大众化的特点在赵树理这里体现得十分明显。他全面复活了中国古典白话小说的叙事魅力，在叙事时间上采用连贯叙述，在叙事角度上采用全知叙事，在叙事结构上以情节为中心。他的小说又被称为“通俗故事”，叙述技巧、话语方式大量借鉴和学习民间评书，语言风格平易幽默，既登大雅之堂，又入俚俗之乡，成为不仅可以阅读思考而且可说、可听的作品。在赵树理的示范下，如马烽、束为、西戎等山西作家后来形成了一个被称为“山药蛋派”的小说家群体。

孙犁也是描写农村生活和塑造新人形象的优秀小说家，他此时的30多篇小说大多以战争时期的冀中平原和阜平山区为背景，表现在艰苦环境中解放区人民的斗争生活与成长进步，尤其擅长刻画农村青年妇女的美好心灵和新型性格。1945年创作的《荷花淀》

和 1946 年发表的《嘱咐》是具有连续性的短篇，突出展现了水生嫂对亲人的贤淑深情和为了革命胜利勇于奉献的崇高品德；此外还有《采蒲台》中平凡乐观的小红母女，《光荣》中大胆活泼的秀梅，《蒿儿梁》中坚定沉着的妇救会主任，《山地回忆》中倔强善良的小姑娘，中篇小说《村歌》中急躁好胜、爽直能干的双眉。这些形象已不像沈从文笔下的湘西女儿忧惧于世道之变，她们一方面保持着中国女性的传统美德；同时，在血与火的淬炼中变得更加开朗自信、聪慧刚强了，承担起战争与革命的使命。孙犁小说善于从日常生活中描摹时代风云变幻，于简朴清新的笔调中洋溢诗情画意，在解放区文学中独具一格。

以反映新的农村生活见长的作家还有不少。康濯的作品侧重通过家庭关系和人物思想感情的微妙变化来礼赞解放区农村生活的巨大变革，如《我的两家房东》、《初春》，生活气息浓郁，颇有轻喜剧风格。秦兆阳、束为、葛洛、菡子、王若望、俞林的作品分别涉及农村生活由旧入新的改造、农村的阶级斗争和解放区的干群关系等。马烽的《村仇》值得关注，它写两姓村仇的和解，题材与 20 年代许杰的《惨雾》相同，但结局的差异形象地佐证了共产党和民主政权为人民造福的解放区文学主题。

部队是解放区工作的重点，军事斗争也顺理成章地成为解放区小说题材的中心。其实战争小说可以区分出两种类型。一类是以战争中的民众为主要人物的作品，一类是以军人的军事斗争为基本内容的作品。在前一类型中，邵子南的《阎荣堂九死一生》、崔旋的《周大娘》写群众掩护同志，救护伤员；于黑丁的《母子》、西虹的《英雄的父亲》、杨朔的《月黑夜》写父母不畏生死，送子上前线，老人护送队伍后牺牲。王林的《五月之夜》、邵子南的《地雷阵》则表现地方人民武装英勇抗敌的事迹。还有一批以战争中的少年儿童为主人公的作品，如华山的《鸡毛信》、管桦的《小英雄雨来》都写得生动感人。这些作品充分展示了革命战争的惨烈程度和人民群众勇于牺牲、争取胜利的英雄气概。

刘白羽长期随军行动，他的小说直接描写部队的军营生活和对敌斗争，将战争情节、英雄塑造、性格刻画作了较好的协调。《政治委员》、《无敌三勇士》表现部队政治思想工作在转变后进、凝聚人心、提高战斗力方面的独特威力;《血缘》、《战火纷飞》刻画人民战士智勇双全、克敌致胜的品质;取材于解放战争中渡江战役的中篇小说《火光在前》场面宏阔,笔力雄健,成功塑造了师长和师政委的形象,为新中国文学对高级领导人性格的刻画提供了经验。

解放区的中长篇小说创作高潮晚于短篇,除个别作品,大多出现在抗战胜利后;与短篇主要描写日常生活和工作不尽一致,这些作品以表现重大现实事件为己任,相应地形成了几个题材类别。

在反映土地改革的小说中,1948 年出版的《太阳照在桑干河上》和《暴风骤雨》特色鲜明,成就较高,并于 1951 年分获斯大林文学奖二、三等奖,第一次为解放区文学赢得国际声誉。丁玲创作《太阳照在桑干河上》时,中央土改政策尚未全部颁布,小说只截取了华北农村土改运动的初期阶段构思写作,但也因此保留了较多的原生态“混沌”,在再现农村社会关系的错综复杂和土改运动中人们精神状态的丰富变化时,显得真实可信。小说体现了丁玲重视心理描写、关怀女性命运的特点,无论是对先进农村干部张裕民、程仁的性格刻画,还是对地主阶级代表钱文贵、李子俊老婆的形象塑造,抑或对渴望解放而心怀忧惧的老佃户侯殿魁、少女黑妮的心理揭示,无不细致、深入、饱满,准确地展现了土改运动和农民在精神上翻身的艰难曲折。

周立波的《暴风骤雨》描写了东北地区土改斗争的全过程,明确的政策规定固然使它的主题提炼、情节设置更加透明清晰,但同时导致以政策观念过滤现实生活丰富性的某些简单化倾向。比如在作品里,农民与地主的对立构成唯一重要的冲突,党的正确领导、群众的迅速觉悟被处理为解决一切矛盾、顺利开展工作的根本动力和全部基础。但是,周立波精于结构组织,深谙场面调度艺术,将壮阔宏大的群众斗争、军事斗争场景和富于东北地方特色的日常生活趣事有机穿插,比之《太阳照在桑干河上》缺乏波澜、高潮的沉闷平淡显然更具可读性。两部小说的得失证明,革命文学创作中深刻的文化思考与扎实的生活积累缺一不可。

解放区作家更为熟悉的是中国传统小说和民间通俗文艺，因此，几部战争题材代表作在形式上不约而同地采用了章回体，内容方面也与短篇创作不太一样，这些中长篇小说多以民兵地方武装而非野战部队的战斗事迹为表现对象，表彰农民英雄抗敌建功、保家卫国的传奇故事。这类作品中最早的是柯蓝 1944 年发表的中篇小说《洋铁桶》（后改名《洋铁桶的故事》）。马烽、西戎创作的《吕梁英雄传》将晋绥地区人民武装的英雄事迹集中安放到吕梁山区康家寨以武德民、雷石柱为首的民兵队伍的创建、成长和胜利的历程中，显示人民革命战争的强大威力和无往不胜。孔厥、袁静的《新儿女英雄传》写于 1949 年，对前述作品程度不一地存在的故事重于人物、结构单一、情节雷同的弊病有所克服。小说有意识地将牛大水、杨小梅的个人命运和形势发展重叠，使作品描写既是白洋淀水乡人民浴血抗战的形象记录，又成为一代新人茁壮成长的英雄赞歌。小说突破了同类作品囿于单纯的军事斗争的局限，在大众化、通俗化的语言形式运用方面也后来居上，更为纯熟。

欧阳山的《高干大》长期以来被解释为描写解放区互助生产的作品，其实，作品关于高干大不尚空谈的实干家精神及屡屡与官僚主义、主观主义发生摩擦的叙述，对于解放区文学可能具有更加独特的意义。柳青的《种谷记》、草明的《原动力》都具备从解放区文学向当代社会主义文学过渡的特征，在将前一阶段的乡土小说、城市小说转换为后一时期的“农村合作化小说”、“工业建设题材小说”方面提供了某些经验。

解放区诗歌最后收束于民歌体长篇叙事诗的大量创作，但可以认为它是对此前小叙事诗运动和民歌运动的双向继承。抗战初期，晋察冀边区崛起了一个青年诗人群体，包括史轮、魏巍、陈辉等人，他们的小叙事诗以“浓厚的生活气息和鲜明的战斗风采”及“风格的淳朴”① 而显出特色，后来的长篇叙事诗借鉴了他们善于从平凡生活事件中捕捉诗情的结构方式。文艺整风和《讲话》发表后，群众性诗歌运动既创作出《东方红》的原型民歌《移民

① 魏巍：《晋察冀诗抄·序》，中国青年出版社 1984 年版。

歌》，也涌现了真正从群众中脱颖而出的农民诗人王老九、战士诗人毕革飞。对民间歌谣的广泛发掘和积极利用从语言到风格都影响了专业诗人的民歌体长篇叙事诗创作。鲁迅说：“旧文学衰颓时，因为摄取民间文学或外国文学而起一个新的转变，这例子是常见于文学史上的。”① 五四文学革命依靠学习外国文学获得新生，解放区诗歌借助汲取民间文学滋养，使40年代的诗歌发展“起一个新的转变”。

解放区民歌体叙事诗在内容上形成了两个重心：一是反映中国共产党领导人民群众英勇斗争，争取翻身解放的历史与现实；二是表现解放区人民的生活与思想在辞旧迎新的时代交替中发生的天翻地覆的变化。在形式上积极借鉴富于传统和地方特色的民间歌谣，篇幅较长。在这些作品中，《王贵与李香香》和《漳河水》从成就与影响方面来说具有代表性。

李季的《王贵与李香香》创作于1945年12月，是长诗领域贯彻《讲话》精神、落实工农兵文学方向的第一个硕果，开启了以民歌形式创作叙事长诗的热潮。它取材苏区时期革命历史，正面反映了30年代三边地区血雨腥风的政治气候和农民群众在党组织领导下的奋起抗争。长诗始终将王贵、李香香的爱情故事放置在尖锐激烈的阶级斗争的背景上来描写，一方面热情赞美贫苦农民淳朴真挚的爱情，同时展现波澜壮阔的土地革命的历程，用压迫与反抗的主题把这两部分内容紧密地结合到一起，形成既宏大又严谨的结构；诗中关于社会矛盾和革命斗争的叙述，总是环绕主人公的个人命运渐次展开，而他们的情操品格也得以鲜明显现，从而成功地塑造出两位革命青年和翻身农民的生动形象。《王贵与李香香》长达740多行，从头到尾采用西北民歌“信天游”的格式、手法写成。信天游可以说是“形式最简单的诗”，通常两句一首，偶尔多首组合，内容单纯，多即兴抒情，比兴是其基本技巧。李季保留了两句一节的体式，但更频繁地运用连缀的方式来表现事件或情境，像这

① 鲁迅：《门外文谈》，《鲁迅全集》第6卷第97页，人民文学出版社2005年版。

样将数百首信天游连缀成章来叙述一个曲折和复杂的故事，在信天游的历史上是第一次；此外，诗人活用少量民歌成句，更多的时候立足于自主创作，这一切都大大丰富了信天游这种短小诗体的艺术表现力。

阮章竞在写《漳河水》之前还创作了叙事诗《圈套》。《漳河水》完成于 1949 年，也有 700 多行，摄取生活的视角颇为新颖独特，长诗没有叙述重大的政治事件或壮阔的阶级斗争，而是集中表现解放区移风易俗的社会改造和农村妇女命运的沧桑变化，通过对三位妇女婚恋遭遇的生动描写，颂扬妇女解放运动中女性新型人格的健康成长。荷荷、苓苓、紫金英的人生故事，既独立平行，又交叉联系，编织出妇女命运新旧社会两重天的生活图景，这样的构思和表现构成了多重比照：一是三人起点不同结局相似的前后对比，二是三姐妹性格之间的掩映衬托，展现了解放区妇女丰富的性格与幸福的人生。与《王贵与李香香》相比，《漳河水》在艺术上也有明显的变异和进步。它超越了前者较为单纯的体式、结构和手法，采用的民歌体裁更多，叙事融合写景，抒情营造出优美的意境，语言风格在保留民歌的朴素本色的基础上，又演化出绚丽与华美。

在秧歌运动影响下出现的新歌剧标志着民族歌剧艺术的发展与成熟，如果说解放区小说成就总体上逊色于国统区，那么以《白毛女》等为代表的歌剧创作恰是解放区文学的突出贡献。

中国许多地方戏曲和民间艺术本来具有说唱结合、载歌载舞的特点，与歌剧有相通之处。解放区秧歌运动的勃兴引起了文艺工作者对其艺术形式的关注，改造利用的直接成果是产生了一批新秧歌剧，如《兄妹开荒》、《夫妻识字》、《周子山》等在农村、部队和机关演出时都大受欢迎；此后，文艺工作者更以此为起点，进一步融汇传统艺术和西方歌剧的特点与长处，从 40 年代中期到末期，创作了数量众多的歌剧作品，奠定了这一外来文艺形式的民族化基础，比较著名的就有《白毛女》、《王秀鸾》、《刘胡兰》、《赤叶河》等。

《白毛女》由延安鲁迅艺术学院集体创作，贺敬之、丁易执笔，于 1945 年完成。在它演出过程中，剧作家们广泛征求了领导干部和普通观众的意见，不断修改完善，最终确定了作品的主题和主人公喜儿的基本性格，将一个原来不无迷信色彩的民间传闻改造为一部能够代表解放区文学方向与成就的优秀的民族新歌剧。作品通过农家少女喜儿饱受地主阶级的摧残迫害，逃入深山变为“白毛仙姑”的悲惨身世和家乡解放后亲人重逢、报仇雪恨的命运转折，突出体现“旧社会把人变成鬼，新社会把鬼变成人”的主题思想。由于作品深刻揭示了农民群众与地主阶级的基本矛盾，正面人物和反面形象的塑造丰满生动，成为解放区文学典范，不仅在当年影响深广，对解放区开展反霸诉苦、参军支前起到了重要的宣传作用，在后来样板戏改编潮流中，它也是唯一的来自新中国成立前的作品。

从“五四”以来，将源于西方的歌剧艺术引入中国并实现民族化的努力经过了三个阶段。20 年代，黎锦晖主要采用湖南花鼓戏的曲调创作了儿童歌舞剧《小小画家》、《麻雀与小孩》，但情节比较简单，艺术上也比较幼稚；30 年代田汉与聂耳合作的《渔光曲》、《扬子江暴风雨》，用现实题材结合流行歌曲来表现时代氛围，但基本形式可以概括为“话剧加唱”，歌剧的特征不够鲜明；李伯钊、冼星海在延安尝试过借用民歌和西洋音乐来描写解放区的斗争生活，如《农村曲》，但民族化、大众化的问题仍未根本解决；秧歌剧出现了歌、舞、剧的融合，为民族新歌剧的创立从内容到形式，从编创人员到思想艺术准备了丰富的条件；《白毛女》总结了历史的经验教训，表现时代重大主题并产生巨大社会影响，一举获得了成功。

《白毛女》将民族新歌剧的发展推向成熟阶段，具有里程碑的意义。一是奠定了歌剧的浪漫主义品格。喜儿反抗、复仇的性格寄托了民众热切的理性愿望，“人—鬼—人”的传奇情节和激昂深情的演唱均体现了浓郁的浪漫主义特色。二是追求歌剧艺术的民族化和大众化。它借鉴西洋歌剧善用音乐刻画人物性格的方法，又摒弃其只唱不说的形式，将古典戏曲的歌唱、吟诵、道白结合；它采用民间音乐与戏曲曲调，保留秧歌剧且歌且舞的特点，穿插话剧的对话，使诗歌、话剧、音乐、舞蹈、戏曲等不同艺术形式协调一致。

三是实现了"革命的政治内容与尽可能完美的艺术形式的统一"，体现了"新鲜活泼的、为中国老百姓所喜闻乐见的中国作风和中国气派"。五六十年代的歌剧名作《洪湖赤卫队》、《江姐》在思想艺术基本的形态特征上与《白毛女》一脉相承。

解放区文学并不是高度统一的铁板一块，不仅在礼赞革命、颂扬工农兵方面有风格的差异、成就的高低；而且由于作家背景、影响渊源、思想观念和艺术方法等等的不尽相同，始终存在着这样一种情形：在支持工农革命、拥护民主政权的前提下也尽量忠于个人独特的生活感受，维持个人独立的艺术追求。如果说工农兵文学是解放区文学的主流与正统，那么这样的文学思潮和文学创作在对比之下就具有了"另类"的性质和"异端"的色彩。

一些作家秉承五四文学启蒙民众的传统，同时接续左翼文学暴露黑暗、促成进步的品格，对解放区工作生活中的矛盾、阴暗面及干部群众身上的落后因素进行善意的发掘，以求不断进步。丁玲的《我在霞村的时候》一方面赞美贞贞姑娘的倔强与刚强，另一方面则谴责舆论的冷漠与偏见，与受尽凌辱却依然坦然开朗的贞贞相比，村民的心理显得灰暗委琐。《在医院中》则将对小生产者的蒙昧无知、褊狭自私的心理习气的批判推到更尖锐的地步。因为这里构成解放区不够健全的文化环境的不是普通民众，而是参加了革命工作的干部职工，摩擦正是发生在散发现代文明气息的女医生陆萍与周围人群的落后意识之间。其实像这类表现农民群众的思想弱点和性格缺陷的作品并不在少数，如赵树理的《小二黑结婚》、康濯的《我的两家房东》，但他们一般都会设置喜剧结局，起码不会把知识分子塑造为矛盾冲突中的正方，这便是正统与异端重要的区别所在。还有的作品真切地反映了人民内部、革命队伍内部不尽如人意的一面。孔厥的《受苦人》描述的是一对受苦人无尽头的婚姻悲剧，莫耶的《丽萍的烦恼》表现知识女性参加革命并与军队首长结合后新的失落与新的烦恼。这些作品在当时或稍后遭遇批判也说明它们虽然还隶属于革命文学的大阵营，但确实偏离了工农兵文学的主流与正统。

以批评社会、暴露问题为主调的"鲁迅风"杂文在解放区出现过两次，但未能导致杂文创作的真正繁荣，均以挫折告终。整风期间，丁玲的《我们需要杂文》、《三八节有感》，艾青的《了解作家，尊重作家》，罗烽的《还是杂文时代》，王实味的《野百合花》、《政治家·艺术家》，萧军的《论同志之“爱”与“耐”》等，有感而发，或者呼吁保障妇女权益，尊重作家创作自由，或者对解放区的一些不良现象提出批评与改良意见，希望实行更民主更人道的制度和政策。这些作品本身并无很高的艺术成就，它们的主要价值体现在思想文化的历史脉络中：在那样特别的时期，人们对解放区新生活昭示的光明世界有过如此热切纯净的盼望，以致一旦发现了错失或缺憾，就要诚挚地指出来，并一起努力克服。40年代中期萧军主持东北解放区《文化报》时，一系列以鲁迅为话题的杂文也可作如是观。

叙事的大潮也未能完全淹没抒情的微澜，民歌风的旁边并行着知识分子的个人吟唱。何其芳的《夜歌和白天的歌》留下了一个知识分子蜕旧变新时期的心理印痕，也保留了抒写细腻深切的风格。诗作一方面为来到新天地、投身新生活而兴奋、欣喜，同时却又产生了新的困惑、苦恼。“我是如此快活地爱好我自己/而又如此痛苦地想突破我自己，提高我自己”；“我是如此愿意永远和我们弟兄们在一起”，但我又渴望“一个人到河边去”，“想一会儿自己”，不仅亲切真实，而且对人性发展的二难悖论的动情揭示客观上具有普泛性。当诗人完成思想蜕变，他的身份将长期定位为正统理论家与批评家，日后面对当代读者为何不写诗的深情询问，诗人何其芳只能作出不无苦涩的《回答》。

十、“天地玄黄”：大变局时代的作家分化与文学选择

［文学的惯性与时代的重力：文学新变迹象——人猿相揖别：讽刺与喜剧的流行——“红黄蓝白黑”：从文学论争到思想批判——走向新的开始：主流文学的形成］

“长夜行”后，就该是“鸡叫了，天快亮了”①，这是抗战胜利后普遍的社会期待。天地玄黄，沧海桑田，中共政治领袖、左翼文化旗手、自由主义文人以不尽相同的心态表达了几近相同的感受。② 历史一步步积聚势能，又一次走到了大变局的关口。

当战争不再是突发事件而成为包括作家在内的全体民众最基本的生存情况时，战争的刺激性就逐渐消失了，人们对它的惊奇感与兴奋感也慢慢降低、减退，而作家由于生活环境、日常心态和审美趣味的变化，亲近了现实，亲近了民众，往往从中发现和体验了日常生活的审美意味。战争劫难虽未过去，但生活相对安定，使人备感生命、生活的弥足珍惜，并进而引申出“凡人比英雄更能代表这时代的总量”③ 的历史观和人生观。在现代文学史上，日常生活的文学意义因时而变，暧昧混乱，但总的倾向是遭到排挤与压抑。鲁迅和乡土小说家笔下的日常生活场景常被作为老大民族昏聩蹒跚

---

① 见陈白尘剧作《升官图》结尾。

② 分别参见毛泽东《人民解放军占领南京》、郭沫若《天地玄黄》、沈从文《写给吉六的信》。

③ 张爱玲：《自己的文章》，载《苦竹》1944 年 12 月第 2 期。

的缩影，京派作家赞美的日常生活情性注定只能是正在消失和已经流失的美好幻影，40年代的日常生活抒写还原平凡，但努力重建生活与生命的多方面联系，这与此前的思想启蒙与文化重建理想判然有别。此时部分作家专注描写常态人生，另一部分作家改变作风也涉足于日常生活。巴金抗战后有一组凡人小事的作品，《憩园》、《寒夜》已不取尖锐冲突的情节模式，也淡化了褒贬分明的主观态度，对人性的缺陷、生命的悲剧拥有了更深厚的同情和更豁达的悲悯。冯至在山川风物中掘发哲理，立意甚高但立足却是平凡。东北作家一组以童年视角叙述家族变迁史的作品，平实地展示着往昔故乡和家庭生活中的温情之美和残酷之美。师陀写故乡的闭塞，张爱玲写世家的没落，均采用"反英雄、反崇高"的日常性描绘，表现悲壮另一面的"苍凉"。上述努力，对于拓展战时战后文学的题材领域和丰富其艺术风格都是有价值的。

现代化与民族化是现代中国文学诞生以来双向追求的目标，长期存在紧张对峙的关系，到此时也没有完全解决。如果说战前文学的演变是现代化领跑民族化，那么40年代文学的发展则是民族化引领现代化，但紧张关系有所松动。由现代化、民族化这对矛盾还可引出文学的雅与俗、革命化与大众化问题。二三十年代，新文学以雅文学自命，对俗文学持批判、否定的立场，这一切在此时发生了重大变化，俗文学借助民族化的号召和大众化的优势，不仅获得了生存的条件，而且雅俗文学出现了趋近融合的倾向。具体表现为：一是通俗文学重整旗鼓，全面复兴。二是出现了脱雅入俗的创作互动。三是融合雅俗，亦俗亦雅。比如：张爱玲化俗为雅，出入无间；予且、苏青长于写都市生活，介乎雅俗之间；徐訏、无名氏以先锋、实验的小说技巧编写通俗的爱情传奇故事；解放区文学打通雅俗间隔，交融双方优长，做到雅俗共赏，使革命化、大众化统一；谷斯范的《新水浒》、黄谷柳的《虾球传》也将进步的思想内容与传统的文艺形式结合，使长期受到鄙夷和斥责的旧文艺得到了某种程度的新生和复兴。

这时期的文学创新有些方面还有所深化。如戏剧领域，历史剧、讽刺喜剧将这两大戏剧类型在艺术表现形式和美学风格上的多样性探索推向高峰；解放区戏剧改变一味学习西方话剧的路径，转益多师，广泛借鉴、继承地方戏曲、传统戏剧的艺术经验，创造出良好业绩。诗歌也是如此，体式丰富，风格各异。艾青、绿原等诗人吸收现代主义和浪漫主义的艺术探索，酿造自己的现实主义诗艺；而九叶诗人则希望以现代主义的文化精神与诗歌艺术来改造已趋独尊和僵化的现实主义诗潮；解放区的民歌体诗歌创作也给诗歌的民族化、大众化探索以启示。至于沈从文、废名、汪曾祺、路翎、师陀等的一些小说正像冯至、穆旦的诗歌，缪崇群、丰子恺的散文，他们关注个体生命在战争中的生存困境，在当时不被很多人理解和欣赏，但正是这些边缘性的存在，成为当代新时期文学复苏发展的遥远而隐蔽的文学资源。

时代发展的大势所趋使文学在其他的层面同时发生着重大的变化，并且将这种变化带入新的文学时期。胡风在抗战爆发不久就指出："民族革命战争的炮声把文艺放到了自由而广阔的天地里面"，作家们"在对于文艺发展过程的把握上，在对于文艺任务的追求上，在对于文艺样式的理解上，在对于大众文艺的争取和究明上"，都"是在和民族战争底任务相统一的前提下面进行的"。① 顺势推导下去，抗战以后的文学观念转换与文学运动演进理所当然"是在和人民解放战争的任务相统一的前提下面进行的"。争取人的解放、阶级的解放、民族的解放的历史要求，抗敌救亡、民主建国的现实目标，以及中国文学经世致用、忧世伤生的深厚传统和五四文学干预生活、介入时代的薪火传承，使绝大多数作家毫不犹疑地确立了"民族、民主"价值高于一切的文学观念，自觉自愿地选择拥抱战争、突进现实的人生立场与艺术姿态，以文学为武器，为国家、民族、人民的利益而抗争而战斗。

在民族大敌当前的情况下，该不该揭露阶级矛盾与社会弊病？在人民群众正在成长为历史的主人却又残留着"精神奴役的创伤"的时代，如何处理暴露与歌颂的关系？对上述问题的认识影响到战

① 胡风：《民族革命战争与文艺——对于文艺发展动态的一个考察提纲》，载《改进》1939 年第 1 卷第 9 期合刊。

时战后文学观念的转换和文学运动的变迁，在国统区和解放区也引起过两次争论。茅盾在抗战之初就主张"写新的黑暗"①。毛泽东在《讲话》中分辨了延安文艺界当时流行的几种"暴露文学观"，虽然对文学暴露的正面价值有所肯定，但严格限定了它的对象、性质、地位与功能，讽刺与暴露针对的只能是"侵略者、压迫者、剥削者及其在人民中所遗留的恶劣影响"和工作中的缺点错误，"而不能是人民大众"和民主政权本身。② 毛泽东为解放区文学确立了以歌颂为主的基本方针，与国统区文学从颂扬开始逐渐强化讽刺与暴露不同，解放区文学前期还有批评与嘲讽，后期则是颂歌与正剧的天下。

解放区文学经验的凸显与放大是与前述情形并置的突出现象。1942 年后，解放区文学不仅在解放区以整齐的步履高歌猛进，在国统区也因为新鲜气息大放光彩。到 40 年代后期，大量优秀的解放区文艺创作陆续传入国统区，并引起了注意，有的产生了轰动。茅盾为赵树理小说撰写专论，认为"解放区以外的作者们足资借镜"③。郭沫若更是盛赞："我是完全被陶醉了，被那新颖、健康、简朴的内容和手法；这儿有新的天地，新的人物，新的意义，新的作风，新的文化，谁读了我相信都会感着兴趣的。"④ 时势加上因势利导，解放区文学成功地从囿于一隅成为全国性的文学希望，顺利实现了 20 世纪中国文学前后两个半叶的对接。

以喜剧的方式"把陈旧的生活形式送进坟墓"，"这是为了人

---

① 茅盾：《论加强批评工作》，载《抗战文艺》第 2 卷第 1 期（1938 年 7 月 16 日）。

② 毛泽东：《在延安文艺座谈会上的讲话》，《毛泽东选集》（合订本）第 828 页，人民出版社 1967 年版。

③ 茅盾：《论赵树理的小说》，载《文萃》第 2 卷第 10 期（1946 年 12 月）。

④ 郭沫若：《板话及其他》，载 1946 年 8 月 16 日《文汇报》副刊《笔会》。

类能够愉快地和自己的过去诀别”。① 讽刺诗与讽刺喜剧作品在这一时期大量涌现正印证了马克思的喜剧观。

40 年代后期，国统区人民不满于统治的腐败，已经开始流行一些讽刺性民谣，大量诗人的集中创作，使讽刺诗蔚为大观。在这些新老诗人中，袁水拍与臧克家的成就更加突出。

袁水拍从 1944 年开始，以“马凡陀”的笔名在报刊发表 200 来首政治讽刺诗，于 1946 年和 1948 年结集为《马凡陀的山歌》、《马凡陀的山歌续集》出版。袁水拍的诗歌善于灵活运用通俗的歌谣形式，广泛摄取国统区的政治事件和社会世相，寓尖锐的讽刺于风趣的叙事之中，深受城市工人、市民和青年学生的欢迎，被集会朗诵，被制成旗标，被编为活报剧上演，被配上乐曲传唱，在民主运动中，发挥了较好的作用，从某种意义上说，“取得了在战场上不可能取得的另一种形式的精神世界里的革命战争的辉煌胜利。”② 当时的评论说：“凡是城市市民所感到的一切不合理的现象，无论是可笑的或可气的，一为马凡陀所捉住，就成了他的山歌材料，加以嘲笑、捉弄，极尽辛辣讽刺之能事。从马路的泥浆到电车的拥挤，从外汇的开放到物价的飞涨，从吉普车撞人到取缔黄包车，从副官到张百万……一切一切，凡是城市人民生活中所遇到的事物，差不多都逃不出他的笔尖。”“他所挖苦嘲笑的事物，无一不是这个臭名远播的‘恶政府’的‘政绩’，他的讽刺的箭，是每一根都射中了黑暗势力的鼻梁的。”③

袁水拍的山歌惟妙惟肖地展现了国统区人间地狱的悲喜剧，五花八门，穷形尽相，或令人扼腕痛恨，或让人忍俊不禁。诗人极善于“把小市民的模糊不清的不平不满，心中的愿望与烦恼，提高到政治觉悟的相当的高度，教他们嘲笑贪官污吏，教他们认识自己

① 马克思：《〈黑格尔法哲学批判〉导言》，《马克思恩格斯选集》第 1 卷第 5 页，人民出版社 1972 年版。

② 徐迟：《〈袁水拍诗歌选〉序》，人民文学出版社 1985 年版。

③ 林默涵：《关于马凡陀的山歌》，载 1947 年 1 月 25 日《新华日报》。

可怜的地位，引导他们去反对反动的独裁统治”①。即不单纯代市民们宣泄牢骚郁积，而是借市民的不满，指斥造成弊病丛生的腐朽制度与统治阶层。《海内奇谈》、《新生活》、《万税》、《主人要辞职》、《三万万美金的神话》、《国大代表》等，锋芒直指国民党当局，对其假民主真独裁、假改革真倒退、假和平真内战的政纲和行为尖锐讽刺，这些作品充分显示了诗人对复杂的时局始终保持高度的政治敏感并及时予以无情的揭露的品格。

臧克家这一时期的讽刺诗收在诗集《宝贝儿》和《生命的零度》里，《冬天》也有少量讽刺诗。他的讽刺诗表现的往往是较重大的主题。内战是国民党在抗战胜利后带给民族的大劫难，诗人在1945年至1949年的作品中持续关注这一主题，剥去国民党蒋介石拒绝和平、坚持战争的层层伪装，描述普通民众家破人亡的重重苦难，展示反动派祸国殃民、大势已去的可悲下场。《枪筒子》作于1945年底，写国民党挑起了内战；1947年的《内战英雄赞》、《“徐州大会战”》斥责“内战的英雄汉”在当年抗击敌寇的旧地大肆剿杀人民武装。《自焚》与《母亲刺瞎亲子目》，表现人们群众不愿意充当内战炮灰，不惜自残自毁的悲剧。作于1949年初的《“和平”的身价》写发动战争的人最终“搬起石头砸了自己的脚”，受到历史的正义惩罚。诗人以近五年的时间，创作系列作品，多侧面、多角度地表达反对内战的强烈意志。与马凡陀山歌将战斗性与通俗性结合，嬉笑怒骂，妙趣横生不同，臧克家的诗追求政治讽刺的尖锐与思想挖掘的深刻，较多义愤填膺的指斥，疾言厉色的控诉和激情饱满的揭露，有人称赞它是“从愤怒中爆发出的诗篇”，“颇有些粗犷的崇高美”，② 但也因此减少了喜剧感，从表现形式上看“也不委婉曲折”，讽刺的技巧、手段是比较缺乏的。

这一时期，郭沫若、苏金伞、邹荻帆、沙鸥、黄宁婴、绿原、杭约赫、杜运燮、袁可嘉等均有数量不等的讽刺诗作。

---

① 冯乃超：《战斗诗歌的方向》，载《大众文艺丛刊》第1辑。

② 劳辛：《〈马凡陀的山歌〉和臧克家的〈宝贝儿〉》，载《文艺复兴》第3卷第4期（1947年6月）。

吴祖光、老舍、丁西林、杨绛、李健吾、袁俊和解放区的胡可都是讽刺喜剧高手。陈白尘堪称代表作家，《魔窟》、《乱世男女》、《结婚进行曲》、《后方小喜剧》充分展示了他娴熟的喜剧才能。他善于把对现实政治的批判缝合于对社会风俗的讽喻当中，再通过喜剧感充沛的性格冲突和剧情结构展现出来。《升官图》写于抗战胜利后，以"南柯一梦"式的巧妙构思，漫画式地描画了群魔乱舞、是非颠倒的人间病象，在夸张荒诞中披露社会本质。40 年代后期尤其是新中国成立前夕，剧作家们纷纷将揭露转为嘲讽，这时的一批作品追求更直接更明朗的艺术效果。像吴祖光的《捉鬼传》、宋之的的《群猴》、瞿白音的《南下列车》等，已耐不下性子作精细深沉的刻画，将反面势力一律"妖魔化"、"动物化"，艺术处理不免简单化，不够精致圆熟，但却传达出人们渴盼解放的急切心情。

抗战爆发时，在抗日爱国的民族利益感召下，无产阶级革命文学、民主主义和自由主义文学同国民党政府支持的民族主义文学汇合；内战时期，国共两党作家虽然处于对立状态，但在民主建国的原则下，进步作家还是维护了某种共识。然而，松散的缺乏约束力的联合战线对时局与文艺等问题存在相异的见解与认识，使这一阶段的文学论争被烙上战火纷飞、历史转型的印记，包括问题的提出、争论的展开、行文风格、所依据的理论资源及潜隐的文化政治逻辑。这些文学论争有的是以往的继续，有的持续到新中国成立后；有的发生在进步文学界内部，有的则是左翼文坛对异己的文学思潮的批判；有的论争较多限于艺术范畴，有的则是文艺与政治相连。在这些论争中，形成了两个焦点。

一是文艺与政治的关系问题。战争环境给文学提出了新的现实问题，此前还停留于理论探讨的文学与革命、文学与时代、文学与政治的关系等问题，如今已经现实地摆在面前。这时期发生的文学论争，多半都是围绕文学与政治这一主线来展开，即使是艺术观念的分歧也往往被人为地纳入政治的范畴来讨论，这是政治主宰一切的时代，凡疏离乃至挑战这一中心的文学思潮，一定会受到批评和挞伐。

在文学与政治关系问题上出现过两种三类意见，其中第一种意见又包括两种类型。从《中华全国文艺界抗敌协会发起旨趣》、《中华全国文艺界抗敌协会宣言》到毛泽东的《讲话》和《大众文艺丛刊》上的系列论文构成第一种意见的第一种类型，也是主流派的观念阐发。它们主张文学的宣传鼓动功能和认识教育效用。《讲话》明确文学的文化军队性质，规定它是整体事业目标的一部分，从属于政治并且为政治服务，这成为抗战之后相当长时期文学的指导思想。胡风、冯雪峰代表了第一种意见的另一类型。在肯定文学干预生活、为政治服务的前提下，胡风注意到文学反映现实的艺术方式，强调作家主观战斗精神的能动性。冯雪峰同样认为文学与政治的关系是两者矛盾斗争的过程，作家在其中可以发挥主体的积极作用，相对多数人将文学的政治性与艺术性割裂开来作对立的理解，他认为二者存在统一性也应该努力追求二者的融合。总之，胡风和冯雪峰一方面认同文学服务政治的主导思潮，同时谋求作一点补充与修正。

持第二种意见的作家、理论家有梁实秋、沈从文、朱光潜等人。沈从文在《一般与特殊》、《文学运动的重造》等系列文章中，对文艺与政治的关系问题始而怀疑，继以否定。他认为作家创作兼及“政治效果”是文学的堕落，他讥讽为抗战服务的作品艺术性差，流于“一般化”，而文学是“特殊”的创造，他的观点理所当然地遭到很多人的批评、反对。

二是文学的民族化问题。新文学自诞生以来就存在一个如何与本国人民群众的生活和民族文学传统结合形成新的民族形式和创造新的民族文学的问题。左联时期三次文艺大众化讨论，因多数人将大众化简约为大众语的应用、文学语言的通俗化和利用旧形式问题，对解决问题实质进展不大。抗战时期关于民族形式问题的论争和毛泽东的《讲话》是这一问题在新形势下的延续。讨论先在延安地区展开，解放区的理论家、作家受毛泽东一系列讲话的启发，将民族化问题引入文艺领域，演变为民族形式话题，不久便波及国统区，并成为联系两大区域、影响广泛、意义深远的文学论争。

这一论争涉及三方面的问题：一、民族形式与生活源泉的关系问题；二、如何正确估价新文学接受外来影响与继承民族传统的经验教训；三、民族形式与民间形式的关系问题。讨论中歧见甚多，向林冰在《论“民族形式”的中心源泉》中，对民间文学形式全盘肯定，同时却对五四文学传统基本否定，把创造民族形式与五四以来的新文学实践对立起来，将大众化理解为通俗化，将民族形式简单等同于民间形式。而葛一虹的《民族形式的中心源泉是在所谓“民间形式”吗?》则矫枉过正，无视五四文学本身的缺点，全面否定民间文学，滑向了历史虚无主义。郭沫若、茅盾、周扬、艾思奇、胡风等阐发了较辩证和深刻的看法。茅盾批评了讨论中将形式、内容二分只谈形式的做法，指出应该重视民族形式当中的内容；郭沫若更明确地说，民族形式问题的提出“目的是要反映民族的特性以增进内容的普遍性”，在今天，“民族形式的中心源泉，毫无可议的是现实生活”。① 周扬对利用旧形式与发展新形式相辅相成的辩证关系做了充分说明，艾思奇也在进一步发展五四新文学的前提下论述了对旧有的民族民间形式的把握、利用，胡风以鲜明的态度肯定了五四文学传统的进步性质。后来毛泽东在《讲话》中更从“源”与“流”的关系上透彻地阐明了这一问题，为这场讨论提供了一个达成共识的基础。

论争固然有助于澄清问题、深化认识，但也存在一些不足：高频率发生使多次论争浅尝辄止，论争停留在较浅层次；论争双方的误会时有发生，导致不在同一逻辑层面上针对问题讨论辩诘；气盛于辞，情绪化现象突出，出现意气用事和人身攻击的不良表现；艺术问题与政治立场不分，混淆问题性质，常常将文艺商讨提高到思想批判甚至政治裁决上去。

这一特点在 40 年代末期表现得尤其明显。1948 年 1 月至 7 月，中共领导下的文学阵营相继复活旧杂志和创办新刊物，具有清理历史、瞻望文学未来发展的意味。《大众文艺丛刊》1948 年 3 月创办于香港，集合了党内外文艺精英，刊发的文章大多视野开阔，论题重大，针对性强，但话语方式并非开诚布公、心平气和的商

① 郭沫若：《“民族形式”商兑》，载 1940 年 6 月 9 日《大公报·星期论文》。

榷、论辩，而是居高临下、势如破竹地驳斥不同的观点，将对方置于被批判的地位，以不容辩驳的方式来表达“我们”的立场。这时，国共内战虽在进行，但两种命运、两种前途的较量前景已渐趋明朗。此时，旧文学日渐萎缩，国民党官方文学溃不成军，只有自由主义文学保持活力。然而自由知识分子却仍然幻想超脱于两党之外，走独立自主的中间道路，萧乾执笔的《大公报》社评《中国文艺往哪里走?》即为代表。革命文学界对此发出了严厉的斥责，邵荃麟、胡绳、林默涵均发文指斥，郭沫若的《斥反动文艺》一文口吻最为严厉，他疾言正告：“今天是人民的革命势力与反人民的反革命势力作短兵相接的时候，衡定是非的标准非常鲜明。凡事有利于人民解放的革命战争的，便是善，便是是，便是正动；反之，便是恶，便是非，便是对革命的反动。”他据此将反动文艺区分作“红黄蓝白黑”，视沈从文、朱光潜、萧乾为“红”（粉红）、“蓝”、“黑”的代表人物，号召对他们要施以不留情面的“全面打击”①。这些文章与毛泽东对自由主义的政治批判形成了呼应。

如果说对自由主义文学大张挞伐是为了确立无产阶级文学的权威地位，那么，集中揭批胡风文艺思想及胡风友人的创作表现，则是为了在左翼—革命文学内部排除异己、异议，确立和巩固《讲话》的绝对指导，并将在毛泽东文艺思想指导下的解放区文学扶上新文学的正统地位。为了实现既定目标，必须整肃被视为异端的理论阐述与文学形态，40年代后期胡风文艺思想论争的症结主要体现于此。《大众文艺丛刊》同人以延安文学经验、毛泽东文学思想的阐释者自居，占尽了政治、心理的优势，批评胡风等人为小资产阶级文学集团。胡风文艺思想自成一体，且有坚实的文学创作实践予以支撑，尽管其理论基石也来自马克思的唯物史观和辩证唯物论，但是对文艺问题的阐述相比于《讲话》则多有出入。如胡风主张作家要发挥主观战斗精神，坚信有生活的地方就有诗，应该掘发人民群众几千年精神奴役的创伤，等等，这些都被视为背离甚至

① 郭沫若：《斥反动文艺》，载《大众文艺丛刊》第1辑（1948年3月1日）。

反对《讲话》精神的异端思想，因此自然遭到自命为“正统”的理论家们的迎头痛击。

周扬在1942年曾经预言：“我们今天在根据地所实行的，基本就是明天要在全国实行的。”① 对自由主义文学和胡风文艺思想展开的批判，就是为着明天“在全国实行”解放区文学所做的一切。

这期间的文学风貌仍然是纷繁复杂的，保持了新文学一贯的多样性，但从发展的角度看则呈现“从杂多到统一”的演变轨迹，其中主流文学的形成是文学转折的重要标志。文学的发生发展离不开一定的社会历史背景和思想文化条件，它们在宏观上甚至微观上制约、影响着文学的具体走向，形成这一时期占中心地位的主流性文学观念、创作风貌与文体风格样式。

主流文学正是文学与历史之间苦苦寻求又深深契合的结果，而在二者间起媒介作用的核心元素往往就是政治，此时的战争政治更是如此。文学革命作为思想启蒙的派生物，继承了新文化运动对历史的巨大承诺：参与历史变革，促成社会进步。现代中国沧桑巨变，政治变革举足轻重，一系列以政治为标志的深刻变动构成历史演进的中心环节。当中国社会大变革匆匆越过文化运动、思想启蒙的梯级，历史性地定格于政治革命上时，政治就不仅成为变革的中心环节，它同时负有动员社会力量、领导社会变革的职责。政治要以自身的变革来带动其他层面的变革，波及和深入到所有的地区与阶层。这样，仅仅出于调动社会力量的考虑，也必然寻求文学的支持配合并建构服务于自己的主流文学形态，同时借助这一文学的主导地位对整个文学发展提供导向与示范，予以规约与控制。到40年代，政治权威并没有停留在理论认识的观念形态，它进一步以制度创新的政权形式，以社会改造的宏伟实践对文学施以引导。现代作家也普遍由对一般社会理想的憧憬，走向对特定的政治路线和政治力量的拥立。完成这一转换并不十分痛苦，因为这本是文学承诺历史的题中之义。从主流文学的政治化文学观来看，文学是作为工具、武器的功能性存在而非艺术审美的本体（质）性存在获得生

① 周扬：《艺术教育的改造问题》，载1942年9月9日《解放日报》。

存前提与发展空间的。文学为政治服务并在服务中发展自己，这种文学发展格局，保证文学在特定的岁月能够有效地履行现实承诺，担当历史责任，对进步的政治事业起到不可或缺的推动作用，文学的社会功能、社会价值、社会效应也发挥得淋漓尽致。从为人生到为政治（革命），从社会化到政治化（革命化）的演进，是一个线索清晰、急剧推进的过程，贯穿了整个40年代。政治功利化的文学观在很大程度上和很大范围内牵制着文学的全局变化，它的每次战略调整都会引发文坛的方向转换。诚然，对文学与政治关系的理解前后有变化，早期偏于单向的“工具论”、“武器论”的强调；随形势发展与认识深化，后来较多关注文学的内在本质，要求发挥文学的审美特性与服务政治尽可能协调统一，但究竟仍是在从属、服务的框架内探讨文学的艺术规律、内部结构与审美效应。总之，将文学置于政治的引导和控制之下，以求更好地积极参与政治生活和有所奉献于革命事业，这是主流文学不变的功利价值观。

战争时期，在置换了的时空背景下，文学与大众的关系问题再次被提出。前期，人们面对社会不同阶层在知识水平、艺术修养尤其觉悟程度上的“差序格局”，希图通过文学与大众的结合方式，将现代思想价值和思想方法灌输给民众。这一意义上的文学大众化无异思想启蒙的文学折射，将启蒙对象从一般知识分子推广到普通民众。然而，现代中国政治变革集中表现为以工农为主力的阶级斗争和民族斗争。工农大众不再只是启蒙对象，而是革命主力，“沉默的多数”正日益在现实中体现出主动精神、英雄气概和创造能力，不能忍受文学对自己的忽略、无视，也不满足长期以来仅仅被当作被动的有待唤醒的力量群体得到艺术表现。这一成长与成熟中的历史主体必然会提出自己的文学理想，要求成为文学主体，创建以自身为基准的新型的主体文学，以有别于之前的知识分子“主体文学”。这一历史意志包含了两个方面的内涵约定，也导致文学双重意义的重大改变：一是工农大众成为文学表现主体和接受主体，二是作家与所创作的文学在思想立场、人生态度、价值观念、审美情趣、表现方式、语言风格甚或文体类型方面发生变化。具体地说，就是使此前的文学主体（知识分子）在思想感情上转向此时的文学主体（工农大众），使此前的主体文学（知识分子张扬个性和人道主义的启蒙文学）向此时的主体文学（着重表现工农大众阶级觉醒与集体抗争的工农兵文学）转化，以消除文学表现方法与表现对象的隔膜，填平创作成果与接受对象之间的鸿沟。更重要的是，尽量拉近创作主体与服务对象在思想感情方面的距离并最终"打成一片"。毛泽东的《讲话》便是代工农大众立言的恰切的理论表达。

现实主义文学的长盛不衰与渐趋独尊，终于占据新文学的主流文学地位，这首先是历史选择的结果。现代中国内忧外患交相煎迫，在深创巨痛的历史灾难面前，个体生命的悲欢离合与精神痛苦被衬托得微不足道；40 年代，当历史发展的目光集中到对群体不幸和阶级苦难、民族危亡的关注时，现实主义文学依赖和倚重客体、削弱和克制主体的"长处"就显现出来了，在主体与客体、个人与社会、精神与物质之间，现实主义偏重于对后者的关心与反映。因此，与现实主义文学拥有未来相比，其他形态的文学处境渐渐艰难起来。浪漫主义文学于 40 年代在郭沫若的历史剧等创作实践中虽有一定程度的恢复，但因为制约个人主体性的时代因素不仅依然存在，而且愈发强势，无法发展出如五四时期一样的独立、完备的浪漫主义文学潮流；现代主义文学事实上对以往的缺陷已有所克服，却遭到革命文学阵营极为严厉的指斥，像九叶诗人的探索本来无损现实主义文学的兴盛，但"人民文艺"论者一再将他们视为非同路的艺术敌人来对待。现实主义在现代中国的发展，本质上是文学与历史互为选择的过程，包含着丰富的历史内容与复杂的现实因素。

现实主义的主流地位不是突然形成的，经历了对西方现实主义文学的借鉴学习、吸收改造和逐步中国化的过程。中国现代文学史上，现实主义的名称不时变换，内涵外延也渐趋明晰。发展到三四十年代的革命现实主义阶段趋于成熟，它在三个方面对西方经典现实主义实施了重大改造。其一，取材方面，在"庸常与崇高、平凡与尖锐、琐细与重大、习俗性与新生性"两两比较中，偏于后者。左翼文学运动以来，以文件决议形式规定了重大题材范围，并要求对新生事物及时捕捉及时表现。其二，西方经典现实主义对个人性的排斥是寻求文学更深广的涵盖与显示客体世界无声抗辩的力量。中国现实主义文学的类似行为则联系着对个人主义思想习气的批判，包括对"五四"个性解放精神的清算①，目的是为群体化的工农生活争取文学表现空间。在真实性与倾向性的协调关系中，西方偏重真实性，而中国特别强调科学理论的正确指导。其三，革命现实主义越过西方式的道义谴责，追求政治批判的力度和制度批判的深度。在写实之外，还要求揭示社会发展规律，道路曲折、前途光明是最惯常的结构模式和主题表达。而革命现实主义此时对启蒙现实主义的取代，有效地杜绝了文学观照对象的非政治化视角，保证了文学服从并服务于政治和中心任务。

在政治化的历史语境和文学语境之下，经过一系列复杂的理论运作和创作实践，现实主义成了一个具有"特权"的重要概念，它远不仅是作家们得心应手的创作方法、日益壮盛的文学潮流和成果丰硕的创作成就，它上升、膨胀为涵义宽广、意义特别的文学品格和文学精神。

政治化的文学功利价值观、大众化的文学发展方向和革命现实主义的文学形态，构成这一时期主流文学的三大特征。主流文学的形成就像一个孩童缓慢、坚定地生长，突然长大成人了。左翼一革命文学在20年代末"小荷才露尖尖角"，30年代迎风见长，但与其他文学依然维持着微妙的平衡，到了40年代，终于冲破压抑与阻挠，不仅成长为文学的主流形态，更重要的是，它成为现代文学时期唯一拥有未来发展前景的文学。而在这一历史演进中，由于延安文学集中体现了主流文学的典型特征并将它们推到极致，因此，延安文学和引导延安文学发展的《讲话》就成为后一阶段文学承继变革的最重要的思想资源和文学传统，这些在1949年7月召开的第一次文代会中得到了验证。

---

① 参见林默涵《略论个性解放》，载1948年10月6日香港《文汇报》；邵荃麟：《罗曼·罗兰的〈搏斗〉——从个人主义到集体主义的道路》，《大众文艺丛刊》，新中国书局1949年版。

十一、"时间开始了"：新中国文学的奠基

［会师与裂隙：第一次文代会——组织一体化：文学团体机关化和作家身份干部化——思想一体化：三大文艺批判——审美一体化：从社会主义现实主义到"两结合"］

"时间开始了"。这是胡风参加新中国开国大典时最强烈的感受，致使他以此为总题目，写下了3000多行的"英雄史诗五部曲"，讴歌"我们的历史的艰巨而伟大的行程和我们的人民的高尚而英勇的品德"①。

尽管学界存在种种歧见，但在通常的意义上说，1949年10月中华人民共和国的成立仍然被视为新中国文学的开端，也就是说，"中国当代文学"的"时间"是从这个历史的转变时刻"开始"的；更何况在此前数月召开的第一次中华全国文学艺术工作者代表大会（以下简称"第一次文代会"）已经为新中国的文学艺术举行了隆重的奠基礼。

1949年7月初，来自全国各地的800多名文艺工作者的代表云集北平参加第一次文代会，大会历时20天。会议期间，毛泽东和朱德等中共领导人到会祝贺，周恩来为大会作了政治报告。周恩来把这次大会称为各路文艺工作者的"大团结，大会师"："是从老解放区来的与新解放区来的两部分文艺军队的会师，也是新文艺

① 胡风：《〈胡风评论集〉后记》，《胡风评论集（下）》第420页，人民文学出版社1985年版。

部队的代表与赞成改造的旧文艺的代表的会师，又是在农村中的，在城市中的，在部队中的这三部分文艺军队的会师”。① 与会代表来自不同的文化区域，涵容了自五四新文学运动以来的数代新老作家，具有相当的代表性。第一次文代会“主要的目的”是“共同确定今后全国文艺工作的方针与任务，成立一个新的全国性的组织”。② 这是将“五四”以来分散的作家个人自由写作纳入国家体制的一个重要举措，也是“新中国文学”有别于“现代文学”三十年的重要区分。为着实现这一转变，第一次文代会明确提出，新中国文艺的首要任务和长期工作就是要把来自各方面的文艺工作者的思想统一到毛泽东文艺方向上来，即如周扬所说：“毛主席的《在延安文艺座谈会上的讲话》规定了新中国的文艺的方向，并以自己的全部经验证明了这个方向的完全正确，深信除此之外再没有第二个方向了，如果有，那就是错误的方向。”③会议经过讨论，一致确定毛泽东的《讲话》为新中国文艺工作的总方针；文艺为人民大众首先是为工农兵服务的方向为新中国文艺的总方向。

第一次文代会对新中国文学思潮的形成和后来文艺思潮的发展产生了极为重要的影响。它以解放区文艺为新中国文学的楷模，继承和扩张了在《讲话》精神指导下解放区文艺的精神内核：以工农兵为文艺工作的服务对象，以文艺为政治服务并从属于政治为文艺工作的性质和地位，以“普及第一”为文艺工作的基本方针，以工农兵生活和工农兵形象为文艺表现的主要内容，以民族化和大众化为文艺创作的主导风格，以“政治标准第一艺术标准第二”为文艺批评的标准，以作家深入工农兵、改造世界观为实现上述任务的保证。从文学思潮的角度来说，这也就是所谓“工农兵文学思潮”的主要内涵。

---

① 周恩来：《在中华全国文学艺术工作者代表大会上的政治报告》，《中华全国文学艺术工作者代表大会纪念文集》第 33 页，新华书店 1950 年版。以下简称《纪念文集》。

② 《大会筹备经过》，《纪念文集》第 126 页，新华书店 1950 年版。

③ 周扬：《新的人民的文艺》，《纪念文集》第 70 页，新华书店 1950 年版。

这种文艺思想导向体现在周扬和茅盾的主题报告中。

周扬关于解放区文艺运动的报告《新的人民的文艺》是把解放区文学当作新中国文学的雏形和蓝本来论述的，根据他对解放区文艺成就的概括，“新的人民的文艺”就是：要选择“新的主题”，使“民族的、阶级的斗争与劳动生产成为作品中压倒一切的主题”；塑造“新的人物”，即写“人民中的各种英雄模范人物”；采用“新的语言、形式”，使“语言做到相当大众化的程度”，“和自己民族的、特别是民间的文艺传统保持密切的血肉关系”。在这一目标的引导下，写重大题材和主题，塑造英雄形象，追求语言、形式和风格上的民族化和大众化，这三者构成了新中国文学创作的时代特色和总体风格。

茅盾关于国统区文艺情况的报告《在反动派压迫下斗争和发展的革命文艺》也谈到了国统区文艺的“显著成绩”，但更加侧重的则是对“创作方面的各种倾向”的清理和对“文艺思想理论”中“各种缺点”的批评。报告对五四新文学发生30年来持久论争的一系列文艺问题作出了盖棺论定式的判断，将“人道主义”、“个人主义”、“小资产阶级的思想观点”、“欧美资产阶级文艺的传统”、“形式主义”等等视为文艺理论上“模糊与混乱的现象”的“基本根源”，国统区文学与解放区文学的文化差异被表述为“旧时代”同“新时代”的差异，从反面说明了贯彻毛泽东文艺思想的必要性。

第一次文代会以鲜明的选择性和倾向性凸显出新中国文学对“革命文学”、左翼文学和解放区文学的继承性，尤其是要求文艺同工农大众的紧密结合、文艺同政治意识形态的紧密结合，从而构成了20世纪中国文学中革命文学的完整谱系。第一次文代会又在诸多方面表现出新中国文学同五四新文学的裂隙，如对知识分子题材的贬低和对个性解放主题的否定、对“五四”以来启蒙主义催生的“国民性批判”的中断等，至于对诸多“错误”观点、倾向、思想的批判，更是对“五四”以来多元化的文化印迹的清除。其裂隙不仅表现在文学思想上，也表现在作家队伍中，胡风“坚辞”国统区革命文艺运动报告起草小组成员一职就是例证，更不必说稍后沈从文的辍笔、张爱玲的去国等。更深刻的裂隙还埋藏在后来的文艺论争和文学创作中，这些错综复杂的矛盾被新中国的文艺领导人和主流批评家表述为“毛泽东文艺思想同各种资产阶级、小资产阶级文艺思想的斗争”，这一冲突是此后30年间“批判”不绝、“运动”不断的深刻根由。第一次文代会作为20世纪中国文学发展的一个里程碑，标志着战争年代在解放区初现端倪的文学一体化将推及整个新中国，在此后的若干年中，一体化进程全面地贯彻在组织、思想、审美等各方面，最终形成了全然不同于以往的文学新体制。

组织一体化是召开第一次文代会的主要目的之一。周扬在总结解放区文艺工作经验时，专门提出“必须加强对文艺工作的组织领导”，第一次文代会“有重大意义的收获”之一也就是“建立了全国文学艺术界的统一机构”——中华全国文学艺术界联合会以及下属的文学艺术各专业工作者协会。组织一体化从总体上说是为了确保党和国家对文艺事业的统一领导和有效管理，使文艺成为革命事业这部机器上的“齿轮和螺丝钉”。第一次文代会后随即开始了新中国文学艺术新体制的全面建设，最突出的表现就是建立起了以文学团体机关化和作家身份干部化为显著特征的组织形态。

与此前文学史上的文学社团不同，新的文学体制把“自由结社”原则下形成的具有同人性质的文学社团改造成了官僚化的组织机构，也就是所谓“机关”。“机关”是一个组织严密、具有行政职能的分层结构。文艺界的最高常设组织机构就是在第一次文代会上建立的中华全国文学艺术界联合会①，其章程明确规定该会的全国委员会为“最高权力机关”，以下依照行政区划建立起各级文联，第一次文代会后建立起各大行政区和省市级文联60多个②，文联下面还设有各专业协会为团体会员。文学界的最高组织机构是

① 在1953年9月举行的第二次文代会上更名为“中国文学艺术界联合会”，简称“中国文联”。

② 据《中华全国文学艺术界联合会1950年工作总结与1951年工作计划》，见《文艺报》第3卷第11期。

中华全国文学工作者协会，1953 年 9 月改称中国作家协会。作协的领导核心是党组和书记处，由各级党委宣传部直接领导，其内部有完善的机关编制，对作家创作和文学工作的诸多事务实行全面的掌握与管理，以往的同人刊物也相应地被改造成各级作协主管的“机关刊物”。在机关化了的文学体制中，“组织领导和行政工作，就显得更加重要”——正如郭沫若所说，“这些组织家，往往是文艺工作的思想与政策的掌握者，领导者。因之组织家，编辑家是和作家一样重要”①。这样的重要性除了体现在文学事业的规划和文学活动的组织之外，尤其体现在对文艺思想、文学倾向的随时掌握和对文艺政策的贯彻执行方面，因此文艺整风、文艺批判和文艺运动一般由各级作协领导组织实施。由于自上而下的各级作协机关的建立，不仅在思想和组织上使“党管文学”得到层层落实，而且能够有效地组织作家有计划地、批量地生产出反映党的方针、政策、中心任务的文学作品以服务于政治，这形成了新中国文学生产的主要方式。

被组织进“机关”的作家其身份也随之发生改变，由自由职业者转变为“干部”。干部是“组织”对作家个人身份的一种认定，意味着获取了某种“政治地位”及相关生活待遇；但干部的言行和活动要受到“组织”的约束，要参加各种“学习”、“整风”和“运动”，要对诸多重大事件“表态”，如果违背了组织纪律或原则，则会受到“组织”的批评、处分，直至被清除出“组织”，胡风、冯雪峰、丁玲、艾青等当年“组织”内的要员都曾有过这番经历。作家干部化的实质是对作家实行“政治分层”，也就是根据政治原则，甄别作家的思想政治立场，确定其文艺思想、创作倾向的“类型”与“等级”，对权力实行重新分配。参考第一次文代会发布的各文学艺术团体负责人名单，担任文化界、文学界各级“领导干部”的主要是“革命作家”，这里包括：新文学第一个十年中就投身革命的茅盾、郭沫若；“革命文学”的倡导者冯乃

① 郭沫若：《大会结束报告》，《纪念文集》第 121 ~ 122 页，新华书店 1950 年版。

超、阿英（钱杏邨）等；“左联”的组织者和重要作家如周扬、田汉、夏衍、阳翰笙、周立波、丁玲等；解放区文艺工作的骨干如艾青、何其芳、柯仲平、张庚、赵树理等。享有较高的政治待遇和生活待遇但略微偏离权力中心的是那些反帝反封建立场甚鲜明，同情或倾向于革命的作家，也就是所谓“进步作家”，如冰心、巴金、老舍、曹禺、叶圣陶、张天翼、沙汀、艾芜等，由于他们的经历和在文坛上的影响，新中国成立后大多被委以文化部门的各类职务。处在权力边缘的是属于团结、教育、争取的对象，这层作家的构成更加复杂，有的人甚至还有历史“污点”，他们一般较疏离于政治，或者以学府院所的“象牙塔”为依托从事文学或文化研究，可以称得上是“学界文人”，如冯至、废名、穆旦、钱钟书、李健吾以及朱光潜、施蛰存、萧乾、沈从文等；或者寄身于书肆报馆，以各类写作为生，可以称得上是“媒介文人”，如张恨水、张友鸾、周瘦鹃及后来出狱的周作人等。这些作家的“政治身份”较为复杂，作品的思想倾向也较为暧昧，多被尊称为“先生”而非“同志”。

同组织一体化相比，思想一体化则是更加艰难和长期的工程。在新中国文学的初创期，思想一体化的主要任务是在新的历史条件下把《讲话》所提出的理论原则进一步系统化和具体化，贯彻到整个文学事业中；把来自方方面面的芜杂的文艺思想引导和统一到毛泽东文艺思想的轨道上来。就前者而言，主要通过文艺领导人和主流批评家的正面阐说予以灌输；就后者而言，主要是通过持续的文艺批评、文艺批判和文艺运动来推进的。

毛泽东在《讲话》中曾指出，文艺批评是“文艺界的主要斗争方法之一”，这个说法概括了革命文艺（文学）发生以来，文学批评所具有的主要功能。在第一次文代会上，周扬更是强调“批评是实现对文艺工作的思想领导的重要方法”①，这就明显地赋予文学批评以特殊的权力优势（“实行领导”），从根本上修正了五四

① 周扬：《新的人民的文艺》，《纪念文集》第97页，新华书店1950年版。

新文学以来，文学批评所具有的对话性和对等性，致使被批评者除了检讨，几乎丧失了“反批评”的权利；而文学批评则每每借助于行政干预的力量，结合着“文艺整风”，把许多正常的文艺论争转变为文艺斗争和文艺批判，使本时期大规模的文艺批判运动接踵而来，以此从思想上和组织上排除歧见与异己，巩固和维护文化领导权，为推进文学一体化发挥了强有力的作用。其强大功能典型地体现在新中国成立初期三大文艺批判运动中，它们分别是 1951 年开展的电影《武训传》批判、1954 年开展的对俞平伯“红楼梦研究”及胡适“唯心论”的批判、1953—1955 年持续开展的胡风文艺思想批判。

《武训传》是左翼电影人士孙瑜、赵丹等根据山东贫苦农民武训“行乞兴学”的事迹改编而成的。该片摄制于 1948 年，新中国成立后编导者对剧本作了修改重新拍摄，希望通过该片“歌颂为人民服务的精神”，“迎接文化建设高潮的到来”。1950 年底，随着影片的上映，在全国几大报刊上掀起了一股“武训热”，赞誉之声鹊起。对《武训传》的宣传与赞扬引起了中央有关部门的重视，认为这种情况反映了文化界严重的思想混乱，《文艺报》等刊物组织了文章对《武训传》的思想倾向提出批评。1951 年 5 月 21 日《人民日报》发表了由毛泽东亲自撰写主要段落的社论《应当重视电影〈武训传〉的讨论》，严厉批评《武训传》“狂热地宣传封建文化”，“对反动的封建统治者竭尽奴颜卑膝的能事”，“向反动的封建统治者投降”。社论的发表使“讨论”随即转变为声势浩大的批判运动，为配合运动，《人民日报》连载了由江青主持的《武训历史调查记》①，有关部门还要求颂扬《武训传》和武训其人的党员干部作出反省。8 月 8 日，周扬在《人民日报》上发表长文，以《反人民、反历史的思想和反现实主义的艺术》为题，对《武训传》批判作了总结，判定《武训传》“宣传了资产阶级的反动思想”，终结了持不同意见的声音。

对俞平伯“红楼梦研究”的批判是波及面更广的文化批判运

① 载 1951 年 7 月 23—28 日《人民日报》。

动。俞平伯研究《红楼梦》30多年，与胡适等是"新红学派"的主要代表。他们借鉴"五四"从西方传入的实证主义方法，推倒了"旧红学派"的虚妄臆测和索隐附会，开创了红学研究的现代格局。俞平伯的观点和方法受到刚从山东大学毕业的青年学生李希凡和蓝翎的质疑与批评，他们写成《关于〈红楼梦简论〉及其他》，投稿于《文艺报》未获答复，后在母校学刊《文史哲》发表。《文艺报》对李、蓝文章的"冷淡"态度引起毛泽东的不满。1954年10月16日他在给中央政治局成员的信中称，李、蓝的文章"是三十多年以来向所谓红楼梦研究权威作家的错误观点的第一次认真的开火"，"看样子，这个反对在古典文学领域毒害青年三十余年的胡适派资产阶级唯心论的斗争，也许可以开展起来了"；信中还严厉批评了《文艺报》领导"同资产阶级作家在唯心论方面讲统一战线，甘心作资产阶级的俘虏"。① 毛泽东的意见改变了学术讨论的性质。同年12月，周扬在文联、作协主席团联席扩大会议上就"红楼梦研究"批判作题为《我们必须战斗》的长篇报告，全国哲学社会科学界对"胡适派资产阶级唯心论"进行了全面的、大规模的批判和清理，冯雪峰主持的《文艺报》编辑部也因"阻拦'小人物'的很有生气的批判文章"而被改组，他本人则成为新中国第一个在组织上被清除的文艺领导人。

电影《武训传》批判和"红楼梦研究"批判之所以会酿成大规模的文艺运动，其原因远不在于文艺创作和学术研究问题，而是借这两个具体问题"因势利导"展开大规模的思想整肃，对作为现代中国自由主义思想根基的改良主义予以全面清理。因此，《武训传》批判后来扩展到教育界对陶行知改良主义思想的全面批判和全盘否定，对"红楼梦研究"的批判最后扩展为对胡适改良主义的思想批判和政治批判，这是继40年代毛泽东发表《讲话》和

① 毛泽东的信件当时没有公开发表，其主要精神在署名"钟洛"的文章《应该重视对〈红楼梦〉研究中的错误观点的批判》（载1954年10月23日《人民日报》）中得到传达，后在"文革"期间公开发表于1967年5月27日《人民日报》。

《新民主主义论》等著作之后，对五四新文化运动形成的多元文化思想格局的又一次整顿，以彻底消除思想文化界对激进的革命思想所持的怀疑和抵触。从“文革”期间披露出来的材料看，新中国成立初期毛泽东对电影《清宫秘史》的严厉批评就将改良主义视同“卖国主义”，并对中央高层有人阻碍批判《清宫秘史》深表不满。① 从这个意义上说，这两场批判多少涉及到中国现代化进程的思想交锋和政治交锋，且为后来的“路线”和“道路”斗争埋下了伏线，这背后的纠葛显然不是“文艺批判”所能容纳的。

同以上两场“文艺批判”不同，胡风文艺思想批判所要解决的主要是文艺思想分歧问题，正如周扬在《我们必须战斗》的长篇报告中所说，胡风的“许多观点和我们的观点是有根本的分歧的”，而且“历来就存在着分歧”。② 这里所说的“分歧”可以追溯到30年代以来存在于左翼作家内部的一系列文艺思想论争，只是在毛泽东的《讲话》成为革命文艺的指导思想以后，论争的性质才开始发生微妙的变化，胡风的主要文艺观点如鼓吹“主观战斗精神”、主张描写“精神奴役的创伤”、对“民族形式”的警觉，尤其是对“庸俗机械论”的批判等被认为是有违于毛泽东文艺思想的。早在1948年，中共文艺要人邵荃麟、林默涵等就以在香港出版的《大众文艺丛刊》为阵地，对胡风一派的文艺思想展开批判。在第一次文代会上茅盾又不指名地批评了胡风文艺思想是一种“‘小资产阶级的革命’文艺理论”，随即对胡风一派的批评逐渐升温，指责其文艺思想是和“毛泽东文艺方向背道而驰的”。1953年初《文艺报》相继发表林默涵和何其芳的重头文章③，对胡风文艺思想展开了全面、系统的批判。为了应对来自各方面的压力和指

---

① 参见姚文元《评反革命两面派周扬》一文，载《红旗》1967年第1期；戚本禹：《爱国主义还是卖国主义——评反动影片〈清宫秘史〉》，载《红旗》1967年第5期等。

② 周扬：《我们必须战斗》，载《文艺报》1954年第23、24期合刊。

③ 分别系《胡风反马克思主义的文艺思想》和《现实主义的路，还是反现实主义的路?》，载《文艺报》1953年第2、3期。

责，1954年7月，胡风向中央提交了经他和友人们长时间酝酿而成的《关于解放以来的文艺实践情况的报告》（即后来所称的“意见书”或“三十万言书”），在逐条反驳林、何的文章的同时，全面阐述了自己的文艺思想。1955年初，《文艺报》破例将“意见书”中的部分内容编成《胡风对文艺问题的意见》随第1、2期合刊附发，一场全国性的批判运动就此展开。为时不到半年，又因为胡风与朋友间的书信往来被披露，胡风等人被定性为“以伪装出现的反革命分子”，胡风及其友人相继遭到逮捕和监禁，至此这一文艺批判运动转变为“深挖胡风反革命集团”的对敌斗争，以一场牵连千百人的政治冤狱而告结束。

三大文艺批判表明，新中国文学的思想一体化进程是综合了组织行政措施乃至动用国家强制手段予以推动的，这在若干年后的“反右派斗争”和“文化大革命”中反复得到验证。

除了由文学界波及到思想文化界的三大批判，文学界内部规模不等的各种批判也几乎没有止息过。在新中国成立不到一年的时间里，方纪的《让生活变得更美好罢》、秦兆阳的《改造》、陈学昭的《工作着是美丽的》等小说，王亚平、卞之琳、沙鸥等的诗歌就受到各种指责；继而王林的《腹地》、碧野的《我们的力量是无敌的》、朱定的《关连长》、白刃的《战斗到明天》等小说和路翎的诸多作品受到《人民日报》、《文艺报》、《解放军文艺》等报刊有组织的批判。对广大作家最有震动的是1951年对萧也牧“小资产阶级文艺倾向”的批判。萧也牧是新中国初期成就卓著的作家。抗战时期他就在解放区从事宣传工作，解放后进城的短短一两年间就发表了近10个中短篇小说，其中《我们夫妇之间》、《海河边上》被一二十家报刊转载，并改编成电影、话剧、连环画；中篇小说《锻炼》还被有的省市团组织推荐给团员和青年作为思想教育材料。这样一位优秀作家却不幸率先成为“贯彻工农兵文艺方向”的牺牲品。在这一批判中，时任《文艺报》主编的冯雪峰发表署名“李定中”的来信，指责萧也牧以“玩弄人民的态度”描写工农出身的党员干部，称他为“最坏的小资产阶级分子”，“简直能够把他评为敌对的阶级了”。① 丁玲也撰文称萧也牧的问题不是“个人的创作问题”，而是“一种文艺倾向的问题”。② 这类不尊重文学艺术特征的教条主义的粗暴批评原本就是革命文学内部的积弊，因此出现在这些“老资格”的革命作家（兼文艺领导人）身上也就毫不奇怪了；只是他们想象不到，曾几何时更猛烈的批判就降临到了自己头上。

审美一体化的过程也是新中国文学艺术规范体系的建立过程，它包括题材选择、主题表现、人物塑造、语言和艺术风格等方方面面。周扬在第一次文代会上所作的报告已经从这些方面总结了解放区文艺的成就，并提出“必须确立人民文艺的新的美学的标准”③，这个“标准”和规范体系概括地说，就是革命现实主义。

现实主义在中国新文学的发展中有很深的根基，但是自从上个世纪 20 年代茅盾等人提出“为人生”的文学主张，引进了西方的现实主义理论以来，现实主义在 20 世纪中国文学中经历了一次最大的转变，这就是：从一种创作方法、写作风格、文学流派，演变为关于整个文学艺术的世界观、认识论与方法论，即革命现实主义。新中国成立后的 30 多年里，革命现实主义经历过“社会主义现实主义”、“两结合”、“三突出”等三种主要的理论表述，在对这些概念的阐述中，革命现实主义因其“最正确”、“最科学”而被“定于一尊”，成为新中国主导的文学创作潮流，基本的理论批评方法，构成了一套系统、严整的艺术规范体系。

在战争年代，革命现实主义在不同时期曾有过不同的称谓，如“新现实主义”、“进步的现实主义”、“抗战的现实主义”、“无产阶级现实主义”等。新中国成立之初，在中苏结盟和朝苏联“一

① 李定中：《反对玩弄人民的态度，反对新的低级趣味》，载《文艺报》第 2 卷第 5 期（1950 年 5 月 25 日）。

② 丁玲：《作为一种倾向来看——给萧也牧同志的一封信》，载《文艺报》第 4 卷第 8 期（1951 年 8 月 10 日）。

③ 周扬：《新的人民的文艺》，《纪念文集》第 93 页，新华书店 1950 年版。

边倒”的背景下，在照搬前苏联文化管理体制和文艺组织形式的同时，其文学艺术作品和文学理论也成为新中国文学最重要的思想文化资源，苏共领导人、苏共报刊、苏联文艺官员、著名作家和学者关于文艺的报告、讲话、文件、文章等都成为中国文艺界的“整风学习文件”，从苏联引进的“社会主义现实主义”由此而取代了关于革命现实主义的诸种芜杂称谓，成为新中国文学的指导。

中国文学界是在20世纪30年代初接触到社会主义现实主义这个口号的。1933年周扬第一次把它从苏联介绍到中国来。1934年9月第一次苏联作家代表大会通过了社会主义现实主义的正式定义，《苏联作家协会章程》规定：

> 社会主义的现实主义，作为苏联文学与苏联文学批评的基本方法，要求艺术家从现实的革命发展中真实地、历史地和具体地去描写现实。同时，艺术描写的真实性和历史具体性必须与用社会主义精神从思想上改造和教育劳动人民的任务结合起来。

在战争年代，由于中国社会发展未来走向的性质尚未确定，因此即或是革命作家对于“社会主义现实主义”的提法也心存疑虑。经过1951年冬到1952年底的几轮整风学习，文艺界的思想渐趋一致，曾坚持“无产阶级现实主义”口号的冯雪峰撰文指出，“用不到解释，无产阶级现实主义就是社会主义现实主义”①。周扬为苏联《旗帜》杂志写的文章更是以《社会主义现实主义——中国文学前进的道路》为题，论述“中国人民的文学正是在这个旗帜之下前进”，“中国人民的文学也是世界社会主义现实主义文学的组成部分”。② 在1953年9—10月召开的第二次文代会上，文艺领导人多方论述了毛泽东《讲话》精神和社会主义现实主义的一致性：

---

① 冯雪峰：《为克服文艺的落后现象，高度地反映伟大的现实》，《文艺报》社论，1953年第1期。

② 载1953年1月11日《人民日报》。

“毛泽东同志早在《延安文艺座谈会上的讲话》中就曾指出工人阶级的作家应当以社会主义现实主义作为创作方法”，在今天，“社会主义现实主义的文学艺术的发展有了更广大的现实基础，因而进一步学习和掌握社会主义现实主义的方法对于我们来说就具有更迫切和更重要的意义了”。① 茅盾更把“五四”以来的革命文学描述为朝着社会主义现实主义的方向发展过来的，而《讲话》“更明确地奠定了中国文学上社会主义现实主义的理论基础”，《讲话》所论述的一系列问题都是“社会主义现实主义的原则”，因此“许多年来大家努力为毛泽东文艺方向奋斗，也就是为社会主义现实主义方向而奋斗”。② 第二次文代会将外来的理论同毛泽东文艺思想统一起来，正式确认“以社会主义现实主义作为我们文艺界创作和批评的最高准则”，为审美一体化奠定了基石。

社会主义现实主义的至尊地位一经确立，立即就表现出它排斥性的一面，首当其冲的是对“旧现实主义”即批判现实主义或自然主义的排斥。根据当时文艺领导人和批评家们的论述，社会主义现实主义在以下几个方面同旧现实主义有着“本质”的区别：首先，社会主义现实主义是在“无产阶级宇宙观”指导下的创作，是世界观与创作方法的高度统一，这就从根本上克服了在资产阶级现实主义作家那里世界观与创作方法相矛盾的情况。其次，社会主义现实主义要求作家“善于觉察出生活发展的方向和新事物的萌芽、善于从革命发展中去表现生活”；“必须要把今天看来还不是普遍存在，然而明天必将普遍存在的事物，加以表现”，因此社会主义现实主义是“动态的”、“发展的”现实主义，而旧现实主义则被认为是“静态的”、“静止的”现实主义。其三，社会主义现实主义要求表现社会主义精神，塑造出具有社会主义精神的新人作为全体人民的楷模，使作品起到改造和教育劳动人民的作用；至于旧现实主义则被认为是表现“旧人”的，是看不到出路的和悲观

① 周扬：《为创造更多的优秀的文学艺术作品而奋斗》，载《文艺报》1953 年第 19 期。

② 茅盾：《新的现实和新的任务》，载《文艺报》1953 年第 19 期。

绝望的。从这些区分中可以清楚地看到社会主义现实主义所强调的观念性、教谕性和理想性。这些特点在后来提出“革命现实主义和革命浪漫主义相结合”时（以下简称“两结合”）被进一步放大了。

“两结合”并不是一个新话题，中国文学界早在20世纪30年代初接受高尔基文学思想和苏联文学理论时，就用现实主义和浪漫主义的“错综”、“交织”、“渗透”、“融合”、“无界限”等方式来表达“两结合”的涵义了；新中国成立后周扬和茅盾都曾较早地重提“两结合”。不过，“两结合”作为一个理论主题和创作原则则是在1958年形成的。这年3月，毛泽东在成都举行的中央工作会议上谈及新诗发展的道路时说：“形式是民歌，内容应是现实主义和浪漫主义对立的统一。”这个意见当时没有公开发表，但很快流传开来。6月1日《红旗》杂志创刊号发表周扬的文章《新民歌开拓了诗歌的新道路》，正式传达了毛泽东的意见，并指出：“毛泽东同志提倡我们的文学应当是革命的现实主义和革命的浪漫主义的结合，这是对全部文学历史的经验的科学概括，是根据当前时代的特点和需要而提出的一项十分正确的主张，应当成为我们全体文艺工作者共同奋斗的方向。”周扬的这一阐释给“两结合”的讨论确立了基调。一个并不算新鲜的话题在旁落了多年后忽然“热”起来，这除了领导人的倡导，也有它热起来的现实依据和功利目的。

倡导“两结合”的第一个现实依据是“大跃进”。党的“八大”以来，全国人民建设社会主义的热情空前高涨；1958年5月，党的八届二中全会通过了“鼓足干劲，力争上游，多快好省地建设社会主义”的总路线，随后中央又发动了全民“大跃进”运动和人民公社化运动。这些运动一方面“反映了广大人民群众迫切要求改变我国经济文化落后状况的普遍愿望”，同时又“使得高指标，瞎指挥，浮夸风和‘共产风’为主要标志的‘左’倾错误严重地泛滥开来"①，"大办钢铁"、"大办食堂"、"大办人民公社"以及"放卫星"是其典型的表现。"两结合"的主张是与大跃进形势相适应的理论反映，这正如郭沫若所说："毛主席提出革命的现实主义和革命的浪漫主义相结合的这个口号，是在这大跃进的时代。全国工人、农民，在总路线的光辉照耀之下，正在鼓足干劲，力争上游，发扬敢想、敢说、敢干的共产主义风格。这就充分显示了浪漫主义的精神。当然，它也是在现实主义的基础上表现出来的。所以，在文学上提出革命的现实主义和革命的浪漫主义相结合的创作方法是非常适时的、具有重大的时代意义的。"②

作为"两结合"的另一现实依据，是以"新民歌"为代表的群众性文艺创作活动。"大跃进"时期的新民歌运动是从群众中自发产生，经毛泽东亲自倡导，由各级领导积极组织推动而形成的。新民歌中确有一部分是人民群众采取传统民歌形式抒发的真情实感，但其中更多的则是违反艺术创作规律，在"全党办文艺"、"全民办文艺"的口号下，定指标、派任务、放卫星，粗制滥造的产物。例如《文艺报》曾报道安徽的一个乡在上半年就创作了12万首民歌，到年底还要创作60万首；河南的一个区仅两个多月时间就创作出17万件作品；山西省提出一年内要产生30万个"李有才"和30万个"郭兰英"等等。③ 总的来说，新民歌运动是赶任务、写中心、写政策同主观主义的狂热冒进的混合物，然而这种畸形的文学活动，却被当作"两结合"的现实依据。郭沫若、臧克家等权威人士以新民歌来证明："具有共产主义思想并以自己的行动促进共产主义到来的劳动人民能很好地掌握革命浪漫主义和革命

---

① 《关于建国以来党的若干历史问题的决议》第19页，人民出版社1981年版。

② 郭沫若：《就目前创作中的几个问题答〈人民文学〉编者问》，载《人民文学》1959年第1期。

③ 有关材料转引自李新宇《中国当代诗歌艺术演变史》，浙江大学出版社2000年版。

现实主义结合的方法是很自然的"①。

在这种形势下对"两结合"的倡导，显然有别于以往作家、批评家关于"两结合"的论述。第一，它首先是基于"时代要求"自上而下地提出来的，而不是从创作实践中总结归纳出来的；第二，由于人们的主观精神膨胀，它有贬抑现实主义的倾向，所以特别强调的是所谓的浪漫主义，而不是现实主义和浪漫主义的并重；第三，它是作为创造所谓的"共产主义的文学艺术"的创作方法而提出来的，而不是着眼于一般的文学艺术创作。由此可见，"两结合"的提出，一开始就被置于十分脆弱和虚幻的现实基础上。

与社会主义现实主义偏重于"真实地、历史地和具体地去描写现实"有所不同，"两结合"是以提倡、强调、抬高所谓的"浪漫主义精神"为前提的。在相当长的一段时期内，浪漫主义因被视为唯心主义创作方法和小资产阶级自我表现、自我扩张的同义语而备受排斥。在"大跃进"时代，浪漫主义随着膨胀的主观主义而身价陡增，备受青睐。周扬说："没有高度的革命的浪漫主义精神就不足以表现我们的时代，我们的人民，我们工人阶级的共产主义风格。"②邵荃麟解释说："我们所说的革命浪漫主义……也就是鼓足干劲力争上游的精神在文艺创作上的反映。"③对革命浪漫主义的倡导，给新中国文学进一步增添了英雄主义、理想主义和乐观主义色彩，想象、夸张、意象营造和语言修辞等艺术手法也愈见丰富；从文学的总体风格来说，倡导浪漫主义和"两结合"以来的文学，由新中国初期的质朴、平实、清新向庄重、华美、宏阔转变，这尤其表现在60年代的长篇小说、诗歌和散文创作中，其强烈的英雄主义和理想主义成就了共和国文学的典型风格。

但是，在扩大艺术境界的同时，其他的艺术流派和艺术方法则

---

① 郭沫若：《就目前创作中的几个问题答〈人民文学〉编者问》，载《人民文学》1959年第1期；臧克家：《新的形势，新的口号》，载《文艺报》1958年第22期。

② 周扬：《新民歌开拓了诗歌的新道路》，载《红旗》创刊号（1958年6月）。

③ 邵荃麟：《插红旗，放百花》，载《长江文艺》1958年第7期。

倍加受到“两结合”的挤压和排斥。受到贬抑的首先就是现实主义，许多批评家都以为，“没有浪漫主义，现实主义就流于鼠目寸光的自然主义”，或者“照相式的自然主义”；就“只会描生活之形，不会传生活之神”，是“‘爬行的’现实主义，绝不能表达劳动人民无比豪迈的思想感情”。出于这样的认识，坚持质朴的现实主义写作路线的赵树理在提出“两结合”以后就再也不曾“风光”过。同样受到排斥的是抒发个人情怀和独特感受的真正的浪漫精神。“两结合”的倡导者所说的革命浪漫主义是以压抑个性，反对个人真情实感的自然流露为特征的，如贺敬之对革命浪漫主义作了如下概括：诗人的理想必须是共产主义理想，诗人的胸怀必须是共产主义无限广阔的胸怀，诗人必须是集体主义者，是集体的英雄主义，诗里的“我”，必须是集体主义的“我”，社会主义的“我”，忘我的“我”。① 1959 年郭小川写的抒情诗《望星空》仅仅因为流露了一些人生世事的个人感怀就被批评为“极端陈腐”、“极端虚无主义”。② 以上事例表明，作为一种艺术规范，“两结合”实际上具有抑制现实主义和浪漫主义正常健康发展的双重功能，而这也正是审美一体化的题中之义。

1960 年 7 月，“革命的现实主义和革命的浪漫主义相结合”的创作方法在第三次文代会上得到正式确认。周扬向文艺工作者们指出：“采用革命现实主义和革命浪漫主义相结合的艺术方法，可以帮助我们的作家、艺术家最真实、最深刻地表现出这个英雄的时代和这个时代的英雄”③。尽管缺乏充分的事实和优秀的作品来证明“两结合”能帮助作家对生活的表现达到“最真实、最深刻”的程度，但也并未因此而动摇“两结合”的地位，它作为一个指导性的口号，一直沿用到“文化大革命”结束以后，直到一体化的最终解体。

---

① 参见贺敬之《漫谈诗的革命浪漫主义》一文，载《文艺报》1958 年第 9 期。

② 参见华夫（张光年）《评郭小川的〈望星空〉》，载《文艺报》1959 年第 23 期；萧三：《谈〈望星空〉》，载《人民文学》1960 年第 1 期等文。

③ 周扬：《我国社会主义文学艺术的道路》，载《文学评论》1960 年第 4 期。

十二、“放声歌唱”：讴歌的文学时代

[“大我”化的缪斯：进入“当代”的“现代”诗人——来自“第一线”：在新中国成长起来的诗人——“诗化的政论”：政治抒情诗的勃兴——给情感打造模式：散文“大家”和“杂家”]

“呵，多么好！我们的生活，我们的祖国；呵，多么好！我们的时代，我们的人生！”当贺敬之把华美而恢弘的诗篇《放声歌唱》奉献给党的生日的时候，除了那些“躲在阴暗角落”的人们，谁也不会怀疑中国进入了一个应该放声歌唱和值得放声歌唱的时代了。50年代到60年代，在批判运动的另一面，是鲜花似锦遮盖了各种颜色、赞歌如潮压倒了各种声音的世界，这是用颂歌砌就的文学时代，这是20世纪中国文学中从未出现过的讴歌的文学时代。

1958年贺敬之在谈到诗歌的“抒情的主人公”时，有个类似于“我是谁?”的著名发问：“是艾青的个人主义的‘我’？还是集体主义的‘我’、社会主义的‘我’、忘我的‘我’?”①后来他在为《郭小川诗选》的英译本作序时仍然强调“诗人的‘自我’跟阶级、跟人民的‘大我’相结合”②。这就是著名的“大我”说。

“大我”说并非仅出自贺敬之等受过延安文艺熏陶的革命诗人，朱自清、冯至、郭沫若等诗人都有类似的主张。本来，在五四新文学潮流中就不乏这种以人民为本位、以集体为本位的民本主义

① 贺敬之：《漫谈诗的革命浪漫主义》，载《文艺报》1958年第9期。

② 贺敬之：《战士的心永远跳动——〈郭小川诗选〉英文本序》，载1979年6月19日《光明日报》。

文艺观，说起来这更是革命文学的传统，尤其是延安文学以来，“人民大众”和他们的“歌者”的声音逐渐被扶为主流和正统，进而成为一种文学史的描述方式，用邵荃麟的话来说就是：“五四以来每个时期，都有两种不同的诗风在斗争着。一种是属于人民大众进步的诗风，是主流；一种是属于资产阶级的反动的诗风，是逆流。”①因此自新中国成立以来就根据“新的人民的文艺”的要求和规范，实行诗歌创作的抒情主体、表现内容、接受对象、话语方式等的全面转换，而概括起来说也就是从“小我”向“大我”的转换，从多种声音到讴歌独调的转换。应当说，这是新诗运动发动30年来最深刻的转变，而且这一转变又是以诸多新诗传统的“断裂”和现代诗人的“隐失”为标志的。

最充分体现这种转换的首先是自五四新诗运动发动以来，在30年里已经充分具有表现“自我”的能力且形成鲜明的艺术个性的“老”诗人，也是他们最早奉献出唱给新中国的颂歌，如《新华颂》（郭沫若）、《我的感谢》（冯至）、《我们最伟大的节日》（何其芳）、《天安门四重奏》（卞之琳）、《国旗》（艾青）、《天安门》（田间）等。就情感而言，这些作品无疑是真率的，有的真率到了近乎直白的程度，它们或许符合表达“人民的共同心声”的要求，但缺少一些与众不同的东西——不论是深切的感触、深邃的思考、深沉的情感，还是新奇的意象、新鲜的诗语、新颖的诗境。后来的创作表明，恰恰是那些已经形成鲜明艺术个性的老诗人，在从“小我”向“大我”的转换中最早陷入两难处境：放弃艺术个性，随声附和，则不免流于平庸；坚守艺术个性，卓尔不群，则难逃批判之虞。

郭沫若和臧克家是由“小我”向“大我”转换得最为顺利的老诗人，自新中国成立伊始至“文革”发生，诗作迭出，讴歌不断，历时10余年而不衰；“文革”结束后又有新篇，可谓老骥伏枥，讴歌不已。郭沫若作为现代新诗奠基人又是“革命文学”的倡导者，随革命时局之进退，早已打通“小我”“大我”之隔；新

① 邵荃麟：《门外谈诗》，载《文艺报》1950年第4期。

中国成立后出任文艺界和社会科学界首席负责人兼及国家领导人，其诗作诗论皆代表国家导向，自然不可以“小我”论之，有诸多应时应景应“中心工作”之作乃至于同最高领导人的酬唱应和之作都是很自然的。仅就其诗作存目看，也堪称国际国内要闻编年，且巨细皆备、雅俗兼容。最难得的是他端得起也放得下“诗人”的架子，听凭时势和“大众”需要，时而不以诗为诗，编些顺口溜、打油诗来宣传民众，如《学文化》：“毛主席告诉咱：咱们工人阶级当了家。要把中国现代化，要把中国工业化，当家的主人翁，必须学文化。”时而又以诗为诗，宣传政策，如选一百种花卉为题，各赋诗一首，将大政方针、时代风尚嵌入其中，结集为《百花齐放》，其迎合时势附会政策虽然有点“壮夫不为”，但举重若轻别开生面确也尽显文人机巧。对于在20年代就乐于“当一个留声机器”①的郭沫若来说，五六十年代的诗歌创作可以说是对他早年“革命文学”主张的亲履躬行，因而向“大我”的转换可谓轻车熟路、应付裕如，“诗多好的少”也就不是什么赧然之辞了。臧克家的诗名不足与郭沫若相比，但他在起伏跌宕的政治运动中始终扼守诗坛要津，长年担任《诗刊》主编，一直处在新中国诗界要人的位置。臧克家勤于写诗作文，在“文革”前就有6部诗集面世，是讴歌时代的高产诗人，但他以诗名世的倒不是标准的颂歌，而是新中国初期为纪念鲁迅逝世13年而作的短诗《有的人》；该诗对崇高与卑下两种人格、人生的赞美与讽刺至今仍被作为“当代”诗歌的代表作不时为人所引用。至于当时流传甚广的《在毛主席那里作客》则渐被淡忘，唯有的印象是诗人与毛泽东私交甚好，有谈诗论诗的书信往来，从《诗刊》争得毛泽东诗词的首发权，到成为毛泽东诗词的权威阐释者，到不遗余力地投入和组织诗界大大小小的批判，都可以由此得到解释。诗人后来回顾道：“解放以后这三十年来，我的诗创作，论数量不少，而质量却大半不高。”②其实，质量不高的主要是颂歌，他的若干抒情短诗，如

① 麦克昂：《英雄树》，载《创造月刊》第1卷第8期（1928年1月）。
② 臧克家：《甘苦寸心知》第202页，四川人民出版社1982年版。

《海滨杂诗》(1956)、《凯旋》(1961) 等倒是更能体现诗家本色。

冯至、何其芳、卞之琳等的名字足以让人联想到现代诗坛的鼎盛，但要从他们在新中国的诗作中觅其踪影则是难事。冯至在20年代就被鲁迅称赞为“中国最优秀的抒情诗人”，40年代写的十四行诗又备受朱自清、闻一多推重；尽管有如此殊荣，他还是决心推倒自己，从头做起。他写诗和自我反省同样勤勉，一边是对“西方资产阶级文艺影响”的认真清理，一边是对民歌民谣和古典诗词的认真学习，一边深入生活学习工农，一边将所观所感化墨为诗，到新中国成立10周年能攒下《西郊集》、《十年诗钞》等3部诗文集，为新中国而歌的诗心可鉴，但似乎多属平淡之作①。何其芳、卞之琳为“汉园三诗人”同调，抗战爆发后相继去延安，前者告别《夜歌》为革命文学代言，后者返回学府徜徉于外国文学经典，自此二人搁笔多年皆不以诗歌创作为业。但进入新中国，他们创作的冲动不已，歌颂的激情犹在，为祖国写下了第一批赞美的诗篇。不过，何其芳的创作少而又少，直到去世前的几个月，他还慨叹：“锦瑟尘封三十年，几回追忆总凄然。”卞之琳则是“自我表现”的一套没有褪除干净，被人抓了辫子，《天安门四重奏》便因“晦涩难懂”挨了批评，诗人唯恐检讨不及②，深入农村和工地，学习民歌和工农大众的语言，但依然“很难看出诗人在抒人民之情”③。十来年的努力终于未修成正果，晚年回首连自己也不满意：“这些诗，大多数激越而失之粗鄙，通俗而失之庸俗，易懂而不耐人寻味。”④

同样作为现代诗歌和现代诗人的标志，艾青和田间与冯至和卞

① 何其芳以为冯至“解放后所写的诗，矫揉造作的毛病没有了，但多数都写得过于平淡，缺乏激情”，见《诗歌欣赏》第92页，作家出版社1962年版。

② 对卞之琳的批评及诗人的检讨参见《文艺报》第3卷第8期（1951年2月10日）。

③ 参见刘浪、徐桑榆《对卞之琳“十三陵水库工地杂诗”的意见》，载《诗刊》1958年第5期。

④ 卞之琳：《雕虫纪历·自序》，人民文学出版社1979年版。

之琳等学院派诗人有着全然不同的背景，尽管他们在30年代就达到了自己的创作高峰，田间还被闻一多和胡风誉为“时代的鼓手”、“战争诗人和民众诗人”，但更令他们自豪的是延安的经历，作为解放区文艺运动的“过来人”，他们可以说是一身轻松进入新中国的，而且能够驾轻就熟地“代表”人民唱出时代的颂歌，他们的“高产”证明了这一点。艾青在“反右派”斗争开展之前就出版了《欢呼集》等5部诗集；田间在“文革”前出版的诗集更是高达17部，其中在旧作基础上扩展而来的长篇叙事诗《赶车传》耗费了他多年的心血，以近2万行的篇幅叙述了主人公石不烂在党的领导下寻找和建设人间乐园的故事，创造了中国现代叙事诗长度之最。不论就题材还是风格而论，两位诗人的路子明显是宽了很多，从国内到国际，从“西洋风”到“中国风”，但在为数众多的创作中却少有尽如人意的作品。在当时茅盾就以为田间“近年来经历着一种创作上的‘危机’：没有找到（或者是正在苦心地求索）得心应手的表现形式，因而常若格格不能畅吐，有时又有点像是直着脖子拼命地叫”①。艾青也看到了自己的“危机”②，这个危机不是周扬所批评的“能不能为社会主义歌唱”的问题，而是诗人后来回顾的“大多是肤浅的颂歌”③。为脱出“欢呼”的窠臼，艾青试图在一组国际题材诗作和咏物抒怀诗中找回自己，但被随之而来的“反右派”斗争掐住了脖子，他的尝试也被指责为“搬弄早已陈腐的资产阶级的现代主义的伎俩”④。

在新中国最早的“歌者”中，还有“七月派”诗人，凭着他

① 玄珠（茅盾）：《关于田间的诗》，载1956年7月1日《光明日报》。另见《鼓吹集》，作家出版社1960年版。

② 在1956年中国作协二次会议上的发言中，艾青说：“在我前进的道路上存在着危机；这种危机，我有信心去克服它”，参见《文艺报》1956年第5、6期合刊。

③ 艾青：《集外集·序》，花山文艺出版社1983年版。

④ 黎之：《反对诗歌创作的不良倾向及反党逆流》，载《诗刊》1957年第9期。

们同革命“剪不断，理还乱”的关系，同样把新中国的成立看作自己为之奋斗的胜利，因而与革命作家发出同样的欢歌。胡风参加了开国大典后就动笔写的长诗《时间开始了》便以《欢乐颂》起首。鲁藜、牛汉都在解放区工作过，也是新中国初期发表诗作较多的诗人，5 年内均有三四部诗集面世。相比之下绿原的诗作不算多，但也有诗集《从一九四九年算起》。用一个调子唱颂歌，“七月派”也不能免俗。但是胡风一派从来就持疑于民本主义，更主张高扬主观自我，只是他们的主张在诗歌中还来不及充分表现，就因胡风一案而被扼断了歌喉。

真正在新中国显得喑哑乃至沉默的，当属“中国新诗派”的诗人，且不说政治思想上的认同感如何，仅就文学观念和诗风诗路来说，第一次文代会所倡导的同他们的文化修养和诗歌观念就不啻霄壤之别。这一群“现代的哈姆雷特”（唐湜语）恰恰进入了一个拒绝“犹疑”和“动摇”的历史时代，这一群热衷于现代主义探索的诗人偏偏遇上了视现代主义为“颓废”、“腐朽”、“没落”、“反动”的社会环境，因而除了穆旦、杜运燮在“百花时代”发表过诗作，其余大多数早早就告别了诗坛，在“反右派”斗争开展以后，就连微弱的声音也完全止息了，20 年后“归来”时，则是以“九叶诗人”这个陌生的名字出现的。

在讴歌时代，成就最为显著的诗人是在解放区和新中国成长起来的诗人，他们当中的稍长者如李季、阮章竞、贺敬之、郭小川、张志民、闻捷等，经历过战争年代，本身就来自革命队伍这个“大我”之中，并且正是这个“大我”造就了他们和他们的作品，所以对他们来说，不存在从“小我”向“大我”转换的诸多困惑。《王贵与李香香》、《白毛女》、《漳河水》、《死不着》等作品都是周扬主编的《中国人民文艺丛书》的首批书目，是为“新的人民的文艺”奠放的基石，因而其作者很自然进入到新中国主流诗人的行列中。较为年轻的诗人则多来自“战斗、建设和生产第一线”，尤其是来自军旅，如雁翼、顾工、李瑛、未央、张永枚、公刘、白桦、梁上泉、周良沛、胡昭等，他们所处的社会环境和文化环境都相对单纯，他们的生活同新中国的事业声息相通，共和国跳动的脉搏就是他们的心声，因此，与其说他们向“大我”的转换没有遭遇到多少困难，还不如说他们在观念和艺术上还没有形成鲜明的“自我”。然而，随着思想和艺术的成长，这两个诗人群体都变得复杂起来，这种复杂性在两个面向上发展：一方面，他们不再满足于“政论+抒情”的颂诗模式和风格，而以自己的工作环境、生活环境为基础，促成了颂诗的生活化（具体说来显著地表现为“行业化”、“地域化”）和风格化（民族风格、地域风格和个人风格）；另一方面，他们当中有的人甚至不再满足于颂诗本身，试图打开新的视野来观照生活，用自己的方式来表现生活，以至于渐行渐远，成为一体化时代的“逾矩”者而被放逐，如公刘、白桦、邵燕祥、流沙河等。无论从哪个方面来说，这两个诗人群体共同构成了新中国诗坛的中坚，是他们充实或改变着讴歌时代的诗坛格局。

颂诗的生活化在两个方面展开：行业生活和地域生活。抗美援朝战争的爆发和军旅诗人的成批涌现使军旅诗成为一个颇具代表性的诗歌题材，部队进行政治动员和文艺宣传的传统也使军旅诗长盛不衰。未央的《祖国，我回来了!》、胡昭的《光荣的星云》等诗集混合着朝鲜战场的硝烟和革命军人的自豪，特别能打动生活在和平年代的人们。而和平时期的军营生活和战士情怀则是李瑛诗歌的动人之处，以小见大的物喻和点化，既贴近士兵的日常生活，又不失战士的高远理想，二者融合成对人民的忠贞和对祖国的爱，且余音袅袅，言犹未尽，改变了人们对军旅诗仅仅是决心誓言“铿锵有力”的印象。“行业”之风从军旅波及其他。雁翼、梁上泉先后参加过康藏公路、宝成铁路、成渝铁路等西南交通大动脉的建设，随着筑路大军的足迹，《大巴山的早晨》、《在云彩上面》、《喧腾的高原》、《寄自巴山蜀水间》等工地诗篇也在他们笔下延伸。同农村生活近距离接触的诗人则开始绘制农村的新篇章，大规模的农田水利基本建设和农业合作化运动的开展使农村题材在颂诗中的地位迅速攀升。严阵从治淮工地走到皖南农村，一路播撒欢歌也播撒下自己的诗名，从《老张的手》到《江南曲》，使他成为同辈诗人中的佼佼者。张志民写农民有点重操旧业的味道，挟《王九诉苦》、《死不着》等作品进入新中国的他，写过正儿八经的颂诗，也改弦更张地弄过中短篇小说、剧本、报告文学，但更本色的还是《社里的人物》、《公社一家人》等诗作。行业生活进入颂诗，在促进题材细分的同时，也促使颂诗视野“下移”，更加贴近基层生活，贴近工农兵大众，尽管其视野和生活面是有限度的，但它依然浓缩了各行各业的人们对新中国的美好希冀和情愫。

随生活化而来的是颂诗的风格化，最易于为人感知的是地域风格。从客观方面说，地域风格特征很容易在现代化建设和传统生活的比照中鲜明地凸显出来；从主观方面说，地域风格特征也较容易为具有不同文化背景或不同文化习俗的诗人所把捉。现代化进程的延伸将诗人的足迹带到了边陲，异地风物异乡风情几乎不需多加打造，能将它们说出来便成了诗，能将它们织入诗行便有了风格，公刘的《佧佤山组诗》、《西双版纳组诗》、《西盟的早晨》，白桦的《金沙江的怀念》、《热芭人的歌》等作品足能说明这一点。公刘和白桦还花了很大的精力去搜集少数民族的故事传说，于是便有了《望夫云》、《阿诗玛》、《孔雀》等动人的叙事诗问世。给颂诗增添地域特色的不在少数，而且是许多诗人的自觉追求，但其中成就较高、影响较大的首先当数闻捷。闻捷是随解放大军进入新疆的记者，当他出版第一部诗集《天山牧歌》的时候（1956），其中诸多诗篇已经流传甚广了。《天山牧歌》无疑属于颂诗，但人们更乐意把它当作爱情诗集来读：天山雪峰、和硕草原、吐鲁番盆地、博斯腾湖畔是爱的天幕，葡萄架下、苹果树旁、哈密瓜地、赛马场上是爱的摇床，冬不拉、热瓦甫、手鼓、碰铃是爱的奏鸣；星星、夜莺、红柳、胡杨是爱的见证，诗歌酿足了爱情的氛围，足能让人陶醉其间，尽管一个劳模的“奖章”、一张立功的“喜报”、当一个拖拉机手的承诺，可能有伤于爱情的天籁之声，但把它当作维吾尔（或哈萨克）姑娘的幽默俏皮也未尝不可。闻捷是懂得如何让生活之美和歌吟之美浮出标语口号和议论说教的，因此他放弃了“交响诗”而选择了“小夜曲”，削弱颂诗中“壮歌”和“战歌”的成分，而增添一个牧歌的和声，他相信“淙淙的小河淌水声，却能引起你无限美好的情思”①。至于“交响诗”则自有它的去处，稍后闻捷创作的长篇叙事诗《复仇的火焰》以史诗的规模和恢弘的气势，证明了诗人非凡的才华。

闻捷、公刘、白桦等人的创作表明，50 年代前半期的那种生硬而豪迈的、直露而热烈的、稚拙而昂扬的、滞重而刚健的、标语口号而又书面化的诗风逐渐向轻盈、俊秀、和谐和优美转化，意象的营造、语言的打磨逐渐讲究起来，诗歌表现的地域风格带动了诗歌语言形式的风格化。特别是经过新民歌运动的陶冶，不论是毛泽东对“古典＋民歌”的倡导还是文学界对“两结合”方法的大量阐述，都对诗歌创作发生了美学效应，民歌的清新上口进入了歌颂先进人物的诗：“老主任，小胡儿翘，一天到晚最爱笑，笑得两眼一条线，笑得烟锅叼不牢。”（张志民《公社一家人》）古诗的典雅精致进入了歌颂农村新气象的诗：“十里蛙鸣唱流水，一曲莺声入枣林，迎风听琴鼓，举首望新村。”（张志民《南疆路》）梁上泉的《山泉集》，严阵的《江南曲》、《琴泉》等诗集已然大有以文胜质的唯美主义倾向，没有被批评为形式主义和小资产阶级情调的原因全在于颂诗主题的点化，如：“菱盆儿分开，菱盆儿靠拢，采菱的歌儿忽西忽东，那歌声好像对全世界说：羡不羡慕我们这里像诗一样的生活？”（严阵《采菱曲》）可见，不论地域风格还是语言形式风格，在讴歌时代总的说来还是一种“装饰”的风格，也就是用“诗情画意”去包裹政治观念，去装扮现实生活。有理由说 50 年代后期到 60 年代初期是诗歌风格最具多样化的时期，但即或是在稍微“宽松”的时期，对于文学，尤其是诗歌的审美规范也并没有松动多少，依然不允许复杂、暧昧、深沉、晦暗，简单地说，就是要使人“看懂”，以防止任何“不健康的东西”的侵入。所以蔡其矫在 1958 年写的《雾中汉水》、《川江号子》等作品因为写了“沉重的橹声”、“痛苦的跋涉”，还有“悲歌”、“喘息”、“呼号”

① 闻捷：《动荡的年代·后记》，作家出版社 1959 年版。

等便被指斥为“一面灰旗”①。

如果从颂诗的角度来简要地勾勒新中国诗歌发展史，或许可以说，“反右派”斗争之前的五六年是草创期，之后的五六年是探索发展期，到“文革”发生之前则进入了成熟期，其标志就是共和国颂诗的经典形态“政治抒情诗”。政治抒情诗是“民族国家想象”的一种诗歌形态，可以追溯到近代，时事政论和社会动员是它的主要功能，抒情性及审美性则需有效地服务于这一政治功能。50 年代前半期，何其芳的《我们最伟大的节日》、石方禹的《和平的最强音》、贺敬之的《放声歌唱》、郭小川的《投入火热的斗争》和《致青年公民》等都属于政治抒情诗。政治抒情诗的高潮出现在 60 年代，特别是 1962 年中共八届十中全会毛泽东提出“千万不要忘记阶级斗争”以来，此时国内正经历三年困难时期，国际面对“帝修反的包围”，因此诗歌首当其冲的任务就是进行“斗争”的政治动员，现实的需要是把注意力转移到国内外“阶级敌人”身上，激励革命斗志来度过天灾人祸造成的困难时刻。政治抒情诗恰逢其时地承担起了这样的政治使命且打造出共和国的颂诗经典，而贺敬之则以政治抒情诗的成就堪称新中国的桂冠诗人。

从《放声歌唱》到《东风万里》、《十年颂歌》、《雷锋之歌》再到新时期的《中国的十月》、《八一之歌》等，这位从延安走出来的革命诗人始终站在斗争的前列，关注着时代的风云变幻。他能娴熟地采用陕北民歌信天游的形式写出《回延安》，也能借鉴古典诗词的形式吟咏《桂林山水歌》，但是他的卓然超群之处在于能充分调动各种艺术手段，将政治抒情诗打造成足以铭刻一个时代精神、一个国家形象的文学经典。首先，一个置身革命队伍，站稳阶级立场，观察斗争风云，肩负历史使命的抒情主人公形象，始终矗立在他的作品中，这是一个“大我”的歌者：“我们——中国！/我们六亿五千万人的革命大军”（《放声歌唱》）；“我们六万万个胸膛/我们六万万颗心脏”（《东风万里》）；“我们社会主义的跃进的战马/我们共和国的历史的车轮”（《十年颂歌》）；“我们阶级大

① 《一面灰旗》，载《文艺报》1958 年第 15 期。

军的震天号角/我们革命人生的路上这嘹亮的晨钟”（《雷锋之歌》）等。其次，营造了一个以政治主题（革命、斗争、建设等）为主导的宏观意象群，熟稔地将抽象概念具象化、生活意象政治化、具体意象全景化。如党是“正挥汗如雨！/工作着——/在共和国大厦的/建筑架上！”祖国是“万丈高楼/站起来！/它，加高了/一层——/又一层！”其三，吸收中外诗歌样式熔冶出一种具有强烈的论辩性，也不失抒情性的诗歌文体，在内涵上是合逻辑的，在形式上是铺排的，充沛的情感推动着铺排的语式，在铺排的语式中包含一系列的设问、假设、让步、转折、重复、递进，以排山倒海的冲击力托出某个不可辩驳的必然性结论。其四，构建起一种与现代民族国家形象相称的庄重、恢弘、雍容的诗歌风格——其庄重在于改造了自《讲话》以来诸多诗人（如李季、田间、张志民等）袭用的民间话语，也改造了“五四”以来诸多诗人（如何其芳、艾青、郭小川等）难以祛除的个人话语，而以代表“国家”和“党”的声音的主流话语支撑起诗歌的话语系统，因而雅俗得体、气度不凡；其恢弘在于贯通古今，囊括寰宇，在“五千年”、“八万里”的背景上，打造现代中国的巨人形象；其雍容在于抒情主人公以“大我”之姿，自由游走于“国家”和“人民”之间，畅论国事如家事，犹似登高临四海，尽抒民情比亲情，恍若万众朝天庭，尽显国之穆穆，民之殷殷，上下一体，固若金汤的国家威仪和盛世景象。可见贺敬之的政治抒情诗集新中国颂诗发展之大成，将“政论的诗化”改造成“诗化的政论”。在“文革”发生前的两三年，尽管政治抒情诗的写作成为潮流，有影响的诗人和诗作也不少，如严阵的《竹矛》、张志民的《擂台》、张万舒的《黄山松》等，但大多不能摆脱“政论的诗化”之窠臼，干瘪的形象同政治概念一样空泛，仅仅是有韵的政论；与之相比，贺敬之的诗作即或从艺术的角度也可以说他完善了民族国家想象的诗语构型，把讴歌时代的政治抒情诗推向巅峰。因而他的诗歌不仅在当时流传甚广，人们争相效仿，而且作为共和国诗歌的经典性和标志性建筑尚能昭示来者。从“文革”时期流传甚广的《理想之歌》，到粉碎“四人帮”后艾青写《光的赞歌》、张志民写《祖国，我对你说》以及李瑛的

《一月的哀思》、《九月献诗》、《我的中国》等，都依然延续着政治抒情诗的路子，在这种文学背景下，足以使贺敬之的政治抒情诗作为一个文学典范，留存在20世纪中国文学史上。

同样作为抒情性文类，散文在新中国的变动与诗歌相似，也经历了一个由“现代”而至“当代”的转向。五四新文化运动兴起，迅即将古典散文改造为现代散文，这里有两个重要因素起到催化作用，一是个性解放，二是白话文。散文之“散”得之于“内容”上思想的自由和心境的不拘，还得之于“形式”上表达的自由和体例的不拘，这两个条件在五四时期是充分具备了，因此在为新文学第一个十年做小结时，鲁迅甚至以为“散文小品的成功，几乎在小说戏曲和诗歌之上”①。然而在纳千人万众于一声一调的讴歌时代，有伤于散文犹甚，思想和心境都大受限制，“形式”也就逐渐流于“模式”。因而五四新文化运动培植起来的现代散文精神渐至空疏甚或流失，取而代之的即是“当代”散文。

与诗歌的喧腾不同，新中国最初几年的散文创作是在平寂中度过的，现代散文大家大多或离世、或去国；于散文方面有成就的其他作家也多任他职，散文家风流云散，各在一方，尚不足以“界”论之，即或老作家有点表态性文字，也没有什么人认真当作散文看待。由于散文的直接社会功能有限，很多作家更热衷于写通讯报道或感情色彩浓一些的特写之类，如巴金发自朝鲜战场的见闻和感受，秦兆阳、艾芜、柳青关于农村新人新事的叙述，这类具有新闻采访和报道性的文字，更接近于解放区报告文学的传统，显然不同于“五四”以来的现代散文。散文的重振发生于1956年贯彻“双百”方针前后，这次“重振”在一定程度上体现了续接现代散文传统的努力。

首先是在“双百”方针的鼓舞下，在较为宽松的环境中，作家的心境前所未有地舒畅，个人性情流诸笔端，同样是讴歌，但透出更多的闲适怡然、雅趣雅兴，老舍的《养花》、丰子恺的《庐山

① 鲁迅：《小品文的危机》，《南腔北调集》第132页，人民文学出版社1958年版。

面目》、钦文的《鉴湖风景如画》、萧乾的《草原即景》、姚雪垠的《惠泉吃茶记》、黄苗子的《豆腐》、端木蕻良的《传说》等作品，将文人的抚花弄草、游山历水、品茶酌酒、说古论今俱现眼前。冰心的《小桔灯》的刊出，更是多少唤回了些五四新文学的印象。1957年7月《人民文学》特大号推出了周作人（署名"启明"）、沈从文等久违了的现代作家的散文加深了这种印象。同是这一年，由中国作协编辑的年度作品选以"散文小品"单独成卷，前言特别指出"这本选集反映了1956年我国文艺界的一个好现象：短小的散文小品多起来了"，而"在全国解放后的几年间，这类短文却不多见"。① 这是在"文革"前第一次也是唯一的一次承续鲁迅等的提法，将"散文小品"同"特写"相"剥离"，显然是对散文这一特殊文类的认可。

接续五四传统的又一个突出表现是对杂文的倡导。作为散文的一个别类，杂文以议论见长，尤其又以指斥时弊、评点人生世相而淋漓尽致地发挥着散文的社会功能。自延安时期丁玲等人提出"如今还是杂文的时代"被文艺整风运动压制下去以后，最具批判精神的杂文就从革命文学中隐退了，新中国成立后虽然有人呼吁过"杂文复兴"②，但面对讴歌的海洋，并没有激起几许回音。乘着贯彻"双百"方针的"春风"，杂文出现了短暂的复兴，经历过五四新文学运动洗礼和熏陶的中老年作家如茅盾、夏衍、巴金、叶圣陶、唐弢、巴人、徐懋庸、孟超、吴祖光等充当了杂文创作的中坚，诸多报人、学人、编辑、记者及年轻作家的参与，主流媒体的支持，壮大了"复兴"的声势。《"废名论"存疑》（夏衍，署名任晦）、《论"有啥吃啥"》（巴金）、《老爷说的准没错》（叶圣陶）、《言论老生》（唐弢）、《况钟的笔》（巴人）等俱是切中时弊

① 林淡秋：《散文小品选·前言》，人民文学出版社1957年版。

② 1950年黄裳在《文汇报》上发表过《杂文复兴》一文，后来夏衍在《人民日报》上发表的《读小品文》一文中，以为我们的报刊上"要有和应该有鲁迅式的杂文"（夏衍：《杂文和政论》第64页，北京出版社1954年版）。

的名篇，也正是在这些杂文创作中又现“五四”风采。杂文“复兴”为时甚短，仅一年有余便因“反右”而夭折，但有的写手已足以担得起杂文家的名号，如徐懋庸、黄秋耘、邓拓、廖沫沙、严秀、牧惠等。60 年代初，在一批老作家的支持下，杂文创作再度活跃了一阵，邓拓陆续发表了《燕山夜话》，还同吴晗、廖沫沙等合写《三家村札记》，以杂家杂谈的方式来履行“表彰先进，匡正时弊，活跃思想，增加知识”的宗旨①，但正是杂家杂谈中的现实关怀酿成了“反党黑帮”第一案。杂文有“史”可续，鲁迅的杂文精神在“当代”得以承传，这是以几代人“以言获罪”的代价换取的。

“百花时期”续接现代散文传统的努力流产了，但散文的地位却大大提高了，老作家的以身垂范，名篇佳作的耳濡目染，吸引更多作家参与散文创作甚至以此为业，冰心、曹靖华、吴伯箫、碧野、菡子、秦牧、郭风、何为等人堂堂正正地摆开了写散文的架式，袁鹰、柯蓝、魏钢焰等人将创作重心从诗歌移向散文，杨朔、刘白羽从写小说、通讯转向写散文，曾经门庭冷落的散文急速升温。从 50 年代末到 60 年代初，《人民日报》、《文艺报》、《文汇报》、《光明日报》、《羊城晚报》等中央和地方报刊相继发表提倡散文创作的文章，也就散文的艺术特征进行了广泛的讨论，老舍、冰心、李健吾、柯灵、徐迟等老一辈的作家同中青年作家、评论家以前所未有的热情参与讨论，共同的看法是“散文重要”②。“散文界”逐渐成形，“散文家”也呼之欲出，新中国散文以此为契机恢复了与诗歌、小说比肩而立的地位。

杂文受到抑制，散文得到提升，原因全在于人们发现，散文同样能承担起“讴歌”的使命，而且其叙事性胜于诗歌而抒情性又

① 1962 年 5 月《人民日报》开设“长短录”专栏确立了此宗旨。邓拓曾任《人民日报》主编、中共北京市委书记处书记。

② 1959 年第 14 期《文艺报》开辟了“让散文这枝花开得更绚丽”的专栏，刊登了秦牧、冰心、菡子、柯蓝、李若冰等人的文章；1961 年 1 月 28 日《人民日报》刊登了老舍题为《散文重要》的文章，此后又相继发表李健吾、吴伯箫、柯灵等的文章。

胜过小说，叙事兼抒情的中间性使它具有诗歌和小说不可替代的优势。严文井在为新中国成立10周年散文成就作总结时说：“我们的散文已经不再限制于表现作者自己和作者自己圈子里的那些人物了。工人、农民和战士登了场。”“我们的散文从许多角度表现了他们的英雄主义和乐观主义精神，歌颂了他们的斗争和劳动，意志和理想。”①从理论上说，“形散神不散”被奉为散文创作的“艺术规律”畅行无阻地引导散文创作近20年，其关键之处在于“神不散”，亦即“中心明确，紧凑集中，不赘述”②。而这条“艺术规律”实际上已经隐含了以不散之“神”来框定作家“思想”，进而达到对艺术表现的规范和掌控。

“神”(即“中心”）被规定了，留给作家的就仅仅是如何“表现”的问题。因此同诸多颂诗一样，即或是较有成就，且具个人风格的散文家，其“风格”也仅仅限于某些外在的表现方法和艺术样式，也就是所谓“模式”。被视为这一时期散文创作“三大家”的杨朔、刘白羽和秦牧就分别代表了“诗人”、“战士”、“学者”的散文写作“模式”。

杨朔和刘白羽早年都在部队从事文艺宣传工作，写过小说和通讯报道，50年代中期以后较为集中地从事散文创作。然而，这两位作家给自己设置的写作身份是很不一样的。杨朔是以“诗人”之心来对待散文的，他说：“我在写每篇文章时，总是拿着当诗一样写。”③因此他写散文是全方位地向诗歌，尤其是向中国古典诗词学习，从语言的锤炼、意象的选择，到意境的营构。此中运用最为娴熟的艺术手法，以主题表现而论，就是托物寄情或者借物咏志；以结构方法而论，就是起笔求自然，承转有跌宕，卒章显其志。杨朔流传较广的主要代表作如《香山红叶》、《荔枝蜜》、《茶花赋》、

① 严文井：《建国十年文学创作选·散文特写（序言）》，中国青年出版社1959年版。

② 肖云儒：《形散神不散》，载1961年5月12日《人民日报》。

③ 杨朔：《东风第一枝·小跋》，《杨朔散文选》第220页，人民文学出版社1978年版。

《雪浪花》以及《海市》、《泰山极顶》等大致如是。又因为杨朔偏爱选择小型化意象，如一片叶、一朵花、一缕风、一沫浪、一小岛、一蹊径等等，偏爱柔和、清丽的色彩和空灵、缥缈的境界，因此其散文风格一般以优美含蓄论之，如冰心说他“落花无言，人淡如菊”；曹禺说他“不直、不露、不多、不粗”。① 这与刘白羽的雄浑开阔适成反照。刘白羽是以“战士”之姿来对待散文的，他说自己是“自觉地把散文作为武器为当前政治斗争服务的”②，因而他的作品偏爱选择大型化意象或大型化场景，如高山、长河、大海、红日，激烈的战斗、勇敢的进军、沸腾的工地、火热的劳动等，将它们构成“斗争”的隐喻或象征，如照亮夜空的灯火、冲破云雾的阳光、劈开波涛的航船、穿越风雨的海燕等，甚至在色彩的使用上也以浓墨重彩构成强烈的对比和冲突。在结构上是大开大阖，常用类似蒙太奇的手法，将现实和历史组构成跳跃性的画面，辅以自己的议论和西方哲人的名言来加强其政论性。因而他的代表作《日出》、《长江三日》、《红玛瑙》、《平明小札》等常被时人赞为“进军的号角”、“嘹亮的战歌”、“革命的人生哲学”等。

如果说杨朔和刘白羽的风格分别类似于诗歌中的抒情短章和政治抒情诗，那么秦牧的散文在诗歌中似无可比照者，这是因为他的散文不是走的颂诗的路子，而承袭了杂文和小品文（与后来的“随笔”相当）的衣钵，读他的散文犹如身处茶楼酒肆，话接地北天南，海阔天空，娓娓而谈，多以人文地理、轶闻趣事、艺文品鉴、花草虫鱼为谈资，涉笔成趣，敷衍成篇，涵杂家之广博，得学者之儒雅，其知识性和趣味性于当时散文界独标一格，《花城》和《艺海拾贝》两部散文集也因此风靡一时。其成功之道，大致也本之于“形散神不散”：“用自己精深的思想红线把生活海洋中的贝壳珠粒，穿缀成闪光的项链……虽然运思落笔似不经心，但却字字玑珠，环扣主题；形似‘散’，而神实不散。”③于是在流光溢彩、

① 分别参见《文艺报》1961 年第 6、12 期。

② 刘白羽：《刘白羽散文选·前言》，人民文学出版社 1978 年版。

③ 肖云儒：《形散神不散》，载 1961 年 5 月 12 日《人民日报》。

炫人眼目的《花城》中，“神不散”的是对“城市人民公社化”的“春来了”的讴歌；在《古战场春晓》中，“呵，我们美丽的土地，英雄的人民”这根“思想的线”牢牢拴住了“凭吊怀古的豪情”。所有的广见博识、贝壳珠粒，都是“思想”的美丽装饰。然而“思想红线”未必就是保险丝，“文革”风波一起，秦牧散文的知识性、趣味性照样被诬为“毒药里拌的蜜糖”。

同“大我”的抒情相比，某些发乎个人的忆旧之作或游记还隐约可见昔日散文的流风遗韵，尽管大多依然不脱离讴歌的主旋律，但也还守得住一个“我”，即如巴金当年所说：“我有一种看法，我的任何一篇散文里都有我自己。这个‘我’是不出场的，然而他无处不在。”①巴金的一组朝鲜战场散记在当时的影响远超过他的怀人之作，但后者却常常浮现出一个“现代”巴金的身影，如《忆鲁迅先生》、《秋夜》、《悼振铎》、《哭靳以》等，在对“前辈”和“同志”的哀悼中却寄寓着对“同仁”的怀念，而这种怀念是不可能让渡给“大我”的。曹靖华与鲁迅曾生活在一个时代，又是略微“晚出”的散文家，他更多的作品创作或发表于60年代初，对新生活的描画还有些拘谨，对故人往事的回忆则如行云流水，《忆当年，穿着细事且莫等闲看！》已有微讽世风之意，《罗汉岭前吊秋白》更能以简朴至极之文诉不尽怀念之情。吴伯箫的《记一辆纺车》、《窑洞风景》、《菜园小记》等名篇也产生在60年代初，且多以“重温延安精神”为主题，但主题和题材的“重大”并没有驱使作家发号召、作动员，而是沉浸在充满温馨的回忆中，把“自力更生、艰苦奋斗”的口号化为一段人生经历、一种生活情趣与人分享。沈从文的《新湘行记》、张恨水的《陶然亭》、丰子恺的《阿咪》等或许都算不上什么名篇，“大家”也是过往之事了，久不出手，偶一为之，多少有些“随意”，因为“不加造作”，故也无“模式”可循，或许这正是现代散文的遗踪所在。

---

① 巴金：《谈我的散文》（1958年4月），巴金：《赞歌集》，上海文艺出版社1960年版。

十三、从“百家”到“一家”：文学一体化格局的稳固

[“春天来了”：“双百”方针的提出——“打开窗户说亮话”：对一体化的全面反思——一个苏联人惹的祸：“干预生活”的写作——边缘化和再边缘化：被打成“右派”的一群]

春天，是个美好的字眼，可是在经过1957年的那个夏天之后，在几代中国知识分子的记忆中，与春天联系在一起的不是夏的蓬勃繁茂，而是秋的肃杀、冬的凛冽，一直到“文革”结束后的“解冻”时节，作家们还时不时心有余悸地相互提醒“春天里的一股冷风”和“倒春寒”。1957是中国作家的阴暗记忆，由于它来得那么突然，那么迅捷有力地就将中国作家的春之梦打入冰窟窿里，因此印象尤深，而那个在历史长河中连一瞬都说不上的短暂的“春天”则被今天的文学史家命名为“百花时代”，以近乎反讽的意味祭奠着载负了中国作家太多希望和失望的年代。

“百花时代”的春讯是在1956年的春天发出的。在经过了数年的文艺批判、思想运动和组织整肃之后，这年1月中共中央召开了知识分子会议，周恩来在《关于知识分子问题的报告》中指出，经过数年来的思想改造，知识分子中的绝大部分“已经是工人阶级的一部分”。稍后，毛泽东在《论十大关系》的报告中提出，要“把党内党外、国内国外的一切积极的因素，直接的、间接的积极

因素，全部调动起来”①，迎接社会主义经济和文化建设的高潮。4月，在中央政治局扩大会议上，毛泽东引苏联的经验教训为鉴戒，采纳了在艺术问题上百花齐放，学术问题上百家争鸣的意见，以为这应该成为关于科学和文化工作的方针。这些都是温暖人心的信息。5月初，在最高国务会议第七次会议上，毛泽东正式提出了在艺术方面的百花齐放的方针和在学术方面的百家争鸣的方针，这就是“双百”方针。5月26日中共中央宣传部长陆定一向自然科学家、社会科学家、文艺工作者作了题为《百花齐放，百家争鸣》的讲话，② 讲话的核心是在“人民内部”扩大民主与自由以促进文学艺术和科学研究工作的发展，这包括独立思考的自由，辩论的自由，创作和批评的自由，发表自己的意见、坚持自己的意见和保留自己的意见的自由等；为了实现这些自由，讲话还特意强调在题材和人物以及创作方法等方面“党从未加以限制”，“应该由文艺工作者自由讨论，可以容许各种不同的见解，并在自由讨论中逐渐达到一致”。

中央高层领导人的报告和讲话给多年沉闷、压抑的文学界乃至知识界传递出一个调整思想观念和方针政策的信息，有人用“知识分子的早春天气”来形容“乍暖乍寒”的政治气候和欣喜与顾虑参半的心境③。然而1957年4月27日中共中央发出的关于开展整风运动的指示将这些顾虑似乎一扫而空，④ 批评主观主义、教条主义、宗派主义的“大鸣大放”随之展开，使这一年的春天有点春意盎然了，人们用“春风”、“春雨”来形容“双百”方针，用“春天”、“春色”来形容“双百”方针带来的宽松和谐的气氛，文学批评和文学创作可谓“满园春色关不住”，出现了新中国成立以来从未有过的活跃局面。

---

① 毛泽东：《论十大关系》，《毛泽东文集》（第7卷）第44页，人民出版社1999年版。

② 载1956年6月13日《人民日报》。

③ 参见费孝通《知识分子的早春天气》一文，载1957年3月24日《人民日报》。

④ 该指示公开发表于1957年5月1日《人民日报》。

文学批评活跃的显著特征借用姚雪垠的标题文字可以说是“打开窗户说亮话”①。在“自由”之声的鼓励下，作家、批评家们的言谈之直率一改以往遮掩藏掖的姿态，锋芒直指教条主义。当时，作家、批评家所说的教条主义“根源”主要表现在两个方面，一个是机械片面地理解毛泽东的《讲话》精神，一个是全盘照搬苏联的文艺理论；前者事关第一次文代会确立的“文艺方向”，后者事关第二次文代会确定的创作和批评的“最高准则”。因此，对教条主义的批评直接触动了思想一体化和审美一体化的理论基石。

较早涉及“文艺方向”问题的是钟惦棐，他以《文艺报》评论员的名义发表的《电影的锣鼓》② 从国产影片不景气等现象入手，提出“绝不可以把文艺为工农兵服务的方针和影片的观众对立起来；绝不可以把影片的社会价值、艺术价值和影片的票房价值对立起来；绝不可以把电影为工农兵服务理解为‘工农兵电影’”。文章认为造成上述对立的便是教条主义，“其所以是教条主义的，便在于它把党提出的‘文艺为工农兵服务’的正确指示僵化了，并且作了错误的解释”。钟惦棐的文章谈的是电影问题，但锋芒直指“原则方向”，因而迅即激起广泛的反响。在文坛上崭露头角的青年作家刘绍棠相继发表了《现实主义在社会主义时代的发展》和《我对当前文艺问题的一些浅见》两篇文章③，明确提出：教条主义的理论指导思想是阻碍新中国文学繁荣的“最大症结”，因为“教条主义的理论，在很长的一段时期内，成为‘正统’的理论指导思想”。他直言，在新中国“一开始就被教条主义所影响”，这其中包括苏联文学中的教条主义影响使创作“离开了现实主义的基本精神”，走向了“粉饰生活的公式化概念化”；也包括“守旧的”理论指导思想“对作家起了束缚作用”。为了克服这“守旧的”一面，刘绍棠主张区分《讲话》的双重意义：“一个是指导当时文艺运动的策略性理论；一个是指导长远文学艺术事业的纲领性

① 载《文艺报》1957 年第 7 期。

② 载《文艺报》1956 年第 23 期。

③ 分别载《北京文艺》1957 年第 4 期，《文艺学习》1957 年第 5 期。

理论”。“公式化概念化的根源就在于教条主义者机械地、守旧地、片面地、夸大地执行和阐发了毛主席指导当时的文艺运动的策略性理论”，又正是这种守旧的理论指导思想同外来的教条主义影响相结合，“妨碍和束缚了文学艺术事业的发展和繁荣”。姚雪垠、梅朵等人也指出，“现在的框框规定得很具体，很死板，硬要你拿这些框框往生活上边套，所以是教条”；而这一切都“和曲解毛主席《讲话》的论点分不开的”①。这是自第一次文代会以来，对贯彻《讲话》精神和工农兵文艺方向所做的深切反省，这些意见与当年胡风、冯雪峰对教条主义的批判相似，且更深入和直截了当。当人们再度听到类似的声音，已经是 20 多年以后的事，而彼时在思想解放浪潮的冲击下，数十年营构的一体化已临近分崩离析了。

同反省“文艺方向”的自发性相比，对于“洋教条”的批判，则是由苏联文学界的变局和中国文艺界高层所促动的。1953 年斯大林逝世，随即苏联文学界出现“解冻”迹象，对斯大林时代的诸多文艺观点和政策观点提出了质疑，其中包括对社会主义现实主义经典定义的批评。苏联文学界的变故引起中国文艺领导人对照搬其文学理论的反省。1956 年 8 月周扬在中国作协文学讲习所的一次讲话中承认，以往对于来自苏联的有些东西“我们作了机械的搬运，没有看出它是教条主义”；“在中国，艺术理论上的教条主义方法，完全搬的苏联那一套”。对于社会主义现实主义，周扬以为应该把它理解为“一种新的方向，而不能把它当作教条，或者当作创作上的一种公式”、“一种很固定的创作方法”，更不应排斥“不是社会主义现实主义的作家”。② 来自苏联文学界和中国文艺界高层的信息激活了中国作家对社会主义现实主义的讨论，然而这一讨论一开始就脱离了周扬定下的基调，成为批评乃至否定社会主

① 参见姚雪垠《打开窗户说亮话》、《要广开言路》两文，分别载《文艺报》1957 年第 7、8 期；梅朵：《反对曲解毛主席对文艺问题的讲话》，载 1957 年 6 月 3 日《文汇报》。

② 参见周扬《关于当前文艺创作上的几个问题》一文，《周扬文集》（2）第 408 ~ 411 页，人民文学出版社 1985 年版。

义现实主义的“越轨”之举。

时任《人民文学》主要负责人的秦兆阳紧随周扬的讲话，以“何直”的笔名发表了《现实主义——广阔的道路》一文①，文章的标题同周扬当年发表的《社会主义现实主义——中国文学前进的道路》恰成鲜明的对照，其用意就是要除去现实主义前面的限制语，为文学创作打开广阔的道路，因为“现实主义文学既是以整个现实生活以及整个文学艺术的特征为其耕耘的园地，那么现实生活有多么广阔，它所提供的源泉有多么丰富，人们认识现实的能力和艺术描写的能力能够达到什么样的程度，现实主义文学的视野、道路、内容、风格，就可能达到多么广阔，多么丰富”。这显然是要以开放的、多样化的现实主义来打破一体化的文学主张。秦兆阳还主张用“社会主义时代的现实主义”的提法来替换社会主义现实主义，从根本上反对将“新”“旧”现实主义割裂，以克服对革命现实主义的独尊。秦兆阳的文章激起了论辩社会主义现实主义的轩然大波。在这场论辩中，周勃、从维熙、刘绍棠等人先后撰文支持秦兆阳的意见，社会主义现实主义在其“定义”中要求作家在真实地、历史地和具体地去描写现实之外，还要他们另外去“结合”所谓“社会主义精神”以教育人民大众的规定尤其受到批评。② 他们文章的某些具体观点和主张虽然互有出入，但都是社会主义现实主义的取消论者。

教条主义在批评实践中的具体表现，如公式化、概念化和粗暴批评等在“鸣放”中更是受到广泛的抨击。仅在 1957 年初，《文艺报》就以多个版的篇幅相继发表了于晴（唐因）、蔡田、唐挚

① 载《人民文学》1956 年第 9 期。

② 可参见周勃《论现实主义及其在社会主义时代的发展》，载《长江文艺》1956 年第 12 期；从维熙：《对“社会主义现实主义”的几点质疑》，载《北京文艺》1957 年第 4 期；刘绍棠：《现实主义在社会主义时代的发展》，载《长江文艺》1956 年第 12 期；等等。

（唐达成）等人的长文①，这些文章的锋芒直指新中国的一些主流批评家的文艺观点和文学评论实践，甚至指名道姓地对周扬在第二次文代会上所作报告的某些观点提出批评。在批评者看来，各种繁琐公式已经“作为一种正确的理论被肯定在我们的文件中”，就是它们将批评引向“歧路”，而这些批评是“努力要使我们变得愚昧！”不同的批评者站在不同的角度和立场对公式化概念化和粗暴批评进行了清算，典型案例包括企霞对王林的长篇小说《腹地》的批评、张立云对白刃的《战斗到明天》等军事题材创作的批评、冯雪峰化名“李定中”对萧也牧小说的批评等，更有人已经把“源头”追溯到了一体化本身：“我们千万不要忘记，这种扣帽子式的批评的流行，是和文艺界长期以来整风、思想改造，以及批判资产阶级文艺思想、肃清胡风反革命文艺思想等一系列的运动分不开的。”②

对思想一体化、审美一体化的质疑也被引申到对组织一体化的反思，第一次文代会后逐步推行的书刊国家专营的体制、文艺团体管理体制等都受到批评，认为其突出的弊病就在于造成了“学路”被引向“官路”、“外行”领导“内行”的局面。③ 文学团体机关化、作家身份干部化尤其受到抨击，这一抨击是以反对宗派主义的面貌出现的。胡风曾把宗派主义称为教条主义的“物质地盘”。秋耘进而指出：“在思想上的教条主义，在实际行动中就往往容易倾向于宗派主义”，“它总是自居为‘正统’，为‘主流’，为‘党的化身’，而指斥别人为无产阶级的异己分子。这几乎有点像中世纪的宗教一样，谁要是不跟着神甫祈祷和做礼拜，就势必被目为异端

① 分别为于晴《文艺批评的歧路》，载《文艺报》1957年第4期；蔡田：《现实主义，还是公式主义?》，载《文艺报》1957年第8、9期；唐挚：《繁琐公式可以指导创作吗？——与周扬同志商榷几个关于创造英雄人物的论点》，载《文艺报》1957年第10期。

② 许杰：《明辨是非的批评和反批评》，转引自王道干《从许杰几篇文章看他的右派面目》一文，载《文艺月报》1957年第7期。

③ 参见舒芜《关于改进文学刊物现状的一个建议》一文，载《文艺报》1957年第8期。

邪说”。① 还有人认为“教条主义的流毒得以肆虐，是大大得力于行政上那些不学无术的官僚主义者的”②，徐中玉批评的“有种好像永远都是正确的人”，柳溪说的“摇身一变”的人，指的就是这类人。③ 就连身在“组织”还兼有一官半职的叶圣陶也提出，对文学事业而言，“‘领导’这个词儿是不是不那么贴切？”④剧作家吴祖光干脆发问：“谁能告诉我，过去是谁领导屈原的？谁领导李白、杜甫、关汉卿、曹雪芹、鲁迅？谁领导莎士比亚、托尔斯泰、贝多芬和莫里哀的？”⑤这同第一次文代会上大谈“组织领导和行政工作”的重要性相比显然是反调。

综上所述，“鸣放”期间，作家对一体化的怀疑和抵触是全方位的，而且批评的意见也来自各个方面，既有在新中国成长起来的中青年作家、批评家和机关干部，也有经历过五四新文化运动、左翼文艺运动和解放区文艺运动的作家，有的还担负着领导工作，更不必说因为各种原因而沉默或者不那么沉默的“大多数”，连茅盾也抑制不住兴奋之情自告奋勇地宣布：“如果将来也发生了……行政干涉艺术创作、研究、教学等等，我以作家身份，愿奋秃笔，用杂文这武器，为各位后盾。”⑥毫不过分地说，新中国推行的文学一体化第一次面临着整体性的挑战和危机，所幸的是随之而来的“反右派”斗争迅速地结束了这一切。两个月后，茅盾非但不能“为各位后盾”，反而必须“奋秃笔”去写那些声讨“右派分子”的文章了。

当文学批评还在为挣脱各种思想束缚而努力的时候，文学的多样化已经有如沐浴着“春雨”的春笋崭露头角。作为中国作家协

① 秋耘：《刺在哪里？》，载《文艺学习》1957 年第 6 期。

② 沈仁康：《我所感到的……》，载《文艺学习》1957 年第 6 期。

③ 参见《文艺报》1957 年第 8 期，《北京文艺》1957 年第 6 期。

④ 叶圣陶：《“领导”这个词，个人自己的哲学》，载《文艺报》1957 年第 10 期。

⑤ 吴祖光：《谈戏剧工作的领导问题》，载《戏剧报》1957 年第 11 期。

⑥ 《中国画院成立祝辞》，《茅盾文艺评论集》（上）第 254 页，文化艺术出版社 1981 年版。

会“机关刊物”的《人民文学》率先传递出这一先声，以“干预生活”的口号和写作揭开了“百花文学”的序幕，在秦兆阳主持刊物工作一年多的时间里，《人民文学》成了“百花文学”的一个缩影、一面镜子、一个见证。而“干预生活”的写作潮流则成为“百花文学”的标志。

“干预生活”原本是一个官方话题，它与一位苏联作家奥维奇金和他的“特写”有密切的关系。奥维奇金是在斯大林逝世后被介绍到中国的苏联作家，他的特写《区里的日常生活》等作品由于揭露了苏联现实生活中的矛盾，特别是对官僚主义的揭露，对中国作家产生了一定的影响。自1954年访华后，他经由《文艺报》、《人民文学》等“机关刊物”刊载其言论进而扩大了其影响。① 奥维奇金主张文学家“应该关心与研究今日生活中最迫切的问题，不为所接触的问题之尖锐性与复杂性所吓倒”，倡导“到生活的最深处去寻找战斗政论的题材”。② 在他看来，特写是最能发挥这一功能的体裁：“特写，是文学的一种战斗的体裁”，“特写的这样一种机动性和敏感性，就使它可以帮助党做另外一件事，即跑到很远的生活深处起侦察兵的作用”。③ 在新中国文学向苏联文学学习和全面借鉴的背景下，奥维奇金和他的特写也成为中国作家的热门话题。1956年初，中国作家协会举行座谈会，联系文学创作滞后的现状，讨论了奥维奇金的《区里的日常生活》等在当时颇有影响的几部苏联文学作品，目的是“为了帮助我国读者了解这些作品和学习苏联作家勇敢干预生活的精神”，以克服当时文学创作中“回避斗争与不能真实描写生活等现象”。刘白羽、康濯、马烽等发表了意见，《文艺报》以“勇敢地揭露生活中的矛盾和冲突”为

① 已查到的主要篇目有：奥维奇金：《谈特写》，载《文艺报》1955年第7期；奥维奇金：《集体化农村中的新事物和文学的任务》，载《文艺报》1955年第23期；《和奥维奇金在一起的日子》，载《文艺报》1956年第8期；奥维奇金：《作家与读者》，载《人民文学》1957年第1期等。

② 奥维奇金：《作家与读者》，载《人民文学》1957年第1期。

③ 奥维奇金：《谈特写》，载《文艺报》1955年第7期。

题作了报道。① 在稍后召开的中国作协第二次理事会（扩大）会议上，周扬在主题报告中批评“一些作家缺乏政治上和艺术上的勇气”，以至于产生了“避开矛盾，粉饰现实，给生活涂上粉红的颜色”的“无冲突论”;② 刘白羽也希望作家写出“有战斗性又有艺术性的特写”③。与会者大多肯定而且倡导“干预生活”的口号，此后，“干预生活”的提法迅速传播开去，被视为克服“无冲突论”的良方妙法。唐挚在《人民文学》1956 年第 2 期发表《必须“干预生活”》一文，呼吁：“作家必须是热爱自己的人民和生活，必须是大胆干预生活，用全心灵支持一切新事物的猛将!”

为了呼应有关“干预生活”的倡导，1956 年第 4 期《人民文学》在为作品配发的按语和“编者的话”中称：“我们十分需要‘侦察兵’式的特写”，“我们期待这样尖锐提出问题的、批评性和讽刺性的特写已经很久了，希望……能够更多地出现这样的作品。”继而《人民文学》发表了耿简（柳溪）的《爬在旗杆上的人》、白危的《被围困的农庄主席》等特写，这些作品多以揭露批判现实生活中的“阴暗面”为主，大大突破了新中国文学有关“歌颂光明、暴露黑暗”的思想艺术规范，相应地也逾越了第一、二次文代会以来在题材、主题、人物、艺术方法和风格等方面给创作设置的种种“清规戒律”，“现实主义的道路”顿时变得“广阔”起来。

首先是题材和主题。“干预生活”的一系列特写本身就是对题材和主题的突破，由于其笔触捅破了机关生活冠冕堂皇的一面，深

---

① 参见《勇敢地揭露生活中的矛盾和冲突》一文，载《文艺报》1956 年第 3 期。

② 周扬：《建设社会主义文学的任务》，载《文艺报》1956 年第 5、6 期合刊。

③ 刘白羽：《为繁荣文学创作而奋斗》，载《文艺报》1956 年第 5、6 期合刊。

入到在以往文学作品中被遮盖的另一面（即所谓“阴暗面”①），从而使“官场”生活成为一个很抢眼的题材，再加上描写这个生活领域的作品大多表现了反对官僚主义的主题，因而常被称为揭露官僚主义的作品，几乎被当作“干预生活”的同义语。除以上特写，在《人民文学》上还发表有王蒙的《组织部新来的青年人》、耿龙祥的《明镜台》、何又化（秦兆阳）的《沉默》、李准的《灰色的帆篷》、荔青的《马端的堕落》、李国文的《改选》等作品，其中以王蒙的《组织部新来的青年人》影响最大，造成了基层反响热烈，高层密切关注的社会效应。这个作品不妨说是中国当代最早的“官场小说”之一，它通过一位新分配来的年轻干部林震的眼睛，展现出一个区党委组织部的日常样态，描绘了机关工作人员的种种精神面貌。尽管不论在当时还是后来，不论是赞同者还是批判者都把这个作品视为揭露官僚主义代表作，作家当时也曾作过类似的解释②，但是小说主要写的还是一种官场人生与官场现实同“年轻人的理想主义”的冲突③。因此王蒙并不是简单地把组织部长刘世吾当作一个高高在上、发号施令或者碌碌无为、昏聩平庸的官僚主义者来刻画的，而恰恰是把其刻画成一位具有工作才能与魄力，不乏主见和敏锐判断的令人钦佩的领导干部。作品对刘世吾的刻画主要是对其精神状态的刻画，其中既包括疲沓、懈怠、厌倦、冷淡，把党的工作看作“就那么回事”，又包括尚未被烦冗事务所扑熄的精神向往，如“爱读书：小说、诗歌，包括童话”，“想去

① 当时所说的“阴暗面”其实也未必尽然“阴暗”，还包括了诸多琐屑、平庸、日常化的一面，如萧也牧的《我们夫妇之间》所描写的干部在家庭和机关中的日常生活样态，在后来的批判中都被归于“阴暗”。

② 王蒙曾说，写这个作品的时候，“想到了两个目的：一是写几个有缺点的人物，揭露我们工作、生活中的一些消极现象，一是提出一个问题，像林震这样的积极反对官僚主义却又在‘斗争’中碰得焦头烂额的青年到何处去。”参见王蒙《关于〈组织部新来的青年人〉》一文，载1957年5月8日《人民日报》。

③ 参见王蒙《我们的责任》一文，载《文艺报》1979年第11、12期合刊。

作水手，或者穿上白衣服研究红血球，或者作一个花匠……”从中折射出久处官场的刘世吾的复杂心态和精神品格。所以林震同刘世吾之间的矛盾与其说是官僚主义与反官僚主义的冲突，不如说是两种不同的处世态度的冲突，即理想主义与世俗主义的冲突，这也正是 90 年代刘震云等人的官场小说所延续的题材和主题。

被“干预生活”口号所激活的另一个创作题材是爱情婚姻题材，这也是《人民文学》为“支持作家们和批评家们在文学的道路上作各种各样的探索”，“提倡创造性和多样化”而重点扶持的题材。①《人民文学》发表了李威伦的《爱情》、宗璞的《红豆》、丰村的《美丽》等小说，连同其它杂志发表的《在悬崖上》（邓友梅）、《小巷深处》（陆文夫）、《寒夜的别离》（阿章）等，它们之中的每一篇都以自己的独特性打破了 50 年代前期表现爱情婚姻生活的公式化、概念化模式②，更加注重对于人物情感世界的揭示，艺术表现也更加细腻，使爱情婚姻从政治的附庸地位上摆脱出来，成为一个独立的艺术表现领域，给人耳目一新之感。例如 1957 年 7 月，《人民文学》“革新特大号”刊出的宗璞的短篇小说《红豆》，至今依然可以说是新中国爱情婚姻题材小说的精品。它在主题开掘、人物刻画、艺术表现等方面既是对 30 年代以来爱情婚姻小说的继承，又是作家为适应新的时代而进行的艺术创造。小说叙述的是一个有关革命与爱情冲突的故事，但是这一冲突完全内化为人物情感世界的冲突，“种种搏斗都是在自身的血肉之中进行，当然是十分痛苦”③。作家在人物设置上并没有顾忌能否以小资产阶级作为主人公的争论，选择了一个情感纤细而缠绵的知识女性作为主人公，以充分展示人物的内心世界。作品是以回忆的方式展开

① 《编者的话》，《人民文学》1957 年第 1 期。

② 黄秋耘曾就新中国成立以来的爱情小说罗列出以下几类：“见面就谈发明创造式的爱情；扭扭捏捏，一笑就走式的爱情；‘我问你一个问题：你爱我不？’式的爱情；由于工作需要而屡误佳期式的爱情；三过家门而不入式的爱情……”见《谈“爱情”》，载《人民文学》1956 年第 7 期。

③ 宗璞：《〈红豆〉忆谈》，《中国女作家小说选》，江苏人民出版社 1981 年版。

的：尽管江玫“已经真的成长为一个好的党的工作者”，但当她回到校园，在自己当年住过的宿舍中发现象征爱情的红豆犹在，仍不由得睹物思人，回想起往事，“泪水遮住了眼睛……”这样一个开头无疑是对人物的政治取向和爱情取向作了剥离，虽然江玫和齐虹因不同的政治立场而分手，但情感却是“剪不断，理还乱”。江玫对待革命和爱情的态度显然是分裂的，叙述的分裂是由于作家摒弃了政治立场决定情感态度的简单模式，因此在对政治道路的选择上，江玫或许可以坚定地说“我不后悔”，但对情感经历的回味却仍有某些怅然，这构成了作品的感伤主义基调，产生了一种对爱的缠绵悱恻的抒情意境。在《红豆》被批判之后相当长的一个时期内，再也没有作品能传递出新文学爱情小说中的文人韵味了。

其次是体裁。“干预生活”的写作之引起关注同它的体裁样式有关。“特写”在此前主要被理解为新闻性文体，但在奥维奇金那里则介乎新闻和小说之间，以类似报道的方式凸现事件的真实性，以类似小说的方式凸现事件的典型性，但又无须对环境、人物、情节作细致的刻画，而是以调查性叙述和分析性议论去剖析问题的症结，以达到警醒世人的效果和“干预生活”的目的。如白危的特写《被围困的农庄主席》在总体框架上有点像今天的“焦点访谈”或“新闻调查”，但在手法上更多地吸收了小说提炼、概括、夸张的方式以浓缩矛盾冲突。作品叙说的是“七八个县级机关干部”以种种名目向集体农庄乱摊派、乱收款的事，尽管摊派和收款的理由近乎荒诞，但在今天看来仍具有强烈的现实意义。作品通过议论点明：官僚主义的强迫命令和虚假浮夸是扰民、坑农的根源，“想把十二年的工作提到今年年底完成，恨不得一步跨上天去”，“这就好比不会凫水的人不从浅处往深处探，单凭自己的勇气和大胆，一脚就跳到大海里去，要不灭顶才怪哩！”

议论未必都是真知灼见，但它必须出自自我胸臆，而非官话、套话、大话、空话，更非假话，这种饶有个性的议论文体在言路大开的良好氛围中很快被注入小说、诗歌、散文等各类体裁的创作，改变了近乎凝固了的写作套路。

同前五年的诗歌创作相比，“百花时代”的诗歌说不上是最繁荣的，但却是最有“思想”的。青年诗人流沙河的《草木篇》因为张扬一种独立人格而被打成“毒草”，诗人因此也获“右派”之罪，这个作品一直被视为“百花时代”诗歌创作的代表。诗人以传统的借物喻人的手法写宁折不屈的白杨、拒绝邀宠而遭放逐的仙人掌、攀附求荣的藤等等，将赞美和厌弃尽含于其中。这种“寓言”的方式以叙述、描写代替“直言”却又不废直言议论之功，在“百花时代”可谓大行其道，“老”诗人艾青也不禁技痒，此时写的《养花人的梦》、《蝉的歌》等均属此列。还有的诗几乎就是“干预生活”的小说特写的精练化、诗体化，如邵燕祥的《贾桂香》、《给一位工程公司的经理》；也有的诗直接就某种现象“以议论入诗”，如公木的《据说，开会就是工作，工作就是开会》、傅旭的《批评家的“原则”》、长风的《步步高升》等。从诗体变革的意义上说，这些作品并未给 20 世纪中国诗歌增添更多新的东西。国统区时期的《马凡陀山歌》是这个时代诗人和读者熟知的，人们也接触过马雅可夫斯基的《开会迷》，新中国初沙鸥在《文艺报》上发表的《驴大夫》还引起一场小小的风波；但也正是讽喻最早被新的艺术规范所革除而被讴歌所替代，因此这类诗歌的“创新”意义远不及其“复兴”的意义，也就是说它们不仅恢复了现代诗歌中政治讽刺的传统，而且唤起了中国古代诗歌中有关“下以风刺上”的遥远记忆。

其三是艺术方法和风格。除了题材，这一时期《人民文学》最强调的就是“创造多种风格”①；一直到 1957 年 7 月尽管意识到时局有变②，《人民文学》还是如前一期所预告的那样推出了特大号，并且兑现了“面目一新”的承诺③，诸多久未谋面以至让人淡忘了的作家、诗人如沈从文、启明（周作人）、穆旦、汪静之、

① 参见《人民文学》1957 年第 1 期“编者的话”。

② 1957 年 6 月 8 日《人民日报》发表了反击“右派”进攻的社论，在《人民文学》这期特大号上也刊出了反击“右派分子”的文章。

③ 参见《人民文学》1957 年第 5、6 期合刊。

康白情等的作品出现在刊物上，因此这一期的“编后记”颇有些自得地说：“在创作方面，不管小说、诗歌、散文、话剧都比过去更多地体现了风格、题材以及表现手法上多样化的特点。”老作家们的作品写得如何暂且不论，他们的名字“复出”于世就意味着对不同风格的倡导。至于年轻作家的创作其风格和手法的多样也远非此前可比，仅就爱情婚姻小说而言，《红豆》的怅然、《小巷深处》的幽怨、《在悬崖上》的冷幽默、《寒夜的别离》的凄迷等就以各自的风格和手法脱出了黄秋耘所说的爱情公式，只是作品的数量有限且为时不长，人们还来不及细细品味和研究就被淹没在随之而来的政治洪流中。事实上，即便从“形式”着眼，“百花文学”也堪称一场艺术探索，这里有诸多艺术手法和形式变革的萌芽，只不过是政治风暴导致了它们的早夭。兹举两例。

在许多人眼中，《组织部新来的青年人》无非是反官僚主义的小说，但是或许连王蒙自己也没有想到，一个“少年布尔什维克”面对官场的困惑竟让他不自觉地走上艺术变革之路。这里至少有两点是值得指出的：从叙述技巧的角度说，作品设置了一个“不可靠的叙述者”；从人物塑造的角度说，王蒙创造了一个“圆形人物”。这部作品通篇是通过林震来“看”和“说”的，尽管小说采用的是全知视角和第三人称叙述，但叙述者与林震完全认同。王蒙一开始就把林震设定在“孩子般的单纯”的思想水平上，还一再把林震的理想同“他所熟悉的孩子的世界”相联系，“他是根据电影里全能的党委书记的形象来猜测”党的工作者的生活和工作的，所以他不能容忍“灰尘散布在美好的空气里”，林震自身弱点的明显暴露，就使他的“看”和“说”都变得不可靠，作品据此作出的叙述，也就成了一种“不可靠的叙述”。由于叙述的“不可靠”，被叙述的对象就缺少准确判断的依据，也就无法用一个概念去涵括，刘世吾就是这样的人物。他复杂、多面、立体，远不像当时作品中的其他官僚主义者形象，而且在他身上还有很多让林震崇敬、钦佩的东西，就连林震，包括王蒙自己也很难找到一个概念来概括这个人物，因为这是个圆形人物。在整个“文革”前的文学环境中，叙述的不可靠和人物性格的不分明都会同立场动摇、观点暧昧等政治问题挂上钩，所幸的和所不幸的都在于当时大多数人还缺乏读解“形式”的能力。

反讽手法的出现也值得一提。由于新中国文学的审美规范一直强调“鲜明的倾向性”，反对各种含混、暧昧、多义的表达，因此几乎没有反讽的生存空间。丰村的爱情小说似乎是一个例外。长期以来，在革命话语中，爱情婚姻一直被视为“个人问题”，为了革命工作而不顾及恋爱婚姻和个人的情感生活，往往是作家赞颂讴歌的一个主题。丰村在《一个离婚案件》、《在深夜里》等小说中也重复讲述过这类故事，但《美丽》则有所不同。女主人公季玉洁始终抑制住自己爱慕的情感尽心尽意地照料着首长，把这当作“革命工作”来对待；后来又再三以工作忙碌为由，拒绝了别人的爱。这位被季玉洁深爱着的首长在老婆在世的时候享受着季玉洁虔诚奉献的情感，当老婆去世后则另觅新欢，所有的失意、孤独和痛苦都被季玉洁用工作掩盖起来，而这却被讴歌为“美丽”。由于小说采用了多角度的叙事而没有权威叙述者的声音，这究竟是“美丽”还是悲哀就变得模棱两可，说不清楚是嘉许还是嘲讽。不论作家的主观意图如何，实际上就构成了作品的反讽效果，这在五六十年代的小说创作中是不多见的，直到八九十年代传统价值观念逐渐动摇，反讽才成为诸多作家无师自通、驾轻就熟的表现手法。

《人民文学》一年多的“改革”和“百花文学”的艺术实践完全验证了诸多作家、批评家的判断：只要革除教条主义的各种清规戒律，社会主义的文学道路就有无比的广阔性。然而，这种令人欣喜的活跃局面是短暂的。1957 年 6 月经毛泽东指示和亲自部署的反击“右派分子”的斗争迅速在全国展开。为配合和推动反“右派”斗争的开展，毛泽东于一年前在最高国务会议上的讲话以《关于正确处理人民内部矛盾的问题》为题公开发表，在论及“双百”方针时，毛泽东着意强调这是继续批判资产阶级小资产阶级的方针，所谓“百家”说到底只有两家，就是无产阶级一家，资产阶级一家；所谓“百花”必须分辨“香花”和“毒草”；所谓“鸣放”就是“让他们表现，同时在他们表现的时候，和他们辩论，进行适当的批评”，这种“引蛇出洞，诱敌深入”式的斗争策略，毛泽东称之为“阳谋”，是当时大多数文艺工作者和知识分子都难以逆料的。反“右派”斗争的开展导致文艺界的形势陡转，创作自由和学术自由被打成资产阶级的反动口号，一大批理论主张被打成“资产阶级修正主义的文艺纲领”，大量的文学作品被打成“反党反社会主义的毒草”，一大批作家、学者、批评家被打成“右派分子”，这里有众多从左联到延安的资深的“革命文艺工作者”，如冯雪峰、丁玲、艾青、陈企霞、罗烽、白朗、陈学昭、公木、钟惦棐、秦兆阳等，也有一大批从文化渊源上可以视为自由派知识分子但经过“改造”已被视为“同志”的学者文人，如萧乾、施蛰存、李长之、陈梦家、穆木天、唐湜、唐祈、孙大雨、许杰等，还有更多新中国成长起来的青年作家、诗人、批评家、编辑，如王蒙、邓友梅、刘绍棠、从维熙、流沙河、邵燕祥、公刘、陈涌、蓝翎、唐因、唐达成等。从这构成复杂的长长名单中，人们委实难以弄清楚这些人的文学资历、政治立场、思想倾向、文艺观点有何共同之处，唯一的共同点就是他们以不同的方式质疑、修正、阻遏乃至抗拒着新中国成立以来推行的文学一体化，这使他们戴上了一顶共同的帽子——“资产阶级右派分子”。

1958年2月28日《人民日报》发表了周扬的《文艺战线上的一场大辩论》，这篇经毛泽东亲自修改过的长文对文艺界反“右派”斗争作了总结，同时对“三十多年来”革命文学内部的“思想斗争”、“路线斗争”作了清理。随着“章罗联盟”的瓦解，现代文学史上的自由主义根基和余绪被最后铲除，“革命”把重心放到了自己的内部，“修正主义”的提出就意味着革命文学将清除自己内部阻遏一体化进程的异己力量和异质性因素，使之真正成为“无产阶级一家”。经过反“右派”斗争，自第一次文代会以来所建立的一体化文学体制得以大大巩固，随后对丁玲等人展开的“再批判”是一个警示，也是一个讯号①：一体化的稳固将通过内部的整肃进一步展开。

---

① 1958年第2期《文艺报》推出“再批判”特辑，将王实味、丁玲、萧军、罗烽、艾青等人在延安文艺整风前发表的一批文章重新发表以供批判。《文艺报》的编者按指出，这些文章“奇就奇在以革命者的姿态写反革命的文章”。

十四、“记录一个时代”：共和国文学经典的形成

［“短篇故事”与“短篇小说”：重返“现代”小说形态——从故事向史诗的跃迁：长篇小说经典形态探索——革命的合法性论证：革命历史小说略论——乡村的现代性想象：农村生活小说略论］

“考察一个现代国家的文学成就，小说方面的成就是一个重要的标志。”①在新中国诞生10周年时，小说，尤其是“长篇小说的丰收”，赫然成为新中国文学成就的首要标志，“因为它们基本上完成了反映和记录我们这个时代的使命”②。正是在对一个时代的记录中，新中国小说书写了20世纪中国小说全新的一页，打造出了共和国的文学经典。

如果单从形式看，新中国小说是从解放区的传统故事形态重返“现代”小说形态的，这里凝聚了“现代作家”的诸多努力。

沿袭解放区文学传统而来的新中国小说创作，最初保留着强烈的故事体和纪实体特征。在1949年出版的周扬选编的《解放区短篇创作选》中所收录的作品，大多都属于这两类体式。选编的标

① 中国科学院文学研究所《十年来的新中国文学》编写组：《十年来的新中国文学》第29页，作家出版社1963年版。

② 冯牧、黄昭彦：《新时代生活的画卷——略谈十年来长篇小说的丰收》，载《文艺报》1959年第19、20期合刊。黄昭彦即黄秋耘。

准是“比较真实，比较生动”①。以反映真人真事的通讯报道体来求得真实，以通俗曲折的故事体来求得生动，这是新中国初期作家较为普遍的选择。从解放区到新中国初期的小说，大多没有脱离“故事”这种小说的原初形态，就连已经较为纯熟地掌握了现代小说技巧的作家，为着适应政治的需要和大众的接受，也吸取或采用了更加简单质朴的“故事”形态，因而“故事体”成为小说的主要形态。但是由于各种原因的制约，小说创作总体的艺术水平偏低，有读者来信“说这些书单调、粗糙、缺乏艺术性。说这些书既看不懂也不乐意看。又说这里主题太狭窄，太重复，天天都是工农兵，使人头疼”②。在新中国作家中，既能够满足大众“听故事的习惯”，又能够“通过故事去教育”大众，而且能够讲好故事的，首先当数赵树理。

还是在解放区时期，赵树理的作品就因“老百姓喜欢看，政治上起作用”③ 而被誉为“赵树理方向”，赵树理的主要经验就是尊重大众爱听故事的审美习惯。他说：“群众爱听故事，咱就增强故事性，爱听连贯的，咱就不要因为讲求剪裁而常把故事割断了。”④依赵树理的理解，故事性主要体现为叙述的连贯性、事件的完整性和语言的叙说性。连贯性是指在叙述过程中构成故事的各事项在时间和因果逻辑上的前后相接，如反映农业合作化运动的第一部长篇小说《三里湾》就是按照“一夜”、“一日”、“一月”的时间顺序对“今冬明春”扩社的事件予以叙述的，极少采用跳跃、省略的方式。完整性也就是通常所说的有头有尾、有因有果，他的小说即便波澜曲折也多采用“大团圆”的结局，如《登记》中的有情人终成眷属，《三里湾》中的扩社成功,《“锻炼锻炼”》中落

① 参见“编者的话”，周扬编：《解放区短篇创作选》，新华书店 1949 年版。

② 参见丁玲《跨到新的时代来——谈知识分子的旧兴趣与工农兵文艺》一文，载《文艺报》第 2 卷第 11 期。

③ 转引自戴光中《赵树理传》第 299 页，北京十月文艺出版社 1987 年版。

④ 赵树理：《也算经验》，载 1949 年 6 月 26 日《人民日报》。

后人物受到惩处先进人物受到肯定等。叙说性是指把“看”的小说转变为可“说”的故事，类似于评书，使语气、语调成为传述故事的构成因素，即所谓绘形绘声绘色；叙说性使故事能口耳相传，让“农村中的识字人读，并且想通过他们介绍给不识字人听”①。

从解放区到新中国，赵树理的创作在较长的一段时间内被视为“毛泽东文艺思想在创作上实践的一个胜利”，其本人还被周扬誉为同郭沫若、茅盾、巴金、老舍、曹禺齐名的“语言艺术大师”，其小说路数也影响了不少作家，尤其是一代山西作家，如马烽、西戎、孙谦、束为等，当时《人民日报》、《中国青年报》、《文艺报》等报刊推出的谷峪的《新事新办》、《强扭的瓜不甜》，马烽的《一架弹花机》、《结婚》等短篇小说大体上都属于“故事体”。

不过，赵树理的“短篇故事”缺少精心的提炼和剪裁，这同“五四”以来已经发展得相当成熟的现代短篇小说相比较显然存在距离，以茅盾的话来说，是“作品中的故事比人物写得好”，“在故事方面，有机的结构还比较少见”。② 因此即便在赵树理还比较当红的时候，冯雪峰就认为其作品“感动性不强，反映现实斗争不够深刻，它所反映的矛盾很容易解决”③。这些谙熟现代文学经典且深受五四新文学熏陶的批评家更关心的是对小说“现代”形态的扶持，但同时又需要找到它与“服务于政治”、“为中国老百姓所喜闻乐见”等文学规范之间的平衡点。从 1957 年到 60 年代初，有关短篇小说艺术特征的讨论尤其成为一个聚焦，诸多作家、批评家发表了各自的意见。茅盾袭用了五四新文学以来“旧有的说法”，“这个说法就是：短篇小说取材于生活的片段”；侯金镜的看法与茅盾相似：“短篇的特点就是剪裁和描写性格的横断面（而

① 转引自戴光中《赵树理传》第 296 页，北京十月文艺出版社 1987 年版。

② 茅盾：《文艺创作问题》（1950 年 1 月），《茅盾文艺评论集》（上）第 28 页，文化艺术出版社 1981 年版。

③ 参见冯雪峰《关于创作和批评》、《中国现代文学作品的宣传》等文，《雪峰文集》第 2 卷，人民文学出版社 1983 年版。

且是从主人公丰富的性格中选取一两点）和与此相应的生活的横断面。”① 他们都倾向于从现代经典作品中（如莫泊桑、果戈里、契诃夫或鲁迅等名家的名篇）来概括短篇小说的特点，以促使短篇小说形态的“现代”转换。特别是茅盾，他一直奉欧美和“五四”以来的现代短篇小说为楷模，以此打造共和国短篇小说的经典形态，因此他不满意以大众化为借口，让小说回复于传统的平铺直叙的故事体，他说：“大众化与平铺直叙是两回事。我们中国的小说有些是平铺直叙的，但这些作品是幼年时期的东西，成长以后就不是这样了。”②他以为在小说的整体布局中，“中心环节是人物”而不是故事。他几乎逐一评点过五六十年代有代表性的短篇作家，评析了马烽的幽默风趣，李准的玲珑明媚，茹志鹃的清新俊逸，杜鹏程的凝重朴实，王汶石的新鲜活泼，峻青的流利而华赡等等，③ 贯穿的仍是短篇小说是“生活的横断面”，而非“生活流水账的节略”的见解④。茅盾的短篇小说理论和评论影响了一个时代的短篇创作，扶植了一代短篇小说家。在“现代作家”的推动下，50 年代中期到 60 年代初的短篇小说创作出现了一个整体性的蜕变：“流水账”似的叙述渐让位于“横断面”，故事中心向人物（性格）中心转移，某个场景画面、某种情绪心理、某种情趣氛围都可以构成短篇小说的艺术要素，短篇小说的艺术形态在可允许的规范内已经达到了最大程度的多样化。

在新中国成长起来的作家对短篇小说“现代”形态的把握显然比赵树理等人来得轻快洒脱。王愿坚同许多来自部队的作家一

① 分别参见茅盾《杂谈短篇小说》，载《文艺报》1957 年第 5 期；侯金镜：《短篇小说琐谈》，载《文艺报》1961 年第 8 期。

② 茅盾：《关于艺术的技巧》，《茅盾文艺评论集》（上）第 192 页，文化艺术出版社 1981 年版。

③ 参见茅盾《谈最近的短篇小说》、《短篇小说的丰收和创作上的几个问题》、《1960 年短篇小说漫评》等文，均载《茅盾文艺评论集》（上），文化艺术出版社 1981 年版。

④ 茅盾：《读〈新事新办〉等三篇小说》，《茅盾文艺评论集》（上）第 307 页，文化艺术出版社 1981 年版。

样，也是从写通讯报道进入文学创作的，更重要的一段经历是参与革命回忆录的搜集和整理，其中有关第二次国内革命战争及红军长征的回忆成为他小说创作的主要资源，填补了当时“革命历史”叙述的一段空白。1954 年底发表的《党费》，被作家本人视为“头一篇小说”①，一段回忆的叙述和一个典型场景的截取，在“真实”表现历史动人的瞬间的同时，可以自由地倾注作家的情感。后来他的《粮食的故事》、《三张纸条》、《妈妈》、《支队政委》等也都采用了这一短篇小说体式。到《七根火柴》、《三人行》等叙述红军长征的短篇小说他进而采用“定格”式的油画或浮雕来凸显某个特定的场景，这种省却过程，着力捕捉“一刹那”的写作方式，笔墨凝练，回味深长，从叙事的角度看，近乎速写，从抒情的角度看，近乎短诗，这成为王愿坚另辟蹊径的一种风格。峻青的小说有别于王愿坚转述前辈的回忆，具有更多的亲历性。形势的严峻、环境的险恶、敌人的凶残、战斗的激烈，给作家留下了深刻的战争记忆，他不回避战争的残酷，几乎都是从正面描写敌寇的血腥暴行、军民的浴血奋战和英雄的壮烈牺牲，把战争的残酷和惨烈表现得极为充分。《黎明的河边》、《老水牛爷爷》等作品虽以讲述一个完整的故事为基础，但平铺直叙的述说已被浓缩紧凑的情节和激烈尖锐的冲突所取代，以跌宕起伏的戏剧性和紧张感来表现战争的残酷和英雄的崇高。刘真的小说同样具有亲历性，但诸如《好大娘》、《我和小荣》、《长长的流水》等作品大多采用第一人称的儿童口吻来述说自己童年时留下的战争印象。沉湎于个人记忆，有时使刘真的小说在不经意间流露出感伤情调，她的《英雄的乐章》因此而受到严厉批评②。

最符合茅盾短篇小说理想的是茹志鹃的创作，尤其是《百合

---

① 王愿坚：《在革命前辈精神光辉的照耀下——谈几个短篇小说的写作经过》，载《解放军文艺》1959 年第 6 期。

② 参见王子野《评刘真的〈英雄的乐章〉》，载《文艺报》1960 年第 1 期；康濯：《同根长出的两株毒草——略谈〈英雄的乐章〉和〈曹金兰〉》，载《蜜蜂》1960 年第 1 期。

花》，茅盾说：“我以为这是我最近读过的几十个短篇中间最使我满意，也最使我感动的一篇。”①茹志鹃的多数短篇小说是情感的体验重于对事件的叙述，在《百合花》中，“我”对小通讯员的认识，主要是通过外部观察反复体验而获得的：从开始的“生起气来”、“发生了兴趣”，到“越加亲热起来”，到最后“我已从心底爱上了这个傻乎乎的小同乡”，在看似无事的过程中，情感的体验逐渐积累加深，为小说的高潮作了铺垫，完成了一曲“没有爱情的爱情牧歌”②。而作家的细腻的情感又主要是通过作家对细节的捕捉、选择和描写来表现的。冰心说茹志鹃的作品“不放过她观察里的每一个动人的细腻和深刻的细节”③。细节的妥善安排又使茹志鹃的小说具有细致的结构，她的短篇创作大体上是本着从生活的“横断面”入手的，其中更多的是撷取若干个生活片断由人物或叙述者的回忆、联想结缀而成，如《百合花》是由上路、借被、牺牲三个片断构成，《三走严庄》也只是由几个印象式片断和一个回叙构成，以避免把短篇小说写成短篇故事，因而在茅盾看来，《百合花》是“结构谨严，没有闲笔的短篇小说”④。

较之新中国成长起来的短篇小说家，老一辈的作家是带着丰富的艺术经验和个人的独特风格进入新中国文坛的，虽说其中不少人也在解放区呆过，也写过故事体或者报道体的小说，但他们对民族化、大众化有自己的理解，而且熟稔于现代小说的诸多技巧，因此在短篇创作方面呈现出别一种风貌。如孙犁的小说《吴召儿》、《山地回忆》及中篇小说《铁木前传》等，充分利用回忆所具有的片段性和主观性，在压缩故事空间的同时扩展情感空间，使得“他的小说好像不讲究篇章结构，然而决不枝蔓”⑤。同样是写农

① 茅盾：《谈最近的短篇小说》，载《人民文学》1958年第6期。

② 茹志鹃：《我写〈百合花〉的经过》，载《青春》1980年第11期。

③ 冰心：《一定要站在前面——读茹志鹃的〈静静的产院〉》，载1960年12月14日《人民日报》。

④ 茅盾：《谈最近的短篇小说》，载《人民文学》1958年第6期。

⑤ 茅盾语，见《孙犁小说研究专集》第189页，江苏人民出版社1983年版。

村的新人新事，周立波经常把重大的时代变化和方针政策推到幕后，置于前景更多的则是明丽妩媚的乡村风俗画，在此基础上缀以人物剪影，如《山那面人家》、《禾场上》等，他的小说给人留下的印象不是故事，而是人物的音容笑貌和浓郁的乡土气息。沙汀的短篇小说如《卢家秀》、《过渡》等最初则受制于写“真人真事”的倡导，带有通讯报道的痕迹，但很快就能从中摆脱出来，以现代短篇小说的方式来截取生活画面和生活片段，如《老邬》、《你追我赶》等，茅盾称赞后者“是一篇严守绳墨、无懈可击，而又不落纤巧的佳作”①。骆宾基的短篇小说数量不算多，影响也不算大，但却实在、厚重。从 50 年代初写的《夜走黄泥岗》到 60 年代初的《山区收购店》都在有限的时空中浓缩较为复杂的矛盾，但又能用生活化而非戏剧化的方式予以化解，以举重若轻的艺术手段传达出对新社会的信赖。这一代作家的创作，为把“故事”引导到“现代”短篇小说形态起到了重要的示范作用。同新中国初期的小说相比，五六十年代的短篇创作稳步走出了“解放区”，初步具备一种与“现代国家”相称的“现代”风范，这正是茅盾等老一辈“现代”作家所向往的文学图景。

同短篇小说一样，新中国长篇小说也在经历着由“故事”、“纪实”向“小说”的转变。来自解放区的作家孔厥、袁静和马烽、西戎分别是带着传奇体（形式上是章回体）的《新儿女英雄传》和《吕梁英雄传》进入新中国的，来自部队的作家刘白羽和杨朔分别以报道体的长篇小说《火光在前》（1949）和《三千里江山》（1952）作为“新的人民的文学”的贺礼。从读者趣味和对创作的影响来说，传奇体和报道体几乎可以说是新中国长篇小说的“源头”，这自然也是解放区的文学“传统”。因此这两种体式的长篇小说发展很快，短短几年就达到了它们的“高峰”。

以传奇体为代表的长篇故事体小说几乎占了新中国长篇小说的半壁河山，从徐光耀的《平原烈火》（1951）到知侠的《铁道游击队》（1954）就引出了一个小高潮，曲波的《林海雪原》（1957）

---

① 茅盾：《一九六〇年短篇小说漫评》，载《文艺报》1961 年第 6 期。

更是把传奇体推向了高峰，此后还有刘流的《烈火金刚》（1958）、冯志的《敌后武工队》（1958）等连绵不绝。当时有评论者把这类作品命名为“革命英雄传奇”①。传奇体长篇以通俗性取胜，但又不免以折损和“曲解”了主流意识形态的严肃性和纯正性为代价，老百姓津津乐道、口耳相传的是肖飞深入虎穴探敌情、刘洪扒飞车搞机枪、杨子荣孤身闯威虎山设百鸡宴等现代武侠故事，其主流意识形态内涵反倒被冲淡了。因此引来“思想性的深刻程度尚不足、人物的性格有些单薄、不成熟”等微词②。所以，同改造、提升故事体短篇小说一样，以传奇体为代表的故事体长篇小说也面临着一个“走出解放区”的体式转换问题。

转变的明显迹象出现在同样是以“讲故事”为主的报道体长篇小说中。1951 年，柳青的《铜墙铁壁》以一种较为宏阔的规模讲述了人民解放军在沙家店挫败国民党胡宗南部进犯陕甘宁边区的战役。这部小说未脱报道体的叙事风格，有很明显的写“真人真事”的痕迹，为表明事件的真实性还第一次出现了毛泽东等党的高级领导人的形象。但作品超出一般报道体小说的地方在于通过一场战役折射出战略、战争全局，表现出艺术的典型性和概括力。1954 年杜鹏程的《保卫延安》从报道体小说中蝉蜕而出，这部由“百万余字的报告文学”经删削而又增补而成的长篇小说第一次被戴上了“史诗”的桂冠③。冯雪峰说：“真正可以称得上英雄史诗的，这还是第一部。”但从冯雪峰的整个论述来看，与其说《保卫延安》已经达到了史诗的思想艺术水准，还不如说是对新中国长篇小说的一种期待。

“史诗”概念的提出和运用，传递出新中国主流批评家和作家对于新中国长篇创作的理想。这个概念原本来自西方，但是对于新

① 参见王燎荧《我的印象和感想》一文，载《文学研究》1958 年第 2 期。

② 参见侯金镜《一部引人入胜的长篇小说——读〈林海雪原〉》一文，载《文艺报》1958 年第 2 期。

③ 《保卫延安》的创作经历可参见杜鹏程的《〈保卫延安〉后记》，《杜鹏程研究资料专集》第 50 页，福建人民出版社 1983 年版。

中国作家来说，更重要和更直接的途径一方面来自三四十年代已经发展得非常成熟的长篇小说体式，如茅盾、巴金等的作品；另一方面来自俄苏文学的影响，高尔基的《母亲》、阿·托尔斯泰的《苦难的历程》三部曲、法捷耶夫的《青年近卫军》等作品为中国作家提供了史诗的范本。由宏大的规模、丰富的历史内涵、深刻的思想、完整的英雄形象、庄重崇高的风格构成的“史诗风范”在相当长的时期内为作家所向往，形成了“史诗情结”。从 50 年代中期到 60 年代，越来越多的作家热衷于结撰鸿篇巨制以及多卷本，使得史诗体以磅礴的气势盖过了传奇体，并引发了以《红旗谱》、《红日》、《青春之歌》、《创业史》、《三家巷》（及《苦斗》）、《苦菜花》（及《迎春花》）、《上海的早晨》、《红岩》等史诗体小说为代表的长篇小说创作高潮。

与“形式”相比，新中国文学自然更重视“内容”。在新中国成立 10 周年之际，研究者很自豪地称：“我们的小说具有全新的内容”①。这所谓“全新”一方面表现为“现代文学”传统题材和主题的全面萎缩，如婚姻爱情、知识分子和城市生活等题材；另一方面表现为题材的全面转换，如“工业题材小说”作为现代都市小说的代偿物而勃兴，而革命历史小说和农村生活小说则成为新中国小说创作的两大支柱。

“革命历史小说”也常被称为“革命历史题材小说”，这是一个具有“断代”意义的称谓。50 年代之前的文学尚无这个称谓，或者说根本就没有形成这一题材领域，在第一次文代会的报告中，周扬还把写陕北土地革命时期的作品称为“历史题材”，直到 60 年代初“长篇小说高潮”的出现，“革命历史题材”的说法才渐渐流行开来。由此可见，“革命历史”是从“历史”剥离出来的一个特定概念，它特指在中国共产党领导下的革命斗争历史，三次国内革命战争和抗日战争构成了革命历史小说叙述的主要对象。这样的剥离，不仅把叙述古代历史事件的小说排除在外，也把自近代以来有关社会变革的历史叙述（如李劼人的《大波》这类有关旧民主主义革命的叙述）排除在外，至于民国时期非中共革命的历史题

① 中国科学院文学研究所《十年来的新中国文学》编写组：《十年来的新中国文学》第 29 页，作家出版社 1963 年版。

材在新中国几乎是一个禁区，一般无人染指。

革命历史小说源起于关于革命斗争的叙述，从20年代后期到30年代在革命或左翼作家笔下，出现了由无产阶级及其知识分子领导和参与的革命斗争的场景。在40年代的解放区文学中，关于革命斗争的叙述出现了一个高潮，以至于周扬在第一次文代会上有充分的根据报告说“我们已经有了若干反映抗日战争、人民解放战争与人民军队，反映农村各种斗争，反映劳动生产的比较成功的作品”①，其中最具代表性的小说有《吕梁英雄传》、《新儿女英雄传》，刘白羽的《战火纷飞》、邵子南的《地雷阵》等。不过，从严格的意义上说，这些作品叙述的是那一时期的“现实生活”，是对当时情境的直接展示，还鲜有“历史”意味。随着革命战争年代的结束与和平时期的到来，当年的革命斗争和革命战争开始成为“历史”，革命历史小说的创作也就提上了日程。周扬说：“假如说在全国战争正在剧烈进行的时候，有资格记录这个伟大战争场面的作者，今天也许还在火线上战斗，他还顾不上写，那末，现在正是时候了，全中国人民迫切地希望看到描写这个战争的第一部、第二部以至许多部的伟大作品！”②

与其它类型的题材相比，革命历史小说在新中国文坛上有其特殊的意义。冯雪峰在评价《保卫延安》时，称赞“它描写出了一幅真正动人的人民革命战争的图画，成功地写出了人民如何战胜了敌人的生动的历史中的一页。对于这样的作品，它的鼓舞力量就完全可以说明作品的实质、精神和成就”③。这话概括了革命历史题材小说的意识形态功能。

其一是“合法性论证”，也就是说，要求作品对中国共产党通过几十年武装斗争最终取得的胜利作出符合真理或正义的基本判断。因此书写以武装斗争为主线的“革命历史”不仅是“现实生

---

① 周扬：《新的人民的文艺》，《纪念文集》第72页，新华书店1950年版。

② 周扬：《新的人民的文艺》，《纪念文集》第90页，新华书店1950年版。

③ 冯雪峰：《论〈保卫延安〉的成就及其重要性》，载《文艺报》1954年第14期。

活的真实反映”，还必须表现这样的主题：说明武装斗争引导中国革命走向胜利的真理性，即出乎“必然”，合乎“规律”；说明武装斗争和中国革命胜利的正义性，即出乎“民心”，合乎“民意”，这也就是新中国革命历史小说的共同“主题”。如《铜墙铁壁》通过沙家店战役把农民群众、人民军队、党的领导凝聚为一个整体，自觉地表现了“千百万真心实意拥护革命的群众是什么力量也打不破的铜墙铁壁”这样一个“颠扑不破的真理”。《保卫延安》以更大的规模描写了青化砭、蟠龙镇、沙家店、长城线、九里山等一系列战役，“每一次胜利都在说明，在党所指示而人们为它而奋斗的战争任务的鼓舞之下，在正确的指示、领导和指挥之下，所有胜利的因素于是就能够最高度地发扬出来，最高度地结合起来，而造成必定胜利的伟大力量”①。根据这样的“主题”表达，新中国文学逐渐产生了自己的经典作品，如《红日》、《红旗谱》、《红岩》等。在树立典范性作品的同时，有诸多被认为是“歪曲真实”的作品受到批判，如新中国成立不久就对碧野的《我们的力量是无敌的》、王林的《腹地》、白刃的《战斗到明天》等同样是写革命斗争历史的长篇小说进行过批判，批判的根本原因就是认为这些作品的人物、情节、环境、细节不典型，不能说明这样的革命队伍怎么会取得革命的胜利。② 由此可见，革命历史小说的经典是在诸多批评和评论的规训过程中逐渐形成的。

革命历史小说的又一意识形态功能是把“昨天”所经历的革

① 冯雪峰：《论〈保卫延安〉的成就及其重要性》，载《文艺报》1954年第14期。

② 如企霞指责《腹地》“无论从主题上说，从人物、题材、结构甚至语言上说，都存在着本质的重大的缺点”（企霞：《评王林的长篇小说〈腹地〉》，《光荣的任务》第81页，人民文学出版社1952年版）；批评碧野在小说中“处处告诉我们：所谓无敌的力量，竟是可以在每一个人极端无纪律的行为中产生的”，“竟是在集体生活与战斗中，几乎完全没有党的领导、极端忽视部队中的政治工作，十分缺乏政治生活的情况下而可以产生的”（《文艺报》第3卷第8期）；袁水拍批评《战斗到明天》写几个知识分子在鲁南敌后根据地的随军生活是“缺乏典型意义的，它不足以代表当时山东整个根据地，不能使人对当时的历史环境得到一个正确的概念”（袁水拍：《一本有严重错误和缺点的小说》，载1952年3月6日《人民日报》）。

命斗争的现实给以"历史化"，即把那些革命斗争的生活片断和故事整合成在时间上具有连续性、在逻辑上具有因果性的"革命历史"，从而建立起全国人民的集体记忆。新中国革命历史小说在其发展中逐渐筛选出若干最适合承担"历史化"功能的情节模式作为主导模式。首先是"压迫→反抗"模式，这是叙述革命起因的，如张雷的《变天记》、冯德英的《苦菜花》等。这一模式反复出现于革命历史题材的经典作品中，如根据解放区创作的歌剧《白毛女》改编同名电影和芭蕾舞剧及电影和样板戏中的《红色娘子军》。其次是"失败→胜利"模式，这是叙述革命之曲折过程的。已有学者指出，从灾难或失败开始，而以胜利告终，这是许多革命历史小说的情节模式：《保卫延安》起于延安即将失陷，《林海雪原》始于国民党残匪颠覆基层政权、屠杀干部和老百姓，《红日》的一开头是涟水之战解放军吃了败仗，《红岩》开篇写地下党内出了叛徒致使大批革命者被捕入狱等。① 其三是"不觉悟→觉悟"模式，多写革命者的"成长"故事，如《青春之歌》、《三家巷》等。由于长篇小说一般具有相当的篇幅和规模，因而往往综合运用了多种模式。如《红旗谱》从朱老巩大闹柳树林开始，写恶霸地主冯老兰对农民的欺压和农民本能的反抗，朱老明串通28家穷人三告冯老兰，结果以失败而告终，朱老忠被迫无奈出走关东；25年后，朱老忠带着血海深仇回到了锁井镇与乡亲们筹划反抗而找不到出路；此时中共地下党人贾湘农向乡亲们讲述了南方的革命形势，使朱老忠明白"根""在南方，在井冈山上"，锁井镇就是这革命的枝蔓，他带领乡亲们终于取得了反割头税的胜利，自己也从农民走进了先进分子的行列。《红旗谱》综合运用了"压迫→反抗→不觉悟→失败→觉悟→胜利"的情节模式，经过这番讲述，农民朱老忠一家三代人同地主冯老兰一家两代人之间的矛盾冲突就展现出"人民如何战胜了敌人的生动的历史中的一页"，因而成为概括中国农民革命斗争的"伟大历史图景"的"史诗式的作品"，

---

① 参见黄子平《"灰阑"中的叙述》第25页，上海文艺出版社2001年版。

被誉为新中国文学创作的“一个重大收获”。①

由于革命历史小说承担着上述特殊功能，因此与其他题材的小说相比，它常常被列在首要的位置上，评论家或文艺领导人在谈论某个阶段的文学创作成就时，经常强调：“首先必须提到的是反映革命历史斗争的小说”②。由于党和政府的重视，再加上作者的亲历和读者的喜爱等主客观原因，在新中国，革命历史小说有着诸多良好的发展条件，《青春之歌》、《林海雪原》、《红岩》等的印数都以百万以至数百万计，它们造就了几代人关于这个阶级、这个国家、这个民族的“历史”的集体记忆，成为“革命—胜利”的“鼓舞力量”。但是进入 60 年代以后，革命历史小说的创作也被卷入党内路线斗争、宗派斗争的漩涡，什么是“革命历史”又成为一个有待甄别的概念。1962 年，康生一手制造了《刘志丹》冤案，把李建彤的长篇小说《刘志丹》打成“为高岗翻案的反党大毒草”，受株连者数以万计，十多人被迫害致死；1963 年，因彭德怀被打成“右倾机会主义分子”，《保卫延安》随即也遭到禁绝销毁的厄运。在大抓“阶级斗争”、“路线斗争”的年代，作家和作品动辄被扣上“为 × × × 歌功颂德、树碑立传”的罪名，这给革命历史小说的创作带来了严重的干扰并使其由此跌入低谷。

农村生活小说与革命历史小说有深厚的血缘关系，这是因为农村长期以来就是中国共产党领导下的革命斗争的主战场，农民（尤其是觉悟的农民）历来就是中国革命的主力军和生力军。因此大多数描写革命斗争历史的小说，往往离不开对农村生活和农民形象的描写，如《风云初记》、《红旗谱》、《苦菜花》等，二者间的分化是伴随着中国农村实行土改、互助组、农业合作化运动等深刻的社会变革开始的。

---

① 冯健男：《论〈红旗谱〉》，载《蜜蜂》1959 年第 8 期。

② 中国科学院文学研究所《十年来的新中国文学》编写组：《十年来的新中国文学》第 30 页，作家出版社 1963 年版。另可参见冯牧、黄昭彦《新时代生活的画卷——略谈十年来长篇小说的丰收》等文，载《文艺报》1959 年第 19、20 期合刊。

在新中国之初的农村生活小说中，除了最初宣传婚姻法、反对包办婚姻的一些作品之外，很快便随着农村的社会主义改造，切入了中国农村的现代书写，20 世纪关于中国的乡村想象也由乡土文学的“只见隐现着乡愁”①转向讴歌社会主义新农村；牵引这一转换的是“写政治、写政策、写中心工作”，农村生活小说从中获取题材和主题，艺术表现的深度和广度当然也会受其制约。

1953 年中央颁布了过渡时期的总路线，同时还发布了对主要农副产品实行统购统销的政策，这是将市场经济、自由贸易纳入计划经济的重要举措。这一方针政策随即在小说创作中得到了反映，而且形成农村生活小说中一个稳定而持久的主题，这就是社会主义和资本主义两条道路的斗争。1953 年 11 月，李准在《河南日报》上发表短篇小说《不能走那条路》，很快就被《人民日报》、《人民文学》等报刊转载。小说写的是父子俩为是否买地而发生的矛盾纠葛。李准的表达大体是确切的，东山劝导父亲宋老定不要买地是让他“不能走地主的那一条路”；评论家则将主题拔高为：“反映当前农村生活中的重大矛盾——社会主义和资本主义两条道路的斗争，及前者在斗争中的胜利。”②从这以来，农民自发的小农倾向、小生产者的自由买卖一概被表现为“资本主义道路”，因而许多作家都把统购统销和自由买卖作为社会主义和资本主义两条道路斗争的写照。从赵树理的《三里湾》、《卖烟叶》，直到“文革”前浩然的长篇小说《艳阳天》无不如此。

反映合作化运动的作品在新中国农村生活小说中所占的比例是最大的。50 年代前半期，中国农村经历了由互助组、初级社向高级社转变的农业合作化运动，毛泽东把它称为“中国农村社会主义高潮的到来”。农村生活小说创作具有代表性的作品几乎都是以

---

① 鲁迅：《中国新文学大系·小说二集》序，《鲁迅全集》第 6 卷第 247 页，人民文学出版社 1982 年版。

② 李琮：《〈不能走那一条路〉及其批评》，载《文艺报》1954 年第 2 期。另参见康濯《评〈“不能走那一条路”及其批评〉》一文，载《文艺报》1954 年第 7 期。

此为背景，如《三里湾》、《山乡巨变》、《创业史》、《风雷》、《艳阳天》等以及许多中短篇小说，由此也可见出这场运动改变中国乡村的深刻程度。农业合作化运动对于“乡土中国”的最大冲击就是逐步取消了土地私有制，一个新的题材和矛盾冲突也由此进入农村生活小说，那就是“入不入社”。所谓“入不入社”就是是否把个人或家庭拥有的土地、大农具、大牲畜等主要生产资料交给“公家”（集体），以此来克服贫富两极分化，但需要付出的则是放弃农民祖祖辈辈赖以安身立命的土地。农业合作化运动同时也冲击和改造着千百年来根深蒂固的小农思想，“两条道路的斗争”进而被普泛化为“两种思想的斗争”，就连土改时提出的“发家致富”的口号也被当作“资本主义思想”来批判。土改运动是以发家致富来吸引广大农民参与的，《创业史》中梁三老汉对共产党感激不尽，就是因为他以为土改可以圆自己做了一辈子的发家致富的“创业”梦。这是“乡土中国”的千年遗梦。反映农业合作化的作品要打破的正是这根植于小农经济基础上的千年遗梦，畅想的是在社会主义集体经济基础上的“共同富裕”。这是当时农村生活小说想象中国乡村的共同方式。作为深切了解农村而又同情和理解农民的作家柳青，在这样一种想象中达到了自己、也是新中国农村生活小说的创作高峰。《创业史》是一部试图回答“中国农村为什么会发生社会主义革命和这次革命是怎样进行的”这样一个宏大问题的作品①，与同时期的同类作品相比，《创业史》也写“路线斗争”和“思想斗争”，也是以阶级分析的眼光观察社会生活，但作品不是在阐释政策而是在阐释历史。作品以 17000 余字的“题叙”拉开序幕，从 1929 年冬天写起，终于 1953 年春天。这个题叙把笔触伸向了中国农民历史命运的深处，把中国农民的千年遗梦同农村正在发生的社会变革联系起来，因而作品所表现的各阶层之间的“斗争”首先是一种改善各自的生活处境从而把握自己命运的博弈，而不是政治斗争，作品的情节也是由与贫穷、与命运的抗争而

① 参见柳青《提出几个问题来讨论》一文，载《延河》1963 年第 8 期。

不是“阶级斗争”来推动的。《创业史》超越同类作品的地方在于：始终把广大贫苦农民改变自己生活和命运的内在要求作为重点，不是以“自上而下”的方式写贯彻政策，写运动群众，而是以自下而上的方式写改变命运，写群众运动，通过广大贫苦农民的个人动机同社会的历史动机的一致性，反映出中国农村走社会主义道路的内在必然性。对人物命运的关注和对历史进程的揭示的统一，构成了《创业史》的史诗品格。与常年扎根于长安县皇甫村“乡党”中的柳青不同，周立波写《山乡巨变》则有着“干部”和“游子”的双重身份。1955 年 9 月，周立波回到湖南，担任益阳市大梅塘乡互助合作委员会副主任，后来又曾任桃花仑乡委员会副书记。作家的干部身份使周立波形成了观照生活的特定视野，也就是用政治和政策的眼光去观照、表现和提升现实生活，根据表达政治主题的需要来设置人物、组织情节、展开矛盾冲突，尽量囊括宏大的时代背景，重大的政治生活事件，突现作品的政治图旨。从工作队队员邓秀梅这个“外来人”的设置，到《山乡巨变》正篇近 20 个直接或间接的会议情景叙述，到“续篇”中安排一个暗藏的反革命分子龚子元搞破坏，无不体现了“干部”的“政治视野”。然而作为“少小离家老大回”的游子，又使离家近 30 年的周立波即刻被故园的风俗人情、山川景物、奇闻趣事等所感动，“他和仔子们一同追着看打起锣鼓吹起喇叭的迎新花轿，一同去看哪家夫妻打架或邻里骂街。甚至那在屋场里觅食的鸡群和浮游于池塘里的鹅鸭，也在他的注视之中。”①在青山黛水、茶籽飘香中，周立波似乎不忍心让“斗争”来打破乡土的“和谐”氛围，亭面糊、陈先晋等摇摆分子自不必说，就连秋丝瓜、菊咬筋这些顽固分子也有可爱的一面，矛盾是在轻喜剧中被化解的，哪怕是当时极其欣赏这种风格的黄秋耘也不得不指出，作品中缺少“农村中阶级矛盾和阶级斗争的鲜明图景”，希望作者能抒写一点“风云之色”。②

① 林蓝：《战士与作家——〈周立波文集〉编后记》，载《人民文学》1981 年第 11 期。

② 黄秋耘：《〈山乡巨变〉琐谈》，载《文艺报》1961 年第 2 期。

这也难怪周立波要从外乡找来一个逃亡地主龚子元来搞一点尖锐激烈的“斗争”了。

随后的人民公社化运动终于以乌托邦的方式达到了想象中国乡村的极致。1958 年毛泽东视察了河南省新乡七里营人民公社后，称赞“人民公社好”。人民公社规模大，公有制程度更高，被视为通往“共产主义天堂”的桥梁。人们为即将到来的“共产主义”而欢呼，“闪烁着共产主义光芒”的新人新事新风尚占据了农村题材短篇小说的主要篇幅，李准的《李双双小传》、《耕云记》，王汶石的《新结识的伙伴》等小说都可以折射出当时的氛围。由于反映公社化的小说大多与当时刮的“共产风”、“浮夸风”相关联，其美好想象不久便在随之而来的天灾人祸面前碰得粉碎。因此正面反映公社化的小说或者胎死腹中，或者在 60 年代初被天灾人祸的严酷现实淘汰出局，在文学史上几乎就没有留下什么痕迹。

十五、“革命的终极想象”：地上和地下的“文革”文学

［继续革命：从“文艺反修”到“文化大革命”的发动——彻底革命：《纪要》和30年代“文艺黑线”——永远革命：“文革”主流文学和“朝霞”——疏离革命：“文革”地下文学］

“开创人类历史新纪元的、最光辉灿烂的新文艺”，这是《林彪同志委托江青同志召开的部队文艺工作座谈会纪要》对革命文艺工作者提出的“光荣而艰巨的使命”。其所以“光荣”，是因为“我们的革命，是一次最后消灭剥削阶级、剥削制度，和从根本上消除一切剥削阶级毒害人民群众的意识形态的革命”；其所以“艰巨”，是因为文艺界在新中国成立后的16年来“被一条与毛主席思想相对立的反党反社会主义的黑线专了我们的政”。① 如同毛泽东的《讲话》影响了新中国十几年文学的发展，经过毛泽东“三次亲自审阅修改”② 的《纪要》则成为十年“文化大革命”文学发展的思想指导，它强化和发展了自新中国以来愈益激进的社会和文化变革思想，将“革命的想象”和一体化的文学体制推向极端，最终严重地伤害了社会主义文学，“无产阶级文化大革命”也由此

① 该纪要全文公开发表于1967年5月29日《人民日报》，以下简称《纪要》。

② 参见1967年5月29日《文汇报》社论《一个巩固无产阶级专政的重要文件》。

走向了它的终结。

“文化大革命”的发动要追溯至“反修斗争”。“反对修正主义的斗争”是20世纪50年代中期在国际共产主义运动和社会主义阵营出现分裂的背景下提出来的，它是毛泽东后期阶级斗争理论和意识形态批判的重心所在。1957年6月19日《人民日报》以《关于正确处理人民内部矛盾的问题》为题，发表了毛泽东此前在最高国务会议上的讲话，这时反“右派”斗争已经开始，毛泽东加进了强调阶级斗争的内容，同时提出了“修正主义”的问题。修正主义“是一种资产阶级思潮，它比教条主义有更大的危险性”；修正主义者的特点是“口头上也挂着马克思主义，他们也在那里攻击‘教条主义’。但是他们所攻击的正是马克思主义最根本的东西”。①“反对修正主义”的提出，意味着“思想意识领域内的斗争”进一步“向内转”，从外部的“资产阶级、小资产阶级”转向无产阶级、共产党人和马克思主义内部，为推行更加激进的“革命”举措清除障碍。1958年，文艺界开始了对“修正主义文艺思想”的批判，秦兆阳的《现实主义——广阔的道路》被定性为“系统的修正主义的文艺纲领”，此前已受到批判的胡风、冯雪峰，也被“追认”为“修正主义文艺思想”的代表。1960年《文艺报》发表了一系列文章，为开展文艺领域中的“反修斗争”进行思想和政治动员。这些文章把新中国成立后开展的文艺批判和当时正在讨论的许多文艺问题都提到“反对修正主义文艺思想”的“纲”上重新加以认识，其中包括：“宣扬资产阶级的人道主义、人性论、人类爱等腐朽观点来模糊阶级界限，反对阶级斗争；宣扬唯心主义来反对唯物主义；宣扬个人主义来反对集体主义；以‘写真实’的幌子来否定文学艺术的教育作用；以‘艺术即政治’的诡辩来反对文艺为政治服务；以‘创作自由’的滥调来反对党

---

① 毛泽东：《关于正确处理人民内部矛盾的问题》，《毛泽东著作选读》（下册）第788页，人民出版社1986年版。

和国家对文艺事业的领导”① 等等。1960 年 7 月，全国第三次文代会和中国作协第三次理事扩大会议确立了“高举毛泽东思想红旗，反对现代修正主义”的主题，这成为反“右派”斗争后“继续革命”的标志和重心，自此，文艺界就被卷入“文艺反修”的漩涡。

从 1960 年提出“文艺反修”，到 1964 年“文艺大批判”的全面开展，其间也正是党对各个领域的工作实行调整的时期，周扬、夏衍、林默涵、邵荃麟、张光年等文艺领导人在周恩来、陈毅等中央领导同志的支持下，在力所能及的范围内纠正“左”的偏向，给文艺创造休养生息的条件。在此期间，周恩来、陈毅发表了重要讲话，希望发扬民主，改变文艺界的作风，纠正动辄套框子、抓辫子、挖根子、戴帽子、打棍子的“五子登科”的做法，促使文艺思想和文艺创作活跃起来。文化部 1961 年 6 月召开的故事片创作会议（即“新侨会议”），中国剧协 1962 年 3 月召开的全国话剧、歌剧、儿童剧创作座谈会（即“广州会议”），中国作协 1962 年 8 月召开的农村题材短篇小说创作座谈会（即“大连会议”）和中宣部会同文化部主持制定的《文艺八条》等，都在不同程度上总结汲取了新中国十年文学发展的经验教训，试图矫正思想理论和方针政策上的一些偏差。一些文艺领导人带头发表讲话、组织文章，贯彻调整文艺政策的精神。周扬提出了文艺“为最广大的人民群众服务”的口号，夏衍提出了文艺创作要坚持“两条腿走路”的方针，邵荃麟、张光年就创作方法、人物塑造、文艺题材的多样化发表了意见。这些言论和政策性调整，一度缓和了文艺界因反“右派”斗争和“反修斗争”的开展而造成的紧张空气，理论批评和文学创作都呈现出再度活跃的局面。但是，这一良好局面并没有维持多久，随即被毛泽东的严厉批评所终止。1963 年 12 月 12 日毛泽东在一份《情况汇报》上批示：“各种艺术形式——戏剧、曲艺、音乐、美术、舞蹈、电影、诗和文学等等，问题不少，人数很

① 《文艺报》1960 年第 1 期社论：《用毛泽东思想武装起来，为争取文艺的更大丰收而奋斗》。

多，社会主义改造在许多部门中，至今收效甚微。”“许多共产党人热心提倡封建主义和资本主义的艺术，却不热心提倡社会主义的艺术，岂非咄咄怪事。”在该批示的压力下，中宣部领导文联及所属各协会进行整风，同时推进文艺大批判的开展。1964 年 6 月 27 日，毛泽东读到《中央宣传部关于全国文联和所属协会整风情况报告》的草稿后，又作了第二个批示，批评“这些协会和他们所掌握的刊物的大多数（据说有少数几个好的），十五年来，基本上（不是一切人）不执行党的政策，做官当老爷，不去接近工农兵，不去反映社会主义的革命和建设。最近几年，竟然跌到了修正主义的边缘。”①毛泽东的两个批示抹杀了新中国文艺工作十多年来的成就，成为在文艺界搞“文化革命”的动员令。同年，中央政治局成立“文化革命五人小组”，具体领导意识形态领域中的“社会主义文化革命”。康生、江青等人也借此机会掀起一阵又一阵的“批判”狂潮，以图搞乱文艺而最终控制文艺。“文艺大批判”很快波及整个文艺界，既为“文革”制造了舆论，又成为“文革”的重要组成部分。

60 年代的这场文艺大批判由两个相关的部分组成，一个部分是从批判周谷城的“时代精神汇合论”入手，扩展到对一系列“资产阶级、修正主义文艺观点”的批判，另一个部分是以《刘志丹》一案为发端，波及到对所谓“毒草”作品的批判，而这两部分的批判又被康生、江青有意引导到对 30 年代左翼文艺运动的批判，以便整倒新中国文艺领导人，由他们来执掌文艺领导权。因此，在文艺观点方面，重点的批判对象是当时中国作协党组书记兼中国作协副主席邵荃麟提出的“现实主义深化”论和“写中间人物”的主张；在文艺作品方面，批判的目标直接指向 30 年代的左翼文艺工作者在新中国创作的作品，如电影《北国江南》（阳翰笙编剧）、《林家铺子》（夏衍编剧）、《不夜城》（柯灵编剧），戏剧《谢瑶环》（田汉编剧）、《李慧娘》（孟超编剧）等。批判者们把资产阶级人性论、个人主义、个性解放、阶级调和论、阶级投降主

① 这两个批示公开发表于 1967 年 5 月 28 日《人民日报》。

义等罪名安在30年代文艺头上，把夏衍作为30年代文艺的“老头子”、林默涵作为周扬的“头号帮凶”、张庚作为“中国赫鲁晓夫在戏曲界的代理人”、欧阳山作为“周扬修正主义文艺黑线干将”等端出来重点批斗，而周扬则被打成“资产阶级文艺黑线的总头目和祖师爷”，同田汉、夏衍、阳翰笙一并被诬为推行30年代文艺黑线、与毛主席革命文艺路线相对抗的“四条汉子”。于是从“30年代文艺黑线”到“文艺黑线专政”的罪名就被罗织起来。1967年5月29日《纪要》公开发表，《纪要》称，“这条黑线就是资产阶级的文艺思想、现代修正主义和所谓三十年代文艺的结合”，“写真实”论、“现实主义广阔的道路”论、“现实主义深化”论、反“题材决定”论、“中间人物”论、反“火药味”论、“时代精神汇合”论、“离经叛道”论被打成“反革命修正主义”的“黑八论”。由于新中国文艺和左翼文艺运动相继被否定，“从《国际歌》到革命样板戏，这中间一百多年是一个空白”的神话就被江青等人虚构出来，中国文学也就朝着更加激进的方向发展。1965年底，毛泽东支持姚文元发起了对吴晗新编历史剧《海瑞罢官》的批判，揭开了党内“阶级斗争的盖子”，北京市委和市政府主要成员邓拓、吴晗、廖沫沙等人被打成“反党反社会主义的三家村黑店”，“政治大革命”的熊熊烈火终于由文艺界率先开展的“革命大批判”给点燃了。1966年5月16日中央政治局扩大会议通过了毛泽东亲自主持制定的《中国共产党中央委员会通知》，它标志着“文化大革命”的全面展开。

如果说“革命大批判”集中体现了“文化大革命”“破”的一面的话，那么“革命样板戏”则代表了“立”的一面。1964年6—7月，全国京剧现代戏观摩演出大会在北京隆重举行，毛泽东等党和国家领导人多次出席观看，全国各主要报刊都用“序幕”、“开端”、“大事件”、“大胜利”等字眼来说明京剧现代戏和“社会主义文化大革命”的关系，“革命”潮流一举将现代戏剧托到了巅峰。

进入新中国以来，挟左翼和解放区戏剧运动的余威，更依托自“五四”以来现代戏剧编、导、演的老班底，以话剧为主体的现代戏剧一直很活跃，加上一批现代戏剧的奠基人和新文学的名家大师作为新中国戏剧创作的中坚，令戏剧风头不让与小说、诗歌、散文等主要文学门类。在整个 50 年代，老舍、曹禺以前所未有的政治激情创作了大量剧作，其中自然多有配合“中心工作”的应时应景之作，如老舍的《春华秋实》、《西望长安》、《红大院》，曹禺的《明朗的天》等；但现代戏剧的精粹却在他们的言传身教中、在同其他表演导演艺术家的通力合作中承续下来，尤其集中体现于老舍的《龙须沟》和《茶馆》，后者更是成为老舍也是新中国剧作的经典。五六十年代之交的历史剧创作更是堪称现代剧作家的高峰体验，先后有田汉的《关汉卿》、《文成公主》，郭沫若的《蔡文姬》、《武则天》，曹禺的《胆剑篇》等大戏出台，还有后来招致猛烈批判的昆曲《李慧娘》（孟超）、京剧《谢瑶环》（田汉）与《海瑞罢官》（吴晗）等登台亮相。

包括京剧在内的现代戏高潮出现于 60 年代。此时开展的社会主义教育运动，吸引了大批文艺工作者走向劳动生产和阶级斗争的第一线，被现实生活激发起来的新鲜体验混合着强烈的政治热情，推动他们创作与演出了大量“具有教育意义”的现代生活剧，戏剧艺术所看重的“冲突性”特征被充分地利用来演绎阶级斗争观念，产生了在当时颇有影响的一批剧目，如《霓虹灯下的哨兵》（沈西蒙）、《年青的一代》（陈耘）、《千万不要忘记》（丛深）等。自 1963 年到 1965 年，在愈演愈烈的“革命大批判”浪潮中，全国各大区相继举行了各剧种的现代戏观摩演出，这被认为是“大批判带来了大丰收”。在现代戏的编演热潮中，京剧现代戏被放在格外突出的位置上，《人民日报》、《红旗》杂志、《文艺报》等全国性报刊为此发表社论，各级报刊组织大量文章盛赞京剧改革，称其为“京剧现代化的革命运动”①，“社会主义文艺革命”和“文化革命”的提法也出现在报章中。但是，京剧现代戏备受青睐的另一重要原因却在“戏”外。进入 60 年代，江青先后参与了京剧《沙家浜》、《红灯记》、《智取威虎山》等剧目的改编、移植工作，

① 《文艺报》1964 年第 6 期社论：《京剧艺术的革命创举》。

把受到毛泽东称赞的“方向是对的，革命是成功的，艺术上也是好的”那些剧作抓到自己手中，树为他人不得染指的“样板”。1967年在《讲话》发表25周年之际，全国各种宣传工具一齐开动，隆重推出革命现代京剧《智取威虎山》等8个“革命样板戏”，新华社发的消息称样板戏是“人类文艺史上伟大的创举”，《红旗》杂志发表社论，欢呼京剧革命“给无产阶级新文艺的发展开拓了一个崭新的纪元”①。“革命样板戏”给江青增添了一笔“领导文艺革命”的雄厚资本，她便俨然以“文艺革命旗手”的身份，登上“文化大革命”的政治舞台。

随着“样板戏”的神圣地位的确立，从“样板戏”的创作中总结出的若干“经验”也便成了“文革”中规范文艺创作的根本大法，这就是“根本任务”论和“三突出”原则。

“根本任务”的表述来自于《纪要》：“我们要满腔热情地、千方百计地去塑造工农兵的英雄形象”，“要努力塑造工农兵英雄人物，这是社会主义文艺的根本任务”。后来浓缩为“塑造无产阶级英雄典型是社会主义文艺的根本任务”② 的提法。“根本任务”论虽然同新中国成立以来的理论批评倾向有关，但在“文革”中又有了更极端的发展：一是把塑造英雄形象提到阶级斗争和文艺领域中谁对谁专政的政治高度予以论述；二是要求文艺作品塑造的无产阶级英雄典型必须是“高大丰满、光彩夺目、完美无缺”的。理论家们把这说成是“两结合”创作方法在人物塑造方面的具体运用。“根本任务”论落实到文艺创作上，就是“三突出”原则，即“在所有人物中突出正面人物，在正面人物中突出英雄人物，在英雄人物中突出主要英雄人物”③。“三突出”最初是对“样板戏”创作经验的概括，经姚文元修订后被奉为“无产阶级文艺创作必

① 1967年第6期《红旗》杂志社论：《欢呼京剧革命的伟大胜利》。

② 参见初澜《京剧革命十年》一文，载《红旗》1974年第1期。

③ 江天：《努力塑造无产阶级英雄典型》，载1974年7月12日《人民日报》。

须遵循的一条原则”①，1972 年在“四人帮”炮制的一个文件中进而被拔高为“无产阶级文艺创作的根本原则”②。“三突出”包括了一整套以主要英雄为中心的人物关系法则、冲突构成法则和艺术调度法则，最初作为革命现代戏的创作经验，并非毫无可取之处，而且它所包含的一些艺术处理方式在中国当代文艺创作乃至于中国传统艺术中也经常自觉或不自觉地被采用，所以，作为一种艺术模式或表现手法，“三突出”也并非什么“创举”。恰恰相反，“三突出”所体现的观念至上、英雄至尊以及艺术表现的诸多清规戒律，正如茅盾所说，“是从历史博物馆里偷来的古典主义的唾余”；什么“理想的完美的英雄形象”，“高、大、全”的“性格上毫无发展”的“固定不变的全能人物”，都是“剽窃 17 世纪古典主义的糟粕，改头换面”而来的。③ 因此，“三突出”是新中国现实主义衰退为伪古典主义的经典形态，而且这一衰退从倡导社会主义现实主义开始就已经显露出了端倪。

在“革命样板戏”和“根本任务”论及“三突出”原则引导下的文学创作，构成了“文革”时期的主流文学。如果仅仅从现象上看，“文革”主流文学同新中国文学之间似乎存在着深刻的断裂，如新中国文艺领导人的工作和文艺路线被彻底否定、新中国成立 17 年来有影响的文学作品和作家多被打成“毒草”和“黑线人物”、被迫害致死的知名作家艺术家多达 200 余人等；然而，不论从文艺思想上说还是从艺术形态上看，“文革”主流文学同新中国文学又存在着深刻的连续性，区别只是在于“文革”采取了更加激烈的方式，将新中国文学中历来倡导的若干观点和做法推向了极端。作为“文革”时期的代表作家浩然的创作就是典型的例证。

① 参见于会泳《让文艺舞台永远成为宣传毛泽东思想的阵地》，载 1968 年 5 月 23 日《文汇报》；《智取威虎山》剧组：《努力塑造无产阶级英雄人物的光辉形象》，载《红旗》1969 年第 12 期。

② 参见文化部批判组《评“三突出”》一文，载 1977 年 5 月 18 日《人民日报》。

③ 茅盾：《漫谈文艺创作》，《茅盾文艺评论集》（下）第 707～708 页，文化艺术出版社 1981 年版。

浩然早期创作的农村生活小说受赵树理和孙犁的影响，有意把诸多矛盾冲突安排在充满亲情的家庭或邻里之间，以表现农村的新人新事新风尚和新生活，其明快俊朗同李准、王汶石有些相似，50年代后期出版的短篇小说集《喜鹊登枝》还受到叶圣陶、巴人的举荐和称赞。明显的变化出现在60年代初期，受到柳青《创业史》的影响，浩然不再满足于写一些只是有“生活气息”的作品，而试图写出反映农业社会主义改造全过程的“农村史诗”。3卷本长篇小说《艳阳天》是浩然最初的尝试，与《创业史》显著不同的是为了“永远不忘阶级斗争，我决心要写这本书”①。因而浩然有意识地用60年代的阶级斗争观念来处理50年代的农村生活，呈现出更加分明、尖锐的阶级对立，这种对立不再是小农意识的问题，而是“那些被打倒的阶级”向“我们的党和社会主义发起进攻”。《艳阳天》中的阶级对立，表现在以东山坞农业生产合作社党支部书记萧长春为代表的社会主义力量和以阶级异己分子、农业社副主任马之悦为代表的资本主义势力之间，双方在土地分红、闹粮、倒卖粮食、抢粮库、退社等一系列问题上反复展开了激烈的斗争。为了表现阶级斗争的复杂和“你死我活”，作家设置了垂垂老矣的地主马小辫诱杀萧长春的独生子小石头得手的情节，还通过马小辫在北京读书的儿子寄回反动信件的情节，把东山坞与外界联系起来，达到“把这个靠山小村发生的抢粮闹事的事件，同当时国际上的反共高潮和国内资产阶级右派向党进攻这些形势联系在一起，来分析它、研究它”② 的目的。浩然原本是写农村日常生活的行家里手，即使是在这部写农村“阶级斗争”的作品中，仍然不乏充满人伦情感的日常生活场景。新中国农村生活小说对浩然的影响，尤其体现在两个方面，一是对中间人物和落后人物的生动细腻的刻画，二是具有乡土田园诗意的轻喜剧风格；从《艳阳天》中

① 浩然：《寄农村读者——谈谈〈艳阳天〉的写作》，载1965年10月23日《光明日报》。

② 浩然：《为谁而写作》，南京师范学院中文系资料室编印：《浩然作品研究资料》第35页（1974年内部印刷）。

可以清楚地看到浩然对赵树理、柳青、周立波的农村生活小说的继承。而在“文革”中创作并出版的《金光大道》就大异其趣了。尽管浩然曾表白“早在50年代写过大纲，文化大革命前写出了草稿”，“‘高大泉’等人名和书名都是当时拟定的”，全书“均系旧稿修改而成”;① 但就浩然更多的创作体会和经验介绍来看，《金光大道》显然是学习“无产阶级对资产阶级实行全面专政”的理论和“革命样板戏”的创作经验的产物。在这部作品中，政治斗争场景挤兑与覆盖了日常生活场景，浓烈的阶级、路线、道路斗争贯穿到诸多生活细节和艺术细节；在削弱农民的乡土性和戏谑性的同时，“轻喜剧”风格荡然无存；矛盾冲突被引向更高一层的领导，让主人公在“县一级的水平上”同对立面展开斗争，以适应“文革”期间“同走资派斗争”的需要；“头号英雄”高大泉在“阶级斗争的风口浪尖”被打造成“高大全”的英雄形象，《金光大道》也以无产阶级英雄正剧的样式达到20世纪中国乡村革命想象的极致。

“文革”的主流文学形成规模是70年代初期的事。1971年9月13日，林彪外逃坠机而亡，毛泽东重病在身而委托周恩来主持中央日常工作并进行各条战线的“整顿”，文艺工作和文学创作由此而稍见复苏：被下放改造的文学工作者有的回到了工作岗位，不少省市的文学期刊相继复刊，文学、电影和戏剧（包括地方戏曲）陆续有新作问世。从1972年到1976年“四人帮”覆灭前，文学创作也曾出现了一个小小的热潮，工农兵业余作者的创作、“三结合”小组的集体创作和专业作家的创作以颇为热闹的方式装点着“文革”时期的文坛。

同延安文学相仿，工农兵业余作者的创作总是格外受到栽培和扶持，在“文革”文学中，工农兵群众的创作更是超越了解放区的大众启蒙和新中国的文艺普及的意义，而具有“无产阶级对地主资产阶级实行专政”的特殊的政治意味。因此，工农兵业余作

① 浩然给《中国当代文学》编者的信，转引自王庆生主编的《中国当代文学》上卷第240页，华中师范大学出版社1999年版。

者的创作往往享有话语的优先权和艺术上的豁免权，适应政治需要的作品即便是粗制滥造之作，也往往会受到评论家和“工农兵读者”的热捧。在文学期刊和报章上工农兵作者的作品经常以专栏或醒目的标题刊载，在文学出版断档五六年之后最初出版的诗集也多是工农兵作者配合政治运动创作的作品。1974年前后，以“小靳庄诗歌运动”为代表的“工农兵群众创作”达到一个高潮，这是在江青“关怀”和“指导”下开展起来的群众性诗歌创作，《人民日报》以专版刊出“天津市宝坻县小靳庄庄员诗歌选”，出版社为之推出了各种选本，浩然等主流作家和评论家著文为之助阵①。小靳庄“经验”旋即被推向全国农村，酿成继1958年新民歌运动之后又一轮民本主义的文艺实践运动，只是已经远离了民间性，仅仅是当时主流话语操控下的政治顺口溜，如：“孔丘要复礼，林彪想复辟，相隔两千年，唱的一出戏。……全民齐奋起，林孔一处批，毒草化肥料，防修反复辟。”

在群众性创作的基础上，这一时期文学又派生出各种集体创作的方式，其中最有代表性的就是由党的领导、革命群众和专业文艺工作者组成的“三结合”创作。这被视为“文革”产生的“新生事物”，其实也不过是“文革”前“大我”的延伸，是创作主体的进一步“去个人化”。正如当时的评论所说，这能确保人们在从事文艺创作时“决没有想到这是我个人的产品，因而要求在产品上刻上自己的名字”，从而“为破除创作私有等资产阶级思想提供了有利条件”。② 堪称“集体创作”的文学范本是1972年出版的长篇小说《虹南作战史》（作者署名为上海县《虹南作战史》写作组）和《牛田洋》（作者署名为“南哨”）。前者写50年代上海郊区的农业合作化运动中的路线斗争，后者写60年代部队指战员为

① 如浩然在1974年10月1日《人民日报》上发表题为《遍地英雄唱新歌——小靳庄抒怀》的文章称：“工农兵业余作者大军正在前边朝我们挥手呼喊！我一定要大步追上去！”

② 周天：《文艺战线上的一个新生事物——三结合创作》，载《朝霞》1975年第12期。

响应“五七指示”围绕“围海造田”而开展的路线斗争。这两部作品的最奇特之处在于小说的每一章节都不脱离“最高指示”（毛主席语录）的“指引”，毛主席语录或者加在每一章的开篇，或者以黑体字标注在小说的行文中，作者的叙述或正面人物的语言遍布学习语录的体会或者表态，小说的情节就是对语录的图解和演绎，将新中国文学中的政治说教和思想教谕发展到登峰造极的地步，是后来的读者不可思议和难以理喻的。

真正能够标志文学创作在某种程度上得以复苏的是若干专业作家名字浮出水面，这其中既有在“文革”前已成名的作家，如姚雪垠、臧克家、管桦、阮章竞、严阵、顾工、曲波、李瑛等，也有在“文革”中崭露头角、尔后成为新时期主流作家的作家，如黎汝清、谌容、张抗抗、古华、蒋子龙、刘心武、郑万隆等。

在“文革”这个充满革命狂想的激情年代，诗歌是余热不息且升温迅速的领域，在“文革”发动的最初几年，尽管各类文学出版物均遭禁绝，但一直就有红卫兵诗歌以小报、传单、油印本、朗诵会等各种方式传播。1972 年以后随着文学作品的出版或发表渐趋正常，一批新中国诗人逐渐被“解放”出来，其作品也开始见诸报章、杂志。在他们之中，李瑛的影响较为突出，是在“文革”期间出版诗集最多的诗人，先后有《红花满山》、《枣林村集》、《北疆红似火》等作品集出版，尽管诗作中的想象已经从阶级斗争、路线斗争提升到“世界革命”的高度，边关哨卡也同“反帝反修”的五大洲风云相联系，但是大多数作品仍然保持了诗人“文革”前的创作风格，擅长于从细部、细节入手来点化诗歌主题，从而在一定程度上软化了僵硬的政治抒情，在“文革”时期的主流文学中显得清新别致。如果说李瑛的诗歌大体上延续了新中国抒情短诗的风格，那么在“文革”中对青年一代（主要由红卫兵、知识青年、工农兵学员等组成）影响更大的是以贺敬之为代表的政治抒情诗风格，最具影响的代表作是署名为“北京大学中文系七二级创作班工农兵学员集体创作”的长诗《理想之歌》。这首长诗集中体现了“文革”时期信仰革命的一代年轻人的理想主义，延续了新中国政治抒情诗庄重豪迈的诗风，并且连接起新时期之初的政治抒情诗创作。

小说创作的回暖也是比较快的，“文革”期间出版的长篇小说多达100余部，文学期刊的复刊、文学丛书的出版、报纸辟出的文学专版都给中短篇小说创作和发表提供了园地，仅就数量而言，长篇小说创作也接近于新中国的“正常年景”。作为叙事文学，小说更容易受到“样板戏”和“三突出”的直接影响，除了表现阶级斗争、路线斗争、道路斗争的基本主题和题材，在人物和情节设置上基本上是仿照“样板戏”和“三突出”的格局，以大量的政治斗争场景来置换和覆盖日常生活场景。同诸种“集体创作”且不堪卒读的长篇小说相比，前涉执笔的《桐柏英雄》、郭澄清的《大刀记》、黎汝清的《万山红遍》、曲波的《山呼海啸》、郑直的《激战无名川》、杨佩瑾的《剑》、孟伟哉的《昨天的战争》等描写革命战争的作品拥有较多的读者，不论是从作品的正剧性还是传奇性方面考察，都延续了新中国革命历史小说的基本风格和特征。现实生活题材则相形见绌，生活在政治观念中的作家大多也用政治观念来编织生活，其空泛的说教和虚假的演绎是这类作品的通病，即或是当时受到好评或拥有较多读者的《沸腾的群山》（李云德）、《征途》（郭先红）、《万年青》（谌容）、《分界线》（张抗抗）等也未能免俗。别具一格的是四川作家克非的《春潮急》，这部反映四川农村合作化运动的长篇小说在50年代后期就写出了初稿，在“文革”中经过修改于1974年出版。人为地强化和凸显阶级斗争和路线斗争的主题自然是这部作品打上的时代烙印，但作品对贫苦农民艰窘生活的揭示和描写，则有如陈登科在“文革”前夕出版的《风雷》，打破了“芝麻开花节节高”的田园诗风格，从一个侧面袒露出新中国农民的生活真相，由此也阐说了“组织起来”的历史合理性。小说对民情风俗的描写和方言土语的运用在一定程度上稀释了阶级斗争和政治话语营造的浓烈气息。

正如60年代初的文艺政策调整被视为“修正主义文艺思潮的猖狂进攻”一样，“四人帮”对70年代初文艺创作的短暂复苏充满警惕，时刻防止资产阶级和修正主义的“翻案复辟”和“文艺黑线回潮”。为控制文艺领导权进而巩固政治领导权，江青等人一方面严密监视文艺领域的“阶级斗争新动向”，屡屡制造事端，掀起批判狂潮，扼杀一切被怀疑为“否定文化大革命”的文艺作品，仅以“文革”中问世的新作而论，受到批判和指责的就有湘剧《园丁之歌》，晋剧《三上桃峰》，话剧《松涛曲》、《不平静的海滨》，电影《海霞》、《创业》，短篇小说《生命》、《牧笛》等。另一方面，江青等利用自己手中控制的舆论工具树样板、立榜样、辟阵地、设导向，左右文学创作的走势。除了“样板戏”之外，浩然和张永枚是受到“四人帮”格外青睐的作家。在“文革”期间，浩然的 3 卷本《艳阳天》出齐，《金光大道》第一、二部相继出版，即刻受到“四人帮”的御用写作班子的热捧。① 随即，浩然的中篇小说《西沙儿女》，张永枚的诗报告《西沙之战》、《西沙组诗》等就非同一般看待了，作品及其评论屡被《人民日报》刊发或转载，② 作者也四处发表文章或讲话，介绍自己的创作经验或学习体会，极享“样板”的殊荣。

1973 年 5 月，受“四人帮”直接控制的文学丛刊《朝霞》在上海创办，连同稍后创刊的《朝霞》文学月刊一并成为“文革”主流文学的领头羊，忠实地配合“四人帮”的政治需要，贯彻其创作旨意。从 1973 年初提出“努力反映文化大革命的斗争生活”，到 1976 年初号召“写与走资派作斗争的作品”，《朝霞》步步紧跟，以身示范，接连发表为“四人帮”树碑立传的《初春的早

---

① 可参见初澜《在矛盾冲突中塑造无产阶级英雄形象——评长篇小说〈艳阳天〉》，载 1974 年 5 月 5 日《人民日报》；任犊：《必由之路——评长篇小说〈金光大道〉第二部》，载 1974 年 12 月 26 日《人民日报》，等等。

② 张永枚的《西沙之战》在 1974 年 3 月 15 日《光明日报》上从头版头条开始以几个版的篇幅刊登发表，3 月 16 日《人民日报》用两个整版予以转载；4 月 17 日《人民日报》发表任犊的评论《来自南海前线的战歌——读张永枚同志诗报告〈西沙之战〉》，1974 年第 4 期的《解放军文艺》再次刊载。《西沙组诗》发表于 1974 年 8 月 24 日《人民日报》，同日《人民日报》发表方锷评论浩然《西沙儿女》的文章《祖国的西沙为什么这样美?》；1974 年 9 月 30 日《人民日报》以整版篇幅发表张永枚的长诗《前进，革命的火车头》；11 月 24 日《人民日报》发表张永枚的叙事诗《西沙姑娘》。

晨》、《金钟长鸣》、《第一课》等短篇小说，揭露所谓“走资派还在走”；在《一篇揭矛盾的报告》、《典型发言——续〈一篇揭矛盾的报告〉》等小说中则以“四人帮”制造的政治事端为背景影射周恩来。按照“四人帮”炮制的“老干部=民主派=走资派”的反动公式，《朝霞》组织的文学作品着力去写“旧社会吃过糠，抗日战争扛过枪，解放战争负过伤，抗美援朝渡过江”，但“却不知道社会主义是什么”的“民主派”亦即“走资派”。为配合“批邓反击右倾翻案风”，不少作品又来写“正在走的”、“死不改悔的”、“翻案的”走资派。为了与“四人帮”篡党夺权的阴谋相呼应，“四人帮”进而鼓吹写“大走资派”和“军内走资派”，一时间文艺作品中的“走资派”纷纷“升级”，电影《欢腾的小凉河》写县级，《盛大的节日》写市级，《反击》中写省级，还设置了不出场的“中央级的走资派”；话剧《千秋业》、《前线》等作品，则专写军内的“大人物”。这些作品中塑造的英雄人物或者是“向资产阶级夺权”的“革命造反派”，或者是“反潮流的勇士”，或者是“限制资产阶级法权的模范”，或者是“同修正主义对着干的先锋战士”，或者是“头上长角，身上长刺的小将”等等，评论家们把这些人物称为“无产阶级文化大革命中涌现出来的新生力量”。“朝霞”现象后来被称为“阴谋文艺”的典型表现，文艺创作至此被彻底打造成阶级斗争的“武器”和“工具”，将革命的功能发挥得淋漓尽致。

同任何革命一样，“文革”在将千百万人卷入巨大旋涡的同时，也制造出了自己的疏离者，他们或者是被革命放逐的边缘人，或者是觅革命之门不得而入的局外人，或者是在革命的大浪淘沙中搁浅的零余人，他们以诗歌、小说、散文等样式抒写自己的向往、期待、抗争、不满、怀疑、迷惘、苦闷、绝望等情绪，多以手抄、油印、书信、聚会等方式在友人或同调者中传播，更多的则是埋之于书箧藏之于陋室以待时日。这类作品因在当时不能公开发表而被后人称为“文革地下文学”。“地下文学”同“文革”期间的主流文学一样，为后来的新时期文学准备了作家队伍；然而“地下文学”为新时期文学所预制的新的文学精神和新的文学形态则是

“文革”主流文学所不能承当的。

这里首先是对革命的反思、质疑和批判。不论是新中国文学的老一辈作家，还是在新中国成长起来的红卫兵或者知识青年一代人，他们大都是革命的理想主义者，由于不同的原因而流落到“文革”的边缘，这也使他们得以拉开距离对“文化大革命”作出自己的观照和判断。这里包括郭小川、绿原、牛汉、曾卓等的诗作中对革命的体验和思考；还有毕汝协的《九级浪》、靳凡的《公开的情书》、赵振开（北岛）的《波动》、张扬的《第二次握手》等小说叙述的“文革”背景下的故事，从歧路彷徨的生活侧面为“文革”“立此存照”，它们可以说是“伤痕文学”的端倪；礼平的《晚霞消失的时候》据说写于“文革”期间，但即便公开发表于“反思文学”的高涨期，也仍是体现反思深度的代表作。

对自我的发现、表白和建构，是“地下文学”为即将到来的新时期文学作的又一铺垫。流落到革命边缘同时也就意味着被放逐到“大我”之外，他们被褫夺了（或放弃了）代表“大我”说话的资格，支撑他们肉体生命和文学生命的唯有“自我”。穆旦、流沙河和蔡其矫此时的诗作中固然有一份被放逐的痛苦，但更有一份找回自我的超然，起码在这些诗作中关于“我”的吟咏不再拘于阶级、人民等“大我”的话语了。同“大我”的剥离不是一件松快的事，郭路生（食指）以诗歌《四点零八分的北京》记录了这一个历史时刻，这不是《西去列车的窗口》，所以充满了惶惑、迷惘和不安；这是中国当代诗歌中“自我”降生的一刻，所以郭路生被他的同调誉为“新诗潮诗歌第一人”。“自我”在一群北京知青插队的白洋淀地区弥散、膨胀，形成一个诗歌创作群体，即“白洋淀诗派”，主要成员有根子（岳重）、多多（栗世征）、芒克（姜世伟）等人，其影响辐射及北岛、江河、顾城、舒婷等人，自此，一个在新时期“崛起的诗群”已经胎动腹中了。

新诗潮的早期诗人们在寻觅和表现“自我”的同时，也建构起了诗歌的新形态，它们既不同于新中国的抒情短诗，更不同于当时颇为流行的政治抒情诗，在这里意象开始脱离了对政治话语的直接依附而具有了多重意义，“自我”和“自我”眼中的世界顿时让人感到陌生，更让人陌生的是在新中国文学中被屏蔽已久的诗人的自我形象，不论是面对历史还是面对自然，不论是童话诗人还是少女诗人，都在共和国诗歌的空白处写下了歪歪斜斜的“我”。迷茫、空虚、苦闷、失落之类的情绪在革命的年代被认为至少是“不健康”的，但正是这类说不清道不白的东西愈加需要频频借助于象征、隐喻、反讽、变形、通感、暗示等艺术手法予以传递，于是诗艺变得复杂多样，诗意变得隐奥含混，若干年后，正是在人们“读不懂”的惊呼中，拥护者和反对者都可以确信，一种新的诗歌形态产生了，不管把它叫做“朦胧诗”还是“现代诗”。

“地下文学”是“文革”时期的文学暗河，它写在监狱，写在牛棚，写在斗室，写在乡野……在不让自由写作的年代，坚持写作本身就是抗争，因此杨沫、李英儒等人写于“文革”期间而在新时期出版的《东方欲晓》和《女游击队长》、《上一代》等长篇小说，虽然反响平平，远不及当年的《青春之歌》和《野火春风斗古城》，也不及莫应丰在“地下”写作的《将军吟》后来得到的殊荣，但它们同样聚拢成反抗文化专制主义的文学力量。一场以文学样式反抗“四人帮”的政治事件终于在1976年清明节前后爆发了，被形形色色的政治运动打磨成武器的文艺，终于调转头来对准了“四人帮”自己，旧体诗、自由诗、打油诗、挽联、悼词、祭文、标语、口号、传单，寄托着民众对周恩来总理的哀思，吐发着反抗“四人帮”的呐喊。天安门广场汇成了革命的海洋，人们不曾料到的是，这将是最终埋葬掉“文化大革命”的海洋，史称“天安门诗歌运动”。这是一场群众性的政治运动，但又以文学的方式预示了一个时期的即将结束。

十六、"重温五四"：再叙启蒙话语和现代性想象

［新时期之"新"：拨乱反正和思想解放——"革命"的阴暗记忆："伤痕""反思"和批判的现实主义——"人的觉醒"：人道主义创作潮流和理论争鸣——呼唤现代化：改革文学的激情与困顿］

20世纪中国文学中的"新时期"一般说来是从1976年那个"胜利的十月"开始的。粉碎"四人帮"的政治变局被称为"第二次解放"，人们就像欢呼新中国的成立一样来讴歌"历史性的胜利"；就像新中国的成立只是走完了万里长征第一步，全国上下又准备在华国锋主席领导下"开始新的长征"。1977年2月7日，还是以"文革"中人们早已熟悉的"两报一刊"社论的名义，传达了党的最高领导人的声音："凡是毛主席作出的决策，我们都坚决拥护；凡是毛主席的指示，我们都始终不渝地遵循。"①这就是著名的"两个凡是"。1977年8月党的十一大宣告了"文化大革命"结束，但政治报告提醒人们，这样的革命今后还要进行多次；与此同时，会议文件中表述的社会主义革命和建设的"新时期"也逐渐流行开去，随即被挪移到文学界，成为一个具有断代意义的文学史范畴。

新时期最初的举措，可以说是新中国成立以来历次政治批判和

---

① 引自《人民日报》、《红旗》杂志、《解放军报》社论《学好文件抓住纲》，见1977年2月7日《人民日报》。

政治运动的自然延伸，文学界同全国其他领域一样，开展了揭批林彪、“四人帮”的斗争，这是全党全国“抓纲治国，拨乱反正”的组成部分，“纲”还是“以阶级斗争为纲”，“正”则以“毛主席的无产阶级革命路线”为“正”。文学界的拨乱反正包括两个主要方面：其一是批判“阴谋文艺”，揭露“四人帮”篡党夺权的反革命政治目的和“搞修正主义，复辟资本主义”的极右的政治路线；其二是批判“文艺黑线专政”论，推倒“四人帮”的文化专制主义，为“文革”中受到诬陷的作家作品翻案平反，一批被打成“毒草”的“红色经典”和被打成“黑帮”的作家、批评家和文艺领导人相继获得了“解放”。但是文学创作徘徊不前，人们用“心有余悸”来描述作家的心态，歌颂老一辈无产阶级革命家和揭批林彪、“四人帮”成为创作的主要题材和主题，而在艺术手法和形式上只不过是“文革”文艺的翻版，因此有人把这一时期的文学称为“歌批文学”或“改换文学”（即改头换面的文学）。事实表明，要开创新时期的新格局，必须以新的思想路线为基础。这个基础是由1978年思想解放运动和党的十一届三中全会提供的。

1978年5月11日，《光明日报》发表特约评论员文章《实践是检验真理的唯一标准》，自此，全国思想理论界就真理标准问题展开了大讨论。“这个讨论是针对‘两个凡是’的，意思是不要把马列主义、毛泽东思想当作教条”①；“实际上也是要不要解放思想的争论”②。关于真理标准的讨论揭开了新时期思想解放运动的序幕，为党的十一届三中全会的召开进行了思想理论和舆论宣传上的准备。1978年12月，十一届三中全会在北京举行，“会议高度评价了关于实践是检验真理的唯一标准问题的讨论，认为这对于促进全党同志和全国人民解放思想，端正思想路线，具有深远的历史意义。”③会议认为，只有在解放思想，破除“左”倾僵化思想的

① 《邓小平文选》第133页，人民出版社1983年版。

② 《邓小平文选》第243页，人民出版社1983年版。

③ 《中共中央第十一届三中全会公报》，转引自胡乔木《中国共产党的七十年》第489页，中共党史出版社1991年版。

基础上，才能真正实现全党工作重点的转移。十一届三中全会从根本思想上解除了“两个凡是”的束缚，停止使用“以阶级斗争为纲”的口号，明确将全党的工作重点转移到“社会主义现代化建设”上来，确立了改革、开放的大政方针，也为徘徊中的文学指示了发展方向。

70 年代的最后两年，同文学有关的一系列变动让“新时期”的意味开始浮现出来：

——1978 年 5 月，中国文联及中国作协正式恢复活动，《文艺报》复刊，各下属文联和作协机构及“文革”中停刊的文学期刊也相继恢复正常秩序，尤其是新创办的各种大型文学期刊、外国文学期刊、文学研究和评论期刊陆续问世，使得新时期的文学园地一派生机，其兴盛程度大大超过了此前新中国的二十几年。

——1978 年 11 月，中央正式为 1957 年错划的“右派分子”平反，丁玲、艾青、公刘、流沙河、邵燕祥、王蒙、刘绍棠、从维熙、邓友梅、高晓声、张贤亮等诗人、作家重返文坛，他们中的多数人以“井喷”式的创作而成为新时期的文学中坚，并自然形成新时期较早出现的诗人群体“归来诗人”和作家群体“复出作家”。

——1979 年 1 月胡风出狱，结束了长达 22 年的囹圄生活，在随后的近 10 年中，中央有关部门两度下文，为胡风及受其牵连者在政治上平反，且对其文艺思想问题作了某些澄清；绿原、牛汉、曾卓等在“地下”写的诸多诗作得以公开发表，再现“七月派”诗人风骨。

——1979 年 3 月，1978 年全国优秀短篇小说颁奖大会在京举行，新时期文学评奖制度由此建立，并扩展到中篇小说、报告文学、诗歌等各个文学门类，刘心武、王蒙、蒋子龙、张贤亮等的中短篇小说，舒婷等的诗歌等多次获奖，新时期文学的主流作家及其代表作由是登场。

——1979 年第 4 期《上海文学》推出评论员文章《为文艺正名——驳“文艺是阶级斗争的工具”说》，经过长达一年多的激烈争论，最终推倒了长期被奉为文艺的金科玉律的“服务论”、“从属论”和“工具论”。

——1979 年 10 月，第四次文代会在北京召开，会议以隆重而盛大的方式确认了中国当代文学发展的历史性转折。邓小平代表党中央、国务院在《祝词》中宣布：“党对文艺工作的领导，不是发号施令，不是要求文学艺术从属于临时的、具体的、直接的政治任务，而是根据文学艺术的特征和发展规律，帮助文艺工作者获得条件来不断繁荣文学艺术，提高文学艺术水平，创作出无愧于我国伟大人民、伟大时代的优秀文学艺术作品和表演艺术。”①会后，中央在转发大会文件的同时，宣布收回毛泽东关于文艺工作的两个批示。

一两年间出现的这一系列事件，与其说是“新”的开始，不如说是“旧”的终结，坚冰已开始融化，阴翳正在消散，继提出“双百”方针的 20 年后，作家们再一次用“春天”来形容文学的“新时期”了。

文学的春潮是由“伤痕文学”发出的，尽管在一片缅怀老一辈无产阶级革命家的颂歌声中，在一片信心百倍紧跟华主席迈步新长征的战歌声中，它显得不那么协调。

1977 年 11 月，当过多年中学老师的刘心武在《人民文学》上发表了短篇小说《班主任》，小说的结尾仿鲁迅的《狂人日记》，发出了“救救被‘四人帮’坑害了的孩子”的呐喊。1978 年 8 月，上海一位年轻的大学生卢新华在《文汇报》上发表了短篇小说《伤痕》，小说以女知青对亡母的忏悔诉说了“文革”留下的心灵创痛。这两篇作品不约而同地触及了“文革”留下的精神创伤，在全社会引起了强烈的共鸣，一时间控诉“文革”、抚慰伤痕的作品一发而不可收。中杰英的《罗浮山血泪祭》、冯骥才的《啊!》、宗璞的《我是谁?》、张贤亮的《邢老汉和狗的故事》等作品以沉重、凄婉、压抑的笔调，写出了“文革”对人、对文化的野蛮摧残和残暴蹂躏；陈国凯的《我该怎么办》、孔捷生的《在小河那

① 《中国文学艺术工作者第四次代表大会文集》第 6 ~ 7 页，四川人民出版社 1980 年版。

边》、郑义的《枫》等作品，含泪带血地倾诉了十年动乱给亿万家庭造成的不可平复的巨大创痛；王亚平的《神圣的使命》、从维熙的《大墙下的红玉兰》，以及稍后问世的长篇小说《将军吟》（莫应丰）、《芙蓉镇》（古华）、《许茂和他的女儿们》（周克芹）等，都从政治方面揭露出“文革”的专制主义性质。这些作品以千百万人的不幸遭遇和悲惨命运动摇着“完全必要”、“非常及时”的“文化大革命”的神圣基础。从 1978 年以来人们就开始用“伤痕”来指称这类作品①，它们遍及诗歌、散文、戏剧等各个文类，发出了彻底否定“文革”的先声。在中央作出有关“文革”的定论之前，由文学率先传递出广大民众对政治生活重大事件的看法，这是进入新中国以来从未有过的事情,② 由此可以反映出伤痕文学所具有的“新”意。

伤痕文学是政治性很强的文学，是“服务”于政治的文学，在这一方面，它同“革命现实主义”没有多大区别，因此伤痕文学被认为是“革命现实主义的复归”；但伤痕文学又是广大作家对政治主动的、自发的参与和介入，因而在许多方面突破了革命现实主义的思想和艺术规范。

伤痕文学实际上包含着两类取向不尽相同的作品。一类大体上承袭了革命现实主义传统，弘扬的是革命的理念，讴歌的是英雄人物，尤其是坚定的共产党人同“四人帮”的斗争，如王蒙的《最宝贵的》、吴强的《灵魂的搏斗》、陆文夫的《献身》、王宗汉的《高洁的青松》、陈世旭的《小镇上的将军》以及《神圣的使命》、《将军吟》等。其中颇具代表性的是从维熙的“大墙文学”，小说

---

① 较早的论述可参见王朝闻的《伤痕与〈伤痕〉》，载 1978 年 10 月 31 日《文汇报》；陈恭敏：《“伤痕”文学小议》，载《上海文艺》1978 年第 12 期。

② 对于“文化大革命”的彻底否定是在 1981 年 6 月中共十一届六中全会《关于建国以来党的若干历史问题的决议》中作出的，《决议》称“文化大革命”“是一场由领导者错误发动，被反革命集团利用，给党、国家和各族人民带来严重灾难的内乱”，参见《三中全会以来重要文献汇编》（下）第 811 页，人民出版社 1982 年版。

多取材于“反右”或“文革”期间各种“专政对象”在监狱和劳改队的生活，这在题材上是个突破，如《大墙下的红玉兰》、《雪落黄河静无声》、《风泪眼》等一系列作品；但这些作品在观念上深受革命现实主义的制约，作家用浮泛的道德主义来阐释历史情境（诸如恶人当道，好人落难之类），来彰显英雄人物的高尚品质（如铁骨铮铮、忠心耿耿之类），从而难以企及深刻揭示历史和人性的高度。另一类表现的主要是平民百姓在“文革”中的生活遭际，以此传达出个人对“文革”的感受，如《我该怎么办?》、《在小河那边》、《枫》、《啊!》、《我是谁?》、《邢老汉和狗的故事》，以及张弦的《记忆》、遇罗锦的《一个冬天的童话》等。这些作品的主人公远没有英雄人物的那种觉悟和斗争精神，他们只能听任命运的摆布，默默地承受人生的不幸；这里基本上没有什么英雄主义和理想主义，而是充满了灾难和死亡、眼泪和鲜血、荒诞和悲哀。这类作品“格调低沉”、“色彩晦暗”，其思想上的暴露性与批判性和艺术上的悲剧性与荒诞性大大逸出了革命现实主义的规范，毋宁说伤痕文学本身就以暴露“革命”的阴暗面对“革命”作出了文学的批判。这是在经历了“史无前例”的“革命”之后，文学对“革命”发出质疑、批判乃至颠覆的一个开端。此后，中篇小说《飞天》（刘克）、《晚霞消失的时候》（礼平），电影剧本《在社会的档案里》（王靖）、《女贼》（李克威）、《苦恋》（白桦、彭宁），话剧《假如我是真的》（沙叶新）等一批作品相继从不同侧面突破了革命现实主义设置的“禁区”，把以批判性、暴露性、悲剧性为特征的现实主义推向一个高潮。

如此深刻的转折自然会激起强烈的反响，怀疑、抨击以至谩骂之声不绝于耳，刮起了“春天里的一股冷风”。其温和者批评伤痕文学是“向后看的文艺创作”，同“团结一致向前看，团结一致搞四化”的号召很不协调；① 其严厉者诬称写伤痕的是“缺德派”，“只应到历史垃圾堆上的修正主义大师们的腐尸中充当虫蛆”②。

---

① 黄安思：《向前看啊！文艺》，载1979年4月15日《广州日报》。

② 李剑：《“歌德”与“缺德”》，载《河北文学》1979年第6期。

即便是为这些作品辩护的文艺领导人如茅盾、周扬、冯牧等人也颇有保留地指出写“伤痕”的作品“在总数中占的百分比是小的”，期望“伤痕文学”只是一个短暂的过渡，尽快“做好准备，转换题材”，让文学“同人民一样笑逐颜开”，“不再为遍体伤痕而痛苦呻吟”。①

伤痕文学对革命现实主义成规的冲击是全面的，它将“歌颂光明”“暴露黑暗”的主次之分化于无形，将“社会主义时期有没有悲剧”的“学术”之争变成一个假问题，使“写本质”、“倾向性和真实性的统一”、“典型性”等始终纠缠不清的“理论原则”统统变得空洞、苍白甚至虚假，并由此切入了对新中国审美一体化的深切反省，在有关现实主义和伤痕文学的论争中对现实主义有了新的体认。自此“两结合”已经是名存实亡，统辖新中国文学创作长达 20 多年的革命现实主义规范在新的创作潮流的冲击下也开始出现裂痕。

伤痕文学是粗糙的、稚拙的，这使不少作家有了日后的悔其“少作”之感。然而这只是挣脱桎梏后的踉跄，解除镣链后的蹒跚。伤痕文学是 20 世纪中国的“解冻文学”，就其自身来说，伤痕文学打造和铭刻了几代人关于“文化大革命”的集体记忆；就其影响来说，伤痕文学包含了文学未来发展的诸多萌芽，如宗璞的现代主义象喻、冯骥才的荒诞风格、遇罗锦的个人化叙事等。伤痕文学是在“恢复”或“复归”的口号下形成潮流的，但它并非“复归”于“革命现实主义”，而是朝向“直面鲜血淋漓的人生”的现实主义，伤痕文学正是以这种非常质朴的方式向五四新文学的现实主义“回归”。然而，伤痕文学从总体上说毕竟是人们长期郁积的情感宣泄，它对“文化大革命”的批判主要还停留于感性层面，因此小说家们对十年动乱之所以产生的社会根源、历史根源和

① 参见茅盾《温故以知新》，载《文艺报》1979 年第 10 期；冯牧：《对于文学创作的一个回顾和展望——兼谈革命作家的庄严职责》，载《文艺报》1980 年第 1 期；周扬：《继往开来，繁荣社会主义新时代的文艺》，载《文艺报》1979 年第 11、12 期合刊，等等。

思想根源尚缺乏冷静、深入的思考。继之而起的"反思文学"就推进了这一深化。

反思文学同伤痕文学的主要区别在于将观照和思考生活的触角向社会历史和文化心理延伸，其艺术笔触不断地打破当代作家以往的一些"禁区"，"文革"前关系到国计民生的历次政治运动和社会波折不断被批判地"重写"。1979年上半年，还是伤痕文学方兴未艾之际，茹志鹃的《剪辑错了的故事》、鲁彦周的《天云山传奇》、刘真的《黑旗》、张一弓的《犯人李铜钟的故事》等作品问世，这些作品所表现的生活内容从五六十年代之交的三年自然灾害，推及"大跃进""放卫星"，到"反右派"斗争扩大化等，将伤痕小说的情感性宣泄转变为冷静的理性思考，从新中国成立以来诸多运动和"左"的社会思潮中寻绎"文革"产生的社会基础。反思文学还揭示了残余的封建势力与封建意识在现实生活中的作用和在人们精神上的烙印，对扭曲的人格或不健全的文化心理及"国民性"予以剖析和针砭，试图从文化心理层面挖掘出"文革"产生的思想基础。如张弦的《被爱情遗忘的角落》、《未亡人》、《挣不断的红丝线》、《银杏树》，叶蔚林的《蓝蓝的木兰溪》、《五个女人和一根绳子》，韩少功的《西望茅草地》，以及高晓声的"陈奂生"系列、陆文夫的"小巷人物志"系列等。这类作品承继了五四新文学的"国民性批判"主题，清扫着散布在社会生活各方面的封建病毒，特别是深入到人们的心灵世界去剖露社会历史的沉疴，描画出"左"倾政治、封建特权和潜意识化的封建观念对人们的腐蚀和戕害。

在经历了"文革"的政治专制主义和文化蒙昧主义之后，伤痕文学和反思文学在对"文革"的控诉、批判和反省中，不期然地把启蒙的现代性使命掮在了肩头，这首先就是对人道主义的伸张。自从毛泽东在《讲话》中批判了"人性论"以来，人道主义、人性论构成了贯穿新中国文学的大批判主题。从新中国初期对根据朱定的同名小说改编的电影《关连长》展开批判开始，到"反右派"斗争中对钱谷融、巴人等的批判，再到"文艺反修"和"文化大革命"，人道主义和人性论一直被打上"地主、资产阶级、修正主义文艺思想”的标签，不论在文学创作还是理论探讨中都成为谈“人”色变的“禁区”。新时期文学的潮汛也是从融化这块坚冰开始的。

刘心武的《班主任》和卢新华的《伤痕》都是从人性的扭曲和人情的呼唤切入人道主义这一现代性主题的。《班主任》以两个政治身份并不鲜明的中学生宋宝琦和谢惠敏来表现兽道肆虐、神道设教的非人化现实，前者的粗野愚顽和后者的僵化盲从揭示了“文革”对孩子天性的摧残。其中对谢惠敏的塑造尤其为新时期文学提供了第一个典型人物。良好的品质和荒谬的举止在她身上扭结在一起，具有独特而普遍的意义，因而被称为“谢惠敏性格”。没有独立思考能力的人、没有独立人格和意志能力的人能否称为“好学生”？这是一个思想启蒙的发问。刘心武在自己的创作中不断拓展着人道主义主题：《爱情的位置》成为新时期率先突破了爱情“禁区”的作品之一，《醒来吧，弟弟》针砭了“造神运动”孵化出来的蒙昧主义，《我爱每一片绿叶》中“绿叶”构成了一个为个性辩护的人道寓言，《如意》中那位老校工石义海以“人要善待人”的信条来哀悯不幸者。刘心武以为文学“其根本在于巩固和发展人的良知”；而“人的良知的核心，便是爱”。① 在这种良知和爱意的驱策下，刘心武在十来年间相继发表了《立体交叉桥》、《钟鼓楼》、《5·19 长镜头》、《风过耳》、《四牌楼》、《栖凤楼》等作品，从对人的理解和宽容，到对人性的剖析和悲悯，从对市民生活的如实描写，到对人心世相的深入开掘，这使刘心武一度成为颇具“轰动效应”的作家。

伤痕文学直接发动了新时期文学的人道启蒙，而人道精神的浸润又促使文学透过“阶级”、“政治”、“革命”的缝隙去发现超然于其上或遮蔽于其下、侧身于其中或摒弃于其外的“人”的存在和存在的意义，因此而酿成了 80 年代前期的人道主义文学潮流，人们以“人的重新发现”或者“人的觉醒”来概括这一阶段的文学。

---

① 刘心武：《关于文学本性的思考》，《斜坡文谈》第 292 页，上海文艺出版社 1987 年版。

人道主义文学潮流的最强音就是维护人的尊严、肯定人的价值，这是长久以来备受压抑的人性的呐喊。如宗璞在《泥沼中的头颅》、《我是谁?》、《蜗居》等小说中，运用变形、荒诞、意识流等现代主义手法，表现了“文革”对知识分子的精神戕害，以及知识分子在严酷现实挤压下的异化，发出了“每一个人，都应该像人一样，活在人的世界”的呐喊，于是象征着人道精神的“人”字雁阵出现在《我是谁?》的结尾处。戴厚英更是直接以《人啊，人!》作为长篇小说的标题，用且叙且议的方式阐述自己的人道理念。小说以“反右”斗争以来20年的时间跨度叙述了人道理念死而复生的精神历程，当作者和小说的主人公醒悟到几十年的“运动”不过是把人变为“驯服的工具”时，“一个大写的人字迅速地推到我的眼前：‘人!’一支已久被抛弃、被遗忘的歌曲冲出了我的喉咙：人性、人情、人道主义!”①天空中高飞的“人”字雁阵和带惊叹号的“人”，形象地标示出这一阶段文学的最强音。

抽象的“人”一经展开，就成为个人、个性，成为人情和人的感性需求，这些昔日被扣上“资产阶级”或“小资产阶级”帽子的文学表现对象，如春芽般地探出头来，不顾人们疑惑的眼光和神情，点染着文坛的新绿。张抗抗的《夏》、《去远方》、《北极光》等小说开始从沉重的历史中蝉蜕出来，以岑朗、陆芩芩等新一代女青年形象鸣奏出个性主义的青春圆舞曲；张辛欣的《在同一地平线上》、《我们这个年纪的梦》等小说叙述的则是女性如何摆脱“非我”寻回“自我”，与男性站在“同一地平线上”完善个性的故事。如同五四时期女作家的创作支撑起了“人的文学”的半边天一样，新时期的女作家大多在人道主义文学潮流中扬起了自己的文学风帆，如宗璞、谌容、航鹰、王安忆、铁凝等，形成一个别具风采的女作家群，她们与男作家共同建构了新时期文学的人道主题，而且因其对人道理想的执著、对人格平等的渴求、对人情炎凉的敏感、对人性善恶的洞悉，其中不无偏激的声音尤其容易拨动人们的神经。在70年代末崭露头角的张洁最初以《森林里来的

① 戴厚英：《人啊，人!·后记》，花城出版社1980年版。

孩子》、《拾麦穗》等忧伤而明净的小说、散文抚慰着人们布满伤痕的心灵，但一篇《爱，是不能忘记的》则引来诸多争议。在柏拉图式的精神恋爱背后隐藏的道德与情感的冲突一下子就将人们置于两难境地：没有爱情的婚姻是不道德的，然而现实的婚姻大多又恪守着道德义务而离弃了爱情，女作家钟雨对那位已有家室的老干部所持的刻骨铭心的爱究竟应当如何评价？理想爱情和现实婚姻的矛盾将所有的争论都变成了心灵的自我对话。"做人难，做个女人更难"，张洁在《方舟》的题记中这样写道；此后张洁在《祖母绿》、《七巧板》等作品中一再重复这一主题，即或是在荣获茅盾文学奖的长篇小说《沉重的翅膀》中也不难听到这样的弦外之音。从"人的发现"到个性的确认，再到性别身份的自我辨识，人道主义文学潮流在托举起女作家的文学轻舟的同时，孕育了后来的女性写作。

在最初的女性写作尚未表现出强烈的颠覆性之前，人们也尚能以宽容的态度来对待知识女性的"冷傲"和"偏执"；而当人道主义话语向"革命话语"叫板的时候，事情陡然就复杂起来。80年代初，张笑天的《离离原上草》、汪雷的《女俘》、雨煤的《啊，人……》等小说不约而同地将"人道"话语楔入了"革命历史"，以人类之爱、男女之情、亲子之痛重述革命战争年代的"老故事"，试图消解"阶级"、"政治"、"革命"的壁障以表现"普遍的人性"。人道的原则成为反省"文革"乃至于"革命历程"的一个出发点，礼平的《晚霞消失的时候》让一位国民党将领楚轩吾及其外孙女南珊同共产党将领的儿子、当年的红卫兵李淮平展开了一场风云际会般的对话，对话的主题从表面看是"文明与野蛮"，而内在的聚焦则是"人性与革命"。半个多世纪的革命历程在"文革"中走到了它的顶点，在经历了革命洗礼的几代人中开始有人以"人道"的原则来反省革命，这在一个信奉革命、以革命为业的国度自然会引起莫名惶恐，因此对这一类作品展开批判也是很自然的。不过，不论是有心还是无意，无论是深刻还是肤浅，人道话语对革命话语的僭越、人性色彩对政治色彩的稀释，已经成为不少作家写作的内在冲动，对革命历史的"重述"也为90年代的新历史小说埋下了伏笔。

与人道主义创作潮流齐头并进的是理论批评界的人道主义问题论争，二者双双汇成了80年代初期的“人道热”。

关于人道主义的讨论最初像是五六十年代人道主义论争的“旧事重提”。朱光潜是新时期最早重申这一观点的理论家之一，他认为：“望人性论而生畏的作家们就必然要放弃对人性的深刻理解和忠实描绘，这样怎么能产生名副其实的文艺作品呢?”“文艺作品而没有人情味会成什么玩艺儿呢?”① 曾受到批判的钱谷融、王淑明等人也出面重申了他们当年的观点。② 既然是“旧事重提”，争论也就不免“老调重弹”，依然聚焦于普遍人性和阶级性、自然属性和社会属性等问题，讨论的方式充满了书卷气、经院气乃至于教条气。然而与五六十年代那场讨论很不相同的是，诸多主流批评家加入了为人道主义辩护的行列。1977 年，何其芳在一篇回忆中引述了毛泽东的谈话：“各个阶级有各个阶级的美，各个阶级也有共同的美。‘口之于味，有同嗜焉’。”③几年后在“异化”问题争论得沸沸扬扬的时候，周扬也透露出毛泽东在60 年代曾赞同过“异化”的说法。这些历史信息的透露无疑为伸张人道主义增添了合法性和权威性，而根本性的匡扶则来自诸多马克思主义的权威理论家，他们主张给人道主义摘去“修正主义”的帽子，将它纳入马克思主义的思想理论体系。1983 年，周扬在纪念马克思逝世 100 周年的报告中特别指出，“认为人道主义与马克思主义绝不相容”，“有很大的片面性”，“我们应该承认，马克思主义是包含着人道主义。当然这是马克思主义的人道主义”。④ 这一看法，标

① 朱光潜：《关于人性、人道主义、人情味和共同美问题》，载《文艺研究》1979 年第 3 期。

② 参见钱谷融《〈论“文学是人学”〉一文的自我批判提纲》，载《文艺研究》1980 年第 3 期；王淑明：《人性·文学及其他》，载《文学评论》1980 年第 5 期。

③ 何其芳：《毛泽东之歌》，载《人民文学》1977 年第 9 期。

④ 周扬：《关于马克思主义的几个理论问题的探讨》，载 1983 年 3 月 16 日《人民日报》。

志着晚年周扬在思想理论上的重大转折，也标志着中国文艺界在思想解放潮流中所达到的一个理论高峰，为新时期文学的启蒙精神同五四启蒙思想实现“无缝”对接铺平了道路。

随着改革开放大政方针的确立，新时期文学对新的时代课题作出了迅速的反应，在伤痕文学和反思文学中透露出的当代中国必须实行重大改革才能继续前进的历史意向，在相继出现的一批反映改革进程的文学创作中得到了充分的展现。1979 年 7 月《人民文学》发表了蒋子龙的短篇小说《乔厂长上任记》，以磅礴的气势奏响了改革文学的先声。1980 年王蒙的《春之声》、何士光的《乡场上》等作品相继问世，它们或者以写意的方式透露出改革春潮对人们日常生活和心理的有力拍击，或者以写实的方式反映实行农业生产责任制后农民在人格地位和精神面貌上发生的变化。随着农村和城市改革的逐步展开，作家们像“十七年文学”那样，再度展开了现代化强国的文学想象，除了小说之外，还有《中国的汽车呼唤着高速公路》（邵燕祥）、《现代化和我们自己》（张学梦）、《在工业区拾到的抒情诗》（雁翼）等诗歌，《未来在召唤》（赵梓雄）、《谁是强者》（梁秉堃）等话剧，《中国农民大趋势》（李延国）、《经济和人》（陈祖芬）等报告文学，以不同的色彩和音调绘制中国历史的大变动，终于在 80 年代初酿成了改革文学的创作潮流，谱写成一个时代的“主旋律”。

同伤痕文学和反思文学相比，改革文学倒是较多地承继着革命现实主义传统，主题鲜明、矛盾冲突激烈、英雄人物也较为理想化，不过，作家们对矛盾的揭示远比此前的新中国文学深入和深刻，条条框框少得多，视野也开阔得多。在主题和题材选择方面，大批作家热忱呼唤改革，努力跟上改革的时代步伐，对改革的进程作了迅捷的反映和持续的描写。如反映工业改革的《开拓者》（蒋子龙）、《三千万》（柯云路）、《阵痛》（邓刚）等，反映农村改革的《“漏斗户”主》（高晓声）、《燕赵悲歌》（蒋子龙）等，反映城市改革的《祸起萧墙》（水运宪）、《锅碗瓢盆交响曲》（蒋子龙）等。就连长篇小说创作也努力“与时代同步”，相继出现了一批正面描写改革的作品，如《沉重的翅膀》（张洁），《花园街五号》（李国文），《男人的风格》（张贤亮），《新星》、《夜与昼》（柯云路）等作品，它们几乎是紧贴当下现实，再现当年“写中心”的景况。在情节构成方面，多从正面描写政治经济体制的改革及冲突，推动改革的进步力量和反对改革的保守力量往往围绕着某项改革方案或举措展开交锋，而道德水准的高下优劣则成为对改革派和反改革派的最终阐释。在人物塑造方面，一批以改革家或“开拓者”形象为中心的“当代英雄”成为作品的主人公，如乔光朴(《乔厂长上任记》)、郑子云(《沉重的翅膀》)、陈抱帖(《男人的风格》)、李向南(《新星》、《夜与昼》) 等人物构成了一个“开拓者家族”，他们大多精通业务、熟稔管理、志向远大、行为果决，其中尤以“乔厂长”为最，一时间成为“改革家”的代名词。改革文学最有代表性的作家当数蒋子龙，由于其创作将以上三个方面都表现得很充分，因此他的名字几乎成了改革文学的同义语。这位从工厂走上文坛的作家对于改革的主题和题材的选择不是简单地听命于中央文件或报刊精神，而是出于对现状的不满和对落后的焦虑，正如他自己所说，“是被生活‘逼’出来的，是被一个普通的中国人对四化的责任感‘逼’出来的”①。由于这个原因，他在改革浪潮远未到来之际成为改革的预言者（1976 年发表《机电局长的一天》受到批评），在改革之势将临之际成为改革文学的先行者（1979 年发表《乔厂长上任记》引起争论甚至受到市委机关报的批判），在改革大势已成之时成为改革文学的弄潮儿（5 个有关改革的作品在数年间相继获得全国优秀中篇或短篇小说奖）。蒋子龙是当之无愧的改革文学的先驱和中坚。当然，同样也可以说，改革文学先期存在的弱点也就是蒋子龙创作的弱点。

改革文学的深化是随着改革的深入而推动的。当改革进入到更深的层次，牵动起社会的方方面面，引发了诸多新的问题、矛盾和困惑，而且越来越有力地冲击着民众的生活方式和文化心理的时候，作家的聚焦也渐从处于权力中心的改革家移向芸芸众生，力图

① 蒋子龙：《〈乔厂长上任记〉的生活账》，《获奖短篇小说创作谈》第 54 页，文化艺术出版社 1982 年版。

从普通百姓日常生活的变动来真切地描绘出改革是一个闪烁着新的希望，纠缠着旧的梦魇，夹杂着无数挫折、失败、困惑、苦恼、惶惑、忐忑不安而又不可逆转的复杂过程。这一切浓缩在高晓声的"陈奂生"系列小说中，凝聚在林斤澜的"矮凳桥"传奇里，这两位"复出作家"以截然不同的笔触和风格书写了处在变革中的农民和农村。"陈奂生"系列以温厚又不乏冷峻的写实手法剖露了中国老式农民的精神状态。这位集各种传统美德于一身的陈奂生以其改革前后的坎坷历程向人们展示出，他们的"美德"既不能改变自身的地位和处境，更无法推动社会历史的发展进步，只能成为任由命运摆布的"跟跟派"。高晓声以他创造的"陈奂生性格"再度切入了"国民性批判"主题。"矮凳桥"传奇则以中国传统的写意手法杂以现代派诡谲怪异的色彩绘制成一幅幅乡村现代风俗画，感觉与真实、回忆与憧憬通过梦境或幻象叠合到一起，由搞运动到做生意像是一场梦，由穷得像叫花子到富得流油也像是一场梦，小说在"鱼非鱼，花非花"的恍兮惚兮中，传达出令人兴奋且又迷惘的时代感受。

在对改革的观照和书写中融入作家自己的感受和思考，这是改革文学同此前"写政策"、"写中心"的作品最大的区别。来自孔孟老家齐鲁之地的王润滋面对改革所持的忧虑似乎更多于欣喜，他以较为传统的道德伦理观念在打量改革以来人际关系的变化。《卖蟹》、《内当家》、《鲁班的子孙》直到《小说二题》等作品都传达出一种道德上的困惑和迷茫，所谓"有钱了，人却变坏了"说到底也就是"道德和历史的冲突"。同样的情况出现在更年轻的山东作家张炜的创作中。《一潭清水》、《秋天的思索》、《秋天的愤怒》等作品都是对被改革变更了的人际关系的发问，对于传统道德理想的"守望"，驱使他在 90 年代写出了《古船》、《九月寓言》等一系列长篇小说，使之成为一位执著的浪漫主义小说家。以师法孙犁出道，写过"伤痕"，也写过"反思"的贾平凹，是以表现农村变革的三个中篇《小月前本》、《鸡窝洼的人家》、《腊月·正月》而确立起自己的新时期文坛地位的。数度重返故乡的商州之旅，使作家敏锐地把捉到"现代与传统的冲突"这一莫大的命题，但在他笔下，这一冲突是在乡村最普通、最日常的生活中展开的，是在小月择偶的焦虑中(《小月前本》)、在不起眼的小小乡民王才和桃李满天下的乡村先生韩玄子的暗中角力中(《腊月·正月》)展开的。在这些作品中，改革渐被置于后景，而突前的则是中国社会现代转型所引发的文化冲突。贾平凹在“文化”中找到了自己，在写完反映改革的长篇小说《浮躁》之后，他终于宣布自己“再也不可能还要以这种框架来构思我的作品了”①，向改革文学、也是向现实主义作了一个庄重的道别。同张炜一样，对于传统的眷顾，使贾平凹逐渐沉入现代性迷思。还是在写完《腊月·正月》之后，贾平凹就忧心忡忡地发问：“历史进步是否会带来人们道德水平的下降，和虚浮之风的繁衍呢？……社会朝现代的推移是否会导致古老而美好的伦理观念的解体，或趣实尚利世风的萌发呢？”②此后他以《废都》、《白夜》、《高老庄》、《怀念狼》等一系列作品来寄托自己的情愫，而更多作家的困惑或思考则酿成了具有浪漫主义倾向的“寻根文学”。

思想上的人道主义和艺术上的现实主义给新时期文学打下了一个基础，它们既是新时期文学新质所在，又是五四新文学的传统所系。除了小说，诸种文学门类也是由于这种双重品质而一改自己的“旧貌”。

其中堪与小说争锋的是报告文学。结合报告文学的所谓文学性和新闻性，作家们将人文关怀和现实批判发挥得淋漓尽致，使它由“附庸”而蔚为大观，锋头不减持续十年之久。对知识分子命运的书写是新时期报告文学的第一个生长点，徐迟、黄钢、黄宗英、柯岩等在“文革”前就是已有成就的作家，都从这里开始了自己的当代文学“第二春”，《哥德巴赫猜想》、《大雁情》等作品更成为新时期报告文学的报春花。钱钢的《唐山大地震》和李延国的

① 贾平凹：《〈浮躁〉序言之二》，《静虚村散叶》第3页，陕西人民教育出版社1990年版。

② 贾平凹：《变革声浪中的思索——〈腊月·正月〉后记》，载《十月》1984年第6期。

《在这片国土上》等作品不仅首创了全景式大型报告文学的新体式，而且标志着新时期年轻一代报告文学作家的迅速崛起和成熟，他们同陈祖芬、理由、麦天枢、贾鲁生、张胜友等新老作家一起，将 80 年代打造成了 20 世纪报告文学的黄金时代。

新时期散文的初始之作类同小说，并无特出新意，亦类同于小说的是在一批伤悼散文中发出了伤痕抚痛之声，随之形同文学主潮，可区分出“伤痕”、“反思”、“改革”乃至于类似“寻根”的所谓“文化散文”的。然而相较于小说或报告文学，题材的突破不足以提升散文品位，其命脉在于传递作家的“精、气、神”，亦即个人的思想和艺术旨趣的自由表达。在这方面，经过“现代文学”历练，受过自由写作之风熏染的老作家自然胜出一筹，巴金的《随想录》、杨绛的《干校六记》、丁玲的《牛棚小品》、萧乾的《“文革”杂记》及冰心的诸作都不是“伤痕”、“反思”之类所能匡范的，连同后来季羡林、韦君宜、金克木、张中行等的散文重要之处也在于随情随性，而非对故人往事的“正确评价”。现代散文的自由个性归位，新时期散文便获得极大的发展空间，“大散文”大至文化反思、生命本体，“小散文”小至花草虫鱼、衣食住行，无不兴意勃发，涉笔成趣，一径下去，竟也酿成了 90 年代的“散文热”，涌现出贾平凹、余秋雨、周国平、马丽华、王英琦等诸多名家和“学者散文”、“女性散文”等各门各派，还吸引了各路作家、诗人、评论家等参与其间。作家作品甚多甚众，但孰者为经典？能够像“现代散文”的名篇佳作那般口耳相传、不胫而走的，似不多见，这也是新时期散文创作留下的一个小小缺憾。

十七、“走向世界”：文学中的现代性迷思

［“热”起来了：方法热和观念热——“现代化和现代派”：现代主义的二次登陆——“理一理我们的根”：文化热和寻根文学——批判抑或承继：面向文化求解的浪漫主义］

如果说70年代后期到80年代初期的中国文坛是东风化雨、草长莺飞的话，那么80年代中期则仿佛进入了盛夏时节，一切都充满了勃然生机，欣欣然，怡怡然，任是几番“风乍起”，也是难以阻遏了。

与新时期文学的初创时期相比，进入80年代的文学全然不同于前一阶段“复归”、“重温”等主张显示出的老成持重，而是以“新潮”相标榜，以“超越”为己任。这样一种充满朝气和活力的自信在1985年前后达到一个高峰，因而有“八五新潮”之称。80年代文学潮流最强劲的内驱力，依然是激励了百年中国知识分子和民众的“走向世界”情结。因此80年代文学的各种“新潮”之姿和“超越”之举，多是对“走向世界”这个轴心主题的不同演绎——不论是向外的“拿来”还是向内的承继，不论是“面向现代”还是“扎根传统”。不同的演绎方式引发了各种“碰撞”，理论方法的、文学观念的、艺术方法的、文化立场的等等。“碰撞”不同于新时期之前的任何“讨论”或“批判”，这是在若干对等的主体间开展的对话和交流，这里或许有激辩和驳诘，但不存在“东风压倒西风”、“你死我活”，不存在褫夺话语权的粗暴，正因为如此，80年代的文坛才得以逐渐生成新中国以来长久未见的思

潮纷呈和流派林立，促使30年来牢固的一体化格局逐渐解体，为文学的多元化格局奠定了基础。

有关80年代的文学叙述，是同一系列“热”连在一起的。除了从70年代后期延续下来的“人道热”，又相继出现了文学理论批评中的“方法热”、“观念热”和文学创作中的“现代派热”、“寻根热”……一波又一波的“热”，将文学带到了盛夏时节。

“方法热”较为确切的内涵是“文学研究方法的变革”，它是自新中国初期确立马克思主义社会学批评方法以来，当代文学理论批评的又一重大变革。“方法热”同20世纪中国文学的许多变革一样，也是因为“睁开了眼看世界”而引发的。在大力推进现代化建设的背景下，关注“世界新技术革命浪潮”，跟上“科技革命的大趋势”为“方法热”的兴起造足了舆论，因此毫不奇怪，“文学研究方法的变革”，最初是以引进、借鉴、吸收现代自然科学方法为显著标志的。1982年4月，位于西北一隅的《当代文艺思潮》创刊，该刊把“开拓文艺研究领域，革新文艺研究方法”作为自己的宗旨之一，并最早有意识地引进和借鉴其他学科，特别是自然科学的理论和方法，以改进文艺研究方法，这被认为是“文艺学的现代化”①。从1982年到1984年，该刊相继推出“美学与文艺学的现代化问题”和“文艺学与现代科学”等专栏，发表了一批运用其他学科的理论和方法来研究美学、文艺学、文学的论文，这些文章的立论和论证很难说是严密、充分的，但它们的理论视角、思维方式、分析手段、逻辑构架乃至于批评文体，都令人耳目一新，确能感到几分“现代”气息。

“方法热”初起时，对文学理论批评影响最大的自然科学的理论方法是“三论”，即系统论、控制论、信息论。1984年至1985年运用“三论”从事文学研究的论文激增，其中尤其有影响的是

① 参见朱立元《力促文艺学的现代化》一文，载1982年《当代文艺思潮》创刊号。

林兴宅的《论阿Q性格系统》和《论文学艺术的魅力》①，这两篇论文选择了批评家们见解不一的课题一试新方法的“刀锋”，成为新时期文学理论批评中运用系统分析方法来研究文艺的先例。理论方法的更新又带动了文学理论批评的概念转换，一时间诸多新鲜的术语如系统、层次、元素、结构、功能、信息、反馈、调节、熵等等，被吸收到文学理论批评中，人们熟知的文学现象被这些陌生的话语重新建构和表述，获得新的阐释，被赋予新的意义。尽管概念的转换和新术语的流行经常引来“生搬硬套”、“泛滥成灾”的指责，但人们从中无疑看到文学被多种理论方法和概念术语分析与表述的可能性，而这也恰恰打破了新中国成立以来文学批评方法单一和狭隘的格局。从这以来，西方20世纪的理论批评著述被源源不绝地译介到中国来，从弗洛伊德到荣格、拉康，从俄国形式主义到结构主义、后结构主义，从现象学到解释学、接受美学，从西方马克思主义到女性主义、后殖民主义……批评家们各自依循自己所选择的理论模式和批评方法去研究自己所关心的问题。在各种“新方法”竞相比试的文坛上，唯有庸俗社会学明显萎缩了。“方法热”的兴起终结了将文学批评作为“武器”的时代，实现了批评家角色和批评功能的全面转换。

还是在“方法热”方兴未艾之际，就有人预言，文学研究方法的更新势必会引起文学观念的改变，继“方法热”之后将会有“观念热”的来临。② 所谓“观念热”用当时的话来说叫做“思维空间的开拓”或者“文学观念的更新”。“方法热”开阔了批评家的视野和胸襟，作为文学研究方法论讨论的进一步深入，《文学评论》从1985年第4期开始，推出了“我的文学观”专栏，在该专栏中，诸多批评家明确提出了探讨文学观念、调整文学观念的主

① 两文分别载《鲁迅研究》1984年第1期，《中国社会科学》1984年第4期。

② 参见徐贲《哲学和文学研究方法论》，载《文艺研究》1985年第4期；钱中文：《文学观念更新的预兆》，《中国文学研究年鉴（1985）》，中国文联出版公司1986年版，等等。

张，并得到了广泛的呼应。“观念热”有着从“根本上”改变我们的文学观念的宏愿，因而从一开始就把“文学本体论”摆上了台面，如作家王蒙也发出了“应该重视对文学的本体论的研究”①的建议。由于各自的哲学素养不同、关注的重心不同、思考的深入程度不同，因此，作家、批评家对于文学本体的理解和解释也互有差异，于是便出现了以心理学为基础的表现论的本体论，以语言学为基础的形式论的本体论，以文化学为基础的文化论的本体论，以生命哲学为基础的存在论的本体论等等，但其中影响最大也因而成为聚讼焦点的则是以刘再复为代表的主体论的文学本体论。

时任中国社会科学院文学研究所所长兼《文学评论》主编的刘再复是 80 年代最具代表性的理论批评家和文学活动家之一，他提出的主体性的文学观同这一时期产生的各种“文学本体论”一样，并不在于其经久的学术价值和对文学“本体”做出的透辟说明，而在于对庸俗社会学的方法论和文学观所作的义无反顾的背弃与清理，以及在理论层面上用人道主义原则对“革命”原则的全面置换。主体性文学观的构想，最初出现在刘再复的《文学研究应以人为思维中心》② 一文中。他认为文学观念和方法论的变革“有两个基本的内容，一是以社会主义人道主义的观念代替‘以阶级斗争为纲’的观念，给人以主体性的地位；二是以科学的方法论代替独断论和机械决定论”。为此，必须“恢复马克思主义体系中人的主体性观念”，在整个文学观念和文学研究中确立人的主体性地位。这样一个初步构想，在他的《论文学的主体性》③ 中得到了系统的阐述。在这一长篇论文中，刘再复提出了一个“文学中的主体性原则”，就是“尊重人的主体价值，发挥人的主体力量，在文学活动的各个环节中，恢复人的主体地位，以人为中心、

① 王蒙：《读评论文章偶记》，载《文学评论》1985 年第 6 期。

② 刘再复：《文学研究应以人为思维中心》，载 1985 年 7 月 8 日《文汇报》。

③ 刘再复：《论文学的主体性》，连载于《文学评论》1985 年第 6 期、1986 年第 1 期。

为目的”。他将这个原则全面贯彻在有关“创造主体”、“对象主体”、“接受主体”的论述中，构成自己文学主体性的阐述体系。刘再复的论文以一个新的理论构架接续上胡风关于“主观战斗精神”、钱谷融关于“文学是人学”的理论思考，灌注着强烈的人道启蒙精神，诚如当时有的学者所说：“文学主体性是文学领域中人道主义的一个哲学化的提法”①。

主体性文学观是应时代之需对革命文学长久以来信奉的阶级论的文学观的反拨，是事隔半个多世纪对五四新文学运动先驱提出的“人的文学”的辽远回应，更是对《讲话》以来持续不断地批判人性论、人道主义的断然否弃，这就不难理解主体性的文学观何以会激起极大的反响，使赞同者和批判者的争鸣延续数年。

“走向世界”的现代性诉求同样激荡在文学创作中，并且不再驻足于改革文学式的呼唤，而是在探求各种新的艺术可能以便“超越”新中国文学中既有的艺术成规，表现现代人复杂多样的感知感觉、精神状貌和生活样态。这种“超越”的文学“新潮”是在两个看似相背的文化面向上展开的：一个是面向西方的、具有现代主义倾向的“现代派热”，另一个是面向传统的、具有浪漫主义倾向的“寻根热”。

西方现代主义文学思潮曾在20世纪20年代至40年代影响过中国文学，在销声匿迹数十年后，现代主义再度“登陆”中国已经是70年代后期到80年代的事了。“现代派热”的兴起并不是偶然的，它是本土因素的自生长性与外来的“思想形式”交互作用的结果。从表面看是现代主义自外部输入，由外形向内质浸润，实行自西东渐的本土化；深入一层看，本时期文学中的现代主义植根于当代中国社会生活、文化意识、审美观念的变化。

从70年代末至80年代初，西方现代主义文学思潮以及相关的哲学及其他文化思潮相继地被介绍到中国来，其中包括尼采、叔本华的哲学思想，萨特的存在主义，弗洛伊德的精神分析学，卡夫

① 何西来：《对当前我国文艺理论发展态势的几点认识》，载1986年6月11日《文论报》。

卡、海明威、塞林格、普鲁斯特、福克纳、乔伊斯、艾略特、庞德、布莱希特、贝克特等现代派作家，以及意识流、黑色幽默、荒诞、超现实、间离效果等各种现代派的表现手法，这些都对“现代派热”的形成和发展起到了持续的推动作用。但是，“现代派热”产生的深刻原因还是在于中国本土：对“文革”中荒诞现实的深切体验、被压抑的自我强烈要求得到自由表现的欲望、文学观念和艺术手法的更新，这可以说是“现代派热”出现的三大原因。

对“文革”中荒诞现实的深切体验和被压抑的自我强烈要求得到自由表现的欲望，是新时期现代主义崛起的最初动因。“文革”期间，一些青年诗人创作并私下流传的“朦胧诗”就已粗具了某些现代主义色彩：迷惘、虚无的情绪，强烈的异己感和孤独感，意欲宣泄的愤懑和叛逆精神，以及采用的暗示和隐晦的表达方式等等。自“伤痕文学”问世以来，越来越多的作家开始采用一些现代主义的手法和技巧来揭示生活中的荒诞感和人的异化状态。70 年代末到 80 年代初，朦胧诗的公开发表、小说和话剧对现代派手法的借鉴，表明现代主义文学初潮的涌动。

在现代主义的初起阶段，对于王蒙、刘心武、冯骥才、李陀、宗璞、沙叶新这一代中年作家来说，现代主义主要是取其技巧，在现代主义被认为是西方资产阶级“腐朽没落”的艺术表现的背景下，他们主张对现代主义的观念和手法实行“剥离”，即剔除其中非理性、反逻辑、无意识等“不健康”的成分，借鉴其艺术手法来丰富和充实文学表现力。就打破现实主义的传统艺术手法而言，王蒙的小说“实验”具有突破性的意义。这位积极主张艺术变革的“复出作家”早在 70 年代末发表的短篇小说《夜的眼》就因其晦涩难解而引起一片哗然，继而《春之声》、《海的梦》、《布礼》、《蝴蝶》、《风筝飘带》、《杂色》等一系列新作迭出，王蒙将这些借鉴了意识流手法的小说称为“心理结构”，以表现“故国八千里，风云三十年”大跨度的时空腾挪，给人们的审美习惯带来强烈的冲击。在他对人生世相予以剖析刻画的另一类作品中（如《买买提处长轶事》、《说客盈门》、《悠悠寸草心》、《名医梁志有传奇》、《来劲》、《坚硬的稀粥》等），作家则有意偏离“写实”

的路子，大量运用戏谑、夸张、象征的手法，加上铺排、密集的“语言流”，强化小说的幽默风格。上述艺术手法和语言风格也被王蒙运用于长篇小说的创作，从80年代着眼于文化批判和知识分子反省的《活动变形人》，到90年代回望一代人“革命”历程的“季节系列”（《恋爱的季节》、《失态的季节》、《踌躇的季节》等），都有着典型的“王蒙风格”，思想的拘谨和艺术的洒脱构成了别具一格的组合。

对于更年轻的作家来说情况则不完全是这样了。他们的价值观念和观照体验世界的方式发生了显著的变化：他们有比中年作家强烈得多的自我意识，这使他们更敏锐地感到个人与社会之间的格格不入，来自社会成规的压抑和人与人之间的隔膜，使他们很容易从内心产生异己感和孤独感，因此较容易与西方现代主义发生精神上的共鸣和沟通，现代派艺术的思想内容和艺术表现也更容易对他们产生吸引力和影响力。1985年当尚未为人所知的刘索拉和徐星携着《无主题变奏》、《你别无选择》闯入文坛的时候，人们随即想到了“迷惘的一代”或“垮掉的一代”这类现代派作品中的“负面形象”，因此与王蒙等人相比，这些青年作家的现代主义也被认为更加“地道”一些。同“朦胧诗”中“表现自我”的吁求同声相应，刘索拉等人小说的核心观念是反抗对自我的压抑，传达出现代青年的内心骚动和对外界权威的反抗；年轻人玩世不恭的举止和出言不逊的语言表现了对传统观念和既有文化秩序的轻蔑。这种个人与社会、自我与传统格格不入的感受在残雪的作品中更进一步被对外部世界的恐惧和对个人处境的绝望所取代。《山上的小屋》、《苍老的浮云》、《公牛》、《黄泥街》等作品是一幅幅梦魇的展示，人们彼此间的窥视和提防，相互的猜忌和仇视已瓦解了任何人际关系和人伦情感；这里显然有“文革”时代的社会投影，但是酷爱卡夫卡且沉迷于哲思的残雪以超现实的隐喻、象征、密集的意象、非逻辑的呓语将这一切提升到形而上的高度予以表现，深得现代主义表现异化、荒诞、孤独之精髓，透辟地写出个人与社会疏离和主体与自我疏离的双重绝境，因此人性除了怯懦、庸俗与卑劣，已没有什么光辉可言，厌恶或恶心是对世界的唯一感受。

“现代派热”的“实验”或“崛起”几乎一直是在人们的非议或质疑中前行的，80 年代初有关现代主义的论争本身也构成“现代派热”的一个重要组成部分，对现代主义的引进和传播起到推波助澜的作用，甚至可以说为现代主义的文学创作铺平了道路。

关于现代主义争论的最初起因是如何看待朦胧诗，但诗坛的争论尚无结果，同一话题也成为小说界、剧作界、理论界的“热点”。1980 年底，《外国文学研究》最先辟出“西方现代派文学讨论专栏”，老作家徐迟后来发表了《现代派与现代化》一文，他相信现代派与现代化有着必然的联系，预言“我们将实现社会主义的四个现代化，并且到时候将出现我们需要的现代派思想感情的文学艺术”①。1981 年，高行健推出《现代小说技巧初探》一书，这是新中国成立以来国内第一本专论现代小说技巧的小册子，它着实令正热衷于探索文学表现手法的作家们兴奋了一阵子，被喻为“好像在空旷寂寞的天空，忽然放上去一只漂漂亮亮的风筝”②。老作家叶君健在为该书所作的序言中提出，文学也要“向世界开放、参加世界的文化生活”，这“无疑也是我们从事各方面‘现代化’中不可忽视的一个方面”。③ 这些看法充分表明中国作家对于文学的现代变革和“现代化”的热切追求。所以冯骥才在解释“中国需要‘现代派’”时一再强调：“社会要现代化，文学何妨出现‘现代派’？”④ 关于现代主义的论争所涉及的主要问题包括三个方面：一是如何全面认识和评价西方现代派文学，二是中国的社会主义文学是否可以容纳现代主义，三是怎样看待新时期文学中的现代主义倾向。但这三个问题归结于一点就是在“文艺形式也要现代化”的口号下，“不想‘一条道走到黑’，不想在艺术形式上搞

① 徐迟：《现代派与现代化》，载《外国文学研究》1982 年第 1 期。

② 冯骥才：《中国文学需要“现代派”!》，载《上海文学》1982 年第 8 期。

③ 叶君健：《现代小说技巧初探·序言》，花城出版社 1981 年版。

④ 冯骥才：《中国文学需要“现代派”!》，载《上海文学》1982 年第 8 期。

一元化，‘定于一’”①。随后，尽管朦胧诗被认为“不健康”，王蒙的小说仅仅被视为打了折的“东方意识流”，刘索拉等的小说被认为是“伪现代派”，高行健的话剧《绝对信号》、《车站》等被认为阴暗或晦涩，而且对现代主义的呼唤也被认为是“精神污染”……但是，中国的“现代派”毕竟是“崛起”了，它打破了现实主义定于一尊的格局，文学的多元化不可阻遏地到来了。

同样是由于“走向世界”情结的驱动，在人们对来自西方的观念、方法、形式、技巧竞相追逐、乐此不疲的时候，一种新的忧虑产生了，有作家不满于亦步亦趋地追随西方文学，以模仿照搬来代替自己的创造；他们担心在西方强势文化的影响下，中国文学会失去民族的“自我”，“如果模仿翻译作品来建立一个中国的‘外国文学流派’，就更加前景暗淡了”②。尤其是当“现代化”已不再停留于蒋子龙或邵燕祥式的“呼唤”，而切切实实地改变着传统的时候，明朗的现代性憧憬似乎变得暧昧起来。就20世纪中国文学来说，“民族的和世界的”、“传统的和现代的”，是困扰了几代中国作家的问题。80年代中期，随着中国社会现代化进程明显加快，中西文化的交流和碰撞又进入一个高潮期，同样是这类问题汇聚成80年代的“文化热”。

“文化热”遍布哲学、史学、文学等多个领域，其中海外华裔学者的文化取向对“文化热”的兴起是个不小的促动。杜维明、余英时、刘若愚、林毓生、夏志清等海外学人通过讲学、出书、参加研讨会等各种方式将他们的文化理念和学术思想传播到祖国大陆知识界，这其中既有对“新儒家”思想的张扬，也有对五四新文化运动的批判；既有对中国古代文论的现代阐释，也有对中国现代文学的别样叙述。其主旨则不外乎两点：一是对中国传统文化的重估，二是对五四新文化运动的反省。这两个题旨汇聚的焦点就是在中国的现代化进程中如何对待传统文化，这也是在引进各种外来文

① 王蒙、李陀、张洁、宗璞等：《文学表现手法探索笔谈》，载《文艺报》1980年第9期。

② 韩少功：《文学的“根”》，载《作家》1985年第4期。

化思想时文学界正在思考的问题。因此，思想文化界的“文化热”就成了“寻根热”的诱因，而“寻根热”则掀起了文坛上的“文化热”。

作为标志性事件之一的是 1984 年 12 月在杭州举行的青年作家和评论家对话会。这次会议聚集了一批活跃于当时文坛的作家、评论家，会议的主题是“新时期文学：回顾与预测”，但与会者感兴趣的话题却不约而同地聚焦于“文化”。① 翌年，一批参加了杭州会议的作家相继发表文章，如韩少功的《文学的“根”》、郑万隆的《我的根》、李杭育的《理一理我们的根》、阿城的《文化制约着人类》、郑义的《跨越文化断裂带》等②。尽管这些作家对待传统文化的态度各不相同，但是，通过“寻根”而增强文学的文化底蕴和民族色彩，以期以独特的文化品格置于世界文学之林，则是他们一致的追求。“文化寻根”或“寻根文学”也由此得名。

“寻根”的首倡者多系“知青作家”。“知青作家”是新时期文坛上较早出现、较具规模、较有活力、也较有持续艺术生命力的创作群体，它同“复出作家”或“归来诗人”一样，是 20 世纪中国文坛上因特殊的政治文化环境而出现的一个独特的创作群体。这些作家有着在“文革”期间初、高中毕业或肄业后从城市下放到农村“接受贫下中农再教育”的共同经历，在农村这个“广阔天地”中的磨练与见识以及返城之后的变故与体味成为他们文学创作的丰厚资源，身份和题材的特殊性为他们的创作赢得了“知青文学”的称谓。除了上述作家，还有张承志、梁晓声、王安忆、张抗抗、孔捷生、叶辛、史铁生、李锐、朱晓平等都堪称“知青文学”的代表作家。“知青文学”一度寄生于伤痕文学而发展起来，卢新华的《伤痕》、梁晓声的《这是一片神奇的土地》、叶辛的《蹉跎岁月》等记录了荒唐而不无崇高感的知青岁月。从沉溺

① 有关会议的情况可参见李庆西的《寻根：回到事物本身》，载《文学评论》1988 年第 4 期。

② 分别载于《作家》1985 年第 4 期，《上海文学》1985 年第 5 期，《作家》1985 年第 5 期，1985 年 7 月 6 日、7 月 13 日《文艺报》。

于伤感、哀怨、愤懑，到回味人生、信念、理想，是许多知青作家的精神历程，如王安忆的《本次列车终点》、孔捷生的《南方的岸》、史铁生的《我那遥远的清平湾》等就标志着这一转变；而聚焦“传统文化”则成为知青作家的一次自我超越。“知青”的经历一方面使这些作家对积淀在“民间”的传统文化有了直接的接触，另一方面又使他们痛感自己对传统文化认知的缺失，因此，“寻根”论者多以“文化断裂”论为倡导“寻根”的缘由。①

韩少功是新时期文坛上成名较早的知青作家，他在七八十年代之交创作的《月兰》、《西望茅草地》等作品均属于“伤痕”、“反思”的代表作。他的一句发问：“绚丽多彩的楚文化到哪里去了?”引出了“文学寻根”的话题。就像他的《文学的“根”》被公认为“寻根”宣言一样，其中篇小说《爸爸爸》也被行中人视为寻根文学的经典。作家塑造的一个闭塞山寨中的丑陋痴呆儿丙崽，引来了有关“民族自我”的诸多议论，这是“寻根”作家非常期待并予以暗示或明示的。于是这个只会说“爸爸爸”和“×妈妈”的侏儒普遍被读作关于民族精神缺陷的某种象征②。尽管从“政治”转向“文化”，但韩少功小说的批判精神不减，这也是他以现代意识来“镀亮”民族自我的一种方式，是启蒙精神的一种主观投射。从外在的投射到内在的体察是后来的事。90年代寻根文学已经退潮，韩少功却推出了他的长篇小说《马桥词典》，同此前晦涩的象征相比，这部小说倒是平实了许多，或许是相信一种语言表征着一种心理、传述着一种文化、构造着一个世界，作品以聆听和

① 如阿城以为，由于“五四”以来“较全面地对民族文化的虚无主义态度，加上中国社会一直动荡不安，使民族文化的断裂，延续至今。‘文化大革命’更其彻底，把民族文化判给阶级文化，横扫一遍，我们甚至连点遮羞布也没有了”（阿城：《文化制约着人类》，载1985年7月6日《文艺报》）。郑义、李杭育等也持类似看法。

② 如刘再复以为：“丙崽正是一种符号，既是历史的，又是现实的，既是民族的，又是个人的荒诞却又真实的象征符号，这种‘非此即彼’的二值判断是思维方式，是普遍的文化现象，它蕴涵着一种深刻的悲剧性。”见《论丙崽》，载1988年1月4日《光明日报》。

对话的方式去接近、抚摸和体察同“现代”渐行渐远的“文化”，这好像更切合“寻根”的初衷。

同韩少功相比，阿城只能说是一颗“新星”甚至是一颗流星，他的文学才华集中体现在“三王”系列(《棋王》、《树王》、《孩子王》）和“遍地风流”系列中。阿城其人其文都像是寻根文学的一个缩影，飘然而来倏忽而去，他“偶尔”写了小说《棋王》被朋友拿去发表，不料声名鹊起，海峡两岸评论界都认为传达出深厚的中国传统文化意蕴。在他看来：“若使中国小说能与世界文化对话，非要能浸出丰厚的中国文化。”①因而阿城的“寻根”全然不似韩少功，不是批判、“镀亮”，而是全身心地“浸入”传统，冀求作家认同传统文化，并以此来观照和领会万事万物。于是阿城所谦称的“半文化小说”有别于诸多“寻根”小说，他不大在意去搜罗和堆砌传统文化的外在表征，而取“澄怀味象”的观照和“物我同一”的含蕴来体悟人生的“真意”。所以“三王”系列尽管选取了“文革”背景、知青生活，但却超然于“伤痕”、“反思”，将传统文化中淡泊、宁静、旷达、逍遥的审美态度和人生境界一路挥洒开去，做成别一世界。

类似韩少功、阿城这样，凭“寻根”之好风送上文坛之“青云”者在“寻根”的首倡者中不在少数。郑义、李杭育、郑万隆等都在此期间进入了自己创作的高峰期，而且此前此后作品的影响似少有可与之相比者。郑义在 70 年代后期以伤痕小说《枫》让人们知晓了这位青年作家，“寻根热”将他的“太行山系列”(《远村》、《老井》等）托出地表却给人以文化沧桑感，凝聚在杨万牛、孙旺泉身上的民族传统道义精神在干涸贫瘠的黄土地的挤压下熠熠生辉，竟改变了作者批判其扭曲和封闭的初衷。郑万隆此前就有长中短篇面世，但人们经常谈及的还是被归于寻根文学的“异乡异闻”系列，这也就像李杭育，在此前此后的诸多创作中最能代表其成就的还是“葛川江系列”或者“最后一个”形象。

被囊括进寻根文学潮流中的相当一批作家未必称得上是“寻

① 阿城：《话不在多》，载 1985 年 4 月 22 日《文汇报》。

根”作家，他们只是恰逢其时地以自己的方式接触到了“文化这个莫大的命题”而被“寻根”论者所阐释，这其中不乏在“寻根热”形成之前就颇有成就而在“寻根热”出现之后又给以积极呼应者，汪曾祺、王安忆、贾平凹是其中的代表。

终生奉沈从文为师的汪曾祺可以说是开“寻根”风气之先的老一辈作家，不过在他那里不叫“寻根”，而叫做“回到民族传统”①。在年轻时他也曾模仿过西方现代派，写过《复仇》这样的作品，新时期重返文坛后拿出来的《受戒》、《大淖记事》等小说则以浓厚的“中国味儿”为人所称道。“寻根热”兴起，汪曾祺甚是赞同，并称自己是“较早意识到要把现代创作和传统文化结合起来的”，因为“和传统脱节，我以为是开国以后，50年代文学的一个缺陷”②。汪曾祺的文学成就主要在短篇小说方面，他和他的好友林斤澜堪称新时期短篇小说的双璧，但汪曾祺的创作更多地从中国文学传统中吸取营养，写得散淡、超脱。他的小说名篇多以自己的故乡江苏高邮乡村市镇为背景，青屋瓦舍、荷风荇水间洋溢着民间贩夫走卒的俚俗谐趣，又有古代文人隐士的流风遗韵，还有自然田园山水的闲情逸致，文人的书卷气和民间的乡土气氤氲互生，构成了他所说的“气氛”。他看重的另一点是风俗，他以为“风俗是一个民族集体创作的抒情诗”③。《大淖记事》花了近一半的篇幅来写民情风俗，钟灵毓秀的巧云和十一子就凝聚着水乡民情风俗的精、气、神。汪曾祺的乡土小说或市井小说在20世纪下半叶独辟门径自成一体，考其源流或可视为沈从文“边城”系列的当代余脉，其特点就是回避对政治的直接书写。汪曾祺曾明说：“我的作

① 汪曾祺：《回到现实主义，回到民族传统》，载《北京文学》1983年第2期。

② 汪曾祺：《自报家门——为熊猫丛书〈汪曾祺小说选〉作》，载《作家》1988年第7期。

③ 汪曾祺：《〈大淖记事〉是怎样写出来的》，载《读书》1982年第8期。

品和政治结合得不紧”①，因此“我的作品不是，也不可能成为主流”②。不料未及几年竟与“寻根热”不期而遇，遂至于“行情见涨”③，有诸多晚辈作家追随其后。

作为“寻根”倡导者的同辈作家，王安忆在“寻根热”之前已是其中佼佼者，她成名于《雨，沙沙沙》，后因“雯雯系列”等作品成为知青文学的代表作家。王安忆的“文化”启悟来自1983—1984 年间 4 个月的美国之行。《小鲍庄》赢得的赞誉是王安忆所没有料到的，在“寻根热”中它同《爸爸爸》、《棋王》等同列为寻根文学的经典。王安忆自己倒未必如此当真，而且对“寻根”也心生疑惑：“我好像与韩少功他们的‘寻根’派不一样……那种寻根运动，很抽象。到底什么是文学的‘根’？俚语？风俗？还是野史？我创作时根本没想到去‘寻根’。”④即或说写到了“文化”，王安忆与大多数“寻根”作家也很不一样。如《小鲍庄》中写捞渣这个仁义之子的死，写小鲍庄的仁义精神的毁弃，没有丝毫的叹惋和眷顾，而是用一个反讽式的结尾宣布仁义死了，而且仁义应该死了——从人们在仁义那里捞好处的时候，仁义就已经崩溃了。《小鲍庄》不是“寻根”论所能解释的，但是“寻根”论需要《小鲍庄》这样的作品来演绎。王安忆是敢于突破自己、永不驻足的作家，《小鲍庄》之后她掉转笔锋以“三恋”（《小城之恋》、《荒山之恋》、《锦绣谷之恋》）和《岗上的世纪》突入性的领域，此后又以“父系和母系的神话”（《叔叔的故事》、《纪实与虚构》等）来审视长辈以确认自我。城市的“生态”及文明冲突更是王安忆持久关注和思考的，同样进入视野的还有性别尤其是女性生存状态，在 90 年代赢得很高声誉的长篇小说《长恨歌》就是

① 汪曾祺：《晚饭花集·自序》，人民文学出版社 1985 年版。

② 汪曾祺：《关于〈受戒〉》，载《小说选刊》1981 年第 11 期。

③ 参见林斤澜《旧人新时期》一文，载 1986 年 7 月 12 日《人民日报》。

④ 王安忆等：《从现实人生的体验到叙述策略的转型——关于王安忆十年小说创作的访谈录》，王安忆：《重建象牙塔》第 158 页，上海远东出版社 1997 年版。

这二者的结合。作为久居上海而又写上海的女作家很难不与张爱玲发生关联。在20世纪文学中，张爱玲的意义大概在于走出了五四新文学启蒙救亡之类的范导，所以在很长的岁月里她被排除在新文学史之外以至于被人遗忘。王安忆是幸运的，她从来就在新时期文学史上有着显著的位置，她以自己不懈的努力和追求而获得了新时期文坛“常青树”的美誉。

贾平凹以《满月儿》初露头角，后因写农村改革的“商州系列”而享誉文坛。他可以说是对“文化”有着天然亲和力的作家，在同辈作家中，他的传统文化底蕴显得尤为深厚，而且颇切近“寻根”论者说的“非规范文化”，不仅对于文人小说技法及书画之道潜心揣摩，并且旁摭博采野史方志、医理卜筮、风水相术之书，用心体察民间风物掌故、山川形胜、轶闻趣事，因此即或写同样的题材、同样的主题，贾平凹往往是别有胜出者。“寻根热”兴起，人们才发现贾平凹其实更擅长于写“文化”，与他的改革小说同时发表的《远山野情》、《天狗》、《黑氏》、《火纸》等更能体现贾平凹的才情才性，连同《商州三录》在内的“商州系列”也就被视为寻根文学的范例了。而贾平凹对“寻根”也是非常认可的：“依我小子之见，我是极赞同这种提法的”，而且“做类似内容的工作，我可以说是有意识的”。① “寻根热”对贾平凹的影响是非常明显的，促成了他的自我发现和自我肯定。此后他就捧出了《太白山记》、《美穴地》这些意趣飞扬，拙朴空灵的作品。

被囊括进“寻根”的还有张承志、莫言、张炜、乌热尔图、扎西达娃等作家，甚至还扩展到邓友梅、冯骥才、陆文夫等的创作。② 事实上这些作家除了在“文化”这个主题和表现对象上有些接近，在文化取向和审美范式上则颇有距离。

人到中年的邓友梅、冯骥才、陆文夫等的小说创作延续了现实

① 贾平凹：《答〈文学家〉编辑部问》，《静虚村散叶》第160页，陕西人民教育出版社1990年版。

② 参见季红真《历史的命题与时代抉择中的艺术嬗变——论“寻根文学”的发生与意义》，季红真：《忧郁的灵魂》，时代文艺出版社1992年版。

主义传统和反思文学的余脉，所不同的是将剖析和批判的对象从“政治”挪移到“文化”，由此开出了“市井小说”的路子。他们以各自生活和熟悉的城市为背景，着力开掘城市的文化遗迹和岁月刻痕，以写实甚至考订的方式铺展各阶层人等的生活方式、文化趣味、心理动机，将自己的文化反思和批判纳入奇闻异趣的风俗画或人情世故的风情画中。邓友梅的“京味小说”、冯骥才的“津味小说”、陆文夫的“苏味小说”是当代“市井小说”再生的标志。

邓友梅是在新时期多次获得全国优秀中、短篇小说奖的主流作家，但真能为他在文学史上赢得一席之地的，主要还是那些“用北京口语写北京人的作品”①，这被认为是继老舍之后最具“京味儿”的作品。从短篇小说《话说陶然亭》、《双猫图》、《寻访“画儿韩”》到中篇小说《那五》、《烟壶》、《索七的后人》等，邓友梅一步步走向老北京的市井民俗，尤其是那些落魄的八旗子弟后裔成为文化、时代、命运的纽结，在工艺文物随其主人跌落到社会底层的坎坷经历中，寄予着作家历尽劫波的人生感受。擅长丹青的冯骥才也是写小说的多面手，于长中短篇方面皆有创作。他以写“文革”题材而立足于新时期文坛，对画家、艺术家及其他知识分子精神面貌的刻画常见入骨之处。1984 年发表中篇小说《神鞭》时他宣布要“另辟一条新路走走”，也就是他后来概括的“荒诞+象征+写实主义或现实主义手法+古典小说的白描+严肃文学的思考+俗文学的可读性+幽默+历史风情画+民间传说等等”②，这也正是 80 年代文学经过了“现代派热”、“文化热”、“寻根热”、“通俗文学热”等等在他的创作中留下的痕迹，这一探索集中在他的小说集《怪事奇谈》中，《神鞭》、《三寸金莲》、《阴阳八卦》诸篇皆取材于清末民初天津卫的“闲杂人和稀奇事”，但主旨仍在于对传统文化和心理畸变的现代批判。陆文夫的“苏味小说”主要由他的“小巷人物志”系列辑成，这在某种程度上是他在“百

---

① 邓友梅：《也算创作谈》，载《钟山》1984 年第 6 期。

② 冯骥才：《我为什么写〈三寸金莲〉》，载 1987 年 9 月 19 日《文艺报》。

花时期”创作的《小巷深处》的续写，同样试图“在普通而平凡的人与事中找出和历史的有机联系”①，但讴歌已经为批判所取代，一种委婉的叙说也转变为犀利的讽刺。《围墙》、《门铃》、《美食家》、《井》等中短篇小说的写实与讽刺都明显承袭着反思文学、改革文学而来，但苏州“小巷文化”的历史沉疴已在《井》中得以剖露，《美食家》更是于“吃”和“吃客”的精细刻画和娓娓叙述中反映出苏州“食文化”的几十年变迁。

与这些中年作家以“现代”批判“传统”不同，张承志、莫言、乌热尔图、扎西达娃等作家更多的则是站在传统文化立场上反省“现代”，与多数“寻根”作家有类似的取向。张承志从早年的《骑手为什么歌唱母亲》、《绿夜》、《黑骏马》等作品开始就表现出对底层民众与传统文化的深情眷顾和对理想主义的极力张扬，一种诗意的表达不断扩张开去，由中篇小说《北方的河》、《黄泥小屋》直到长篇小说《金牧场》、《心灵史》，现代的人际关系、价值取向不断受到猛烈的抨击，乃至于向商品化、世俗化潮流打出了“抗战文学”的旗帜，以捍卫“清洁的精神”。张承志并不是“寻根”论者，也不侈谈“文化”，但他的创作同寻根文学一样，体现出被现代化进程反激起来的“返回”意向，而“返回”正是浪漫主义特出的精神表征。马克思和恩格斯在谈到浪漫主义时就曾明确指出它是“反对当代不稳定性、内在空虚、精神萎靡和不真诚的斗争”，许多浪漫主义者“对于现代的批判是和颂扬中世纪这种完全违反历史的作法紧密地联系着的”。② 从“寻根论”对“五四”的质疑和对传统的颂扬中，从被寻根文学囊括进来的诸多作家作品中，都不难看到类似于马克思恩格斯所说的浪漫主义倾向，它不同于20世纪中国文学中出现的“革命的罗曼蒂克”或者后来的“革命浪漫主义”，而内在地包含了对现代性的质疑、惶惑或批判。被囊括进“寻根文学”的作家作品未必都是浪漫主义的（如王安

① 陆文夫：《却顾所来径》，载《江海学刊》1984年第3期。

② 里夫希茨编：《马克思恩格斯论艺术》第二卷第215、221页，中国社会科学出版社1983年版。

忆)，但寻根文学无疑是当代作家对浪漫主义精神的一次高峰体验，是当代作家遭遇到现代性迷思而面向文化的求解。这是中国进入 20 世纪下半叶以来从未出现过的浪漫主义，它与现代主义一起，改变了现实主义独擅胜场的格局，引领出艺术方法多元化的新景观。

十八、“在新的崛起面前”：时代与个性的别样表达

[“我不相信”：朦胧诗的思想和艺术转折——“别了，舒婷北岛”：现代诗群体大展和诗坛的“脱序”——“精英”与“民间”：90年代诗坛纷争——由“中心”滑向“边缘”：新诗潮之外及诗坛“危机”]

相对于小说的平缓过渡，诗歌的思想和艺术转折似乎是突兀而来的，因此在80年代初，诸多诗人、学者、评论家常用“崛起”这个字眼儿来描述以“朦胧诗”为代表的“新诗潮”，来标识诗歌中时代与个性的别样表达。所谓“新诗潮”主要是指有别于现实主义传统、具有现代主义或后现代主义倾向的诗歌创作潮流，由于其剧烈的变革和持续的纷争，因而往往成为诗坛的聚焦所在。

在中国新诗史乃至20世纪中国文学史上，朦胧诗的出现具有“断代”的意义，它是在经历了“史无前例的政治大革命”后对革命诗歌传统的毅然背弃，当然也是对革命现实主义的决绝告别。还是在70年代末，公刘读到顾城的诗作后就预感到，这些诗人和他们的诗歌“和我们这一代，和我们的上一代，都是多么的不相同啊！”①然而更难预料的是在朦胧诗后20年间，诗坛的变化纷呈又远非朦胧诗的出现所能比拟，也不是用几个“主义”所能描述的。朦胧诗引发了中国当代诗坛的大裂变，其后无主流的状态和破碎化

① 公刘：《新的课题——从顾城同志的几首诗谈起》，载1979年《星星》复刊号。

的程度更是新中国成立半个世纪来所仅见的。在某种程度上或许可以这样说，中国当代诗坛的裂变是从朦胧诗人的一句“我不相信”开始的。如果说胡风的《时间开始了》包含了太多的希望的话，那么北岛的《回答》则寄寓着“文革”后的太多失望，对于亲历过“文革”的一代年轻人来说尤其如此。

将朦胧诗描述为“崛起”大致是不错的，它本身犹如经历了地壳断裂的造山运动，从“白洋淀诗群”的酝酿，到《今天》等“民刊”的集结，直到被主流文学期刊有所保留的认可，终于成为当代诗坛上陌生而年轻的山峰，完成了由“地下”而“地上”的地质变迁，改变了诗坛乃至文坛的地貌构成。

70 年代上半叶，当一群北京知青来到白洋淀农村插队落户时，谁也不能料想到他们将为中国当代诗歌书写新的一页。这里是文化的边缘但绝不是荒漠，文化专制的禁锢尽管严密，但在这偏离中心的地域却留下了一角罅隙，携带着“禁书”和供批判用的“反面教材”，一群知青在这里小心翼翼地播下了诗歌的种子。芒克（姜世伟）、多多（栗世征）、根子（岳重）等人写下了背离主流文学的第一批诗作，诸如“它把头转了过去/就好像是为了一口咬断/那套在它脖子上的/那牵在太阳手中的绳索”（芒克《阳光中的向日葵》）；“虚无，从接过吻的唇上/溜出来了，带有一股/不曾觉察的清醒”（多多《青春》）等诗句，以不驯的思想、乖张的感受和奇特的诗语为后来的新诗潮奠放下基石。新的感受方式和表达方式使“白洋淀诗群”产生了不小的磁场效应，吸引了北岛、江河等人的造访，也为《今天》的创办做了铺垫。1978 年底，芒克、北岛等人发起创办《今天》杂志。从创刊到 1980 年停刊，虽然仅出版了 9 期，而且是以“大字报”和油印本等极为粗陋的形式出现，但它集结起了顾城、舒婷、杨炼、严力等诗人，且将其诗作的影响扩散开去。该刊的代发刊词《致读者》混合着一种将死方生的“断代”信念宣称：“过去的已经过去，未来的尚且遥远，对于我们这代人来讲，今天，只有今天！”《今天》以其辐射性影响，激荡起校园文学“民刊”潮，北京大学的《未名湖》、吉林大学的《赤子心》、武汉大学的《珞珈山》等都是在校园和社会上流传较广的刊物，并从这里走出了王家新、王小妮、徐敬亚等新时期的代表诗人和诗歌评论家。思想的解放、个性的伸张，混合着刚刚走出“文革”的“这代人”对民主的诉求和自由的渴望，一起给新时期文学增添了新的质素，更是成为新诗潮的催化剂和推进剂。校园“民刊”为新诗人、新诗作、新实验、新流派提供了园地和舞台，以至于成为新诗潮的一个传统，从80年代断断续续地绵延至当下。

七八十年代之交，是朦胧诗登堂入室的年头，北岛、舒婷、顾城等的诗作相继亮相于《诗刊》、《星星》等文学期刊，标志着主流文学对这一“地下”或民间诗群的公开认可，以至使徐敬亚“郑重地请诗人和评论家记住”这个“新诗重要的探索期、艺术上的分化期”，因为它“打破了建国以来单调平稳的一统局面”，“促进新诗在艺术上迈出崛起性的一步”。① 正是这“崛起性的一步”，使得北岛、舒婷、顾城、杨炼、江河、梁小斌等“青年诗人”及其诗作成为诗坛聚焦，随之引发朦胧诗的文坛聚讼。

关于新诗潮的讨论是随着这批“新人新作”的发表而展开的，为此在南宁举行过“全国诗歌讨论会”，《福建文学》辟出过“新诗创作问题”讨论专栏，也正是在持续的讨论中，引出了“朦胧”的话题。1980年第8期《诗刊》辟出“问题讨论”专栏，其中刊出了章明的《令人气闷的“朦胧”》一文，文章说：“有少数作者……有意无意地把诗写得十分晦涩、怪僻，叫人读了几遍也得不到一个明确的印象，似懂非懂，半懂不懂，甚至完全不懂，百思而不得其解……为了避免‘粗暴’的嫌疑，我对上述一类的诗不用别的形容词，只用‘朦胧’二字，这种诗体，也就姑且名之为‘朦胧体’吧。”“朦胧诗”因此而得名。朦胧诗讨论是继1958年之后关于新诗发展道路的又一讨论高潮，讨论遍及全国数十家报

① 徐敬亚：《崛起的诗群》，载《当代文艺思潮》1983年第3期。

刊。从现象上看，最初的讨论多集中在“懂”与“不懂”的争论上①，究其实质，则是由于“新的美学原则的崛起”而引发的文学观念冲突。这一“新的美学原则”从根本上说就是“表现自我”和向现代主义借鉴，这是对新中国诗歌“非我化”（亦即所谓“大我”）的革命现实主义传统的抗辩，即如孙绍振所说：“崛起的青年对我们传统的美学观常常表现出一种不驯服的姿态。他们不屑于作时代精神的号筒，也不屑于表现自我感情世界以外的丰功伟绩。他们甚至于回避去写那些我们习惯了的人物的经历、英勇的斗争和忘我的劳动的场景。他们和我们五十年代的颂歌传统和六十年代战歌传统有所不同，不是直接去赞美生活，而是追求溶解在心灵中的秘密。”②孙绍振的文章同此前谢冕的《在新的崛起面前》和此后徐敬亚的《崛起的诗群》被并称为“三个崛起”，成为朦胧诗最有力也是最有影响的辩护词。

朦胧诗的突兀转折造成了诗界的裂变，中国当代诗歌的标志性人物臧克家和艾青成了坚决的反对派。长期担任《诗刊》主编的臧克家视朦胧诗为“诗歌创作的一股不正之风”，是“社会主义文艺发展中的一股逆流”。③艾青也批评朦胧诗的理论“就是以‘我’为创作的中心”，“排除了表现‘自我’以外的东西，把‘我’扩大到了遮掩整个世界”，并指责“几个‘崛起论者’信口胡说一味吹捧的话”。④这些从“现代”跨越到“当代”来的老诗

---

① 关于这方面的文章可参见：黄修己：《也谈“谁也读不懂”之类》，载1980年7月20日《北京日报》；蓝翎：《“看不懂”的推想》、尹在勤：《懂与不懂及其他》，载1980年8月3日《成都日报》；吴思敬：《要允许“不好懂”的诗存在》，载1980年8月3日《北京日报》；李志清：《诗，要让人读懂》，载1980年8月13日《陕西日报》；杜志明：《好诗应让人看懂》，载1980年9月2日《北京日报》；莫池：《看不懂的诗》，载1980年10月12日《解放日报》；汪承栋：《问题在“懂”字》，载《文艺研究》1980年第5期；苗得雨：《为什么写人们看不懂的诗》，载《诗刊》1980年第10期；袁忠岳：《懂不懂与美不美》，载《山东文学》1981年第2期，等等。

② 孙绍振：《新的美学原则在崛起》，载《诗刊》1981年第3期。

③ 臧克家：《关于朦胧诗》，载《河北师院学报》1981年第1期。

④ 艾青：《从“朦胧诗”谈起》，载1981年5月12日《文汇报》。

人们的观点自然令“青年诗人”极为失望，尤其是当朦胧诗和“崛起论”已经面对政治压力的时候，诸如此类火上浇油的言论更加使人反感。① 中国当代诗坛的整一板块终至断裂，正统的“官方”诗人同新诗潮群体渐行渐远，而新诗潮的迅速崛起，也意味着中国当代诗坛的代际更迭。

作为新诗潮的潮头和中坚，“朦胧诗”是个无以命名的命名方式，即如徐敬亚和孟浪所说，“至今尚未有一个独立的、完整的自我主张”②。同此后标新立异旗号林立的各家各派相比，朦胧诗更主要的是靠自己的作品，而不是靠招牌和宣言留存在文学史上的。北岛、舒婷、顾城、江河、杨炼、梁小斌等又被视为朦胧诗最重要的代表作家，产生广泛影响的主要也是公开发行的文学期刊最初推出的一批作品，如北岛的《回答》，舒婷的《致橡树》、《祖国啊，我亲爱的祖国》，顾城的《无名的小花》，梁小斌的《中国，我的钥匙丢了》，江河的《纪念碑》，杨炼的《大雁塔》等。从朦胧诗人的创作来看，其实并不像当时的批评者所说的那么“朦胧”、“晦涩”、“古怪”、“不懂”，只不过是诗人们用有别于前辈的思维方式和诗语形态来表达自己对时代和社会的感受，而且他们相互之间也有相当大的差异。

北岛是哲思型的，而且具有强烈的政治意识，他的若干诗句是可以当作格言来读的，如“对于世界/我永远是个陌生人/我不懂它的语言/它不懂我的沉默”（《无题》）；至于“卑鄙是卑鄙者的通行证/高尚是高尚者的墓志铭”（《回答》）更是流传甚广的名句。在《履历》中，他以嘲谑的方式调侃着荒诞的年代：“万岁！我只他妈喊了一声/胡子就长出来”；而在《回答》中，他以最强烈的音符，奏鸣出对“大革命”的大拒绝：“告诉你吧，世界，/我——不——相——信！”其袅袅余音回荡在20世纪最后20年的文

① 如柯岩更是指责“借朦胧隐晦了自己的政治情绪，发泄不满和敌意”，见《关于诗的对话》，载《诗刊》1981年第12期。

② 徐敬亚、孟浪、曹长青、吕贵品编：《中国现代主义诗群大观1986—1988》第2页，同济大学出版社1988年版。

学中。

舒婷是抒情型的，爱是她诗歌的重要主题，她的诗作在当时能引起普遍的共鸣不单是以温馨的诉说抚慰“文革”后受伤的心灵，更主要的是由于她表达的爱不是匍匐式或仰望式的，而是追求人格上、精神上的平等，不论是对祖国、土地的爱，还是对情侣、友人的爱。如“如果你是火/我愿是炭”，“如果你是树/我愿是土壤”(《赠》)；“我必须是你近旁的一株木棉/作为树的形象和你站在一起”(《致橡树》)。她说：“愿意尽可能地用诗来表现我对‘人’的一种关切”①，于是在《流水线》中咀嚼着“我唯独不能感觉到/我自己的存在”的痛苦；在《惠安女子》中叹惋“天生不爱倾诉苦难”的渔家女“在封面和插图中”，“成为风景，成为传奇”。为人称道的《神女峰》更是以世俗人情化解掉神话传奇：“与其在悬崖上展览千年/不如在爱人肩头痛哭一晚”。同其他朦胧诗人相比，舒婷的诗歌意象最清新自然，也最说不上“朦胧”。

顾城是梦幻型的，也被人们称为“童话诗人”。舒婷在写给他的诗中写道：“你相信了你编写的童话/自己就成了童话中幽蓝的花/你的眼睛省略过/病树、颓墙/锈崩的铁栅/只凭一个简单的信号/集合起星星、紫云英和蝈蝈的队伍/向着没有被污染的远方/出发。”(《童语诗人》) 顾城的“童话”来自一个“任性的孩子的感觉”，他早期诗作就表现出童真世界纯净的美：“把我的幻影和梦/放在狭长的贝壳里/柳枝编成的船篷/还旋绕着夏蝉的长鸣/拉紧桅绳/风吹起晨雾的帆/我开航了”(《生命幻想曲》)。更为人们所记取的则是在朦胧诗论争中屡被提及的《远和近》、《小巷》、《感觉》、《弧线》等，它们几乎成为“朦胧”的代名词，自然也是朦胧诗的经典。朦胧诗很少能赢得一致好评，唯有他的《这一代》备受各方称赞：“黑夜给了我黑色的眼睛/我却用它来寻找光明”。这样一首充满希望的短章，要是将它与同时期的其他诗作放在一

① 舒婷：《诗三首序》，载《诗刊》1980 年第 10 期。

起，很难想象是出于同一诗人的手笔;① 这就犹如“童话诗人”最终以令人齿寒的暴力结束了他人和自己生命一样难以想象。

江河和杨炼因诗歌创作取向的接近，经常被人们放在一起谈论，就其诗歌的意蕴而言，是文化型的；就其诗体的打造而言，是史诗型的。在朦胧诗人中，江河、杨炼的创作更具有承上启下的意味，从政治抒情诗传统到启蒙传统在他们的诗作中都可以看到清晰的痕迹，因此江河的《纪念碑》、杨炼的《大雁塔》很容易为读者接受并成为传诵一时的名篇。致力于“史诗”的打造更是可以见出对“宏大叙事”的渴求，只是叙述的重心从政治挪移到了“文化”。江河曾说：“我最大的愿望，就是写出史诗。”② 此后他们还用“现代史诗”、“抒情史诗”等提法来表达自己诗歌创作的意愿。1983—1985年间，杨炼、江河先后推出了自己的大型组诗《诺日朗》和《太阳和他的反光》，开始了自己的文化之旅，把目光投向古老的神话和民俗，探寻生命的本源和民族的精魂。如此宏大的文化题旨同小说界的“寻根热”不期而遇又声息相通，其构想又超过寻根小说而愈益显得体大精思。对远古的追怀、对原始宗教的膜拜、对狂野生命的讴歌、对文化遗迹的凭吊等，一切都在试图弥合现代与传统的巨大断裂，汇聚成诗界的浪漫主义涌流，并引发了后来诸如“新传统主义”、“整体主义”等林林总总的“文化诗派”。从某种意义上说，杨炼和后期的各家“文化诗”更看重的是以诗歌来宣喻自己的文化哲学，其浓郁的抒情、大胆的夸张、隐奥的象征、瑰丽的色彩、诡谲的境界、铺张的辞藻固然体现出“思、史、诗”相综合的“史诗品格”，但也足以使一般读者望而生畏，诗歌也随之渐至于疏离民众，变得孤傲起来。

从社会批判到确立自我的情感方式和表达方式，朦胧诗完成了

---

① 如顾城同时创作的《结束》一诗写嘉陵江上的死亡意象：“戴孝的帆船/缓缓走过/展开了暗黄的尸布”，曾使父亲顾工“失望”、“沉郁”、“爆发激怒”，“发出一连串弹雨般的训斥的质问”，参见顾工《两代人——从诗的“不懂”谈起》，载《诗刊》1980年第10期。

② 笔谈《请听听我们的声音》，载《诗探索》1980年第1期。

中国当代诗歌的转折，也造就了自己的辉煌，但是这一辉煌很快就被淹没在诗坛“脱序”而引发的喧嚣中。80 年代中期，诗坛“更年轻的一代”开始成长起来，他们当中不少人出生于 60 年代，80 年代前后进入大学学习，他们虽然多少从朦胧诗那里获得过诗学启蒙，但是不同的生活经历、不同的思想文化背景和不同的个性生成方式，都使得他们截然不同于他们的兄长，近乎本能的政治批判意识和近乎天职的社会责任感都是他们所不屑也不大能理解的，“影响的焦虑”更是促使他们采取反叛的姿态以获取自己的成功，这也就注定“更年轻的一代”诗人们热衷于以标新立异、惊世骇俗、目空一切、舍我其谁的方式来标榜自己。对于这一个诗歌群落有许多试图分割剥离而又相互纠结缠绕的不同称谓，如“第三代”或“新生代”、“后朦胧”或“后崛起”、“先锋诗”或“实验诗”等等，而命名的芜杂倒也恰切地折射出“脱序”的混乱。

脱序的端倪初显于“更年轻的一代”诗人对朦胧诗及其代表诗人发起的颠覆与反叛，他们一点也不隐讳对朦胧诗的不屑和不敬。80 年代的最初几年，“Pass 北岛”、“打倒舒婷”的声浪就预示着一个更激进的诗歌浪潮的兴起，据说这是一种“生命的冲动”，“这种冲动迫使诗人急不可耐地想要摆脱原有诗歌模式的束缚，去寻找可以释放自己生命活力的新领域”。① 于是，诸多新立门户的“流派”也同样急不可耐地同朦胧诗“划清界限”。“大学生诗派”在宣言中称：“当朦胧诗以咄咄逼人之势覆盖中国诗坛的时候，捣碎这一切！——这便是它动用的全部手段。它的目的也不过如此：捣碎！打破！砸烂！”② “第三代”则以“划代”的方式廓清自己同朦胧诗的关系：“随共和国旗帜升起的第一代人/十年铸造了第二代/在大时代广阔的背景下，诞生了我们/——‘第三

---

① 李丽中：《先锋诗：朦胧诗后的骚动与诗美的嬗变》（序），李丽中、张雷、张旭选评：《朦胧诗后——中国先锋诗选》，南开大学出版社 1990 年版。

② 徐敬亚、孟浪、曹长青、吕贵品编：《中国现代主义诗群大观 1986—1988》第 185 页，同济大学出版社 1988 年版。

代’人”①。同朦胧诗“划清界限”的真实意图在后来的诗坛论争中被表达得更醒豁：无论主张“知识分子写作”还是“民间写作”的诗人，都将朦胧诗视为“意识形态”表达而脱离了诗歌的“本体”，因而它已经被官方接纳并融入了主流话语。正是这种盲目的“意识形态”拒绝和对“主流话语”的一概抵制，导致朦胧诗后的新诗潮逐渐陷于褊狭的“个人”或“民间”，以至于“诗”途迷航。

朦胧诗的失势还来自于内部的分化。从掮负朦胧诗大旗的几位“主力”诗人来看，北岛、舒婷、顾城后来作品的影响大不及当初的名篇佳作，江河、杨炼的“文化诗”也逐渐脱离了朦胧诗的旨趣，而且除舒婷外，其余人相继离乡去国。梁小斌、徐敬亚更可以说是掀起了内部的“哗变”。前者在《诗人的崩溃》这篇短文中直截了当地批评“美化自己的倾向，是朦胧诗人们所坚持的最顽固的倾向”，他以为，“必须怀疑美化自我的朦胧诗的存在价值与道德价值”，“必须识破法则！面对冷酷！历经真实！”后者指出：“朦胧诗把诗写得充满人文美……因此，要使它成为起点就很难办。把极端的事物推向极端的办法就是从另一个角度来反对它。”②把方方面面的声音归结到一点，就如程蔚东在《别了，舒婷北岛》一文中所说的：“一进入现实生活，我们便发现你们太美丽了，太纯洁了，太浪漫了，于是我们忍痛割爱。别了，舒婷北岛，我们要从朦胧走向现实。”③这是一个革命乌托邦溃败之后理想主义不再的现实，一个知识精英被再度边缘化而世俗主义日渐抬头的现实。因此“更年轻的一代”诗人们最热衷的口号是“反崇高”，最乐于选择的姿态是“平民”或“民间”（尽管不论就他们的文化身份还是

① “第三代诗会”专栏题记，方夏主编：《现代诗内部交流资料》（“民刊”），四川，1985 年第 1 期。

② 徐敬亚：《历史将收割一切》（前言一），徐敬亚、孟浪、曹长青、吕贵品编：《中国现代主义诗群大观 1986—1988》第 1 页，同济大学出版社 1988 年版。

③ 程蔚东：《别了，舒婷北岛》，载《鸭绿江》1988 年第 7 期。

社会角色而言都同平民与民间相去甚远)①。如果参照着历史来看，从“更年轻的一代”诗人们的“反叛”中，似乎隐隐约约混合着 20 年代后期“革命文学”倡导者的激进和“文化大革命”中后期“红小兵”的狂躁，而这些也正是近一个世纪以来，世代相传的革命基因和孑遗在新的历史条件下与社会环境中的变异。但这类“反叛”后来也成为“传统”，伴随中国文学走过世纪末，跨入 21 世纪。

“更年轻的一代”诗人们的集中亮相，是 1986 年 9 至 10 月由《深圳青年报》和《诗歌报》（安徽）用多个版面联合推出的“中国诗坛 1986 现代诗群体大展”，主要策划人为徐敬亚和《诗歌报》编辑姜诗元。据徐敬亚写的宣传语称，“大展”“征集荟萃了 1986 年中国诗坛上全部主要现代诗流”，其中包括北岛等朦胧诗的“前崛起群体”以及于坚等 100 多名“后崛起”诗人，他们分别组成 60 余家“自称‘诗派’”，因此这是“中国现代诗史上盛况空前的群体展示”。② 这次“大展”虽然被认为是“走向民间，走向青年”的诗流的聚集，但它的主体主要由大学校园诗人构成，它的摇篮依然是各类“民刊”或非正式出版物。据徐敬亚统计：“至 1986 年 7 月，全国已出的非正式打印诗集达 905 种，不定期的打印诗刊 70 种，非正式发行的铅印诗刊和诗报 22 种。”这里的“非正式”正是有关“民间”的一个注脚，而“断代”或“与传统实行着断裂”的自诩，也无非是拒绝“意识形态”或抵制“主流文学”的一种姿态。“更年轻的一代”诗人们在一个逐步走向宽松的政治和文化环境中，远没有朦胧诗人的那些顾忌，可以尽情地直白宣泄。就像“文革”期间因政治脱序而忽然冒出众多的大大小小的“组织”一样，80 年代中期的文化碰撞和诗坛脱序也催生出门派众多、山头林立的“盛景”，借徐敬亚的话说是“漫山遍野而起”，其中最醒目的现象就是以“不、非、反”自居的抗拒姿态。

① 如程蔚东在《别了，舒婷北岛》中称：“文学总是在老百姓中活着，我们宁愿做平民诗人，也不要成为贵族作家。”载《鸭绿江》1988 年第 7 期。

② 据 1986 年 9 月 30 日《深圳青年报》。

如周伦佑、蓝马、杨黎等的“非非主义”主张“非抽象化地处置语言”、“将语言推入非确定化”来求得“感觉还原”、“意识还原”和“语言还原”，让诗歌“承担前文化经验之表现”；于坚、韩东、吕德安、王寅等的“他们文学社”提出“我们不想、也不可能用这些观念去代替我们和世界（包括诗歌）的关系”；李亚伟、万夏等的“莽汉主义”的口号就是“捣乱、破坏以至炸毁封闭式或假开放式的文化心理结构”；廖亦武、欧阳江河等的“新传统主义”声称自己“不屈服任何外在的、非艺术的道德、习惯、指令和民族惰性的压力”；梁晓明等的“极端主义”提出“反对语法和逻辑，并对现有的艺术样式进行精神上的、趣味上的和实践上的摧残并蹂躏”；尚仲敏、燕晓冬及韩东、于坚等的“大学生诗派”的艺术主张更明确：“反崇高”、“消灭意象”、“无所谓结构”等。① 正是从诸如此类的“宣言”及创作中，分明得以窥见某些后现代主义表征，尽管在当时多数人对于“后现代”还不甚了了。汇聚于“大展”的“诗派”号称60余家，其中1人称“派”且仅入选1首诗者不在少数，除了“非非主义”、“他们”、“海上诗群”、“莽汉主义”、“新传统主义”、“大学生诗派”等少数诗派和诗人能在诗歌史上留下程度不等的痕迹外，更多诗派和诗人留下的文字不论如何矜夸自恃，也难得走出三五同调的小圈子。因此“大展”一方面在一种前所未有的“生命”躁动和“自由”氛围中，竭尽了当时所能想象的各种实验和尝试，表现出思想和艺术上的开放性；另一方面则远不像策划者所描述与期待的“走向民间”，而是愈益学院化、圈子化、沙龙化，陷入了一个狭小的空间。这两方面在90年代诗歌中都有所发展。

经过“大展”的喧腾，80年代后期到90年代的诗坛进入了泥沙沉降渐显轮廓的阶段，纷纷扰扰的声音稍稍平息后，“更年轻的一代”诗人内部的不同主张也愈益见出清晰的分野，且以此为基础出现了新的归并和重组，新诗潮开始呈现出双峰并峙，两水分流

① 徐敬亚、孟浪、曹长青、吕贵品编：《中国现代主义诗群大观1986—1988》第33～34、52、95、145页，同济大学出版社1988年版。

的大格局，这就是所谓“知识分子写作”和“民间写作”。

“知识分子写作”起于诗人责任感的重新倡导和重建诗坛秩序的努力。80 年代后期西川等人明确提出“知识分子写作”的命题，“希望对于当时业已泛滥成灾的平民诗歌进行校正”，同时表明自己对于服务于和依附于意识形态的正统文学及朦胧诗的态度；他们引进了知识分子的现代概念：“专指那些富有独立精神、怀疑精神、道德动力，以文学为手段，向受过教育的普通读者群体讲述当代最重大问题的智力超群的人，其特点表现为思想的批判性”①。先后给以更系统阐释的还有王家新、欧阳江河、程光炜等人。这是中国当代文学发展中援用现代西方理论对“知识分子”的特点、义务与职责的正名，是有别于“官方”和“大众”的精英主义立场的鲜明表达。知识分子的理性精神和理想主义转变为对诗歌的“秩序”和“节制”的强调，是 90 年代诗歌现代性诉求的典型体现。被纳入这个诗歌群体的代表诗人主要有王家新、西川、欧阳江河、陈东东、王寅、孟浪、臧棣、孙文波、张曙光、吕德安等，1989 年相继早逝的海子和骆一禾更是被视为知识分子写作的偶像。

海子、骆一禾、西川均毕业于北京大学，是衔接朦胧诗和知识分子写作的重要诗人。他们 3 人的共同特点是将感性的抒情不断地向终极性的冥思提升。海子的诗作多不脱离少年乡村经验，但他的目标却指向“史诗”、“大诗”，因此他诗中的麦地、村庄、少女、天空、桃花等意象既带有传统农业文明的原型意味，又糅合进对生命和死亡的追问，尤其他在“大诗”中以个人的体验来融合与阐释东西方文化典籍，寻求对真理和永恒的解答，这使他的诗中充满焦灼感。与他的长诗《土地》、《弥赛亚》、《遗址》相比，《眺望北方》、《春天，十个海子》、《亚洲铜》等作品更能令人亲近。骆一禾也关注世界、人类、历史、文化等终极问题，但他克服了海子的焦灼而显得沉静，对“伟大的传统”所持的信念，使他的诗作具有“古典”意味。在 80 年代的最后一年，海子的自杀和骆一禾

① 西川：《答鲍夏兰·鲁索四问》，《中国诗选》第 376 页，成都科技大学出版社 1994 年版。

的病逝使“诗人之死”成为一个话题，在各种臆度和阐释中，西川对海子诗文的整理和诸多阐释，以及他本人在创作中对海子诗歌精神的继承和超越，则是一种更切实的纪念。

“民间写作”在某种意义上可以说是针对“知识分子写作”而建立起来的一个提法，尽管该派将“大展”中的“他们”、“非非”、“莽汉”、“大学生诗派”等都描述为“民间话语的起义”①，但至少在他们当时的宣言中是找不到“民间”这个概念、发现不了“民间”的自觉意识的。“民间”是在90年代的文学史研究中兴起的一个“关键词”，随即成为一个时尚语被应用到诸方面。1998年，在杨克、韩东、于坚等编辑的《1998中国新诗年鉴》的封面上题写了“艺术上我们秉承：真正的永恒的民间立场”的宣传语，于坚作的代序《穿越汉语的诗歌之光》较为明确而系统地阐说了“民间写作”的旨意。文章的开篇之处就把矛头指向了“公开刊物”和依附于公开刊物的“所谓‘知识分子写作’制造的赝品”，使“代序”成为声讨“知识分子写作”的檄文。就正面的表述来看，“民间写作”要强调的“就是一种独立的品质。民间诗歌的精神在于，它从不依附于任何庞然大物，它仅仅为诗歌本身的目的而存在”。韩东也以为：“民间立场就是坚持独立精神和自由创造的品质。”②这实际上同“知识分子写作”所表述的基本精神立场没有根本性的区别，深刻的差异在于精英主义和世俗主义的冲突甚至可以说是在文化选择和审美取向上“现代”和“后现代”的分野，这种差异更明显地是在创作实践而非理论表述中体现出来的。被纳入这个诗歌群体的代表诗人主要有韩东、于坚、伊沙、侯马、沈浩波、尹丽川等。

韩东和于坚是“大学生诗派”和“他们文学社”的同人，更是提出“民间写作”的同调，因此在撤除了对“知识分子写作”

① 于坚：《穿越汉语的诗歌之光》（代序），杨克主编：《1998中国新诗年鉴》，花城出版社1999年版。

② 韩东：《论民间》，杨克主编：《1999中国新诗年鉴》第465页，广州出版社2000年版。

的声讨之外，其正面的诗歌主张和创作实践大多是这两个诗派的延续和发挥。他们两人共同的诗歌观念就是回到“日常生活”，这个“日常生活”是“回到诗歌本身”和“回到个人”的同义语，也是对“民间”的一种阐释。在这个基点上他们强调以“口语”入诗，因为口语即“区别于作为意识形态工具的普通话的白话”，是“原生的、日常的、人性的汉语”。① 其余的诸如“反诗意”、“反象征”、“拒绝隐喻”等都是在这个基础上提出来的，这也使得他们的诗作传达出一种平淡、漠然的“局外感”。韩东的《有关大雁塔》、《你见过大海》，于坚的《对一只乌鸦的命名》等都是“反诗意”的代表作，尤其是前者更是针对朦胧诗人杨炼的《大雁塔》而作，消除了诗人赋予大雁塔的政治文化意味和历史想象，将其“还原”为一幅日常生活情景。从于坚的《尚义街六号》等更能看出“日常”的平淡、无聊和零散，90 年代的《0 档案》倒是从日常性中揭示出一种“反日常性”，即日常的个人如何被档案所抽空和删除，不过要是做出这样的阐释，“拒绝隐喻”之类的宣称也就不攻而破了。

从新诗潮的兴起、发展到流变，始终伴随着持续的外部和内部的论争，而且吸引着文坛内外的关注，因此，很容易给人留下诗坛独此一家的印象。事实上，在新时期的诗坛上，除了新诗潮，一直还有诸多诗家、流派与之共生共存，其成就、影响和对诗歌创作的贡献都不在新诗潮之下。这里首先应当提及的是现实主义诗歌。

新时期之初的现实主义诗歌同小说相似，其中的一支脉流承继着新中国的革命现实主义而来，在内容上以颂歌、战歌为主，在艺术样式和风格上，多少沿袭了政治抒情诗的路数，以较大的篇幅和较为齐整的格式来抒发革命的豪情壮志，如粉碎“四人帮”后贺敬之、艾青、李瑛、柯岩、张志民等的诗作大体如此。同样是现实主义诗歌，另一脉流则多少有些逸出革命现实主义规范，给现实主义诗歌带来新的发展。首先是一批“归来诗人”如绿原、曾卓、

---

① 于坚：《穿越汉语的诗歌之光》（代序），杨克主编：《1998 中国新诗年鉴》，花城出版社 1999 年版。

牛汉、流沙河、公刘、白桦、邵燕祥等，他们的诗作以更多的历史沧桑感和屡遭精神创伤的斑驳感褪除了革命现实主义浓郁的理想主义和英雄主义色彩，从《重读〈圣经〉》（绿原）、《悼念一棵枫树》（牛汉）、《悬崖边的树》（曾卓）、《故园杂咏》（流沙河）、《沉思》（公刘）、《阳光，谁也不能垄断》（白桦）、《假如生活重新开始》（邵燕祥）等旧作新篇可以看到，历史的沉思、伤痛的喟叹、人性的剖析和自我的反省，构成了他们诗作中的基本元素，也是对当代现实主义诗歌的深度开发。再就是一批被放在"青年诗人"中谈论的现实主义诗人，他们更具有直面当下、批判现实的勇气。70年代末，因批判"文革"而惨遭杀害的张志新烈士的事迹经媒体报道后，雷抒雁以抒情长诗《小草在歌唱》轰动诗坛，这一诗作同韩瀚的《重量》、公刘的《刑场》、梁南的《谁之罪》等作品一起，将诗歌界的伤痕文学推向了一个高峰。同样引起轰动的还有叶文福的《将军，你不能这样做》、熊召政的《请举起森林般的手，制止!》，这些作品以"干预生活"的勇气，笔锋直指官僚主义和特权思想，成为诗歌创作中揭露官场腐败的发轫之作。在一场"政治大革命"刚刚结束后的浓烈的政治氛围中，现实主义诗歌同样充满了强烈的政治意识，但在表现方式上则较为多样。曲有源的《关于入党动机》、《打呼噜会议》、《权力的"退赔"》等作品恢复了政治讽刺诗的传统，李发模的叙事长诗《呼声》以悲剧风格继续着"伤痕"的叙述，骆耕野的抒情长诗《不满》是新中国诗歌中少有的直接宣泄"不满"、为"不满"正名的诗作。在"建设四个现代化"宏大目标的激励下，呼唤现代化也成为现实主义诗歌的"主旋律"。张学梦以其处女作《现代化和我们自己》而发出诗界"改革文学"的先声，此后还有《关于生产力的歌》、《致经济学家》、《啊，经济规律》等诗作以应和"以经济建设为中心"的政论主题。对现代民主的吁求也通过现实主义诗歌传达出来，如刘祖慈的《为高举和不举的手歌唱》、徐刚的《刻在天上和地上的证词》及曲有源的《我歌颂西单民主墙》等。这批"青年诗人"同"归来诗人"及其他诗人的创作一起，持续地推动新时期文学中"伤痕—反思—改革"的现实主义潮流。

以现实主义为基础而同时具有浓郁的浪漫主义气息的是以昌耀、杨牧、章德益、周涛等“西部诗人”为代表的新边塞诗。他们的诗作给人印象至深的，一是环境的浪漫：亘古如斯的沙丘、戈壁和人烟罕至的雪山、冰峰以其苍凉的原始风貌同人声熙攘的绿洲、城市形成强烈的比照，即或有铁道、公路线上传来的汽笛、马达声，依然能听到寂寂沙漠中悠远的驼铃，两相对比，五六十年代被置于前景的边疆建设新面貌似乎退居为背景，在章德益的《我应该是一角大西北的土地》、周涛的《牧人》等诗作中更令人怀想的倒是“天苍苍，野茫茫，风吹草低见牛羊”的边塞风光。二是心绪的浪漫：在西部广袤的高天大漠的背景下，孤独和寂寞是这些诗人难以排遣的普遍心绪。杨牧在 80 年代初曾以一首《我是青年》而享誉诗坛，作品虽然保留着革命浪漫主义的“光明的尾巴”，但也为饱经沧桑的“荒芜的额头”和“弧形的皱纹”发出感叹。作为军人的周涛，即或在他的诗作中从不缺少豪歌壮语，但也难得掩盖人生的苍凉感。写荒原：“一切繁华的喧闹/都似潮水退了岸/留下这块荒芜沉寂的旷原/成了我对历史的祭坛”（《荒原祭》）；写胡杨：“兀立于戈壁或沙漠的边缘/坚持在人迹罕至的蛮荒/任流沙的浪涛/一直淹没在脚边”（《胡杨》）。同样作为“归来诗人”，昌耀的诗作更是透出一种刻骨的孤独，就如那“一峰孤单的骆驼向着东方默默翘望”（《去格尔木之路》），如那“浩天大漠中”“使万物觳觫的一声狼的长嚎”（《赞美：在新的风景线》）。不论这些孤独表现得激昂还是凄然，都传达出长期生活在边地的诗人们的生命体验。三是精神追求的浪漫：作为当年的支边者或者戍边战士，杨牧、周涛、章德益的诗中还保留有革命浪漫主义遗风；对于因获“右派”罪名而在劳改农场度过 20 余年的昌耀来说，则在肉体和灵魂的双重煎熬中表现出另一种精神追求，以诗人的话来说就是“修炼”，这促使他将来自现实的生活经验提升为哲学的乃至于宗教似的人生体悟，在《慈航》、《山旅》等作品中，苦难成为苦修的一段精神历程，劫后余生的超然使诗人对爱和生命永远持有宽囿和悲悯的情怀，这成为昌耀诗作的独特之处，也构成了他诗作的难以解喻之处。

现实主义、浪漫主义和现代主义以及具有后现代主义表征的各种诗潮流派给新时期诗坛搭建了开阔的平台，诸多诗家诗派尽可各逞其能、各显其巧，从聂绀弩、赵朴初等的旧体诗到穆旦、郑敏等复出的“九叶诗人”，从贺敬之、李瑛等正统的政治抒情诗到翟永明、伊蕾等颇显异端的“女性诗歌”，从中年诗人苗得雨等的乡土诗到青年诗人宋琳等的“城市诗”，从黄永玉等的寓言诗到刘湛秋等的散文诗……不可胜数；诗歌的园地也从“正刊”到“正刊”、“民刊”并行进而向网络诗歌扩展。然而，相对于小说、散文等文学样式，诗歌在90年代却由“蔚为大国”逐渐滑向边缘，这其中除了向市场经济转型导致文学体制及其生产机制发生变化之外，诗歌同现实和公众的疏离也是一个值得探讨的重要方面。在20世纪的最后一年，也是“知识分子写作”和“民间写作”这两派的论争进入白热化的阶段，在这一年的仲春和深秋相继举行了“盘峰诗会”和“龙脉诗会”，但这两次诗会非但未能弥合双方的歧见，反而陷入更深的“危机”，这一“危机”不属于任何一派，而是当下诗坛和诗人所共同面对的。

十九、“非新即后”：世纪末的多元化写作景观

［质疑“真实”：先锋文学的游戏——撕裂“理想”：“新写实”的“原生态”写作——驱逐“菲勒斯”：“新女性”的个人化写作——反抗“父法”：“新生代”的欲望化写作］

“非新即后”是进入80年代中期以来对各种文学创作潮流和文学现象的主要命名方式，最初有“新诗潮”、“新潮小说”、“新潮戏剧”等称谓，继而有“新写实主义”、“新历史小说”、“新女性小说”、“新生代作家”、“新状态”、“新体验”等蜂拥而至，同时还有“后新潮”、“后朦胧”、“后新时期”等相伴而生。年轻作家的“反叛”意识与“断裂”冲动，后现代思潮“解构”与“颠覆”的影响和文学的市场化与商业化驱动共同促成了世纪末“非新即后”的文学狂欢。在某种意义上或许可以这样说，80年代多元化格局的形成，直接为世纪末的文学狂欢搭建了舞台。不论人们把这期间的文学称之为“狂欢”还是“浮躁”，都在说明一个事实：20世纪最后的十来年，文学在酝酿、孵化、萌发各种可能性，而所有的尝试几乎不约而同地针对着这个世纪文学最重要的美学遗产“革命现实主义”而来，各类文学写作在“非新即后”的众语喧哗声中，为革命现实主义举行了“加冕”和“脱冕”的狂欢式。

“非新即后”引领出世纪末文学的多元化写作景观，这是一个无法再用某种统一的“标准”、“尺度”予以规范的文学景观；从反面看，也是革命现实主义的理念、风格、手法等被盘诘、分割、消解以致最终被碎片化的景观。

试图从“根柢”上解构掉革命现实主义的首推“先锋小说”。“先锋小说”是80年代中后期由评论家命名而逐渐流行开去的概念，因而其所指范围并不一致，有的用于统称“现代派小说”或“新潮小说”及稍后出现的“后新潮小说”，有的特指以马原、格非、余华、孙甘露、洪峰等为代表的“后新潮小说”，而将“现代派小说”排除在外。①“先锋小说”概念的淆乱又同该术语的来源有关。“先锋”（Avant-garde）一语原本来自法文，又译为“前卫”。早期是军事用语，指“先头部队”。到19世纪至20世纪，用来指“先进的和实验的艺术运动”——“这个词意味着艺术形式的变革，同样这个词也意味着艺术家们为把自己和他们的作品从已经建立起来的艺术陈旧过时的桎梏陈规和艺术品位中解放出来所作的努力。”②评论家们显然是看中了“先锋”所具有的反叛性和实验性，并用以圈定自己的言说对象。

“先锋”的反叛性包括三个方面：反叛业已确立的理性秩序、价值体系和文化传统；反叛自古典主义、浪漫主义、现实主义以来的美学精神、文学观念、表现方法和艺术形式；反叛为大众“喜闻乐见”的艺术方式和审美趣味，既包括来自传统社会的民间文化，也包括来自现代商业社会的消费文化或通俗文化。“先锋”的反叛意在自由地表现自我，发掘人的深层心理，揭示人的生存困境，重新阐释人和世界的关系，创造新的艺术和语言形式来传递作家对世界的认知和体验。“先锋”与“实验”几乎是同义语，因此从创作上看，在文体结构、意象组织、叙述方式等方面往往具有不拘一格、打破常规的实验性。先锋作家激进地向传统小说、诗歌、戏剧的写法发起挑战，从事着形式和语言的变革，通过突出叙事方式或话语的构成方式，致力于颠覆故事、解构意义的游戏。这样一

① 可分别参见陈思和的《中国当代文学史教程》（复旦大学出版社1999年版）和洪子诚的《中国当代文学史》（北京大学出版社1999年版）中的有关章节。

② ［美］罗杰·夏士克：《世界艺术百科全书选译》，转引自尹国均《先锋试验》第4页，东方出版社1998年版。

种激进的文化和文学姿态相当集中地体现在以下文学品类中：朦胧诗之后以“第三代诗人”为代表的“先锋诗歌”，高行健的现代主义戏剧之后以孟京辉、张广天为代表的“先锋戏剧”和刘索拉、徐星等的现代主义小说之后以马原、余华、格非等为代表的“先锋小说”或者“后新潮小说”。此中，马原等的“后新潮小说”的影响尤胜于诗歌和戏剧，是最具有代表性的。他们通过对“叙述”的刻意强调和种种“叙事”实验，直接指向革命现实主义的一系列基本观念，如“现实”、“真实”、“典型”等。

无论是就反叛性力度还是就实验性影响而言，马原又堪称先锋小说的领军人物，以至有人评说道：“八十年代中后期，马原小说的巨翅的投影不单覆盖了几乎整个中国文坛，而且成了包括后来成为名噪一时的先锋作家在内的一大批青年作家的叙事蓝本。在马原辍笔八年后的今日，他的名字和作品仍不时地被人们提及。他成了少数很难被人忘却的作家之一。”①马原的影响力在于他的小说创作集中代表了新中国小说创作的一种自觉转换，即从“写什么”到“怎么写”。

新中国成立以来，“写什么”一直是备受关注的中心，从第一次文代会倡导写“新的生活、新的人民”开始，经“文革”期间提出写“无产阶级英雄典型”、“与走资派的斗争”，直到新时期的“伤痕”、“反思”、“改革”等，无不强调书写对象的重要性。“写什么”的问题之所以被看重，除了政治性因素之外，更主要的是同现实主义的艺术观念相联系的——“‘写什么’这个问题本身，就预设了一种主要是现实主义的方法来研究小说创作。”②关于现实主义方法，人们的一般理解是“按照现实生活的本来面目给予描写”，因此即或有差异，也主要是“写什么样的现实生活”和“现

① 何立伟语，转引自张柠《大师在哪里？——兼谈一位叫马原的汉人》一文，载《当代作家评论》1998 年第 4 期。

② 理查德·托德：《后现代主义在英国小说中的存在——文体与个性面面观》，佛克马、伯顿斯编，王宁等译：《走向后现代主义》第 126 页，北京大学出版社 1991 年版。

实生活的本来面目是什么”的问题，这也就使得“真实性”和“典型性”成为现实主义的底座和聚焦。而马原的小说则把重心从“现实”挪移到“虚构”上，就叙事而言，则从“故事”挪移到“叙述”上，他以“元小说”手法挑战现实主义艺术成规及它所依附的一整套现实主义观念，创作了《冈底斯的诱惑》、《西海无帆船》、《叠纸鹞的三种方法》、《游神》、《虚构》、《上下都很平坦》等短中长篇作品。

所谓“元小说”“是有关小说的小说，是关注小说的虚构身份及其创作过程的小说”①。马原在《虚构》的开篇中说：“我就是那个叫马原的汉人，我写小说。我喜欢天马行空，我的故事多多少少都有那么一点耸人听闻。”接着在“故事”的叙述中他不断告诉读者，这篇小说是如何“虚构”和“杜撰”的，并为此自鸣得意。把叙述的方法告诉读者，有意识地暴露虚构，在叙述中质疑其他艺术成规，将叙述的“内容”由“故事”转换为叙述本身等，这些都是元小说的典型手法。马原以元小说手法来打破“真实”和“虚构”的界限。在他看来，“真实”只不过是叙述产生的效果，在他早期创作的《夏娃——可是……可是》②中就试图通过实验表明人们是怎样对一个事先已告知的虚构故事信以为真的。马原以为，不论是“故事”还是“真理”都不过是“叙述”或者“虚构”的产物，也就是说各路神祇“各自的方法论如出一辙，这个方法就是重复虚构”③；如果一定要说“现实生活的本来面貌”的话，那就是“混沌”，但混沌是无法言说的，要是你想让混沌清晰起来，变得可以言说、可以做逻辑性的把握，要那样的话，混沌也就死了④。所以马原在《上下都很平坦》这部“描写知青生活”的长篇小说中，一开始就提醒读者，“还原真实”是一个神话，

---

① 戴维·洛奇：《小说的艺术》第230页，王峻岩等译，作家出版社1998年版。

② 该作品收入《马原文集》时更名为《白卵石海滩》。

③ 引自《虚构》这篇小说前面附的一个题记。

④ 参见马原《方法》一文，《马原文集·卷四》第416页，作家出版社1997年版。

"我不再试图还原真实"。较之其他先锋小说家，马原的创作和思考更深刻地触及到了叙述（或虚构）同现实、世界、真实、真理的构成性关系，也暴露出现实主义同其他创作方法一样，也不过是艺术创造的成规之一种，没有什么更高、更正确、更科学的地方，他以釜底抽薪的方式解构了现实主义的神圣性，这给很多作家以启示的一面，后来王安忆、张承志、史铁生等作家也多少受到元小说的启发，并创造性地用于自己的小说创作中。从另一方面来说，由于马原的元小说以对叙述和虚构的强调悬置起"真实"、"真理"、"现实的真相"、"生活的本质"之类的终极性问题，因而也表现出某些虚无主义倾向，而这也正折射出后现代主义对先锋小说的影响。

先锋小说的其他代表作家余华、格非、洪峰等的创作同样表现出对"现实生活"、"真实"等现实主义基础概念的怀疑。余华直截了当地提出"生活是不真实的，只有人的精神才是真实"，因此声称要以一种"虚伪的形式"来写作，"这种形式背离了现状世界提供给我们的秩序和逻辑，然而却使我自由地接近了真实"①。他的"虚伪的形式"就是反对对现实生活的直接摹写，而采用戏拟、寓言、象征的方式来剥露人的某种精神状态。在《鲜血梅花》、《河边的错误》、《古典爱情》等小说中，他分别以戏拟手法解构了武侠、侦探、言情等通俗小说的艺术成规，表现出反大众趣味的"先锋"姿态，以充满暴力和死亡气息的悲观主义驱散通俗小说的虚假诗意。他的《一九八六年》、《现实一种》等作品更是将死亡叙述发挥到极致，充满感官刺激的场景和冷漠的叙事态度，似乎是为了证明他"在暴力和混乱面前，文明只是一个口号，秩序成为了装饰"的观点。如果说在《一九八六年》中的死亡叙述还只是历史的寓言化——借一个疯癫的历史老师对自己施五刑来喻示历史是暴力和残酷的重复，那么《难逃劫数》、《现实一种》、《世事如烟》等小说中的死亡叙述则已经成了人类的末世图，这是一个绝望的、无法救赎的世界，人成了一群理应遭到天谴，而事实上也正

① 余华:《虚伪的作品》，载《上海文论》1989 年第 5 期。

在遭到报应的族类。毫不夸大地说，死亡叙述已经构成先锋小说的一道文学盛景。格非的“故事迷宫”中有很多谜，但有一点是确凿无疑的，这就是死亡。《迷舟》、《褐色鸟群》、《大年》、《风琴》及长篇小说《敌人》、《欲望的旗帜》等，其中人物的死亡犹如秋叶坠地，了无声息地走向了最后的归宿，连原因也不知道。死亡就像一张蛛网、一个预谋，一切早已安排就绪，悬念只是诱惑人们读完一个又一个的死亡故事。排拒了现实主义成规的先锋小说同时排拒了对人的社会性、历史性把捉，因而“人”或者只是某种抽象欲望的代表，或者只是生命存在的象征，死亡叙述只是借助于死亡的宿命来消解人道主义、主体性、个性之类关于“人”的“神话”。

几乎与先锋小说同时形成势头的“新写实”小说则采取了与“先锋”全然不同的姿态，在创作取向上它更关注世俗人生，在表现手法上它回复到较为传统的“写实”；然而惟其对“写实”和“现实生活”的强调，愈益对照出同革命现实主义绝决的背离，且更具针对性。

“新写实”是因评论家和文学期刊的共同“策划”而得名的。1989年6月《钟山》以较大的篇幅和版面，颇有声势地推出了“新写实小说大联展”，而在此前《钟山》与《文学评论》联合举办过“现实主义与先锋文学”研讨会，在此后又同《文学自由谈》联合召开了“新写实小说”讨论会，从而在一个短短的时期内，使“新写实”这一称谓不胫而走，逐渐取代了诸多模糊不清的提法，成为对现实主义“新变”的一种概括。“新变”整体性地出现在80年代中后期。这样一些作品是具有先兆性的：

刘恒的《狗日的粮食》（1986）、《伏羲伏羲》（1988），刘震云的《塔铺》（1987）、《新兵连》（1988），叶兆言的《状元镜》（1985）、《追月楼》（1988），池莉的《烦恼人生》（1987）、《不谈爱情》（1988），苏童的《一九三四年的逃亡》（1987），方方的《风景》（1987）等；此外还有朱晓平、李锐、李晓、范小青、杨争光等基本延续“写实”传统的作品。敏锐的评论家显然已经注意到这股“新”的写实的回流，用“后现实主义”、“新现实主义”、“现代现实主义”等不同的方式予以描述和概括，其意图非常明显，那就是要凸显有别于革命现实主义的一种“新”的现实主义的出现。《钟山》杂志编辑部为“大联展”刊出的卷首语是如此来概括“新写实”的，至今仍不失为一份理解“新写实”的重要文献：

> 所谓新写实小说，简单地说，就是不同于历史上已有的现实主义，也不同于现代主义“先锋派”文学，而是近几年小说创作低谷中出现的一种新的文学倾向。这些新写实小说的创作方法仍是以写实为主要特征，但特别注重现实生活原生形态的还原，真诚直面现实、直面人生。①

这里除了表明新写实不同于“先锋”立场，还有两点更值得注意：

其一是对“现实主义”称谓的有意回避。已有研究者指出，“‘现实主义’与‘写实主义’，它们不过是英文‘realism’的不同译法，但这译名的一字之差又传达了选择的偏向”，只是前者更多地与“革命”、“社会主义”等政治观念有密切的牵连，而后者与自然主义的真实、客观相联系，“在八九十年代之交，评论界放弃沿用了半个多世纪的译名，拾回曾流行过却又久违了的‘写实主义’并冠之以‘新’。译名的选择已经隐含着可以领会的趋向”。②其二是对“现实生活原生形态的还原”的刻意强调。在评论家和作家的一再阐发中，“还原生活的原生态”几乎成了新写实的标志性口号，这个在理论上几乎站不住脚的提法其实际意义不过是针对革命现实主义而发，即认为革命现实主义所强调的诸多理论原则和艺术方法曲解或遮蔽了“生活本相”。“还原生活的原生态”

① 本刊编辑部：《“新写实小说大联展”卷首语》，载《钟山》1989 年第 3 期。

② 刘纳：《无奈的现实和无奈的小说——也谈“新写实”》，载《文学评论》1993 年第 4 期。

就是消除革命现实主义所张扬的理想主义和英雄主义，解构革命意识形态和政治功利主义，去写被革命现实主义所忽略所遮蔽所摒弃的那一部分世俗生活和人生经验，通过对人的行为方式和生活境遇的"客观描述"替换革命现实主义对生活的判断。因此，确切地说，"还原生活的原生态"与其说是一个艺术目标，不如首先说是一个消解政治意识形态，消解革命现实主义的"策略"。这就使得新写实的"还原"成为面向世俗的还原：就叙述对象而言，是从革命现实主义所表现的那些重大的社会政治生活回到平庸琐屑的日常生活或者世俗生活；就叙述方式而言，是从庄重的戏剧性叙述回到平实淡然的日常性叙述。较为公认的新写实小说代表作家池莉、刘震云、方方、刘恒等大致说来都有这一取向。

在新写实小说家中，池莉是拥有最大读者群的作家之一。从发表《烦恼人生》、《不谈爱情》、《太阳出世》等以来，她的作品一路走俏，特别是90年代以来，她的《来来往往》、《小姐你早》等一直处在畅销书的前列，还有好些作品被改编成电视剧、电影。池莉小说创作的路数并不算宽广，也没有什么新颖的艺术手法令人格外关注，她的小说真正能打动人的是与平民百姓、芸芸众生的亲和力，是他们日常的生活写照和琐屑的生存体验。在她的小说世界中，没有英雄、没有精英，谁都离不开柴米油盐醋，谁也少不了吃喝拉撒睡，只要你活在这个世界上，你就要为活着而操心、而奔忙、而挣扎、而劳累，这就是池莉小说给人们提供的凡俗人生。池莉说："我的中篇小说《烦恼人生》写的时候是悲壮的。这是我撕裂自己的第一个作品。"① 这种"撕裂"也就是"从云朵锦绣的半空中踏踏实实踩到了地面上"②，换言之，就是"蔑视没有事实背景的激情与崇高"③。这里就包括革命现实主义所高扬的英雄主义和理想主义，她所强调的"事实背景"就是"小市民"的凡俗人

---

① 池莉：《写作的意义》，《池莉文集4》第240页，江苏文艺出版社1995年版。

② 池莉：《也算一封回信》，载《中篇小说选刊》1988年第4期。

③ 池莉：《我》，载《花城》1997年第5期。

生。池莉的小说总的说来就建立在“泛小市民”论的基础上，在她看来，不论是伟人还是雷锋都不过是“小市民”，至于“知识分子肯定是小市民”①。尽管池莉多次强调“这个小没有贬意，就是微小的意思”，但是从印加厚平凡、琐屑而且不乏“烦恼”的一天中，人们不难读到一个“小市民”卑微的一面，这与革命现实主义文学中崇高的工人阶级形象恰成反照。池莉的“泛小市民”论将所有的人物放在物质生存的基础上给以表现，所表现的“烦恼”也是物质匮乏的烦恼，以此来抹平“精英”与大众的区别、理想与现实的区别、崇高与卑微的区别，说到底，这是瓦解崇高的一种方式或策略，即把崇高“还原”到“小市民”物质需求的世俗愿望上，不论是婚姻恋爱、娶妻生子还是成家立业、经商下海皆不能免俗。《冷也好热也好活着就好》传达了在这一“事实背景”上的人生理念，《你以为你是谁》则是对沉溺在崇高理想中的知识精英的当头棒喝。

池莉的小说展现了崇高退场后的凡俗人生，这也是其他新写实小说家所着力表现的。“现在这时候，崇高的话都别讲了。”刘震云小说《单位》中的主人公小林如此说道，颇有概括力地道出了革命现实主义后新写实主义的价值转向和审美转向。从《塔铺》和《新兵连》开始，刘震云就触及到崇高理想的轰毁和溃散，到他的“官人”系列(《官场》、《官人》、《单位》、《头人》、《一地鸡毛》等）已经是以“过来人”的口吻叙述“日常生活是如何把人们变得卑琐”了。② 贯穿几个作品的主人公小林是当今时代的林震③，从满怀宏大抱负到理想灰飞烟灭，以玩世不恭的态度周旋于官场和官人之间，这使得刘震云的“官人”系列上承王蒙的《组织部新来的青年人》，下启王跃文的《国画》等作品，组构成当代

---

① 参见李骞、曾军《浩瀚时空和卑微生命的对照性书写——池莉访谈录》一文，载《长江文艺》1998 年第 2 期。

② 参见陈晓明《跋：“权力意识”与“反讽意味”——对刘震云小说的一种理解》一文，《官人》，长江文艺出版社 1992 年版。

③ 王蒙 1956 年发表的小说《组织部新来的青年人》的主人公。

小说中的“官场小说”谱系。方方小说的批判基调比刘震云要强烈，她曾说：“我的小说主要反映了生存环境对人的命运的塑造。”①因此在《风景》、《黑洞》、《落日》等小说中她以更冷峻的笔触挑开繁华都市的丑陋风景，剥露和审视普通市民鄙俗、自私、麻木、愚昧、阴暗甚至丑恶的精神缺陷；在《行云流水》、《祖父在父亲心中》、《一唱三叹》等小说中着重表现了在社会环境的挤压下，知识分子精神上的沉重、痛苦和理想的失落，一种伤痛彻骨的无奈叹息弥漫在作品中。同其他新写实小说家一样，方方的作品也落笔于芸芸众生、世俗生活，但却旨在剖析人的生存境遇和内心世界，探究人们行为后面的动机和原因，努力挖掘隐含在这些行为背后的社会、历史、文化及心理等诸多方面的因素，所以她的创作以有深度的思考克服着新写实小说平面罗列生活现象的缺陷。比起方方更为峻刻的是刘恒的《狗日的粮食》和《伏羲伏羲》，这两个引出“新写实”话题的作品，前者写吃和生育，后者写性和乱伦，直逼人的原始欲望和本能冲动而去，社会的人“还原”成了自然的人，精神的人“还原”成了肉体的人。有评论家将《狗日的粮食》与《伏羲伏羲》同《犯人李铜钟的故事》（张一弓）与《被爱情遗忘的角落》（张弦）作过很好的对比，结论是两类作品“清晰地显示了为生存与为人生两种主张在文学价值取向上的泾渭之别”②。

新写实小说集中体现了世俗主义的文化取向对中国当代主流文学的侵润和导引，其世俗化的冲动直接地来自于两个方面：一是在“政治大革命”结束后乌托邦理想的衰微，二是在社会转型中人们世俗欲望的激活。这两方面的变化使敏感的作家觉察到“后革命”时代的来临，中国的现实主义因此也出现了本世纪最重要的转换，即由革命现实主义转变为褪除了革命色彩和政治功利的日常现实主义，亦即“新写实”。这种有意识的“褪除”在作为“新写实”旁

① 《新写实作家、评论家谈新写实》，载《小说评论》1991年第3期。

② 参见朱寨、张炯主编的《当代文学新潮》第302～303页，人民文学出版社1997年版。

支的“新历史”小说中被刻意夸大，而褪除了革命色彩的“新写实”则为后来各种“现实生活”的叙事和书写提供了基础。

“新历史”小说是个不甚可靠的称谓，尤其是在革命现实主义成规受到质疑、依附于其上的革命历史小说已不再被视为历史叙述之“范本”的前提下，对“历史”叙述失却了准绳和参照，何谓“历史”、何谓“历史小说”也就失去了一定之规。因此在被指称为“新历史小说”的作品中，除了某些历史背景、历史事件、历史人物作为语言符号指示着读者意识到这是涉及历史的讲述而外，已经同革命现实主义提供的历史面貌大异其趣，更有别于各类教科书中关于历史的陈述，委实让人难得把它们当作自己所知晓的历史接受下来，无论在叙述内容、叙述方式或是叙述话语上，都缺乏人们所熟知的那些东西，比如有关“革命斗争”和“人民解放”的宏大叙事或元话语。在这里，人们看不到整体的、连贯的、合乎逻辑的历史过程，也看不到那些为人熟知的“本质”、“规律”、“主流”的呈现，更不必说英雄人物和史诗风范，面对的只是历史镜像的若干碎片，反射着刺目的甚至怪诞的色彩，即使把它们再度拼合起来，也难能恢复如初——人们曾经接受和熟知的那种“历史真相”。这样一种对“历史”的兴趣出现在八九十年代之交，除了作家的审美偏好外，在某种程度上折射出他们对“革命”规范下历史叙述的不信任，欲以自己的历史观念和话语方式对某些历史事件和历史叙事予以重新陈说或再度书写，在获取一种新的审美愉悦的同时，改写、解构或颠覆被既往的话语赋予了特定价值和意义的历史叙事。新历史小说家是带着各不相同的态度而沉浸于历史的，有的作家具有强烈的社会批评意识，如刘震云的“故乡”长篇系列(《故乡天下黄花》、《故乡相处流传》等)、李锐的“旧址”长篇系列(《旧址》及稍后的《银城故事》等)；有的更多地具有唯美主义倾向，如叶兆言“夜泊秦淮”中篇系列(《状元境》、《十字铺》、《追月楼》、《半边营》)、苏童的“枫杨树”系列(《一九三四年的逃亡》、《罂粟之家》等)和“妇女生活”中短篇系列(《妻妾成群》、《红粉》等)；也有的着眼于对历史本身的反思，如刘恒的《苍河白日梦》、李晓的《相会在K市》等。但总的说来，他们重写的“历史”同新写实笔下的“现实”一样，并不是依照革命现实主义或历史教科书的成规加以模拟或叙述的，“它全不理会那些已经划定了地盘的符码所形成的支配力量而兀自前行”①。脱离了“规范”的历史叙述固然有可能引导出“怎样讲都行”的历史虚无主义，但更重要的是给重述历史提供了广阔的空间，堪称新一代史诗的陈忠实的《白鹿原》就是在卸除了“规范”后的长篇力作，在短短数年间更是涌现出唐浩明、二月河、熊召政等历史小说家，应当说同“规范”的卸除不无关系。

同面向世俗的新写实小说相比，卓尔不群的“新女性”小说是以惊世骇俗的先锋姿态“浮出历史地表”的。“新女性”小说是指20世纪90年代出现的具有女性主义意识和倾向的小说创作潮流，明显的女性主义倾向将它同通常指称的“女性文学”、“女作家创作”区分开来。林白在她的长篇小说《说吧，房间》中，通过当作家的女主人公之口，对“新女性”作了这样的表述：

> 像本人这样既自尊又有独立精神的新女性（新女性这个词使我精神一振，就像一道应声而起的亮光，从我脑袋的七个通道长驱直入，瞬间就完成了能量的转换，有点像扣扣看的动画片中菠菜一吃下去身上立马就长力气，新女性的自我暗示正是这样一种特种菠菜，我从这棵菠菜中感到自己一下子充满了力量，坚定无畏，容光焕发）不光不会呼天抢地，反而会有把丈夫的情人拿来开玩笑的心情。

无论这是正话还是反讽，它都能让我们感知到女性的一种新的精神状态和写作姿态，这种“新”就来自于女性主义的影响和启发。

女性主义传入中国是20世纪80年代初的事，80年代中期到90年代西方女性主义的理论被大量介绍、翻译过来。从1988年开

① 佛克马：《中国与欧洲传统中的重写方式》，载《文学评论》1999年第6期。

始，国内批评家在介绍女性主义的同时，也开始运用女性主义批评理论来研究文学。1995 年，在北京召开的世界妇女大会对于女性主义在中国的传播起到了推波助澜的作用，徐坤称："中国女性在亿万世人瞩目之下经受了一次空前绝后的女性集体狂欢，中国的女性文学也经历了一次前所未有的'高潮体验'"①。与此前后，在许多女作家提供的文本中，女性主义也从潜隐状态转变为公开谈论的话题和表达的思想，陈染、林白、徐小斌、徐坤等都不讳言女性主义对自己直接或间接的影响，孟悦、戴锦华、林丹娅、陈惠芬、刘慧英等批评家也操持女性主义的理论工具从事文学批评，再加上先期出现的王小妮、翟永明、伊蕾、唐亚萍、张烨等的女性诗歌和王英琦、唐敏、叶梦、周佩红等的女性散文，已足能表明一个经由女性主义定义的"女性写作"已刻入了 20 世纪中国文学史②，如果说在世纪末的众语喧哗声中还有什么"显学"的话，那么女性主义或女性写作当属其中之一，其创作方面的代表就是"新女性"小说。

说"新女性"小说有别于一般的女性文学并不等于说二者之间没有联系。历时地看，这股女性主义创作潮流承继和发展的，正是新时期以来在诸多女作家的创作中已然存在的那些女性自主意识和批判男权中心意识，尤其是其中被视为激进或偏激的因素，如新时期文学初起时，张洁、张抗抗、遇罗锦、戴厚英、张辛欣的部分作品和 80 年代中期以来王安忆、铁凝、残雪、迟子建、蒋子丹等

① 徐坤：《女性写作：断裂与接合》，载《作家》1996 年第 7 期。

② 戴锦华说："我自己更喜欢用'女性写作'这个概念来谈所有关于女性的文化事件、文学事件。在女性写作中，我非常强调实践的意义。女性写作是一种包含了很多可能性的、具有无限空间的文化的尝试，可以叫做一种文化的探险。这种体现的意义在于，把长期以来没有机会得到表达的女性的经验、视点、对社会的加入、对生活的观察，书写出来。而且我相信这种女性写作还能包含某些传统男性写作所不能达到的空间，具有更多样的可能性，而不是一个特殊的事件，特殊的可以进行界定的文学现象。"（《诗歌的女性视野——关于〈中国女性诗歌文库〉的多边对话》，载 1997 年 12 月 17 日《中华读书报》）这可以视为有关"女性写作"的一个脚注。

的部分作品。所不同的是，以往被混同在主流创作中的那些差异性因素随着女性自主意识的不断增强，逐渐开始从主流创作中分离出来，构成一个明显的文学分野，并公开声明和实践着女性主义的文学的和文化的主张。

新女性小说应当从林白读起，她是否女性写作的第一人并不重要，重要的是她以直率、洒脱、凄迷而富于魅力的文字书写出女性经验的方方面面，直抵女性主义的精髓。林白自称没有读过多少女性主义的理论书籍①，在这方面她显然不及陈染、徐坤，但令评论家惊异的是“林白对这些概念几乎是无师自通，她全然依赖于自己隐秘而散乱的个人经验创造出文学的生命之美，一开始就在美学上接近和把握了那些隐秘的经验”②。对林白可以说的方面很多，从女性前史的“巫”到当代社会的“妖”，从“镜子”、“房间”到“荒野”、“雷区”，从“沉默”到“疯狂”，从“逃离”到“飞翔”，从“自恋”到“同性恋”，从“身体写作”到“姐妹情谊”……女性主义的经典术语几乎无不为她的经验所覆盖，无不从她浸透汁液的书写中显现出来，但在她蕴涵丰厚、语象密集的话语场中最让人惊悚的是她以优雅明丽的词语、游丝片缕的断想、似幻似真的梦境，就把覆盖在女性话语之上的父权制—菲勒斯阴影驱逐出了她的艺术空间。因此在某种程度上似乎可以说，是林白的创作覆盖了女性主义，而不是女性主义覆盖了林白。《回廊之椅》是林白“最偏爱的”作品之一，讲述的是“关于外乡人的故事以及革命的话题、主仆两个女人的友谊”③，作家创造了两个彼此自足、互不介入的世界——男人的世界和女人的世界，或者说外面的世界和里面的世界，以虚化的手法，把男性置于“空缺”的位置上，而着意营造出一个专属于女性的空间。《同心爱者不能分手》是被

① 参见林舟、齐红《心灵的守望与诗性的飞翔——林白访谈录》一文，载《花城》1996年第5期。

② 陈思和：《林白论》，载《作家》1998年第5期。

③ 《选择的过程与追忆——关于〈致命的飞翔〉》，《空心岁月·林白文集4》第299页，江苏文艺出版社1997年版。

林白“作为一个标记”收入作品集的①，或许是从这个作品开始，对异性之爱的失望以至绝望就成了她反复叙说的主题。主人公姚笠无论如何不能说是一个刻意与男性为敌的女人，但她的恋爱一次又一次的失败终于使她明白，女人要是不能依附于男权社会为她预设的一个“正常”的位置，赢得一个“正当”的名分，她就终将一步步走向异类一途。《一个人的战争》是林白最有争议的作品，也被视为女性主义倡导的“身体写作”的代表。这是一个女孩成长为女人的故事。小姑娘多米从对身体的窥视和自慰的感受中意识到自己的性别，在同外部世界的交往尤其在同男性的交往中体味到女性的生存状态和艰难处境，曾经写过诗的林白以自我体验的方式和诗化的笔触写出了身体的历史就是女性的历史，身体的遭遇就是女性的遭遇，吐发了女性的性别之累和生存之痛。由于林白的作品以顽强的个人记忆突破集体记忆的制约，以个人的经验和体验抗拒群体经验和公众价值，以个人独特的艺术表达置换宏大主题或主流话语以表现女性的私密空间，因此这种写作又被称为“个人化写作”。

陈染的作品更是将“个人化写作”推向了极致。她的长篇小说《私人生活》同林白的《一个人的战争》堪称“身体写作”和“个人化写作”的双璧。陈染的小说更是将她离群索居的女主人公搁置在幽闭的空间中，如书房、卧室、更衣室、浴室等，但最能体现女性自我生存状态的典型情境则是她独创的“尼姑庵”和“寡妇屋”，在她诸多作品中这两个情境的交替转换，概括了女性从少女到成年的生存状态和心理状态——对男权世界的恐惧和对公共生活的厌倦。然而，偏好于哲思和精神分析的陈染又使她的女主人公的精神世界极为丰富和复杂，无休止地在幽闭中冥想。她们凝视着凡·高的油画，听到了“另一只耳朵的敲击声”；阅读着爱默生的书，悟到了“凡墙都是门”。在冥思中，她们同克尔恺郭尔对话、同加缪交谈，还有精神分析学、结构主义、禅宗……然后碰撞出许多思想的电光火石，牵扯出许多剪不断、理还乱的游丝片缕。这种

① 林白:《子弹穿过苹果·跋》，河北教育出版社 1995 年版。

冥思苦索使陈染的小说从标题到内文有许多费解之语，如《无处告别》、《潜性逸事》、《巫女与她的梦中之门》、《凡墙都是门》、《另一只耳朵的敲击声》、《破开》、《时间不逝，圆圈不圆》等，又如“声音是一种哲学”、“活人的温暖之声”、“无聊就是生活的力量”、“放弃意义，将是我来生唯一的意义”、“人要经常试着离开自己才好”、“孤独的人是无耻的”等。这类智者心语让旁人来读是颇费猜详的，然而这正是陈染和她的人物对自我精神立场的坚守。

徐坤和徐小斌的作品则展开了新女性小说的另一路数。徐小斌以自己对东方神秘主义的领悟，奏鸣出她的“末世绝响”，这个“末世”不是余华的先锋小说中写的人类的末世，而是男性造物主的末世。面对当下，她讲“古老故事”，如《敦煌遗梦》；面对都市，她讲边陲传闻，如《双鱼星座》；面对历史——“男史”（history），她讲百年“女史”（herstory），如《羽蛇》。用她的话来说，“这并不是什么神话式叙事，而是借助神话来揭示现实中残酷的关系，这本身就是在解构神话。”① 徐坤则以所谓“越轨的笔致”发起了一场“语言狂欢”。她时而反串男角，时而素面登场，王蒙称她是“女王朔”，她更愿意自比“女堂吉诃德”。其《狗日的足球》、《斯人》、《先锋》、《白话》、《游行》等作品以或嬉戏或痛切的笔触，兜底亮出20世纪90年代的各路文化精英的后台风景，或以反讽、拼贴、戏仿等方式消解着“后现代”的话语霸权。就这么胡抡乱侃，把男性中心话语设定的等级秩序掀了个底朝天。

同样被有些评论家插上“个人化写作”标签的还有被称为“新生代”或“晚生代”的一群作家，他们是韩东、朱文、鲁羊、张旻、何顿、述平、邱华栋、毕飞宇等，这批作家大多出生在20世纪60年代左右，因此也常被称为“60代”作家。这一代人中曾有人作出这样的自我描述：“我们诞生在六十年代，当世界正处于激变的时候，我们还不懂事，等我们长大了，听说着、回味着那个

① 贺桂梅：《伊甸之光——徐小斌访谈录》，载《花城》1998年第5期。

大时代种种激动人心的事迹和风景，我们的遗憾是那么大。我们轻易地被六十年代甩了出来，成了它最无足轻重的尾声和一根羽毛。”①“在我成长的最初的日子里，包围我的是乡村放任、无聊的空气，自由流淌的阳光和飞舞在乡间的各种昆虫。当我长得更大一点，我读了书，参加了工作，金钱显示了它无所不能的力量，这个世界涌动着的已是灰色的物质泡沫……”②由于这样一种背景性差异再加上个人差异，尽管同样被指称为“个人化写作”，“新生代”与“新女性”却有着全然不同的文化旨趣和精神追求。大多数新生代作家更热衷于赤裸裸地表现对金钱、财富与性的物欲追求，如朱文的《我爱美元》、韩东的《障碍》、张旻的《情幻》等，因此他们的创作又被称为“欲望化写作”。虽说“欲望化写作”打破了常规的文化禁忌，撕下道德遮羞布，直截了当地宣称“我们本身就是这么不知廉耻”，甚至展示父子同嫖的丑陋画面来表现反抗“父法”的叛逆性，然而这一切终究不过是被商品化大潮激活的人的普遍欲望在文化失范背景下的无节制宣泄，同新女性小说家的“个人化写作”完全不是一码事，在某种意义上倒可以说是新写实的极端发展，因而迎合商业化潮流和世俗欲望的姿态也显得更为夸张，包括 90 年代末由朱文等人精心策划的“断裂”事件③。这样一个“文化”事件充满了哗众取宠的表演性和红卫兵式的攻击性，除了表明新生代中的某些作家在文学商品化时代不择手段地为自己造势以外，并不能为文学或文化提供更多的东西，不

① 许晖：《疏离》，许晖主编：《六十年代气质》第 248 页，中央编译出版社 2001 年版。

② 赵柏田：《出生于六十年代》，许晖主编：《六十年代气质》第 42 页，中央编译出版社 2001 年版。

③ 1998 年由朱文等人设计了一个名为《断裂：一份问卷》的调查，同样是由有所选择的被调查者提交答卷。在答卷中，鲁迅被指责为“一块老石头”，说“他的反动性也不证自明”；说陈寅恪、顾准、海子、王小波是“新偶像”，也是“砸向年轻一代的石头”；骂当代文学评论界“有的只是一伙面目猥琐的食腐肉者”等等，从而激起了一场不大不小的文坛风波。可参见《北京文学（精彩阅读）》1998 年第 10 期。

过，这也把“非新即后”的文化狂欢推向了一个高潮。相比之下，“新生代”中一批较为沉稳的作家如毕飞宇、鬼子、东西、刁斗、李洱等倒是携着更为成熟的作品跨入了下一个世纪。

二十、“时代不同了”：文学消费和消费文学

［“后新时期”：文学的市场化转制——从“专业作家”到“自由撰稿人”：作家的身份变更——面向“大众”：通俗文学的冲击和浸润——制造“时尚”：“美女作家”和媒体批评］

80年代末，在文坛“热”潮渐消余音犹存的当口，向来被视为新时期文学标杆的王蒙发表了《文学：失却轰动效应之后》一文①，这是一篇既具总结性质又有预言色彩的文学论评，尽管它依然不乏王蒙特有的机智和俏皮。文章篇幅不算小，但大致说的就是这年头不比那年头了——“我们的国家正在发生巨大的历史的变化。社会心态也在变，这种变必然会反映到文学领域”，其表现就是“文学热确实在降温”。文学的降温乃至变调着实让文学界甚至文化界的仁人志士着急了一把，五年后开展的“人文精神大讨论”就集中体现了深受“五四”以来启蒙思想影响的文化人面对“文学的危机”的精神焦虑。这是一场不了了之的“大讨论”，尽管为时近两年，发言撰文数以百计，但是除了各路精英愈益分明地表达了各自的立场，它既没有阐明什么，也没有统一什么，连是否存在“危机”的论争前提也成为疑问。事实上，就是在讨论展开的前夕及过程中，这场讨论本身试图遏止的商业主义、消费主义、世俗主义正以不可遏止的势头改变着新中国成立以来的文学版图，将人文精神的呼唤置于难堪的反讽性情境，致使新时期文学的代表作家冯

① 署名阳雨，载1988年10月18日《文艺报》。

骥才感叹“一个时代结束了”①，取而代之的，据说是“后新时期”。

1992年，中国现当代文学研究的重镇北京大学语言文学研究所和《作家报》联合举办了“后新时期：走出80年代的中国文学”的学术研讨会，谢冕和张颐武等人在诸种报刊上提出了“后新时期文学”的概念，以为从80年代后半期或90年代开始，新时期文学开始出现由“前”而“后”的转型。② 尽管各自的分期方式、所举的事例不尽相同，但引人注意的是后现代主义成为观照和阐释文学转型的新的方式。其实拨开那些充满经院气或书卷气的论述便不难看到，被这个“后”所描述和解释的诸多文学现象皆可归因为“市场化”，即如张颐武所说，“后新时期”“指的是一个以消费为主导的，由大众传媒支配的，以实用精神为价值取向的，多元话语构成的新的文化时代”，它“结束了启蒙话语的权威性”。③ 这被视为“时代不同了”的根本所在，也是众多作家批评家要为新时期文学“画上句号”的理由。

随着改革开放的深入和市场经济体制的建立和完善，市场化给文学带来的变化表现在文学的方方面面，在某种意义上可以说，20世纪90年代的文学是由市场这只“看不见的手”操控着的。

最先可以感知的是文学期刊所面对的市场压力。作为文学生产、流通、传播和消费的主要渠道和思想文化的重要阵地，自新中国成立以来，绝大多数文学期刊一直是各级作协或有关文化机构的“官方”刊物，由政府部门拨款扶持。80年代中期这一体制开始改变，国家逐步实行“独立核算，自负盈亏”的“断奶”政策，将期刊出版推向市场。为生存所迫，几乎所有现存的文学期刊都调整了办刊方针和策略以应对市场，逐渐酿成绵延于90年代后半期的

① 冯骥才：《一个时代结束了》，载《文学自由谈》1993年第3期。

② 参见谢冕《新时期文学的转型——关于“后新时期文学”》，载《文学自由谈》1992年第4期；张颐武：《论“后乌托邦”话语——九十年代中国文学的一种趋向（上）》，载《文艺争鸣》1993年第2期，等等。

③ 张颐武：《分裂与转移：中国“后新时期”文化转型的现实图景》，载《东方》1994年第2期。

“改版热”。

文学期刊面向市场的“改版”明显表现出“纯文学”的边缘化和中间性文类急速增长的趋势。突出表现之一是诸多文学期刊摆脱或突破“文学”的限制，向综合文化类期刊靠拢。如由湖北省作协主办的大型文学期刊《长江》于1994年就由方方领衔改版为《今日名流》，以刊发人物纪实类文字为主；陕西省作协主办的大型文学期刊《黄河》则改版不更名，打破了文学刊物的传统格局，以现当代史实类纪实文学和思想文化论评为主打篇目；大型文学期刊《芙蓉》瞩目于各类前卫艺术，向社会举荐“另类文化”，试图办成“新人类”或“新新人类”的综合文化期刊；吉林省作协主办的《作家》以体现美国中产阶级趣味的综合性文化刊物《纽约客》为楷模，打造《作家杂志》，以赢得“高尚读者”的兴趣。突出表现之二是守住“文学”这块牌子，但以大量中间性文类拓展和充实“文学”的空间。如《青年文学》主编李师东倡导“模糊文体”以扩展思想文化论评的“话语空间”；老牌的《人民文学》也压缩了小说篇幅，增设散文栏目标举“跨文体写作”；《中华文学选刊》所选载的也不再限于传统意义上的文学作品，还包括民谣、漫画、墙头标语等杂类；即便是颇有资历和影响的大型文学期刊《钟山》和新创办的“纯文学”大型期刊《大家》也非常注意扶持中间性文类，分别开设了“凡人素描”、“非虚构文本”和“凹凸文本”等栏目。

不论是“微调”还是“革新”，所有文学期刊改版的另一共同取向是：凸显个性，吸引眼球，锁定读者，分割市场。这一取向体现在版面装帧、栏目设置、读者定位、营销策略等方方面面。改版后的文学期刊多采用国际流行的大开本，《广州文艺》、《上海文学》、《山花》、《钟山》等刊物均以高宽出传统的16开本一截的“身姿”展现自己的新面貌，《作家》改版为《作家杂志》后更是以铜版纸全彩印刷来表现自己的豪华；也是从这里开始，“包装”的概念为文学期刊广为接受。栏目设置和读者定位是每一家改版期刊策划的重心所在。上海市作协主办的《萌芽》是扶植青年创作的老牌文学期刊，自辟出专栏举办中学生“新概念作文大赛”以来，遂成为面向中学生阅读群体的专门刊物，从这里走出了韩寒、郭敬明等一批“80后”作家，期刊的名声也因此而大涨。天津市作协主办的《天津文学》改版为《青春阅读》，专门面对中学生群体；《青年作家》看准网络普及的机遇，把读者定位在大学生群体，打出“中国高校传媒网”的旗号，以“完全高校空间”相标榜，且联网出版；大型文学刊物《百花洲》在女性文学高涨之际改为女性文学、文化专刊，作品和文章多以女性生活和女性命运为话题。地方性文学期刊的身姿放得更低，创办于1972年的《佛山文艺》在1989年改版时看准外来的打工者群体，立志办成“打工文学”的代表性期刊，经过10年打拼，发行量高达40万份，令区区“地级”刊物成为文学期刊中的“庞然大物”。

牵动文学生产机制的另一重要因素是图书出版业的充分市场化，这涉及选题策划、包装宣传、营销渠道、市场反馈、稿酬分配等多方面对市场的适应。市场对文学的牵引力是巨大的，从作家的创作到读者的接受无不受到市场因素的影响。如先锋小说的兴衰就离不开市场涨落。1993年，花城出版社编辑出版“先锋长篇小说丛书”，一举推出余华的《在细雨中呼喊》、苏童的《我的帝王生涯》、格非的《敌人》等作品，较为集中展示了先锋小说家的集体阵容，且令“先锋小说”的称谓不胫而走；此外还有江苏文艺出版社推出多卷本的格非文集、苏童文集，作家出版社推出的马原文集，中国社会科学出版社推出的余华文集等，一下子就把这些先锋作家荐入新时期乃至中国当代重要作家的行列。而“先锋”的衰微同样与市场的不被看好有关。无论专业批评家如何高抬和吹捧，以晦涩著称的孙甘露最先被淘汰出局；余华则及早地调整了写作策略，附会于“新写实”潮流，以《活着》、《许三观卖血记》等平实而温和的叙事，赢得了更大的声誉；苏童本来就介于“先锋”和“写实”之间，市场效应显然坚定了他写实的路数；马原则干脆卷起了“先锋”的旗帜，先是试图策划电视专题片，最终落脚于高校讲堂；格非在“先锋”的路子上坚持得最久，这恐怕主要还是由于他本来就寄身于高校而不是以创作为主要的经济来源。

从图书出版市场来说，“名”和“新”只要包装得法，推广有术，都是可以带来经济效益的，这也无疑有利于推动纯文学作品走向市场，被更多的读者接受。进入 90 年代，文学作品出版的一个显著现象，就是连番推出“名家”文集或文丛，而这些“名家”未必是文学史上已有定论的经典作家，更多的倒是较为年轻的文坛新秀。华艺出版社 1992 年出版《王朔文集》4 卷，而此时的王朔“出道”未及 10 年；江苏文艺出版社在数年间除苏童、格非外，还相继出版了叶兆言、池莉、方方、刘震云、陈染等作家的多卷本文集，诸多出版社的做法亦与此类同。多卷本的作家文集出版成为 90 年代文学出版物兴盛的一个显著标志，也是文学和作家与市场结缘的蜜月时期，新时期的诸多代表性作家，甚至不那么有代表性的作家多有文集出版。对于许多年轻作家来说，多卷本文集出版更是“成名”的标志，而出版社和市场则搭建了“成名”的阶梯，这是令许多勤勉写作一生而一直为出版文集找门径筹经费的老作家羡慕不已的。

出版社和市场对“纯文学”的又一推动体现在为文学新人和新潮的造势方面。还是在 80 年代中期，作家出版社就将崭露头角的阿城、莫言、刘索拉、何立伟等年轻作家“包装”上市，推出“文学新星丛书”，此后 5 年中又陆续辑成马原、徐星、洪峰、残雪等 20 余位作家的小说集，较为集中地展示了新时期小说的青年作家阵容。继而有长江文艺出版社推出“跨世纪文丛”，从 1992 年至 2001 年与时俱进地选择了 67 位作家的小说编为 7 辑出版，包罗了此间不同风格流派和代表性潮流的作家，为读者和研究者提供了世纪末小说界的缩微景观。对作家群的打造和创作潮流的促成，出版社也是功不可没的。仅以 90 年代的重要作家群“新生代”而论，就分别有作家出版社的“新状态小说文库”（1995）、华艺出版社的“晚生代丛书”（1996）、海天出版社的“新生代丛书”、北京十月文艺出版社的“新生代作家小说精品”丛书（1999）、陕西师大出版社的“断裂丛书”第 2 辑等，协力将“新生代”（包括所谓“60 年代作家”）推向了文学前台。成为 90 年代主打潮流的女性文学更是离不开出版界的鼎力支撑，除了中青年代表性女作家大多有文集或作品集问世外，还有以各种名目编辑的女作家文丛一直是出版热点，如河北教育出版社由王蒙作序的“红罂粟丛书”一次就辑入了20多位女作家的小说集；云南人民出版社编辑的“她们文学丛书”还分为小说卷、散文卷、诗歌卷出版。此外还有华艺出版社出版的“风头正健才女书”系列和“女性独白最新系列随笔精华”丛书、安徽文艺出版社出版的“都市女性话语”丛书、辽宁人民出版社出版的“当代女作家情感世界”丛书、中国文联出版社出版的“中日女作家新作大系·中国方阵”丛书、花山文艺出版社出版的“中国首届当代女性文学获奖作品精品卷”等，批量集群出版促成了女性文学热的出现。其余如“散文热”、“通俗文学热”、“传记热”、“写真热”、“怀旧热”乃至“酷评热”等的兴起，也都与出版社的推波助澜有关。

出版社促成了作家和市场的紧密结合，也为打造自己的品牌创造了条件。1993年春风文艺出版社推出“布老虎丛书”，以纯文学作家写通俗故事为特色、为卖点，第一辑出版的有先锋作家洪峰写国际谋杀案的《苦界》、当年清纯作家铁凝写副市长婚外情的《无雨之城》、知青作家张抗抗写仿琼瑶浪漫故事的《情爱画廊》和王蒙的挂有悬疑小说标题的《暗杀——3322》等。作家的知名度给出版社带来的效益是可观的，“布老虎”的品牌更成为春风社的无形资产，此后又派生出“布老虎长篇小说”、“布老虎散文”、“小布老虎”等五六个系列，作家从中受益的不仅是较为丰厚的稿酬，而且是适应市场的写作，如后来铁凝写《大浴女》、张抗抗写《作女》等。

文学出版物的市场转向将作家带入或逼入了市场，作家的身份也发生了微妙的变化，尽管各级作协依然是各级作家的主管部门，但很多逐渐适应市场机制的作家则多少有些“身在曹营心在汉”：一方面以“专业作家”的身份在作协机关评职称、拿工资，另一方面则近乎自由职业者，适应着市场经济承担着各种“文化人”的角色。其中受聘于各报刊出任专栏作家是最不失作家本分的角色，如刘心武、邵燕祥、余秋雨等人都兼任过多家报刊的专栏作家，较为轻松、随意、自由、活泼的精神和文体对90年代的散文（含随笔、杂文等）是个不小的促进。影视艺术创作和制作的活跃也给相当一部分作家提供了新的文化人角色——影视剧的策划和改编。文学与影视的结缘由来已久，80 年代至 90 年代中国电影由复苏而兴盛开始赢得国际声誉，文学创作起到了重要作用，《黄土地》、《老井》、《红高粱》、《菊豆》、《秋菊打官司》、《大红灯笼高高挂》等均来自小说的改编，以张艺谋的话说是“文学驮着电影走”①。面向市场和大众的商业片、娱乐片、电视剧给作家提供了更多的机会。80 年代中期到 90 年代初期，王朔的一系列小说被改编成电影和电视剧，热了银（荧）屏也俏了小说，掀起一股“王朔热”，王朔本人也侧身影视界，同刘毅然、莫言、朱晓平、刘恒等成立“海马影视创作中心”。90 年代中后期更多的作家纷纷“触电”，刘恒、朱苏进、陆天明、刘震云等都是影视剧导演颇倚重的编剧，以“矿山系列”和“国军抗战”系列扬名文坛的周梅森更是将小说创作、电视剧改编甚至投资制作做成了“产业链”，他的《人间正道》、《天下财富》、《中国制造》、《至高利益》、《绝对权力》、《国家诉讼》等在享誉荧屏文坛的同时，也为他赢得了“中国政治小说第一人”的美誉。市场化和大众传媒的互动还催生了自由撰稿人这种文化人角色。自从新中国成立后自由撰稿人就几乎绝迹，而 90 年代以来则成为越来越多作家游离于作协体制或原有单位的自主选择。

在中国社会转型过程中，身为作家的自由撰稿人其影响大，成就亦突出者首先当推王朔和王小波，而这两位作家又分别代表着市场化体制下作家的两极选择：平民大众的世俗主义立场和知识精英的自由主义立场。

王朔自 1983 年从“国营单位”辞职以来就一直做着“文化个体户”，尽管创作了 180 万字的作品和诸多电视剧，但他不参加作协，也不以为自己是“作家”，而自称是“码字儿师傅”。王朔是作家中较早就有自觉的商品意识的，有人称他“最大贡献在于他把‘文字’的价格炒了上去”②。因此他的创作“是冲着某类读者

① 参见 2004 年 2 月 12 日《文学报》第 2 版“批评录”。

② 张抗抗：《玩的不是文学》，载《文学自由谈》1993 年第 2 期。

的。《空中小姐》、《浮出海面》……吸引的是纯情的少男少女。《顽主》这一类就冲跟我一样的城市青年去了，男的为主。后来又写了《永失我爱》、《过把瘾就死》，这是奔着大一大二女生去的。《玩的就是心跳》是给文学修养高的人看的。《我是你爸爸》是给对国家忧心忡忡的中年知识分子写的。《动物凶猛》是给同龄人看的”①。这是他“码字儿”的市场理念。不论写给什么人看，王朔小说的价值立场是明确的，这就是嘲弄知识精英的文化理想和反抗知识精英的“文化压迫”，因此他喜欢引用“卑贱者最聪明，高贵者最愚蠢”的语录，喜欢自我表白“无知者无畏”，这使他得到一个“痞子”的称谓，而且受到诸多同属于知识阶层的评论家的赞同，王蒙就以为“痞子”玩世不恭的态度具有“躲避崇高”的意义，是对“红卫兵精神与样板戏精神的反动”②。事实上，王朔的调侃和嘲弄既不代表公共知识分子对公众权益的维护，也不指向主流意识形态回护下的政治经济体制，只是传达出一部分知识分子在“后革命”时代和商业化时代“渴望堕落”的情绪宣泄③，这是一种无风险也无承担的文化表演。王蒙看得很准：“既能适应四项原则，又能适应市场经济”。

王小波是受过完备的高等教育的知识分子，出国留学归来曾任教于中国一流的高等学府，1992 年辞职专事写作，主要作品有小说《黄金时代》、《白银时代》、《青铜时代》，杂文集《我的精神家园》、《沉默的大多数》，电影文学剧本《东宫·西宫》等。同样作为“体制外”的作家，王小波远不像王朔那样走俏——至少在他生前是如此，尽管他的作品同样充满反讽、调侃、幽默和荒诞，而且有关性的场景和叙述远远多于王朔，但是他的创作只是面对一个特定人群：“有很多理智健全、能够辨别善恶的人需要读小说，本书就是为他们写的。至于浑浑噩噩、善恶不明的人需要读点什

① 王朔：《我是王朔》第 55 页，国际文化出版公司 1992 年版。

② 参见王蒙《躲避崇高》一文，载《读书》1993 年第 1 期。

③ 参见王力雄《渴望堕落——谈知识分子的痞子化倾向》一文，载《东方》1994 年第 1 期。

么，我还没有考虑过。”① 本着现代知识分子自由主义的精神立场，王小波说自己的作品是“对过去时代的回顾”，也就是揭示和批判“文革”时期无处不在的对人性的压抑，其中最基本、最普通、最日常的就是性，由此而抵达“对人的生存状态的反思”。② 因此在他的作品中，性遍布于他的知青故事、城市故事、未来故事、历史故事，其表现方式有写实的、荒诞的、戏谑的、隐喻的，但不论作何表现，他都不为商业化原则所动，抵制媚俗。李银河说：“他笔下的性极具个人色彩，与中国传统小说的那种毫无美感的白描写法十分不同。在他笔下，既有常态的性，又有变态的性。在对常态的性的叙述上，性是自然的，干净的，就如生活本身；性又是反抗的，具有颠覆性，在压抑的环境中像一阵自由奔放的劲风。在他对变态的性的叙述中，性有时是隐喻的，影射现实生活中的权力关系——在这一点上，它进入了福柯关于权力的论域。”③基于对人的感性生命的肯定和对理性精神的追求，王小波的文学创作弘扬自由和独立思考精神，也追求一种特立独行的表达，以自己的聪明睿智将日常生活中习以为常的现象、惯例和逻辑倒转过来让人们看到其中的荒谬，在笑声中去瓦解令人感到压抑、悲惨乃至恐惧的“革命”权威和权力统治，这就是巴赫金所说的狂欢化，王小波则称之为“黑色幽默”。同样是站在现代知识分子的精神立场，王小波并不把“大众”视为救赎自己、救赎文学和救赎社会的希望，他以为“中国人——尤其是社会的下层，有迷信的传统，在社会动荡、生活有压力时，简直就是渴望迷信”④。这非但有别于“革命”年代制造出的诸多“人民大众”神话，也同商业化时代诸多知识分子和作家邀宠于“大众”，热捧于“民间”，自诩为“平

① 王小波：《黄金时代·后记》，中国青年出版社 1999 年版。

② 王小波：《从〈黄金时代〉谈小说艺术》，载《出版广角》1997 年第 5 期。

③ 转引自何多《一个被误读的文坛异数》一文，朱大可、吴炫等：《十作家批判书》第 122 页，陕西师范大学出版社 1999 年版。

④ 王小波：《我的精神家园》，转引自吴秀明主编《中国当代文学史写真》（下）第 978 页，浙江大学出版社 2002 年版。

民”划出了一道清楚的界限。

文学出版物的市场转向不仅促使作家身份发生变更，还使读者或文学接受者的身份变得暧昧起来。自20世纪20年代后期倡导“革命文学”以来，经过解放区文学和新中国文学，读者一直被定位在“人民大众”上并且纲领化和体制化了。这一读者设定也为新时期文学所承继，是主流文学的基本观念之一。但是随着文学走向市场，读者的内涵也悄悄地发生改变：同样是“人民大众”，但主要不再是政治的范畴，更重要的是经济范畴，“大众”意味着广大消费群体，意味着市场和利润，这是文学的商品化时代同文学的政治化时代对“人民大众”体认的最大区别。正是在这样一个变化了的背景下，以工业化生产为技术前提，大众传媒为载体，以消费大众为对象，以获取利润为目的的大众文化迅速膨胀起来。80年代初，邓丽君的流行歌曲还被指责为“靡靡之音”，美国电视连续剧《加里森敢死队》还被指责为“毒害青少年”，歌舞厅还徘徊在关关停停之间，欧美和台港电影还限制在“内部放映”。然而，弹指不过十余年间，大众文化遍河山，几乎可以说有音频播放的地方就有流行歌曲卡拉OK，有视频播放的地方就有影视剧和各类综艺节目，有印刷品的地方就有通俗文学和明星照片，有电脑网络的地方就有电子游戏和网络文学。通俗文学作为大众文化的主要类型，更是随着报刊图书的市场化迅速蔓延开去。

作为潮头的是通俗文学期刊的创办。80年代中期通俗文学期刊相继创刊，武汉的《今古传奇》、《中国故事》，沙市的《中华传奇》，郑州的《传奇故事》，南昌的《中华传奇故事》等，发行量均在几十万到上百万份，并且持续攀升，充分显示出“大众”这个潜在的大市场带来的可观利润。出版大家的介入则表明90年代的文学格局开始向通俗文学倾斜。1992年，向来被视为最权威的国家级文学出版机构人民文学出版社获得作家亲自授权，隆重推出香港女商人梁凤仪的财经系列小说，且在诸种权威报刊上广为宣传，数月间销售达100万余册，一举成为最畅销图书。以专事出版文化学术精品著称的北京三联书店不甘人后，1994年出版内地第一部完整的、正式经作者授权的《金庸作品集》，尽管定价接近

500 元，但印数超过 50 万套。热销的渠道和丰厚的利润吸引了众多出版社抢占市场，港台通俗文学作品以近乎“饱和轰炸”的方式砸向“大众”，仅在 1992 年后的数年间，金庸、古龙、梁羽生、温瑞安、卧龙生、柳残阳、黄易等的武侠小说，琼瑶、亦舒、席娟、三毛等的言情小说，以及高阳的历史演义，罗兰、林清玄的散文成套成系列地遍布祖国大陆图书市场，其读者之众远非“纯文学”堪与比拟，并且登堂入室，从市井走入学府，成为专家学者、硕士博士们的研究对象，是为一“学”。

同港台相比，祖国大陆的通俗文学只能说是处在中断了近半个世纪后的重新起步阶段，尽管通俗文学期刊和出版社发表出版了诸多原创作品，但影响大到不胫而走遍及闾巷阡陌间的似也寥寥，倒是一套假托“（香港）雪米莉”的“非法出版物”在八九十年代之交盛行一时。这是四川达县师专的几位文学青年田雁宁、谭力等以作坊制作的方式炮制出来的一套通俗小说，侦破、言情、金融、黑幕等流行元素无所不包。西洋镜被揭穿后，谭力转入“纯文学”创作一途，田雁宁后来又陆续推出他的通俗小说新作，但影响远不及当年“雪米莉”。通俗小说真正渐成气候，是依托于电视连续剧而走红的。80 年代末，一部电视连续剧《便衣警察》让人们知道了海岩这个名字。这位当年还是警察的业余作者投出的第一部长篇小说就被人民文学出版社看中，且印数达 30 万册。小说和电视剧的联动效应使海岩尝到了甜头，当他卸甲进入商界后更是一发而不可收，数年间拿出了《你的生命如此多情》、《一场风花雪月的事》、《永不瞑目》、《拿什么拯救你，我的爱人》等多部小说，且均改编为电视剧。如果说海岩的第一部作品被改编为电视剧时，他觉得“就像是签自己孩子的‘卖身契’，好像要把自己的孩子交给一个陌生人，给远远地带走了”①，那么后来，从“卖孩子”尝到甜头的海岩不仅乐意于“卖孩子”，而且开始自己“养孩子”、“带孩子”，从编剧到开公司投资制作，成为影视界和通俗小说界的

① 鲍红：《海岩：一个畅销书作家的写作》，载《出版参考》2002 年第 20 期。

“大鳄”，成为20世纪通俗小说之一景。

同样走向通俗的还有诗歌、散文这些历来被视为“高雅文学”之精粹的文学品类。

1990年，一位名不见经传的诗人及其诗集几乎在一夜间走红，这就是汪国真和他的第一本诗集《年轻的潮》；接踵而来的是《年轻的风》、《年轻的思绪》、《年轻的潇洒》等诗集，其中《年轻的潮》5次印刷达15万册，《年轻的思绪》3次印刷达14万册。在读者被各种“新诗潮”搅扰得疲惫不堪无心读诗的背景下，汪国真创造了诗坛奇观。这一奇观是媒体和出版商联合打造的。据说汪国真的诗集源于大中学生辑录自散见报刊的手抄本，诗人被感动了才亲手编辑为后来的“年轻系列”。如此诗坛传奇的流传自然会产生极大的诱惑力和吸引力，使汪国真的名字和他的诗集不胫而走。该年度其诗集被《中国新闻出版报》列为十大畅销书之一，汪国真也被媒体誉为“诗坛王子”。汪国真诗歌之走红于市场、走俏于读者自然不单是因为媒体和商家的包装与热炒，清新的笔触、浅显的哲理、明丽的意象、晓畅的诗语等特点都是对朦胧诗以后深奥、晦涩或直白、粗俗的诗风的反拨，尽管从内容到形式都没有多少新颖、深刻之处，但正是由于这份平易、亲切和熟悉，在较大的程度上满足了喜欢读诗、写诗但尚不足以深入了解诗的年轻人的审美需求，也挽回了部分在朦胧诗后流失的诗歌读者。只是没过几年，汪国真和他的诗就在人们视野中悄然退去，这颇能说明其“精神快餐”的特性。

同属于“精神快餐”的还有90年代中期“小荷才露尖尖角”的“小女人散文”。“小女人散文”得名于1995年花城出版社出版的散文集《夕阳下的小女人》，集子中收录了黄爱东西、黄茵、张梅等的散文小品，继而上海人民出版社接连推出数辑“都市女性随笔”，除以上作家，还有素素、南妮等的专集。这些女作家大多栖身于广州、上海、杭州等经济繁荣的东南大都市，供职于报刊或出版社，受过良好的教育，有一份体面的工作和不错的收入，属于令人称羡的“都市白领”。她们的创作，于己是自我消闲，于人也是闲暇消遣，因此，浮现在文字表层的是些小愉悦、小趣味、小烦恼、小娇憨，摆脱沉重、摆脱深刻、摆脱思考、摆脱严肃，就成了“小”的一个注脚。此外，这些作品大多篇幅短小、笔调轻松、语言精巧、情感温润，随情随性犯不上同社会较真儿、同读者较劲儿，这是“小”的又一个注脚。至于“小女人”则是一种商业包装和文化卖点，这让人联想到都市白领丽人日常生活乃至私人空间的另一面，因此《广州文艺》1996 年第 3 期在推出“女人的都市专号”中，还特意以较大的篇幅来做“小女人散文特辑”并配发南方评论家的笔谈①。不论评论家对“小女人散文”作怎样的开解，其商业化、时尚化、休闲化的特点是挥之不去也拔之不高的，要说折射出时代或社会的什么特点的话，那其中最打眼的就是“消费”。由是，以时尚消费和消费时尚为特征的所谓“小资”和“小资文学”也大行其道，构成大众文化之一景。

面对市场化的报告文学其处境远比各类通俗文学尴尬。从五六十年代的通讯特写到七八十年代的报告文学，不论是作为“党的喉舌”还是“人民的心声”，是体现作家的良知还是代表知识分子启蒙，基本上与市场化、商业化保持着一定距离。尤其是在新时期文学的第一个十年间，报告文学达到了它的鼎盛时期，名家云集、佳作迭出，社会影响力堪与小说比肩。80 年代末到 90 年代初报告文学一度低迷，其批判性、反思性锐减，大有重返“讴歌光明”的取向，然而当其再度振作蓄势待发的时候，却已有物是人非之感。文学期刊的改版将报告文学也推向市场化前沿：一方面要面向企业为期刊带来效益，这就迫使部分报告文学沦为“广告文学”，成为企业的宣传品；另一方面要满足读者为期刊赢得市场，这就诱使报告文学作家使出浑身招数吸引读者眼球，一时间，“写真”、“揭秘”、“披露”、“解密”成为报告文学登陆市场的利器，猎奇性、惊悚性、隐秘性、爆炸性的事件成为报告文学作家竞相追逐的题材。除了市场的挤压，新闻报道的透明、各种媒体的迅捷、传播方式的多样等，都给报告文学带来生存压力，尽管 90 年代报告文学不乏佳作、力作，但由于其处境的困厄和影响力的削弱，终于在

① 该刊配发的封面装饰画就具有女性私密空间的敞开性。

新世纪初引起了“恐龙已死”的争论①。同报告文学相比，另一类纪实文学——传记文学则在市场的推动下成为异常火爆的行当。新中国文学中的传记文学长期附属于革命文学，主要是对青少年进行革命传统教育，其中黄钢的《革命母亲夏娘娘》、吴运铎的《把一切献给党》、陶承的《我的一家》、杨植霖等的《王若飞在狱中》等，都是产生过很大影响的作品。新时期以来传记文学开始走出革命英雄的限制，扩大到名家名人，女作家石楠的《张恨水传》、《画魂——潘良玉传》等不仅为读者所喜爱，也受到文学研究者的重视。80年代后期到90年代，政治人物的传记成为畅销书，如少华、游胡的《林彪的这一生》初版于1993年，10年中重印6次，销售达21万余册。② 同样是在90年代，趁着名人传记的潮头，诸多传记文学传主的身份已渐由“名人”（历史的或文化的）暗换为“明星”（文艺的、体育的、娱乐的），并进而扩展到各界的“成功人士”。电影明星刘晓庆从1983年《我的路》到1995年的《我的自白录——从电影明星到亿万富姐儿》开明星撰写自传的风气之先，继而中央电视台各知名主持人的联袂献演则掀起了明星自传的浪潮，并漾及明星身边人写明星。这类传记文学的共同广告语多系“披露明星背后不为人知的……”，于是“不为人知”渐从对传主人格个性的刻画，到各路明星的自我炫耀，再到隐私揭秘，传记文学在商业化的路上越走越远。

市场化、商业化向纯文学浸润更为突出的表现就是推出一波又一波的文学时尚。在90年代，最是引领文学时尚之前卫的，莫过于搭载于“美女作家”之称谓的“70后”作家。“70后”作家本来承续着“60代作家群”而来，而后者是出于“新写实”之后文坛似无主潮予以标识的无奈之举，尽管其间文学期刊不断推出

---

① 2003年10月30日《南方周末》发表李敬泽的文章，称报告文学因其“叙事伦理”不成立，故“恐龙已死”，引起不少报告文学研究者如李炳银、王晖、丁晓原、南平等参与讨论。

② 参见 http://www.cass.net.cn/chinese/s15_wxs/chuanzhen/2003/4.htm，吴双、李兆忠：《传达时代脉动的纪实文学》。

“新状态”、“新体验”、“新都市”等等，但终因言之无物，行之不远。相比之下，以“代”而论，多少有一个较为确切的时代内涵，有具体的参照可循，因而是读者和评论界乐于采纳的一个称谓。以此类推，“70 后”、“80 后”也是顺理成章之事。1996 年第 3 期《小说界》推出“七十年代以后”专栏，既为新人造势，也为刊物扬名，入选作家男女皆有，以女性居多。此举有诸多期刊跟进，惟有《作家》的举措将“70 后”转变为一个商机。该刊 1998 年第 7 期将全本做成“七十年代出生的女作家小说专号”，选择卫慧、周洁茹、棉棉、朱文颖、戴来等 7 位女作家的作品，逐一配发作家创作谈和当时颇活跃的评论家部元宝、李敬泽等的评论，明显摆出造势的架式。最是别致的是 7 位作家皆配有多幅青春玉照，题有或长或短的文辞，在第一张卫慧的照片下就有“主流美女”字样。不论是有意还是无意，“美女作家”就同“70 后”作家系结在一起，而“70 后”的男作家似乎从此不见了踪影，这显然不是文学取舍，而是商业取舍。此后，“美女作家”便成为文学市场上的顺风车，要是“美女”再加上个人隐私就更加成为市场上的抢手货。卫慧的《上海宝贝》和棉棉的《糖》就是这样走红市场的。市场走红的连带效应正如卫慧的一篇小说标题，文学界、出版界都有了点“像卫慧那样疯狂”。一批活跃的评论家以生花妙笔围绕着以卫慧、棉棉为代表的“另类”、“新人类”做文章，有的还出面主编了“文学新人类丛书”，其中最引人注意的就是卫慧的小说集《像卫慧那样疯狂》，给她和它贴上的标签有“小说雅皮”、“文坛坏女孩”、“深刻与时尚兼得”、“典型的问题女孩”、“另类理性”、“金属都市的酷味”、“通晓城市现代冷酷浪漫的作家非卫慧莫属”等等①，可谓浸透商业气息的文学时尚大拼贴。出版界也瞅准商机，在短时间内推出了卫慧的 4 个小说集与两部长篇和棉棉的 4 个作品集，更有不可计数的盗版本。从杂志到网络，从书店到地摊，卫慧、棉棉成了 90 年代末最“火”的作家，远不是“热”所能形容的，而与之同时出道的朱文颖、戴来、魏微等或许更具有文学潜

① 封底语，卫慧：《像卫慧那样疯狂》，珠海出版社 1999 年版。

质的作家则被远置于卫慧、棉棉的光环之外。泡吧、蹦的、吸毒、性交，香艳、刺激、孤独、颓靡，这些一度被视为“腐朽糜烂”的资产阶级生活方式，在卫慧、棉棉的笔下成为现代都市的前卫时尚，流行语便名之曰“酷”，它们构成了世纪末的文学狂欢中“蝴蝶的尖叫”。当然，这样几只“蝴蝶”是肯定无法代表“70后”作家的，哪怕是“七十年代出生的女作家”。不过“美女作家”的影响力显然穿越了女作家群，到了新世纪甚至还有如法炮制出“美男作家”的，被包装的作家不仅是男士，而且还是博士、教授、文学评论家。

从对“美女作家”的炮制中可以清楚地看到评论、传媒与作家的合谋，这也体现了市场化背景下文学批评的一种走向，即从学院派批评或专业化批评中分化出来的媒体批评或大众批评。媒体批评是以大众传媒为载体，以即时消费为特征，以吸引大众为目的的有关文学的言说。它有别于依托于学术机构（团体）和专业学术刊物（书籍）、以学术研究为宗旨以专业人士为对象的专业批评，而是由大众传媒和各类“文化人”以舆论左右大众趣味、引导大众消费的言说方式。在90年代报刊图书市场化、大众传媒多样化、文学艺术商品化、文人身份自由化的背景下，这类批评迅速膨胀起来，大有将代表官方声音的主流批评和代表学界声音的专业批评挤向边缘之势。其特点一是“热炒”，即如对“小女人散文”、“美女作家”、“新人类”、“新新人类”等的包装和炒作；二是“造事”，即以各种方式制造、渲染各类有关文学的事件以吸引读者视听，如顾城杀妻事件、《马桥词典》“剽窃”诉讼事件、王朔“叫板”金庸事件等；其三是“酷评”，即以尖刻犀利的方式，发表耸人听闻之言论，其中不乏针砭文坛时弊的真知灼见，但也因多有为求“轰动”口没遮拦却疏于学理而遭诟病的。“酷评”也可成名，代表性的批评家被认为有韩石山、朱大可等，代表性的期刊是90年代后期的《文学自由谈》，代表性的著述是《十作家批判书》以及延续到新世纪的《十诗人批判书》等。媒体批评既然应市场化而生，自然以满足大众需求、占据市场份额、给商家和诸多合谋者带来效益为目的，它最直接的效应是促进了书报杂志和作家作品的热销，对于评论家而言因其频繁的“曝光”而大大提高了知名度，甚至可以成为“文化明星”；对于读者大众而言它依然是精神文化“快餐”，尽管提供这份“快餐”的诸多评论家原本是象牙塔中人。

20 世纪中国文学在市场化、商品化大潮中站到了 21 世纪的门槛，从政治性的文学工具到商业性的文学消费，是它在百年间经历的最深刻的变化之一。如果说对 20 世纪上半叶的中国文学作历史描述，商业性的文学消费尚可避繁就简甚至存而不论的话，那么 90 年代的文学趋向已迫使人们正视它，这一趋向无时无刻、无所不在地提示人们：时代不同了！意识不到这一点，将无法跨进新世纪的门槛。